THE
WALKING
DEAD

THE
WALKING
DEAD

El Gobernador
Robert Kirkman
&
Jay Bonansinga

timun**mas**

Obra editada en colaboración con Scyla Editores – España

Título original: *The Walking Dead: The Rise of The Governor*
Traducción: María Ferrer y Rafa Ferrer. Traducciones Imposibles

Adaptación de portada: Departamento de Diseño,
División Editorial del Grupo Planeta
Imágenes de portada: © Shutterstock

Primera edición impresa en España: octubre de 2011
ISBN: 978-84-480-4033-8

Primera edición impresa en México: diciembre de 2012
ISBN: 978-607-07-1478-8

Impreso en los talleres de Litográfica Ingramex, S.A. de C.V.
Centeno núm. 162, colonia Granjas Esmeralda, México, D.F.
Impreso en México - *Printed in Mexico*

Para Jeanie-B, Joey y Bill...
los amores de mi vida

JAY

Para Sonia, Peter y Collette...
prometo que trabajaré menos
en cuanto la universidad esté pagada

Robert

PRIMERA PARTE

Los hombres huecos

No hay nada glorioso en morir. Todo el mundo puede hacerlo.

JOHNNY ROTTEN

UNO

Brian Blake, acurrucado a oscuras, rodeado de humedad, con el miedo atenazándole el pecho y un dolor punzante en las rodillas, picnsa que si tan sólo tuviera otro par de manos podría taparse los oídos y tal vez mitigar el ruido que hacen las cabezas humanas al ser aplastadas. Desgraciadamente, Brian sólo tiene dos manos y ahora mismo las necesita para taparle las orejas a la niña que tiene al lado, dentro del armario.

La niña, de siete años, no deja de temblar entre sus brazos, se estremece con cada ¡chas! que se produce fuera de forma intermitente. Y luego viene el silencio; sólo se oye el ruido de las pisadas pegajosas en el suelo cubierto de sangre y una oleada de susurros crispados procedente del vestíbulo.

Brian tose otra vez. No puede evitarlo: lleva días luchando contra ese condenado catarro, esa molestia obstinada que no logra quitarse de encima y que le afecta las articulaciones y le provoca sinusitis. Le pasa todos los años en otoño, cuando llegan a Georgia los días fríos, húmedos y sombríos. La humedad le cala los huesos y absorbe toda su energía, le roba el aliento. Y ahora nota la penetrante puñalada de la fiebre cada vez que tose.

Un nuevo ataque de tos lo obliga a doblarse con un movimiento seco. Resuella mientras sigue presionándole las orejas a la pequeña Penny. Sabe que con tanto ruido atrae la atención de todo lo que hay al otro lado de la puerta del armario, por los rincones de la casa, pero no puede hacer nada. Al toser, ve estelas de luz, minúsculas filigranas de fuegos artificiales que surcan sus pupilas ciegas.

El armario, de apenas metro y medio de ancho por uno de fondo, está oscuro como un pozo y apesta a naftalina, heces de rata y madera vieja. Hay unas fundas de plástico para abrigos colgadas que en la oscuridad le rozan la cara. Su hermano menor, Philip, le dijo que podía toser en el armario. Que ahí dentro podía toser todo lo que le saliera de los cojones, aunque atrajera a los bichos. Pero que más le valía no pasarle el catarro a su niña. De lo contrario, Philip le abriría la cabeza.

El ataque de tos pasa.

Instantes después, nuevas pisadas torpes que alteran el silencio en el exterior del armario: otra de esas cosas muertas que entra en la zona de matanza. Brian le aprieta más las orejas a Penny, que se estremece ante otro movimiento de la *Sonata del Cráneo Aplastado en Re menor*.

Si tuviera que describir el barullo que le llega desde fuera de su escondite, Brian Blake se remontaría a los días en que tuvo una tienda de música que fracasó y diría que las cabezas que reventaban sonaban como la sinfonía de percusión que seguramente tocarían en el infierno: como un ocurrente descarte de Edgard Varèse o un místico solo de batería de John Bonham, con versos y estribillos que se van repitiendo... La pesada respiración de los humanos, las pisadas arrastradas de otro cadáver semoviente, el silbido de una hacha, el golpe seco del acero al hundirse en la carne...

Y un final apoteósico: el ¡plaf! del peso muerto, húmedo, contra el parquet pringoso.

El cambio de ritmo en la acción le produce otro escalofrío febril que le recorre la espalda. Vuelve a hacerse el silencio. Ahora que los ojos ya se le han acostumbrado a la oscuridad, Brian distingue el primer reguero de espesa sangre de arteria colándose por debajo de la puerta. Parece aceite de motor. Aparta suavemente a su sobrina del charco que se extiende y la coloca junto a las botas y paraguas alineados a la pared del fondo.

Los bajos del vestido vaquero de Penny Blake tocan la sangre. La niña retira la tela rápidamente y frota la mancha como si el mero hecho de absorber la sangre pudiera infectarla.

Otro ataque de tos convulsa hace que Brian se incline. Trata de combatirlo tragándose las punzadas como de cristales rotos que siente en la garganta seca y rodea a la niña con los brazos. No sabe qué hacer ni qué decir. Quiere ayudar a su sobrina, susurrarle algo que la tranquilice, pero no se le ocurre ni una sola cosa que pueda hacerlo. El padre de la niña sí sabría qué decir. Philip sí. Siempre sabe qué decir. Philip Blake es el tipo que dice las cosas que todo el mundo desearía haber dicho. Dice lo que hay que decir y hace lo que hay que hacer. Como ahora. Está ahí fuera con Bobby y Nick haciendo lo que hay que hacer, mientras Brian se arrebuja en la oscuridad como un conejo asustado, deseando saber qué decirle a su sobrina.

Teniendo en cuenta que Brian Blake es el mayor de los dos hermanos, es extraño que siempre haya sido el debilucho. Con apenas un metro setenta y cinco de estatura contando el tacón de las botas, Brian Blake es un espantapájaros esquelético que casi no llena los vaqueros pitillo y la raída camiseta de Weezer que viste. Una perilla, varias pulseras de macramé y una mata de pelo oscuro a lo Ichabod Crane completan la estampa de joven bohemio de treinta y cinco años atrapado en el limbo de Peter Pan que ahora está arrodillado en la penumbra, envuelto en olor a naftalina.

Brian coge aire con dificultad y baja la mirada hacia los ojos de cervatillo de Penny, que parece haber visto un fantasma, a juzgar por el horror mudo que invade su rostro en la oscuridad del armario. Siempre ha sido una niña tranquila, con una piel como de porcelana que le confiere a su rostro un aspecto casi etéreo. Pero desde la muerte de su madre, se ha encerrado en sí misma y se ha vuelto tan pálida y estoica que casi parece traslúcida, con esos mechones de cabello azabache ensombreciendo sus enormes ojos.

Durante los últimos tres días apenas ha pronunciado palabra. Es cierto que han sido tres días fuera de lo normal y también que el trauma no afecta a los niños igual que a los adultos, pero Brian teme que Penny esté sumiéndose en algún tipo de estado de *shock*.

—Saldremos de ésta, pequeña —le susurra Brian con una tos angustiada como punto final.

Ella dice algo sin mirarlo. Lo dice entre dientes, con la mirada fija en el suelo, mientras una lágrima rueda por su mejilla sucia.

—¿Qué has dicho, Pen? —Brian se agacha junto a ella y le seca la lágrima.

Vuelve a decirlo otra vez, y otra y otra, pero no parece que se lo diga a Brian. Es más como un mantra, o una plegaria, o un conjuro:

—No saldremos de ésta nunca, nunca, nunca, nunca.

—Chist.

Le coge la mano, la presiona contra los pliegues de su camiseta. Nota el calor del rostro de la niña apoyado en las costillas. Le tapa las orejas de nuevo al oír el golpe seco de otra hacha que rompe la membrana de un cuero cabelludo, quiebra la dura corteza de un cráneo y rasga las capas gelatinosas y grises del lóbulo occipital.

Hace un ruido como el de un bate de béisbol al golpear una pelota mojada de *softball*, una eyaculación de sangre, como una fregona azotando el suelo, seguida de un espantoso puntapié sordo y mojado. Curiosamente eso es lo que peor lleva Brian: el ruido amortiguado de un cuerpo hueco, húmedo, al caer sobre las lujosas baldosas de cerámica. Las fabricaron expresamente para aquella casa con motivos e incrustaciones aztecas. Es una casa preciosa... o por lo menos, lo era.

Los ruidos cesan de nuevo.

Una vez más, se impone un silencio empapado y atroz. Brian reprime la tos, la aguanta como si fuera la tapa de un surtidor de fuegos artificiales a punto de estallar, porque quiere oír bien los cambios que de un segundo a otro se producen en los jadeos del otro lado de la puerta y en las pisadas pegajosas que se arrastran a través de las vísceras. Pero ahora todo está en silencio.

Brian nota que la niña se le acerca; se está preparando para otra salva de hachazos, pero todo sigue en calma.

Poco después, a escasos centímetros, se oye el pestillo y el pomo del armario gira; a Brian se le pone la carne de gallina. Se abre la puerta.

—Vale, despejado.

Esa voz de barítono, curtida a base de whisky y tabaco, proviene de un hombre que atisba los recovecos del armario. Parpadea en la penumbra y el sudor le empapa la cara, congestionada por el esfuerzo de despachar zombies. Philip Blake lleva en la mano, callosa, una hacha bañada en restos repugnantes.

—¿Seguro? —pregunta Brian.

Haciendo caso omiso de su hermano, Philip le echa un vistazo a su hija.

—Todo controlado, cielo, papá está aquí.

—¿Estás seguro? —insiste Brian con un golpe de tos.

Philip mira a su hermano.

—Tápate la boca cuando tosas, ¿quieres, campeón?

Brian repite con un hilo de voz:

—¿Estás seguro de que no queda ninguno?

—Bichito —le dice Philip a su hija con su deje sureño y una gran ternura tras las brasas de violencia que empiezan a apagarse en sus ojos—, necesito que te quedes aquí un segundo, ¿vale? No te muevas hasta que papá diga que puedes salir. ¿De acuerdo?

La chiquilla, pálida, asiente con una inclinación de cabeza casi imperceptible.

—Venga, campeón —insta Philip a su hermano mayor para que abandone las sombras—, échame un cable con la limpieza.

Brian se pone en pie con dificultad y se abre camino entre los abrigos.

Al salir del armario, la luz del vestíbulo lo deslumbra y pestañea. Observa, tose y sigue observando. Durante un instante, tiene la sensación de que la fastuosa entrada de la casa colonial de dos pisos, iluminada por candelabros de cobre de diseño, está siendo redecorada por unos técnicos con parálisis cerebral. Las paredes de escayola lucen grandes franjas de salpicaduras rojo burdeos. Los zócalos y las molduras están adornadas con motivos de Rorschach en blanco y rojo. Y entonces identifica las formas del suelo.

Seis cuerpos con los miembros dislocados yacen en cúmulos sanguinolentos. Su edad y género han quedado difuminados por la carnicería: la tez, jaspeada y lívida; los cráneos, desfigurados. El más grande está tumbado en un charco de bilis que se va extendiendo al pie de la escalera de caracol. Otro cuerpo, tal vez la señora de la casa, tal vez una anfitriona cordial conocida antes por su tarta de melocotón y su hospitalidad sureña, está despatarrada sobre el entarimado blanco, desencajada toda ella, con un reguero de materia gris brotándole del cráneo partido.

A Brian Blake la visión le produce arcadas. Siente cómo se le dilata la garganta.

—Muy bien, caballeros, manos a la obra —ordena Philip a sus dos colegas, Nick y Bobby, y a su hermano. Pero a Brian el latido de su corazón apenas le deja oír.

Hay más restos. A lo largo de los últimos dos días, Philip ha empezado a llamar a esos a los que destruyen «cerdos agridulces»; y ahí están, tendidos en el zócalo oscurecido del umbral que da al salón. Tal vez fueran los adolescentes que vivían allí, o tal vez visitas que sufrieron lo contrario a la hospitalidad sureña al recibir la mordedura de un infectado. Los cuerpos yacen en estallidos de fluido arterial. Uno de ellos, con la cabeza abierta y bocabajo, como una cazuela volcada, sigue bombeando sus fluidos escarlata por todo el suelo con la abundancia de una boca de incendios rota. Un par de los restantes aún tienen hachas pequeñas incrustadas en la cabeza, hundidas hasta la empuñadura, como banderas que hubieran plantado unos exploradores triunfantes en territorio hasta entonces virgen.

Brian se lleva la mano a la boca como si con ello pudiera detener la marea que le sube por el esófago. Nota unos golpecitos en la coronilla, como si una polilla revoloteara y chocara contra su cuero cabelludo. Mira hacia arriba.

Está cayendo sangre desde la araña del techo y una gota le aterriza en la nariz.

—Nick, trae una de esas lonas que hemos visto en...

Brian cae de rodillas, se inclina hacia adelante y vomita sobre el parquet. La humeante avalancha de bilis color caqui riega las baldosas y se mezcla con el rastro de los caídos.

Las lágrimas le arden en los ojos mientras expulsa cuatro días de angustia.

Philip Blake suelta un suspiro tenso, aún presa del subidón de adrenalina. Durante un momento no se digna a ayudar a su hermano, sino que se queda donde está, deja el hacha ensangrentada y pone los ojos en blanco. Es un milagro que a Philip no se le hayan desgastado ya los ojos de tanto mirar al cielo, desesperado ante el comportamiento de su hermano. Pero ¿qué otra cosa podía hacer? El pobre idiota era de la familia y la sangre es la sangre, sobre todo en los momentos excepcionales como éste.

Sí que tienen un cierto parecido; eso Philip no lo puede remediar. Alto, delgado, vigoroso y con la musculatura fibrosa propia de los trabajadores físicos, Philip Blake comparte con su hermano los rasgos oscuros: ojos almendrados y cabello negro azabache, herencia de su madre mexicana. Su nombre era Rosa García y su fisonomía ha predominado en la familia sobre la del padre, un alcohólico corpulento, tosco, con ascendencia escocesa e irlandesa llamado Ed Blake. Pero Philip, tres años menor que Brian, se había llevado todo el músculo.

Ahí está con su metro ochenta y pico y sus vaqueros desgastados, las botas de trabajo y la camisa de lino, el bigote a lo Fu Manchú y los tatuajes de preso, como buen motero. Se dispone a desplazar su figura imponente hasta su descompuesto hermano y a soltarle algún comentario ácido, pero se detiene. Oye algo que no le gusta al otro lado del vestíbulo.

Bobby Marsh, un amigo suyo del instituto, se limpia una hacha en los pantalones de talla XXL al pie de la escalera. Dejó los estudios y, con treinta y dos años y el pelo castaño y grasiento recogido en una cola baja, no está exactamente obeso, pero sí tiene un claro problema de sobrepeso; es sin duda el tipo de tío al que sus compañeros del instituto Burk County llamarían bola de grasa. Bobby profiere una risilla nerviosa, aguda, que hace que le tiemble la barriga, mientras mira cómo Brian Blake vomita. Es una risa insípida y vacía, como un tic, que Bobby parece no saber dominar.

Empezó a reírse así hace tres días, cuando uno de los primeros muertos vivientes apareció en una estación de servicio cerca del aeropuerto de Augusta. Era mecánico. Salió de su escondite con el mono empapado de sangre y un trozo de papel higiénico enganchado en el talón; habría convertido al gordo de Bobby en su almuerzo de no haber sido porque Philip intervino y molió a palos al bicho con una ganzúa.

El descubrimiento del día fue que un fuerte golpe en la cabeza los tumba de forma limpia. Aquello provocó más risillas nerviosas por parte de Bobby —obviamente un mecanismo de defensa— y bastante parloteo histérico en torno a si se debía «al agua, tío, como pasó con la puta Peste Negra». Pero Philip no quería saber en aquel momento por qué les había tocado aquella tormenta de mierda, y seguro que ahora tampoco.

—¡Eh! —interpela Philip a la mole—. ¿Te sigue pareciendo gracioso todo esto?

La risilla de Bobby se apaga.

Al otro lado de la habitación, junto a una ventana que da al oscuro patio trasero —ahora mismo envuelto por la noche—, una cuarta figura los observa incómoda. Es Nick Parsons, otro amigo de la infancia de Philip, de treinta y pico años, menudo, delgado, con pinta de estudiante de colegio privado y corte de pelo al cero, estilo deportista. Nick es el religioso del grupo y al que más le ha costado hacerse a la idea de que tenía que destruir cosas que antes eran humanas. Tiene los pantalones militares y las deportivas salpicados de sangre, y una mirada traumatizada que sigue a Philip mientras se acerca a Bobby.

—Lo siento, tío —masculla Bobby.

—Mi hija está ahí —dice Philip con la cara casi pegada a la de Marsh. La inestable mezcla química de rabia, miedo y dolor puede entrar en combustión en cualquier momento en el interior de Philip Blake.

Bobby mira al suelo cubierto de sangre.

—Lo siento, lo siento.

—Trae las lonas, Bobby.

A dos metros de él, Brian Blake, aún a cuatro patas, acaba de expulsar el contenido de su estómago y sigue jadeando.

Philip se acerca a su hermano mayor y se arrodilla a su lado.

—Échalo todo.

—Estoy... aj... —replica Brian con voz ronca mientras se sorbe la nariz y trata de construir un pensamiento completo.

Philip le pone la mano, enorme, mugrienta y callosa, en el hombro.

—Tranquilo, hermano. Tú échalo.

—Lo... lo siento.

—No importa.

Brian consigue dominarse y se limpia la boca con el dorso de la mano.

—¿Habéis acabado con todos?

—Sí.

—¿Seguro?

—Sí.

—¿Has mirado... en todas partes? En el sótano y por ahí.

—Sí, señor, en todas partes: incluso en los dormitorios y en el ático. El último salió al oír tu puta tos, haces tanto ruido como para despertar a los muertos. Era una adolescente. Quería una de las papadas de Bobby para almorzar.

Brian traga con dificultad y dolor.

—Esa gente... vivía aquí.

Philip suspira.

—Ya no.

Brian reúne fuerzas para mirar a su alrededor y luego levanta la vista hacia su hermano. El mayor tiene la cara bañada de lágrimas.

—Eran una... familia.

Philip asiente sin decir nada. Siente el impulso de darle un abrazo a su hermano (sí, ¿qué coño pasa?), pero se limita a seguir diciendo que sí con la cabeza. No piensa en la familia de zombies que acaba de eliminar ni en las implicaciones de la carnicería abrumadora que lleva tres días perpetrando: mata a individuos que antes eran mujeres florero, carteros y empleados de gasolinera. El día anterior, Brian les había soltado una mierda de rollo intelectual sobre la diferencia entre la moral y la ética en aquella situación: desde el punto de vista moral, uno no debería asesinar jamás; pero desde la ética, que tiene un matiz distinto, se debería mantener la política de matar siempre que sea en defensa propia. Pero Philip no cree que lo que ellos hacen sea asesinar. No se puede matar a un bicho al que ya se han cargado. Lo que hay que hacer es aplastarlos como si fueran insectos y seguir adelante sin darle tantas vueltas a todo.

La cuestión es que, ahora mismo, Philip ni siquiera está pensando en el siguiente movimiento que hará su grupo de bravucones —cosa que dependerá de él totalmente, ya que se ha convertido en el líder de facto de la pandilla y no parece que haya más alternativa que asumirlo—. En este momento, Philip Blake está concentrado en un único objetivo: desde que empezara la pesadilla, hace menos de setenta y dos horas, y la gente comenzara a transformarse por razones que nadie ha podido hallar todavía, lo único en lo que ha podido pensar es en proteger a Penny. Por eso se largó con viento fresco de su pueblo natal, Waynesboro, hace dos días.

Se trataba de un pequeño pueblo granjero en la parte oriental del centro de Georgia que se había ido al garete en cuestión de segundos en cuanto la peña había empezado a morir y a resucitar. Pero la necesidad de garantizar la seguridad de Penny fue lo que había convencido a Philip de que debía ahuecar el ala. Y precisamente por Penny había fichado a sus antiguos colegas para que lo ayudaran; por Penny se había puesto en marcha hacia Atlanta, donde, según las noticias, se estaban organizando centros de refugiados. Todo por Penny. Penny es lo único que le queda a Philip Blake. Es lo único por lo que sigue luchando, el único bálsamo para el dolor de su alma.

Mucho antes de que aquella inexplicable epidemia estallase, el vacío de su corazón se hacía notar a las tres de la mañana en las noches de insomnio. Era la hora exacta en que había perdido a su mujer en una autopista al sur de Athens. Costaba creer que hubieran pasado ya cuatro años. Sarah había ido a ver a una amiga a la Universidad de Georgia y habían bebido; perdió el control del coche en las curvas de la carretera del condado de Wilkes.

Desde el momento en que identificó el cadáver, Philip supo que jamás volvería a ser el mismo. No tenía ningún reparo en hacer lo que tocase, como compaginar dos trabajos para que a Penny no le faltase alimento, ni ropa, ni cuidados, pero ya no sería el mismo. Tal vez por eso estaba pasando todo aquello. Era una broma de Dios. Cuando las langostas lleguen y la sangre tiña las aguas del río de rojo, le tocará llevar el rebaño al tipo que más tenga que perder.

—Qué importa quiénes fueran —le dice Philip por fin a su hermano— o qué fueran.

—Sí... tienes razón.

Durante ese rato, Brian ha conseguido incorporarse, sentarse con las piernas cruzadas y respirar hondo con dificultad. Observa a Bobby y Nick, que están al otro lado de la sala desenrollando unas lonas y abriendo bolsas de basura. Empiezan a colocar los cuerpos, que aún chorrean, en las lonas.

—Lo único que importa es que hemos limpiado este sitio —afirma Philip—. Podemos quedarnos aquí esta noche y, si conseguimos algo de gasolina cuando amanezca, podríamos llegar a Atlanta mañana.

—Pero es que no tiene sentido —murmura Brian llevando la vista de un cuerpo a otro.

—¿De qué estás hablando?

—Míralos.

—¿Qué? —Philip echa un vistazo a los espantosos restos de la matriarca mientras la llevan rodando hasta la lona—. ¿Qué les pasa?

—Sólo son ellos, la familia.

—¿Y qué?

Brian tose con la manga delante de la boca y luego se la limpia con ella.

—O sea, está la madre, el padre, los cuatro chavales... y ya está.

—Pues sí, pero ¿y qué?

Brian mira a Philip.

—¿Cómo se lo han montado para que les pase esto? ¿Se transformaron todos la vez? ¿Mordieron a uno y ése infectó a los de dentro?

Philip medita un momento, al fin y al cabo él también trata de entender lo que está pasando y de qué va toda esta locura; pero después de un rato se cansa de pensar y dice:

—Venga, levanta ese culo de vago y échanos una mano.

Les cuesta una hora limpiarlo todo. Penny permanece en el armario todo ese rato. Philip le lleva un peluche que ha encontrado en el cuarto de uno de los niños y le dice que ya falta poco para que pueda salir. Brian limpia la sangre del suelo, sin dejar de toser a intervalos irregulares, mientras los otros tres hombres arrastran los cuerpos envueltos en las lonas —dos grandes y cuatro más pequeñas— a través de las puertas correderas hasta el otro lado del porche de cedro.

El cielo nocturno de finales de septiembre está despejado y frío como las oscuras profundidades marinas, y una profusión de estrellas, impasibles, se burla de ellos con su alegre centelleo. Los tres hombres jadean en la penumbra mientras trasladan los bultos por las tablas de madera. Llevan hachas de mano en el cinturón. Philip también oculta una pistola en la parte de atrás del pantalón, una vieja Ruger 22 que compró en un mercadillo hace años. Pero en este momento a nadie se le ocurriría despertar a los muertos con el ruido de un disparo. El viento les trae el revelador zumbido de los caminantes: gemidos confusos, pasos pesados... provienen de algún rincón oscuro de los terrenos vecinos.

Este año el otoño ha llegado a Georgia temprano y con mucho frío; se supone que hoy el termómetro caerá en picado hasta situarse entre 4 grados y -2. Al menos según el informe que la radio local AM ha emitido antes de dejar paso a una ráfaga de interferencias. Hasta este punto del viaje, Philip y su equipo han ido siguiendo la tele, la radio e Internet a través de la Blackberry de Brian.

En medio del caos generalizado, las noticias le transmiten a la gente que todo va a las mil maravillas: vuestro leal gobierno lo tiene todo bajo control y este pequeño bache en el camino quedará nivelado en cuestión de horas. Las radios de protección civil repiten avisos en los que se recomienda al público que no salga de casa, que no permanezca en áreas poco concurridas, que se lave las manos con frecuencia, que beba agua embotellada y blablablá.

Obviamente, nadie tiene respuestas. Y tal vez lo más sintomático de todo sea que cada vez haya menos frecuencias retransmitiendo. Por suerte, las gasolineras siguen teniendo combustible, los supermercados continúan abastecidos, y la red eléctrica, las comisarías y otras infraestructuras de la civilización aún están en pie.

Pero Philip teme que un fallo eléctrico general lo complique todo de forma extraordinaria.

—Vamos a tirarlos a los contenedores de detrás del garaje —ordena éste, tan bajo que casi susurra, mientras arrastra dos bultos de lona hasta la valla de madera adyacente al garaje de tres plazas. Quiere hacerlo discretamente y en silencio, sin atraer a ningún zombie. Nada de fuego, nada de ruidos agudos ni disparos si se pueden evitar.

Un camino de gravilla conduce hasta la cerca de cedro de unos dos metros, como suele ser habitual en los garajes grandes contiguos a los patios traseros. Nick arrastra la carga hasta la verja, un bloque macizo de tablas de cedro con un picaporte de forja. Suelta el bulto y la abre.

Un cadáver andante lo espera al otro lado de la puerta.

—¡Cuidado, tíos! —grita Bobby Marsh.

—¡Cállate, joder! —masculla Philip entre dientes mientras lleva la mano al hacha que tiene en el cinturón. Ya está a medio camino hacia la verja.

Nick retrocede.

El zombie se le acerca dando tumbos, tratando de morderlo, pero no le alcanza el pectoral izquierdo por unos milímetros y se oye el sonido de sus dientes amarillentos batiendo impotentes como castañuelas. A la luz de la luna, Nick logra distinguir que es un varón adulto de avanzada edad que viste una sudadera de cremallera hecha jirones, pantalones de golf y zapatos caros de clavos. El fulgor de la luna ilumina una mirada lechosa, velada por las cataratas: debía de ser el abuelo de alguien.

Nick observa detenidamente a la cosa antes de tropezar y caer de culo en la exuberante alfombra de grama. El golfista muerto se cuela a trompicones por la abertura y cae al césped con un destello metálico que surca el aire.

El hacha de mano de Philip aterriza de lleno en la cabeza del monstruo, le parte el cráneo —que tiene aspecto de coco—, perfora la membrana densa y fibrosa de la duramadre y se hunde en su gelatinoso lóbulo parietal. Suena igual que cuando se rompe un tallo de apio y lanza al aire un coágulo de fluido salobre. El brío insectil de su rostro se apaga inmediatamente, como el de un dibujo animado cuya proyección se hubiese atascado.

El zombie se desploma con la desgarbada pesadez de un petate vacío.

El hacha, hundida hasta el mango, arrastra a Philip hacia adelante y hacia abajo. Tira de ella. La punta está atascada.

—Cierra la verja de una puta vez y no hagas ruido, joder —dice Philip, aún con un susurro frenético, mientras pisa el cráneo destrozado del cadáver con la bota izquierda, una Chippewa con punta de hierro.

Los otros dos se ponen en marcha como si de un número de danza sincronizada se tratase: Bobby deja en seguida su carga y corre hacia la verja. Nick logra ponerse en pie y retrocede, aún presa del horror. Bobby se apresura a echar el cerrojo de hierro; produce un traqueteo metálico y apagado que reverbera en la oscura extensión de césped.

Philip consigue por fin extraer el hacha de la obstinada corteza del cráneo del zombie. Sale con un leve chasquido. Se da la vuelta hacia los restos de la familia muerta; su pensamiento se nubla a causa del pánico al oír un ruido inesperado y extraño procedente de la casa.

Vuelve la vista y ve que en la parte de atrás de la casa hay una ventana con luz.

A través de la puerta corredera de vidrio se ve la silueta de Brian que golpea el cristal pidiéndoles a Philip y a los demás que se apresuren, que vayan ya. Lleva la palabra «urgencia» escrita en la cara. No tiene nada que ver con el golfista muerto, eso ya lo sabe Philip. O sea que algo va mal.

«Por Dios, que no le haya pasado nada a Penny.»

Philip suelta el hacha y atraviesa el jardín en segundos.

—¿Qué hacemos con los fiambres? —le pregunta Bobby Marsh a Philip.

—Déjalos —le grita Philip mientras sube al porche y cruza las puertas correderas.

Brian los espera con la puerta entreabierta.

—Tienes que ver esto, tío —le dice.

—¿Qué pasa? ¿Y Penny? ¿Está bien? —Philip se ha quedado sin aliento. Bobby y Nick cruzan el porche y vuelven a entrar en la cálida casa colonial.

—Penny está bien —asegura Brian.

Lleva en las manos una foto enmarcada.

—Está bien y dice que no le importa quedarse un rato más en el armario.

—Por Dios Santo, Brian, ¿de qué coño va esto? —Philip recobra el aliento; tiene los puños cerrados.

—Quiero enseñarte una cosa. ¿Queréis que nos quedemos aquí esta noche? —pregunta mirando hacia la mampara corredera—. Mira: la familia murió aquí, ¿no? Los seis. ¿Seis?

Philip se enjuaga la cara.

—Suéltalo, tío.

—¿No lo ves? Se transformaron a la vez. La familia entera. ¿Me sigues? —continua Brian después de toser; señala los seis bultos que yacen junto al garaje.

—Tenemos seis ahí fuera, en el jardín. Míralos: mamá, papá y los cuatro niños.

—¿Y eso qué coño importa?

El retrato que sostiene Brian muestra a la familia en tiempos mejores, sonrientes, con cara de foto y vestidos con sus mejores galas.

—Estaba en el piano —dice.

—¿Y?

Brian señala al niño más pequeño de la foto, un chico rubio de unos once o doce años, con traje azul marino, flequillo y una sonrisa forzada.

Brian mira a su hermano y anuncia muy serio:

—En la foto salen siete.

DOS

La elegante casa colonial de dos pisos que Philip escogió para su prolongada parada en boxes se halla en una callejuela muy cuidada del corazón de una laberíntica urbanización vallada y con las calles jalonadas de árbol, conocida como Fincas Wiltshire.

Situada en una salida de la autopista 278, a unos treinta kilómetros al este de Atlanta, es un terreno de dos mil cuatrocientas hectáreas ganado a una reserva forestal de abetos y robles centenarios. Por el sur limita con las vastas colinas de un campo de golf de treinta y seis hoyos diseñado por Fuzzy Zoeller.

En el folleto gratuito que Brian Blake encontró en el suelo de una caseta de vigilancia abandonada esa misma tarde, un texto promocional muy floreado convierte el lugar en el sueño de toda Martha Stewart: «Las Fincas Wiltshire le ofrecen el estilo de vida de los triunfadores con servicios de primera categoría. "Lo mejor de lo mejor", según la *GOLF Magazine Living*... Triple A y cinco estrellas para el balneario-plantación de Shady Oaks, patrullas de seguridad veinticuatro horas y casas desde 475.000 dólares hasta más de un millón».

La cuadrilla de los Blake se tropezó con la lujosa valla de la entrada al atardecer, cuando iban de camino a los centros de refugiados de Atlanta embutidos en el renqueante Chevrolet Suburban de Philip. A la luz de los faros, descubrieron los elaborados ornamentos de forja y el enorme rótulo arqueado con el nombre de Wiltshire a lo largo de los barrotes, y se detuvieron a indagar.

Al principio, Philip pensó que podrían aprovechar para hacer una parada rápida, descansar un poco y buscar provisiones para la recta final hasta la ciudad. Tal vez encontraran a alguien más que estuviera en su misma situación, otros supervivientes, y quizá alguna alma caritativa que les echase una mano. Pero en cuanto los cinco viajeros, cansados, hambrientos, nerviosos y aturdidos, se adentraron en los senderos sinuosos de Wiltshire con la noche pisándoles los talones, comprendieron que aquel lugar estaba, casi en su totalidad, muerto.

No se veía luz en ninguna ventana, había pocos coches en las carreteras o aparcados. En una esquina, una boca de incendios reventada a la que nadie prestaba atención iba pulverizando algo espumoso sobre el césped. En otro rincón se veía un BMW abandonado con el morro incrustado contra un poste telefónico y la puerta del copiloto abierta. Al parecer, la gente se había marchado apresuradamente.

La razón principal por la que huyeron se deducía de las sombras distantes que se veían en el campo de golf, en los barrancos de detrás del complejo e incluso aquí y allá por las calles iluminadas. Los zombies caminaban arrastrando los pies sin rumbo fijo, como vestigios fantasmagóricos de su identidad original, y dejaban escapar a través de sus boqueadas desidiosas un gemido herrumbroso que Philip oía muy bien pese a llevar las ventanas del Suburban cerradas a cal y canto mientras recorrían el laberinto de calles anchas y recién asfaltadas.

La epidemia, o castigo de Dios, o lo que quiera que hubiera desencadenado aquello, debía de haber alcanzado las Fincas Wiltshire de lleno y de forma fulminante. La mayoría de los muertos vivientes parecían confinarse a los espacios de paseo del campo de golf. Algo debía de haber ocurrido allí, algo que acelerara el proceso. Tal vez que los golfistas fueran más viejos y lentos. Tal vez a los muertos vivientes les gustara más su sabor. Quién sabe. Pero basta con mirar entre los árboles y por encima de las vallas de las casas para tener claro, incluso a muchos metros de distancia, que montones, tal vez centenares de muertos vivientes se han congregado en el vasto complejo de viviendas, calles, pasarelas y búnkers.

En la oscuridad de la noche, parecen insectos formando un perezoso enjambre.

Por muy desconcertante que sea, el fenómeno ha dejado la urbanización adyacente casi desierta, con su circuito interminable de callejones sin salida y paseos sinuosos. Y cuantas más vueltas daban por el barrio Philip y sus asombrados pasajeros, más deseaban catar aunque no fuera más que una migaja de ese estilo de vida de los triunfadores, una gota, lo justo para reponer fuerzas y volver a la carga.

Pensaron que podrían hacerlo pasando la noche allí para seguir adelante con energías renovadas al día siguiente.

Escogieron la gran casa colonial del final de Green Briar Lane porque tenía pinta de estar lo bastante lejos del campo de golf como para que no hubiera ataques del enjambre. Tenía un jardín grande con un buen campo visual y una valla alta y robusta. Y además parecía estar vacía. Pero cuando entraron con el coche sigilosamente, atravesaron el césped hasta una puerta lateral, dejaron el vehículo sin cerrar y con las llaves puestas y se colaron dentro de la casa uno por uno, todo se les echó encima al instante. Los primeros crujidos vinieron del piso de arriba y, al oírlos, Philip mandó a Nick al coche a buscar las hachas que tenían en el maletero.

—Te he dicho que los hemos liquidado a todos —repite Philip para tratar de tranquilizar a su hermano, que está sentado al otro lado de la cocina, en la barra de desayuno.

Brian no dice nada, se limita a mirar fijamente su cuenco de cereales caldosos. Tiene al lado un frasco de jarabe antitusivo, del que ya se ha tomado un cuarto.

Penny está sentada junto a él, también con un cuenco de cereales de maíz delante. Ha colocado un pingüino de peluche del tamaño de una pera al lado del cuenco y de vez en cuando le acerca la cuchara para hacer ver que comparte los cereales con el muñeco.

—Hemos comprobado hasta el último rincón de este lugar —asegura Philip mientras abre las puertas de todos los armarios.

La cocina es la imagen de la abundancia, pletórica de provisiones y lujos de la clase alta: cafés *gourmet*, trituradora, copas de cristal tallado, estantes botelleros, pasta artesanal, mermeladas pijas, condimentos de todo tipo, licores caros y cacharros de cocina de todas las formas y tamaños. La kilométrica encimera Viking está impecable, y el frigorífico, enorme, está repleto de carnes caras, fruta, productos para untar, lácteos y unas cajitas de comida china para llevar con restos aún comestibles.

—Tal vez estuviera visitando a un pariente o algo —añade Philip al fijarse en una botella de whisky escocés *single-malt* que se veía en una estantería—. Puede que se hubiera ido a ver a sus abuelos o se se hubiera quedado en casa de un amigo, o algo.

—¡La hostia en vinagre! ¡Mirad esto! —exclama Bobby Marsh desde el otro lado de la cocina. Está delante de la despensa e inspecciona animadamente todos los productos que contiene—. Esto parece la puta Fábrica de Chocolate de Willy Wonka... galletas, lenguas de gato... y pan que parece estar bueno aún.

—Este sitio es seguro, Brian —afirma Philip al tiempo que coge la botella de whisky.

—¿Seguro? —Brian Blake mira el tablero de la mesa. Se le escapa un golpe de tos y se encoge.

—Eso es lo que he dicho. Y además es lo que pienso.

—¡Acabo de perder otro! —se queja una voz desde la otra punta de la cocina.

Es Nick. Lleva los últimos diez minutos haciendo *zapping* por los canales de un pequeño televisor de plasma empotrado en un armario a la izquierda del fregadero. Busca con ansiedad noticias de última hora en las televisiones locales y justo ahora, a las 11.45 GMT-6, la Fox 5 News se ha caído. Lo único que queda en la caja tonta, aparte de los canales nacionales que emiten reposiciones de documentales y películas viejas, es la inquebrantable CNN de Atlanta, que en este momento retransmite avisos de emergencia: las mismas pantallas con las mismas indicaciones que llevan días difundiendo. Incluso la Blackberry de Brian está a punto de pasar a mejor vida y va perdiendo señal en la zona. Pero cuando coge cobertura, el trasto se llena de correos masivos, etiquetas de Facebook y tuits anónimos con mensajes crípticos como:

«...el Reino se sumirá en las Tinieblas...»

«...Todo empezó con los pájaros que cayeron del cielo...»

«...Quemadlo todo, quemadlo...»

«...Blasfemias...»

«...Hombre bueno es hombre muerto...»

«...La casa del Señor se ha convertido en la morada de los demonios...»

«...No me culpes, soy una libertaria...»

«...Cómeme...»

—Apágalo, Nick —le ordena Philip, sombrío, mientras se deja caer en una silla de la barra de desayunar con la botella. Frunce el cejo y se lleva la mano a la parte de atrás del cinturón, donde la pistola se le está clavando en la parte baja de la espalda. Deja la Ruger en la mesa, abre el whisky y bebe un buen trago.

Brian y Penny miran fijamente la pistola.

Philip le pone el tapón a la botella y se la lanza a Nick, que la coge con el aplomo de un segunda base nacional (cosa que fue en otro tiempo).

—Sintoniza el canal bebercio un rato... tienes que dormir un poco y dejar de mirar la pantalla.

Nick bebe un sorbo. Repite la misma acción, cierra la botella y se la pasa a Bobby.

A éste casi se le cae. Sigue de pie frente a la despensa, ocupado en engullir un paquete de galletas Oreo. El polvillo negro ya se le ha acumulado en las comisuras de la boca. Se traga las galletas con un sorbo de whisky y suelta un agradecido eructo.

Philip y sus dos amigos están habituados a beber juntos, y hoy lo necesitan más que nunca. Empezaron en su primer año de instituto tomando licor de crema de menta y vino de sandía en las tiendas de campaña que plantaban en los jardines de sus respectivas casas. Más adelante, pasaron al combinado de cerveza con whisky, tequila o vodka después de los partidos de fútbol. Nadie aguantaba el alcohol mejor que Philip Blake, pero los otros dos eran duros rivales en la carrera de los espirituosos.

Cuando llevaba poco tiempo casado, Philip salía a menudo de marcha con sus dos compañeros de instituto, más que nada para recordarse a sí mismo lo que era ser joven, soltero e irresponsable. Pero después de la muerte de Sarah, los tres amigos se distanciaron. El estrés de ser padre soltero, el trabajo en el taller mecánico y las noches que pasaba conduciendo el tren de mercancías mientras Penny dormía en el coche-cama lo habían consumido. Las salidas de los chicos eran cada vez menos frecuentes. Aunque de vez en cuando —precisamente el mes pasado—, Philip encontraba tiempo para quedar con Bobby y Nick en el Tally Ho, en el Wagon Wheel Inn o en cualquier otro antro de Waynesboro y pasar una noche de inofensivo desmadre (mientras la abuela Rose cuidaba de Penny).

A lo largo de los últimos años, Philip había empezado a preguntarse si seguía viendo a esos dos para sentirse vivo. Tal vez ésa fuera la razón por la que el domingo anterior, cuando se lió la de Dios en Waynesboro y decidió coger a Penny y largarse a algún sitio más seguro, fue a buscar a Nick y a Bobby para que se marcharan con él. Eran parte de su pasado y eso era una ayuda, en cierto modo.

Sin embargo, no tenía intención de llevarse también a Brian. Se tropezó con él por accidente. El primer día de viaje, Philip se desvió hasta Deering, a unos veinte kilómetros de Waynesboro, para ver cómo estaban sus padres. La pareja vivía en una urbanización para jubilados junto a la base militar de Fort Gordon. Cuando Philip llegó a la casita de sus viejos, se encontró con que toda la población de Deering había sido trasladada a la base por razones de seguridad.

Ésas fueron las buenas noticias. Que Brian estuviera allí fue la mala. Estaba atrincherado en la casa desierta, agazapado en el sótano, en el hueco del cableado, petrificado ante el creciente número de muertos vivientes del paraje. Philip casi había olvidado la situación actual de su hermano: Brian había vuelto a casa de sus padres cuando, después de haberse casado con aquella jamaicana loca de Gainesville, todo se había ido al traste. La chica había decidido soltar amarras y volver a Jamaica. Aquello, sumado al hecho de que todos y cada uno de los alocados negocios de Brian habían fracasado —la mayoría de ellos financiados por sus padres, como la idea brillante de abrir una tienda de música en Athens cuando ya había una en cada esquina— hacía que Philip se horrorizara al pensar que tendría que cuidar de su hermanito durante un plazo de tiempo indefinido. Pero lo hecho, hecho estaba.

—Eh, Philly —dice Bobby desde el lado opuesto de la cocina cuando está a punto de terminarse las galletas—. ¿Tú crees que los centros de refugiados de la ciudad seguirán en pie?

—A saber. —Philip mira a su hija—. ¿Cómo estás, Bichito?

La niña se encoge de hombros.

—Bien. — Su voz apenas se oye, parece el tintineo de una campanilla de viento en la brisa. Mira al pingüino de peluche—. Más o menos.

—¿Qué te parece esta casa? ¿Te gusta?

Penny se encoge de hombros de nuevo.

—No sé.

—¿Quieres que nos quedemos aquí un tiempo?

La pregunta capta la atención de todos. Brian mira a su hermano. Todas las miradas están puestas en Philip. Finalmente es Nick el primero en hablar:

—¿Qué quiere decir «un tiempo»?

—Pásame ese mejunje —dice Philip acercándose a Bobby para coger la botella. Su amigo se la da, Philip toma un trago largo y saborea la sensación de ardor que le produce—. Mirad este sitio —continúa después de limpiarse la boca.

Brian está confundido.

—Dijiste que sólo pasaríamos aquí la noche, ¿no?

Philip coge aire.

—Sí, pero estoy cambiando de idea justo ahora.

Bobby se dispone a replicar:

—Sí, pero es que...

—Tíos, es una idea. Tal vez sea mejor pasar desapercibidos un tiempo.

—Vale, Philly, pero ¿qué pasa con...?

—Podríamos quedarnos aquí, Bobby, y ver qué pasa.

Nick ha estado escuchando con atención.

—Venga tío, si han dicho en el telediario que las grandes ciudades son las más seguras...

—¿El telediario? Joder, Nick, ¿quieres quitarte esa mierda de la cabeza? Los noticiarios se han ido al carajo como toda la población. Pero mira esto. Dime un centro de refugiados donde vayamos a tener lo que hay aquí: camas para todos, comida para semanas, un whisky de veintidós años, duchas, agua caliente, lavadora...

—Es que estamos tan cerca... —dice Bobby después de reflexionar un instante.

Philip suspira.

—Sí, bueno... cerca es un término relativo.

—Quince kilómetros como mucho.

—O quince mil si nos encontramos la interestatal 278 llena de restos y plagada de las cosas esas.

—Eso no nos detendrá —insiste Bobby. Le brillan los ojos; chasquea los dedos—. Construiremos un... ¿cómo se llama? ¡Una pala de puta madre en el frontal, como en *Mad Max 2*!

—Esa boca, Bobby —lo increpa Philip señalando a la niña con un movimiento de cabeza.

Nick continúa.

—Tío, si nos quedamos aquí, es cuestión de tiempo que esos bichos que están ahí fuera en... —se detiene y mira a la niña. Todos saben de qué está hablando.

Penny observa detenidamente los cereales, como si no estuviera escuchando.

—Estas casas son muy sólidas, Nicky —rebate Philip al tiempo que deja la botella y cruza los brazos musculosos sobre el pecho. Le ha estado dando muchas vueltas al problema de las hordas que vagabundean por el campo de golf. La clave sería no hacer ruido, ocultar la luz por la noche, no enviar señales de ningún tipo, no dejar escapar olores y no montar alboroto. Mientras haya electricidad y seamos resolutivos, todo irá bien.

—¿Con una pistola? —pregunta Nick—. Si ni siquiera podemos usarla sin llamar su atención.

—Miraremos en otras casas a ver si encontramos armas. Estos ricachones son de los que cazan ciervos; fijo que encontramos hasta un silenciador para la Ruger... o fabricamos uno y listo. ¿Habéis visto el taller que tienen abajo?

—Sí, hombre... ¿nos vamos a poner a fabricar armas? Tío... lo único que tenemos par defendernos es...

—Philip tiene razón.

La voz de Brian los sobrecoge a todos: ronca, silbante, y con un tono de total certeza. Aparta los cereales y mira a su hermano.

—Tienes razón.

Philip es el que más desconcertado está ante la convicción que muestra la voz nasal de Brian.

Su hermano se levanta, rodea la mesa y se queda en la puerta que da al comedor elegantemente amueblado. Las luces están apagadas y las cortinas echadas. Señala la pared frontal.

—El único problema es la fachada de la casa. Los laterales y la parte de atrás están bien protegidos por la valla, que es muy alta. Parece que los muertos no saben... bueno, traspasar barreras y tal; y por aquí todas las casas tienen el jardín vallado.

Durante un instante, da la sensación de que va a ponerse a toser, pero se aguanta y se pone la mano delante la boca un momento. Le tiembla el pulso. Continúa:

—Si podemos... no sé, conseguir materiales de otras casas, tal vez seamos capaces de construir una barrera de seguridad delante de la casa... y también de las casas vecinas.

Bobby y Nick se miran. Nadie contesta hasta que Philip esboza una sonrisa y dice:

—Dejádselo al licenciado.

Hacía mucho tiempo que los Blake no se sonreían el uno al otro, pero ahora Philip ve que el negado de su hermano por lo menos quiere ser útil, hacer algo por la causa, hacer fuerza. Y Brian parece ganar confianza gracias a la aprobación de Philip.

Nick no lo ve claro.

—Pero... ¿cuánto tiempo estaremos aquí? Aquí metido me siento como una presa fácil.

—No sabemos lo que va a pasar —dice Brian, con una voz áspera y un tono un tanto obsesivo—. No sabemos lo que ha provocado esto, ni lo que va a durar... Quizá, no sé, descubran algo, encuentren un antídoto... ¿y si les da por lanzar alguna sustancia con aviones fumigadores? Tal vez el Centro de Control de Enfermedades pueda contenerlo... nunca se sabe. Creo que Philip tiene razón. Deberíamos quedarnos un tiempo aquí y tranquilizarnos.

—Has dado en el clavo —dice Philip Blake con una enorme sonrisa. Está sentado con los brazos cruzados. Le guiña un ojo a su hermano.

Brian le devuelve el guiño y asiente satisfecho; se retira de los ojos un mechón de pelo grueso como la paja. Coge un poco de aire que llevar a sus jadeantes pulmones y se dirige, triunfante, hacia la botella de whisky, que está en la mesa, junto a Philip. La coge con un brío que no mostraba desde hacía años, se la lleva a los labios y bebe un gran trago con el victorioso ademán de un vikingo que celebra una caza fructífera.

Al instante se estremece, se dobla y suelta una descarga de toses que parece una metralleta. La mitad del líquido que tenía en la boca sale disparado por toda la cocina, y él tose, tose y resuella frenéticamente; los demás se limitan a mirarlo. La pequeña Penny está pasmada, con los ojos enormes como platos, y se limpia unas gotitas de licor de la mejilla.

Philip mira a ese lamentable despojo que tiene por hermano y luego a sus colegas. Al otro lado de la cocina, Bobby Marsh lucha por aguantar una carcajada. Nick trata de reprimir la sonrisa que se dibuja en sus labios. Philip se dispone a decir algo, pero no logra evitar echarse a reír y su risa es contagiosa. Los demás ríen también.

Al cabo de unos instantes todos están desternillándose, algo histéricos, incluso Brian. Y por primera vez desde que empezó esta pesadilla sus risas son auténticas: con ellas están liberando algo oscuro y frágil que acechaba en su interior.

Esa noche se organizan para dormir por turnos. Hay una habitación para cada uno en el piso de arriba, todas con lo que dejaron sus antiguos habitantes como vestigios fantasmagóricos en un museo: un vaso de agua a medio beber en la mesita de noche, una novela de John Grisham abierta por una página que jamás terminaron de leer, un par de pompones colgando de una cama infantil con dosel...

Durante la mayor parte de la noche, Philip monta guardia abajo, en el salón, con la pistola en una mesita auxiliar a su lado y Penny embutida bajo unas mantas en un sofá junto a su sillón. La niña intenta en vano dormirse y, hacia las tres de la mañana, cuando Philip descubre que su mente vuelve a los pensamientos atormentados sobre el accidente de Sarah, ve por el rabillo de ojo que Penny no para de dar vueltas y de agitarse.

Philip se inclina hacia ella, le acaricia el cabello negro y susurra:

—¿No puedes dormir?

La niña está tapada hasta la barbilla y mira a su padre. Niega con la cabeza. Su pálido rostro es casi angélical a la luz anaranjada de la estufa que Philip ha arrastrado hasta el sofá. Fuera, a lo lejos, casi imperceptible sobre el suave zumbido del radiador, el coro discordante de gemidos sigue implacable, como si unas olas infernales azotaran la orilla del mar.

—Papá está aquí, Bichito, no te preocupes —le dice dulcemente, mientras le acaricia la mejilla—. Siempre estaré aquí.

Ella asiente.

Philip le dedica una sonrisa tierna, se incina y la besa en la ceja izquierda.

—No dejaré que te pase nada.

La niña vuelve a asentir. Tiene el pingüino de peluche acurrucado junto al cuello. Lo mira y frunce el cejo. Se pone el muñeco en la oreja y actúa como si le estuviera contando un secreto al oído. Vuelve la mirada a su padre.

—Papi...

—Dime, Bichito.

—Pingüino quiere saber una cosa.

—¿El qué?

—Quiere saber si esas personas están enfermas.

Philip respira hondo.

—Dile a Pingüino... que sí, que están enfermos. Más que enfermos. Por eso estamos... acabando con su sufrimiento.

—Papi...

—¿Sí?

—Pingüino quiere saber si nosotros también nos vamos a poner enfermos.

Philip le acaricia la mejilla a su hija.

—No, señora. Dile a Pingüino que seguiremos más sanos que una manzana.

Al parecer aquello satisface a la niña lo bastante como para que vuelva a su postura inicial y mire al vacío un rato más.

Hacia las cuatro de la mañana, otro espíritu insomne de otra parte de la casa se hace sus propias preguntas imponderables. Tumbado sobre una maraña de mantas, vestido sólo con una camiseta y unos bóxer, sudando la fiebre, Brian Blake mira fijamente el estucado del techo de la habitación, el dormitorio de una adolescente muerta, y se pregunta si éste es el fin del mundo. ¿Fue Rudyard Kipling el que dijo que el mundo termina «no con una explosión sino con un gemido»? No, un momento... fue Eliot. T. S. Eliot. Brian recuerda haber estudiado el poema... ¿«Los hombres huecos»? Fue en clase de literatura comparada en la Universidad de Georgia. Qué útil le había resultado aquella licenciatura.

Allí tumbado rumia sus fracasos —como todas las noches—, pero hoy sus cavilaciones se ven interrumpidas por imágenes sangrientas, como fotogramas de una *snuff movie* insertadas en su hilo de pensamiento.

Los viejos demonios despiertan, se mezclan con los miedos recientes y crean una hendidura en sus reflexiones: ¿podría haber hecho o dicho algo para evitar que su ex mujer, Jocelyn, se distanciase, se negase a hablar y dijera todas esas cosas que tanto le dolieron antes de regresar a Bahía Montego? ¿Se puede matar a esos monstruos con un solo golpe en la cabeza o hay que destruir el tejido cerebral? ¿Podría haber hecho algo, suplicar o pedir dinero prestado, para no tener que cerrar la tienda de música en Athens? Era única en todo el sur, una idea de puta madre: una tienda de equipos para cantantes de *hip hop*, con platos restaurados, pantallas de graves de segunda mano y micrófonos chillones adornados con cadenas de oro y abalorios estilo Snoop Dogg. ¿A qué velocidad se multiplican esas pobres víctimas ahí fuera? ¿Es una epidemia que se propaga por el aire o se contagia por el agua como el ébola?

Seguía dándole vueltas a la cabeza y volvía una y otra vez sobre los asuntos más inmediatos: la persistente sensación de que el séptimo miembro de la familia que vivía antes allí seguía en algún lugar de la casa.

Ahora que Brian ha acordado con sus compatriotas que se quedarán allí indefinidamente, no puede dejar de pensar en ello. Se fija en todos los crujidos, los chasquidos de los cimientos, el zumbido apagado de la caldera al activarse. Por alguna razón que no logra entender, está seguro de que ese niño de pelo rubio sigue en la casa, esperando, haciendo tiempo para... ¿para qué? Tal vez sea el único de la familia que no se transformó. Quizá esté aterrorizado y escondido.

Antes de retirarse aquella noche, Brian había insistido en revisar los rincones y recovecos de la casa una última vez. Philip lo había acompañado con una hacha de mano y una linterna y habían repasado de cabo a rabo el sótano, las vitrinas, los armarios y el almacén. Buscaron polizones insólitos en el congelador de carne de la bodega y hasta en la lavadora y la secadora. Nick y Bobby miraron en el desván, detrás de los baúles, en las cajas, en los armarios. Philip escudriñó debajo de las camas y detrás de los biombos. Aunque volvieron con las manos vacías, descubrieron alguna que otra curiosidad por el camino.

Dieron con un comedero de perro en el sótano, pero ni rastro del animal. También encontraron un surtido de herramientas eléctricas en el taller: sierras, taladros, fresadoras y hasta una pistola de clavos. Ésta podría ser muy útil para construir barricadas, porque era algo más silenciosa que un martillo.

De hecho, a Brian se le están empezando a ocurrir otras aplicaciones para la pistola de clavos cuando, de repente, oye un ruido que le pone la piel de todo el cuerpo de gallina.

Viene de arriba, de encima del techo.

Viene del desván.

TRES

En cuanto oye el ruido —y lo identifica casi inconscientemente como algo ajeno a los crujidos de la casa, el viento que sopla contra la buhardilla o la vibración de la caldera—, Brian se incorpora y se sienta en el borde de la cama.

Ladea la cabeza y aguza el oído. Suena como si alguien rascase algo, o tal vez como un retal de tejido al desgarrarse. El primer impulso de Brian es llamar a su hermano. Philip sería el que mejor se las apañaría en una situación así. Podría ser el niño, por el amor de Dios... o algo peor.

Pero se lo piensa mejor y se reprime. ¿Otra vez acojonado, como siempre? ¿Otra vez acudiendo a su hermano? ¿A su hermano pequeño, para colmo? ¿Al mismo al que llevaba de la mano camino del colegio todas la mañanas cuando ambos iban a primaria en el condado de Burke? No, joder. Esta vez no. Esta vez, Brian iba a echarle huevos.

Inspira profundamente, se vuelve y busca la linterna que había dejado en la mesita de noche. La encuentra y la enciende.

El haz de luz cruza la habitación a oscuras y proyecta un halo de luminosidad plateada en la pared opuesta. «Solos tú y yo», piensa Brian mientras se pone de pie. Tiene la cabeza fría y los sentidos alerta.

La verdad es que ponerse de acuerdo aquella noche con su hermano le había sentado estupendamente; la mirada de Philip parecía decir que tal vez Brian no fuera un caso perdido, a fin de cuentas. Había llegado el momento de demostrarle a Philip que lo de la cocina no era un farol. Podía resolver la papeleta igual de bien que él.

Se acerca a la puerta sigilosamente.

Antes de salir, coge el bate de béisbol metálico que había encontrado en el cuarto de los niños.

Los crujidos se oyen con mayor claridad en el pasillo cuando Brian se detiene debajo de la trampilla del desván, que no es más que una portezuela remozada incrustada en el techo del rellano de la segunda planta. El resto de las habitaciones que dan al pasillo, en el que resuenan los ronquidos de Bobby Marsh y Nick Parsons, se encuentran al otro lado del descansillo, en la parte este de la casa, fuera del alcance del ruido. Por eso Brian es el único que lo está oyendo.

Una tira de piel cuelga a suficiente altura para que Brian salte y se coja de ella. Tira de la trampilla de apertura mecánica y se despliega una escalera en acordeón que produce un chirrido metálico. Brian alumbra el oscuro pasadizo con la linterna. Las motas de polvo flotan en el haz de luz. La oscuridad es impenetrable, opaca. El corazón le late desbocado.

«Menudo cagón de mierda —piensa para sí—. Métete ahí de una puñetera vez.»

Sube la escalera con el bate de béisbol bajo el brazo y la linterna en la otra mano y se detiene al llegar arriba. Ilumina un gran baúl con pegatinas del Parque Estatal de Magnolia Springs.

Brian huele el hedor pútrido de la naftalina y la humedad. El frío otoñal se ha filtrado en el desván por las juntas del tejado. Nota la gelidez del aire en la cara. Tras unos instantes, vuelve a escuchar los arañazos.

Proceden de algún lugar indeterminado entre las sombras del desván. Brian siente la garganta tan seca como el desierto cuando alcanza la puerta. El techo tan bajo que se ve obligado a ir encorvado. Va en ropa interior y tiembla como un flan; Brian quiere toser pero no se atreve.

Los arañazos cesan. Y vuelven a empezar, vigorosos y rabiosos. Brian levanta el bate. Se queda muy quieto. Está descubriendo de nuevo toda la mecánica del miedo: cuando estás muy, pero que muy asustado, no tiemblas como en las películas. Te quedas quieto, como un animal erizado.

Sólo después empiezas a temblar.

El haz de la linterna recorre lentamente los sombríos nichos del desván, los despojos de los acaudalados: una bicicleta estática cubierta de telarañas, una máquina de remo, más baúles, pesas, triciclos, cajas de ropa, esquís acuáticos, una máquina de *pinball* cubierta de polvo. Los arañazos se detienen de nuevo.

La luz le revela un ataúd.

Brian se queda petrificado.

«¿Un ataúd?»

Philip ya va por la mitad de la escalera cuando se percata de que la trampilla del desván del descansillo del segundo piso está abierta y que de ella cuelga una escalerilla.

Se acerca al rellano sigilosamente, descalzo pero con calcetines. Tiene una hacha en una mano y una linterna en la otra. Lleva enfundada en el bolsillo de atrás de los vaqueros la pistola del calibre 22. Va sin camiseta y la luz de la luna que se filtra por el tragaluz ilumina su musculatura fofa.

Tarda tan sólo unos segundos en cruzar el descansillo y subir por la escalera de acordeón. Cuando se sumerge en la oscuridad del desván, atisba la silueta de una persona al fondo del estrecho habitáculo.

Antes de que Philip tenga ocasión de iluminar a su hermano con la linterna, la situación se aclara.

—Es una máquina de rayos UVA —dice la voz que le provoca un sobresalto a Brian. Durante los últimos segundos, Brian Blake ha permanecido de pie paralizado por el terror a tres metros del cubículo alargado y polvoriento. La parte de arriba está cerrada, como si fuera un estuche gigante, y hay algo que araña la tapa e intenta salir.

Brian se vuelve con nerviosismo y la luz de la linterna ilumina la cara de su hermano, demacrada y apesadumbrada. Philip sigue en el umbral de la puerta del desván con el hacha en la mano derecha.

—Apártate de ahí, Brian.

—¿Crees que es...?

—¿El niño desaparecido? —susurra Philip mientras se mueve con cautela hacia el objeto—. Comprobémoslo.

Los arañazos aumentan y se aceleran, como si el sonido de sus voces los estimulara.

Brian se da la vuelta hacia la máquina, coge fuerzas y levanta el bate de béisbol.

—Quizá se escondiera aquí después de transformarse.

Philip se acerca con el hacha.

—Sal de en medio, campeón.

—Yo me encargo —dice Brian con frialdad mientras dirige el bate hacia la puerta.

Philip da un paso hacia adelante y se interpone entre su hermano y la máquina de rayos UVA.

—No tienes que demostrarme nada, tío. Sal de en medio.

—Que no, joder, que me ocupo yo —le reprocha Brian entre dientes mientras intenta alcanzar la puerta.

Philip analiza a su hermano.

—Vale, como quieras. Hazlo, pero que sea rápido. Sea lo que sea... no le des demasiadas vueltas.

—Lo sé —le responde Brian agarrando el pestillo con la mano libre.

Philip se queda detrás, a escasos centímetros de su hermano. Brian descorre el pestillo. Los arañazos cesan. Philip levanta el hacha mientras Brian abre la puerta.

Dos movimientos rápidos —un par de borrones en la oscuridad— pasan a toda velocidad ante los ojos de Philip: el susurro del pelaje de una bestia y el arco que describe el bate de Brian.

Los sentidos exacerbados de Philip tardan un par de segundos en identificar al animal: un ratón sale disparado ante el resplandor de la linterna y se escabulle por el agujero de la fibra de vidrio, que está en una esquina.

El bate golpea el suelo con fuerza, lejos de alcanzar al roedor gordo, grasiento y de pelo grisáceo.

Con el impacto, salen volando pedazos del panel de control de la máquina de rayos UVA y juguetes viejos. Brian ahoga un grito y da un paso atrás al ver cómo el ratón desaparece por el agujero deslizándose hacia el interior de la base del aparato.

Philip suspira aliviado y baja el hacha. Empieza a decir algo cuando, de repente, oye una ligera melodía metálica entre las sombras, junto a él. Brian mantiene la mirada baja, respirando con dificultad.

Tras el golpe del bate, una pequeña caja sorpresa ha quedado en el suelo. Con la caída, se ha activado el mecanismo musical que contiene y han comenzado a sonar algunas notas de una nana de circo. Entonces, el resorte del payaso salta por el lateral del recipiente metálico.

—¡Buf! —exhala Philip agotado y con un tono nada humorístico.

A la mañana siguiente, el humor les mejora ligeramente tras un generoso desayuno a base de huevos revueltos, panceta, cereales, jamón, tortitas, melocotones y té con azúcar. Una mezcolanza de fragancias inunda la casa, que huele a café, a canela y a carne ahumada a la parrilla. Nick incluso prepara su salsa especial para carne, lo que lleva a Bobby al éxtasis absoluto.

Brian encuentra medicamentos para el resfriado en el botiquín del dormitorio grande y empieza a sentirse mejor después de tomarse un antigripal.

Tras el desayuno, exploran las zonas más cercanas del vecindario, el edificio cuadrado y aislado conocido como Green Briar Lane, y no les va nada mal. Encuentran un tesoro oculto compuesto por materiales y herramientas de construcción: leña para chimeneas, tablas de refuerzo para terrazas, reservas de comida en los frigoríficos, lámparas de gas en los garajes, abrigos de invierno y botas, cajas de clavos, licores, sopletes, agua embotellada, una radio de onda corta, un ordenador portátil, un generador, montones de DVD y, en uno de los sótanos, un arsenal que consta de distintos rifles de caza y cajas de cartuchos.

No encuentran ningún silenciador, pero no se puede tener todo.

También les va bien en la planta de muertos vivientes. Las casas contiguas a la colonial están vacías: obviamente los residentes pusieron pies en polvorosa antes de que la mierda les llegara al cuello. Dos casas más allá, en la parte oeste, Philip y Nick se topan con una pareja de ancianos que se han transformado, pero por su edad los despachan fácil, rápida y, lo más importante, silenciosamente con un par de hachazos bien dados.

Por la tarde, Philip y compañía empiezan a trabajar con cautela en la barricada que quieren construir alrededor de la casa colonial y de sus dos casas vecinas, una extensión de unos cuarenta y cinco metros de largo para las tres casas y de veinte por los lados. A Nick y a Bobby les parece un perímetro enorme y una tarea desalentadora, pero los tramos prefabricados de tres metros de largo que encuentran bajo el porche de un vecino, junto con el cercado que le arrancan al terreno de enfrente, hacen que el trabajo se desarrolle sorprendentemente de prisa.

Cuando está a punto de anochecer, Philip y Nick colocan los últimos tramos de la parte norte del límite de la propiedad.

—No les he quitado ojo en todo el día —dice Philip mientras presiona la punta bifurcada de la pistola de clavos contra el apuntalamiento de un tramo en esquina. Se refiere al enjambre que ronda el club de golf. Nick asiente mientras coloca las dos vigas, una contra la otra.

Philip aprieta el gatillo y la pistola emite un chasquido apagado, como un latigazo con algo metálico, y dispara un clavo de acero galvanizado de quince centímetros hacia los tablones. Llevan la pistola envuelta en un trozo de una funda para mudanzas que han fijado con cinta adhesiva para mitigar el ruido.

—No he visto a uno solo de ellos acercarse por aquí —informa Philip, que se limpia el sudor de la frente y pasa al siguiente tramo de vigas. Nick sujeta bien las tablas y su amigo coloca la punta de la herramienta.

¡Chas!

—No sé —dice Nick escéptico al tiempo que pasa al tramo siguiente. Tiene la sudadera satinada de cremallera pegada a la espalda por el sudor—. Yo sigo pensando que no es cuestión de si sí o si no... sino de cuándo.

¡Chas!

—Te preocupas demasiado, hijo —le reprocha Philip mientras se dirige a otro tramo de planchas tirando del cable de la pistola. Sale de una toma de la casa de al lado; Philip ha tenido que conectar seis cables de siete metros en total para que llegase a la barricada. Se detiene y vuelve la cabeza.

A unos cincuenta metros, en el jardín de atrás de la casa colonial, Brian empuja el columpio de Penny. A Philip le está costando un poco acostumbrarse a dejar a la niña de sus ojos a cargo del botarate de su hermano, pero ahora mismo Brian es el mejor canguro que tiene.

El parque infantil, cómo no, es un lujo asiático. A los ricos les encanta mimar a los niños con chorradas así. Éste, que muy probablemente sería la guarida del niño desaparecido, tiene toda clase de cacharros: tobogán, casita de madera, cuatro columpios, muro para trepar, barrotes para colgarse y cajón de arena.

—Si hemos llegado hasta aquí —continúa Philip, volviendo a lo que tenía entre manos—, mientras mantengamos la cabeza en su sitio, nos las apañaremos.

El ruido que hacen al colocar el siguiente tramo y el crujido de las tablas enmascaran el revelador sonido de unas pisadas arrastradas.

Proceden del lado opuesto de la calle. Philip no las oye hasta que el zombie errante está lo bastante cerca como para que se perciba su hedor.

Nick lo huele primero: esa combinación oscura, grasienta y mohosa de proteínas y podredumbre, como de restos humanos friéndose en tocino. Se pone en guardia inmediatamente.

—Espera —dice mientras sujeta un tramo de tablas—. ¿Lo hueles?

—Sí, huele a...

Un brazo blanquecino se introduce por un hueco de la valla y agarra un trozo de la camisa vaquera de Philip.

La asaltante, en otro tiempo una mujer de mediana edad con chándal de marca, es ahora un espectro consumido que tiene las mangas hechas jirones, sucias, los dientes al descubierto y los ojos de un pez prehistórico; agarra el faldón de la camisa de Philip con la fuerza de los dedos muertos y congelados. Emite un gemido parecido al de un órgano roto mientras Philip se vuelve a por el hacha, que está apoyada en una carretilla a diez metros de distancia.

Demasiado a tomar por culo.

La muerta estira la cabeza hacia el cuello de Philip en un gesto instintivo, como si fuera una tortuga gigante, y, al otro lado del jardín, Nick busca una arma a tientas. Pero todo pasa muy rápido. Philip retrocede con un gruñido y cae en la cuenta de que tiene la pistola de clavos en la mano. Esquiva la dentadura y levanta de forma automática el morro de la pistola.

Con un solo movimiento rápido coloca la punta contra la frente de esa cosa.

¡Chas!

La zombie se endereza.

Los dedos fríos sueltan a Philip.

Él se libera, resoplando, sin quitarle ojo a la muerta.

El cadáver se tambalea un instante como si estuviera ebrio y se estremece bajo el chándal de felpa de Pierre Cardin, pero no cae. La cabeza del enorme clavo de acero galvanizado le asoma por un orificio de la nariz y parece que tenga una pequeña moneda incrustada allí.

La cosa sigue en pie con los ojos vueltos hacia arriba durante un instante que se les hace eterno, hasta que echa a andar a trompicones hacia el aparcamiento con una expresión extraña, casi de ensoñación, en la cara.

Durante un segundo, parece que recuerda algo o que oye una especie de sonido de alta frecuencia. Al final, se derrumba sobre la hierba.

—Creo que los clavos bastan para quitarlos de en medio —reflexiona Philip después de cenar. Camina con nerviosismo de un lado a otro del lujoso salón, oculto tras las contraventanas, con la pistola de clavos en la mano como apoyo visual.

Los demás están sentados a una mesa de roble barnizado con los restos de la cena delante. Brian ha cocinado para todos esa noche: ha descongelado un asado en el microondas y preparado una salsa con un Cabernet añejo y un chorrito de nata. Penny está en el dormitorio contiguo viendo un DVD de Dora la Exploradora.

—¿Te has fijado en cómo se ha desplomado esa cosa? —señala Nick mientras aparta un trozo de carne que ha dejado—. Cuando te la has cargado... durante un segundo dio la sensación de que se hubiera quedado de piedra.

Philip sigue andando, chasqueando el gatillo de la pistola de clavos, pensativo.

—Ya... pero me la he cargado.

—Ese trasto hace menos ruido que una pistola, en eso tienes razón.

—Y es más fácil despacharlos así que reventándoles la cabeza con una hacha.

Bobby acaba de empezar con su segunda ración de asado en salsa.

—Lástima que no tengamos una alargadera de tres kilómetros —dice con la boca llena.

Philip chasquea el gatillo un par de veces más.

—¿Y si la enchufamos a una batería?

Nick levanta la cabeza.

—¿A la batería del coche?

—No, a una que se pueda cargar con más facilidad, como las de los faroles de camping... o las de un cortacésped.

Nick se encoge de hombros.

Bobby come.

Philip da vueltas y piensa.

Brian mira la pared y murmura.

—Tendrá que ver con el cerebro.

—¿Qué dices? —Philip mira a su hermano—. ¿Cómo has dicho, Brian?

Brian le devuelve la mirada.

—Esos bichos... esa enfermedad... Les afecta al cerebro. Tiene que ser eso. —Deja de hablar un instante y mira su plato—. Sigo pensando que ni siquiera sabemos si están muertos.

Nick mira a Brian.

—¿Quieres decir después de que los liquidemos? ¿Después de... reventarlos?

—No, me refiero a antes —precisa Brian—. O sea, no sabemos cuál es su... estado.

Philip se detiene.

—Joder tío... el lunes vi cómo un camión de dieciocho ruedas aplastaba a uno y, diez minutos después, la cosa se arrastraba por la calle con las tripas colgando. Llevan días diciéndolo en los informativos. Están muertos, campeón. Joder si están muertos.

—Sólo digo que el sistema nervioso es... es un mundo, tío. Con toda la mierda que respiramos hoy en día, por algún lado tiene que salir.

—Oye, si quieres llevarte una de esas cosas al médico para que le hagan un chequeo, por mí no te cortes.

Brian suspira.

—Lo único que digo es que aún no sabemos lo bastante sobre ellos. No sabemos una mierda.

—Sabemos lo que tenemos que saber —repone Philip echándole una mirada desafiante a su hermano—. Sabemos que son más cada día, y que lo único que quieren es convertirnos en su almuerzo. Razón por la cual nos vamos a quedar aquí un tiempo, a ver cómo evoluciona la cosa.

Brian inspira con dificultad y hastío. Los demás permanecen callados.

En la calma, oyen los mismos sonidos tenues que llevan percibiendo toda la noche y que proceden de la oscuridad del exterior: los golpes apagados e intermitentes de las siluetas inverosímiles al chocar contra la barricada improvisada.

Pese a los esfuerzos de Philip por levantar la muralla rápido y sin hacer ruido, el alboroto del proyecto de construcción del día ha atraído a más cadáveres andantes.

—¿Cuánto tiempo crees que podremos quedarnos aquí? —pregunta Brian en voz baja.

Philip se sienta, deja la pistola de clavos en la mesa y bebe otro trago de *bourbon*. Hace un gesto con la barbilla hacia el salón, donde se oyen las voces juguetonas e incongruentes de un programa infantil.

—Tiene que descansar —le explica Philip—. Está agotada.

—Le encanta el parque infantil de atrás —apunta Brian con un atisbo de sonrisa.

Philip asiente.

—Aquí puede hacer vida normal un tiempo.

Todo el mundo lo mira. Todos le dan vueltas al concepto en silencio.

—Por todos los ricos hijos de puta del mundo —dice Philip levantando el vaso.

Los demás brindan sin saber muy bien por qué lo hacen... ni cuánto durará.

CUATRO

Al día siguiente, bañada por el diáfano sol de otoño, Penny juega en el jardín de atrás bajo la atenta mirada de Brian. Se pasa toda la mañana entretenida mientras los demás hacen inventario y organizan las existencias. Por la tarde, Philip y Nick refuerzan las ventanas del sótano con tablones adicionales y tratan en vano de enchufar la pistola de clavos a la corriente eléctrica. Entretanto Bobby, Brian y Penny juegan a las cartas en el salón.

La proximidad de los muertos vivientes es una constante que subyace tras cada decisión que toman, tras cada acción que emprenden. Pero, de momento, sólo son rezagados que se tropiezan con la valla de la calle y que se marchan dando tumbos. Casi toda la actividad que se desarrolla tras el bastión de dos metros de Green Briar Lane ha pasado desapercibida para el enjambre.

Esa noche, después de cenar, con las cortinas echadas, ven juntos una película de Jim Carrey en el salón y casi sienten que todo es normal de nuevo. Empiezan a acostumbrarse a la casa. Los golpes que se oyen en la oscuridad de vez en cuando apenas llaman su atención ya. Brian casi ha olvidado al niño de doce años desaparecido y, cuando Penny se va a la cama, los hombres hacen planes a largo plazo.

Discuten las implicaciones de quedarse en el caserón hasta que se acaben los víveres. Tienen provisiones para varias semanas. Nick se pregunta si deberían mandar una avanzadilla a explorar para tantear la situación de la carretera a Atlanta, pero Philip se muestra inflexible en su decisión de quedarse allí.

—Que se coman la pelea los que estén ahí fuera —sugiere Philip.

Nick continúa siguiendo la radio, la televisión e Internet y, al igual que las funciones vitales de un enfermo terminal, los medios de comunicación parecen ir perdiendo los órganos uno a uno. A estas alturas, la mayoría de las emisoras de radio emiten programas pregrabados o información de emergencia inútil. Las cadenas de televisión, al menos las que siguen transmitiendo en los canales básicos del cable, recurren a las alertas automáticas de defensa civil las veinticuatro horas del día, o bien a refritos incongruentes de banales anuncios de teletienda propios de la programación de madrugada.

Al tercer día, Nick se da cuenta de que casi todas las emisoras de radio emiten estática, la mayor parte de los canales de cable se han perdido y se han quedado sin Wi-Fi en la casa. La conexión telefónica a Internet tampoco funciona y todas las llamadas a números de emergencia que Nick intenta a través del teléfono fijo, que hasta el momento sólo ha tenido como resultado escuchar las grabaciones musicales del otro lado de la línea, culminan con la transmisión del clásico «que te jodan» de la compañía telefónica: «El número marcado no está disponible en estos momentos, por favor, vuelva a llamar más tarde».

A última hora de esa mañana, el cielo se encapota.

Por la tarde, una deprimente llovizna helada cae sobre la comunidad y todo el mundo se refugia dentro de la casa tratando de ignorar el hecho de que existe una fina línea entre estar a salvo y ser un prisionero. Exceptuando a Nick, la mayoría están cansados de hablar de Atlanta. La ciudad parece estar ahora más lejos que nunca, como si cuanto más pensaran en los treinta y pocos kilómetros que hay entre Wiltshire y la ciudad, más imposibles de franquear les parecieran.

Esa noche, después de que todos se duerman, Philip se sienta a hacer su silenciosa guardia en el salón, cerca de Penny, que duerme.

La llovizna ha crecido hasta convertirse en una verdadera tormenta con rayos y truenos.

Philip introduce un dedo entre dos láminas de la persiana y echa un vistazo a la oscuridad. A través del hueco ve, por encima de la barricada, las serpenteantes calles laterales y las sombras masivas de los robles, con sus ramas zarandeadas por el viento.

Cae un rayo.

A unos doscientos metros de distancia, aproximadamente una docena de formas humanoides se materializan bajo el fogonazo de luz, se mueven sin rumbo fijo a través de la lluvia.

Es difícil de determinar desde la posición de Philip, pero parece que esas cosas se están desplazando, a su lenta y retrasada manera —como si fueran víctimas de una embolia—, hacia ellos. ¿Habrán olido la carne fresca? ¿Han sido los sonidos de actividad humana los que los han atraído? ¿O simplemente vagan pesadamente al azar como lúgubres peces dorados en una pecera?

Justo entonces, por primera vez desde que llegaron a las Fincas Wiltshire, Philip Blake empieza a preguntarse si sus días en este refugio de suelos completamente enmoquetados y sofas hipermullidos están contados.

El cuarto día amanece frío y nublado. El cielo de color plomo se desploma sobre el cesped mojado y las casas abandonadas. Aunque la ocasión no se menciona en absoluto, el nuevo día señala una especie de hito: el principio de la segunda semana de la plaga.

Ahora Philip está de pie en la sala de estar con su café, atisbando a través de las persianas la barricada cubierta de remaches. Bajo la pálida luz de la mañana, puede ver cómo la esquina noroeste de la valla tiembla y se agita.

—Hijos de puta —murmura entre dientes.

—¿Qué pasa? —pregunta Brian. La voz de su hermano saca a Philip de su estupor.

—Hay más.

—Mierda. ¿Cuántos?

—No sabría decírtelo.

—¿Qué quieres que hagamos?

—¡Bobby!

El hombretón entra con toda tranquilidad en la sala de estar, en pantalones de chándal y con los pies descalzos, mientras se come un plátano. Philip se vuelve hacia su corpulento amigo.

—Vístete —le dice.

Bobby traga un trozo de plátano.

—¿Qué ocurre?

Philip ignora la pregunta y mira a Brian.

—Que Penny se quede en el cuarto de la familia.

—Desde luego —replica Brian antes de marcharse corriendo.

Philip empieza a caminar hacia la escalera dando órdenes a medida que avanza

—Coged la pistola de clavos y todas las alargaderas que podáis cargar... ¡Y también hachas!

¡Chas!

El número cinco se desploma como si fuera un gigantesco muñeco de trapo con los pantalones del traje gastados. Los ojos muertos y lechosos se le vuelven hacia dentro mientras su cuerpo pútrido se desliza por el otro lado de la valla y cae sobre el camino de la parte de atrás. Philip retrocede un paso jadeando debido al esfuerzo y con los pantalones y la cazadora vaqueros empapados en sudor.

Los números del uno al cuatro habían sido coser y cantar: una mujer y dos hombres. Philip los había sorprendido a todos ellos con la pistola de clavos mientras golpeaban y arañaban el punto flaco de la esquina de la valla. En ese punto, lo único que tenía que hacer era colocarse sobre el puntal inferior, que le daba un buen ángulo sobre sus cabezas. Acabó con ellos rápidamente, uno detrás de otro: ¡Chas! ¡Chas! ¡Chas! ¡Chas!

El número cinco había sido más escurridizo. Sin ser consciente de lo que hacía, se apartó de la línea de tiro en el último momento, dio una pequeña vuelta de borracho y estiró el cuello hacia arriba en dirección a Philip mientras chasqueaba las mandíbulas. Blake desperdició dos clavos, que rebotaron sobre el pavimento, antes de lograr que uno alcanzara su objetivo: el córtex cerebral del capullo del traje.

Ahora Philip recupera el aliento, doblado sobre sí mismo a causa del agotamiento y con la pistola de clavos todavía en la mano derecha. Aún está conectada a la casa por medio de cuatro alargaderas de siete metros cada una. Se yergue y escucha. El camino de atrás está en silencio. La barrera está quieta.

Mirando por encima del hombro, Philip ve a Bobby Marsh en el patio, a unos treinta metros. El hombretón está sentado sobre su culo gordo mientras intenta recuperar el aliento apoyándose contra una caseta de perro abandonada. La caseta cuenta con un pequeño tejado de tablillas con la palabra LADDIE-BOY colocada sobre la entrada de uno de los extremos.

«Estos ricachones y sus putos perros —piensa Philip con rencor, todavía alterado y en tensión—. Seguro que ese bicho comía mejor que muchos críos.»

Más allá de la verja trasera, aproximadamente a siete metros de donde se encuentra Bobby, los restos flácidos de una mujer muerta cuelgan de la parte superior de la verja; el hacha aún sobresale del punto de su cráneo que Bobby Marsh ha destrozado para acabar con ella.

Philip levanta la mano hacia su amigo y le lanza una mirada dura e interrogante: «¿Todo bien?».

Bobby le devuelve el gesto levantando el pulgar.

Entonces... casi sin avisar... las cosas empiezan a pasar muy de prisa.

La primera señal de que algo no va bien se da apenas un segundo después de que Bobby levante el pulgar hacia su amigo, su líder y su mentor. Empapado en sudor, con el corazón aún latiéndole a mil por el peso de su enorme corpachón, todavía sentado y apoyado contra la caseta del perro, Bobby se las apaña para acompañar su gesto del pulgar con una sonrisa... ignorando por completo los sonidos ahogados que salen del interior de la caseta.

Bobby Marsh lleva años deseando en secreto complacer a Philip Blake, y la perspectiva de poder indicarle con el pulgar en alto que ha hecho un buen trabajo sucio lo llena de un extraño tipo de satisfacción.

Bobby es hijo único y a duras penas consiguió terminar el instituto; se pegó como una lapa a Philip en los años anteriores a la muerte de Sarah Blake y después de aquello, después de que Philip se alejara de sus colegas de borrachera, trató desesperadamente de volver a conectar con él. Bobby llamaba a Philip demasiadas veces; Bobby hablaba demasiado cuando estaban juntos; y Bobby solía quedar como un idiota cuando intentaba seguirle el ritmo al fibroso macho alfa que tenía como líder del grupo. Pero ahora, de alguna retorcida manera, Bobby siente que esta extraña plaga le ha dado, entre otras cosas, una excusa para volver a unirse a Philip.

Todo ello es probablemente la razón por la que, al principio, Bobby no oye los ruidos que vienen de dentro de la caseta.

Cuando llega el golpe, como si un corazón gigante latiera dentro del pequeño cobertizo en miniatura, a Bobby se le hiela la sonrisa en la cara y deja caer su pulgar, aún levantado, hacia un lado. Para cuando la idea de que hay algo dentro de la caseta del perro, algo que se mueve, logra atravesar las sinapsis de su cerebro y toma conciencia de que tiene que apartarse, ya es demasiado tarde.

Algo pequeño y bajo aparece por la apertura arqueada de la caseta.

Philip se encuentra ya a mitad de camino, corriendo a toda velocidad por el patio, cuando queda claro que la cosa que acaba de lanzarse hacia fuera desde la caseta es un pequeño ser humano —o al menos una copia putrefacta, azulada y desfigurada de un pequeño ser humano—, con hojas y mierda de perro pegadas al flequillo rubio y cadenas enroscadas alrededor de la cintura y las piernas.

—Jo... ¡Joder! —grita Bobby apartándose del cadáver de doce años mientras la cosa que en otro tiempo fue un niño se abalanza sobre su pierna grande como si fuera un jamón.

Bobby cae hacia un lado y consigue liberar la pierna por los pelos, justo cuando la carita descompuesta —una especie de cantimplora deforme con agujeros en lugar de ojos— se ceba en el pedazo de cesped sobre el que estaba la pierna de Bobby un milisegundo antes.

Philip está ahora a quince metros de distancia, corriendo a toda velocidad hacia la caseta de perro al tiempo que levanta la pistola de clavos hacia el monstruo en miniatura como si fuera la vara de un zahorí. Bobby gatea al estilo cangrejo sobre la hierba mojada; da pena cómo enseña la raja del culo y jadea con un tono agudo y chillón, como si fuera una niñita.

El enemigo de tamaño bolsillo se mueve con la energía carente de gracia de una tarántula y se acerca por la hierba hacia Bobby. El gordinflón intenta ponerse en pie y echar a correr, pero se le enredan las piernas y cae de nuevo al suelo, de espaldas esta vez.

Philip está a siete metros de él cuando Bobby empieza a gritar en un tono aún más agudo que antes. El niño zombie atenaza el tobillo de Bobby con una mano que parece una garra y, antes de que éste pueda liberar la pierna de la cosa, la criatura hunde todos sus dientes putrefactos en la pierna de su víctima.

—¡Me cago en la puta! —grita Philip mientras se acerca con la pistola de clavos.

Treinta metros por detrás de él, la alargadera se sale del enchufe.

Philip le clava a la cosa la punta de la pistola en la parte posterior del cráneo mientras el monstruo se aferra al cuerpo de Bobby, gordo y tembloroso.

El gatillo chasquea. No pasa nada. El zombie hunde aún más los dientes en el muslo flácido de Bobby, igual que una piraña, y le rompe la arteria femoral y le arranca, de paso, parte del escroto. El grito de Bobby se transforma en un aullido ululante al mismo tiempo que Philip, instintivamente, tira la pistola a un lado y se abalanza sobre la bestia. Separa a la cosa de su amigo como si le estuviera quitando una sanguijuela gigante y la lanza a través del patio, con la cabeza por delante, antes de que tenga la oportunidad de dar otro mordisco.

El niño muerto cae y rueda siete metros sobre la hierba embarrada.

Nick y Brian salen disparados de la casa: Brian buscando el cable de la alargadera, Nick rugiendo y atravesando el césped con un pico en la mano. Philip sujeta a Bobby e intenta que deje de retorcerse y gritar, porque el esfuerzo extra está provocando que el hombretón se desangre más de prisa. La herida descarnada ya está lanzando chorros de sangre al ritmo del pulso de Bobby, que se acelera más y más. Philip planta la mano sobre la pierna de Bobby y logra controlar algo la pérdida de líquido, aunque la sangre se escapa a través de sus dedos grasientos mientras otras siluetas se mueven por su visión periferica. La cosa muerta gatea de nuevo sobre el suelo húmedo hacia Philip y Bobby. Nick no duda un momento: se acerca volando y levanta el pico con los ojos abiertos de par en par a causa del pánico y la rabia. El pico corta el aire y la punta oxidada cae sobre la nuca del niño zombic hasta incrustarse ocho centímetros en su cavidad craneal. El monstruo pierde fuelle. Philip le grita a Nick algo sobre un cinturón, y éste se queda parado intentando quitarse el cinturón. Philip no ha recibido formación oficial en primeros auxilios, pero sabe lo suficiente como para pensar en detener el sangrado con alguna clase de torniquete. Rodea la temblorosa pierna del gordo con el cinturón de Nick y, aunque Bobby intenta hablar de nuevo, parece que está experimentando un frío intenso, puesto que mueve los labios y tirita en silencio. Al mismo tiempo, mientras todo esto pasa, Brian se encuentra a treinta metros de distancia volviendo a enchufar la alargadera que se había soltado, probablemente porque es lo único que se le ocurre que puede hacer. La pistola de clavos está tirada a quince metros por detrás de Philip. En ese momento, este último le grita a Nick que «vaya a buscar unas putas vendas, alcohol y lo que se le ocurra». Nick se marcha corriendo, con el pico todavía en la mano, y Brian se acerca a su hermano, sin quitarle la vista de encima a la cosa muerta que yace boca abajo sobre el césped con el cráneo perforado. Brian da un amplio rodeo para evitarla, recoge la pistola de clavos por si las moscas, y otea la colina más allá de la valla trasera mientras Philip sostiene a Bobby entre sus brazos como si fuera un bebé gigante. Bobby llora, su respiración es rápida, superficial y áspera. Philip consuela a su amigo murmurándole palabras de ánimo y asegurándole que todo va a salir bien... pero a medida que Brian se va aproximando con cuidado resulta cada vez más evidente que las cosas no van a salir nada bien.

Momentos después, Nick vuelve del interior con las manos llenas de grandes paquetes de vendas estériles, así como con una botella de plástico de alcohol en un bolsillo trasero y un rollo de algodón en el otro. Pero algo ha cambiado. La emergencia se ha transformado en algo más tétrico: un velatorio.

—Tenemos que llevarlo a dentro —anuncia Philip empapado en la sangre de su amigo. Pero no hace ningún esfuerzo por levantar su gordo cuerpo. Bobby Marsh va a morir. Eso al menos está claro para todos.

Especialmente para él, que yace en estado de *shock* con la mirada clavada en el cielo metálico y luchando por hablar.

Brian se queda de pie a su lado, sosteniendo la pistola de clavos a un lado y mirando a Bobby. Nick deja caer las vendas y suelta un suspiro cargado de angustia. Parece a punto de echarse a llorar, pero, en lugar de hacerlo, se limita a arrodillarse al otro lado de Bobby y agacha la cabeza.

—Yo... Yo... n-n-nn... —Bobby Marsh intenta desesperadamente que Philip entienda algo.

—Chist... —susurra Philip al tiempo que le acaricia el hombro. Es incapaz de pensar en nada. Se da la vuelta, coge un rollo de vendas y empieza a taponar la herida.

—Nnn-n... ¡No! —grita Bobby apartando las vendas.

—¡Bobby, joder!

—¡Nn-no!

Philip se detiene, traga saliva y mira a los ojos del moribundo.

—Todo va a salir bien —le dice con la voz rota.

—N-no... no es verdad —consigue contestar Bobby.

En algún punto del cielo, un cuervo grazna. Marsh sabe qué va a pasar con él. En Convington vieron cómo un hombre volvía a levantarse en menos de diez minutos.

—De...de... deja de decir eso, Philly.

—Bobby...

—Se acabó —consigue articular su amigo con un débil suspiro; sus ojos se vuelven blancos durante un instante. Entonces ve la pistola de clavos en la mano de Brian. Con sus rechonchos dedos sangrientos, Bobby intenta alcanzar la boca del cañón.

La sorpresa hace que Brian suelte el arma.

—¡Mierda, tenemos que llevarlo dentro!

La voz de Philip está cargada de desesperación. Bobby Marsh trata de coger la pistola a ciegas. Consigue colocar su mano regordeta alrededor de la punta afilada e intenta colocársela en la sien.

—Dios... —murmura Nick.

—¡Aparta esa cosa de él! —grita Philip haciéndole gestos a Brian para que se aleje de la víctima.

Las lágrimas de Bobby resbalan por los lados de su enorme cabezota y limpian la sangre por hileras.

—Por... por favor, Philly —murmura—. Hazlo... ya.

Philip se pone de pie.

—¡Nick! ¡Ven aquí! —Se da la vuelta y da un par de pasos en dirección a la casa.

Nick se levanta y se une a él. Los dos se quedan a cuatro metros de Bobby para que no los oiga; le dan la espalda y hablan en un tono de voz bajo y forzado.

—Tenemos que cortarla —dice Philip rápidamente.

—¿Tenemos que hacer qué?

—Amputarle la pierna.

—¡¿Cómo?!

—Antes de que la enfermedad se extienda.

—Pero ¿cómo piensas...?

—No sabemos a qué velocidad se propaga, tenemos que intentarlo. Le debemos al menos eso a nuestro colega.

—Pero...

—Necesito que me traigas la sierra del cobertizo y también...

Una voz resuena tras ellos e interrumpe la tensa letanía de Philip:

—¿Tíos?

Es Brian, y por el lúgubre sonido de su timbre nasal, saben que las noticias son malas.

Philip y Nick se dan la vuelta.

Bobby Marsh está completamente quieto.

Con los ojos llenos de lágrimas, Brian se arrodilla cerca del hombretón.

—Es demasiado tarde.

Los otros dos se acercan al lugar del césped en el que Bobby yace con los ojos cerrados. Su pecho grande y fofo no se mueve, la boca está laxa.

—No... Por Dios Bendito, no... —reniega Nick mirando a su colega muerto.

Philip no dice nada durante un buen rato. Nadie abre la boca.

El inmenso cadáver permanece inmóvil sobre el césped mojado durante unos minutos interminables... hasta que algo se despierta en sus extremidades, en los tendones de sus gigantescas piernas y en la punta de sus dedos regordetes.

Al principio, el fenómeno recuerda a los típicos reflejos nerviosos residuales que los empleados de funerarias ven de vez en cuando: el piloto automático del sistema nervioso central de un cadáver. Mientras Nick y Brian se quedan con la boca abierta y los ojos desencajados —los dos se levantan lentamente al mismo tiempo que empiezan a retroceder—, Philip se le acerca todavía más y se arrodilla con una expresión hosca en el rostro.

Bobby Marsh abre los ojos.

Sus pupilas se han tornado blancas como el pus.

Philip agarra la pistola de clavos y la apoya contra la frente del hombretón, justo por encima de la ceja izquierda.

¡Chas!

Horas después. Dentro de la casa. Después de anochecer. Penny está dormida. En la cocina, Nick ahoga su pena en whisky. Brian está en paradero desconocido. El cadáver de Bobby se enfría en el patio trasero, cubierto con una lona, cerca de los otros cuerpos. Y Philip está de pie frente a la ventana de la sala de estar, mirando a través de las persianas el creciente número de personas que ocupan la calle. Se desplazan como sonámbulos, moviéndose arriba y abajo tras la barricada, adelante y atrás. Ahora son más. Puede que treinta. Tal vez incluso cuarenta.

Las luz de las farolas de la calle brilla entre las grietas de la valla;

las sombras en movimiento atraviesan los haces de luz a intervalos regulares y los hacen intermitentes; eso vuelve loco a Philip. Escucha una voz silenciosa en su cabeza, la misma que se manifestó por primera vez tras la muerte de Sarah: «Quema este sitio, préndele fuego a todo el puto mundo».

Durante el día, unos instantes después de que Bobby muriera, la voz le pidió que mutilara el cuerpo del niño de doce años. Quería despedazar aquella cosa muerta. Pero Philip la apaciguó y ahora lucha de nuevo contra ella: «La mecha está encendida, hermano, el reloj está en marcha...».

Philip aparta la vista de la ventana y se frota los ojos cansados.

—Es mejor soltarlo todo —le dice una voz distinta que atraviesa la oscuridad.

Philip se vuelve rápidamente y ve la silueta de su hermano en la otra punta de la sala de estar, de pie bajo el arco de la puerta que da a la cocina.

Philip se da la vuelta de nuevo hacia la ventana sin ofrecer respuesta alguna. Brian se le acerca. Sostiene un frasco de jarabe para la tos entre las manos temblorosas. En medio de la oscuridad, sus ojos febriles brillan a causa de las lágrimas. Se queda ahí quieto durante un momento.

Entonces, con un tono suave y bajo, con cuidado de no despertar a Penny, que duerme en el sofá cercano, dice:

—No tienes que avergonzarte de soltarlo todo.

—¿Soltar el qué?

—Mira —continúa Brian—. Sé que lo estás pasando mal.

Se sorbe los mocos y se limpia la boca con la manga. Su voz suena congestionada y ronca.

—Sólo quería decirte que siento mucho lo de Bobby, sé que erais...

—Se acabó.

—Philip, vamos...

—Este sitio está acabado, se ha jodido.

Brian lo mira.

—¿Qué quieres decir?

—Que nos largamos de aquí.

—Pero pensaba que...

—Echa un vistazo —le indica Philip señalando el creciente número de sombras que hay fuera, en Green Briar Lane—. Los atraemos como la mierda a las moscas.

—Sí, pero la barricada todavía...

—Cuanto más tiempo nos quedemos aquí, Brian, más se convertirá en una prisión. —Philip mira por la ventana—. Tenemos que seguir avanzando.

—¿Cuándo?

—Pronto.

—¿Mañana, por ejemplo?

—Empezaremos a recoger las cosas por la mañana; nos llevaremos todos los recursos del barrio que podamos.

Silencio.

Brian mira a su hermano.

—¿Estás bien?

—Sí —responde Philip sin apartar la vista del exterior—. Vete a dormir.

Durante el desayuno, Philip decide contarle a su hija que Bobby ha tenido que marcharse a su casa para ir a cuidar de sus padres; la explicación parece satisfacer a la pequeña.

Más tarde, Nick y Philip cavan la tumba en la parte de atrás. Eligen un punto de tierra blanda al final del jardín mientras Brian mantiene a Penny ocupada en la casa. Su tío cree que deberían contarle a Penny algún tipo de versión de lo que en realidad ocurrió, pero Philip le espeta que se meta en sus putos asuntos y mantenga la boca cerrada.

Ahora, frente a los rosales del patio trasero, Philip y Nick levantan el enorme cuerpo envuelto en la lona y lo colocan en la tierra abierta.

Les lleva bastante tiempo volver a llenar el agujero. Ambos lanzan paletada tras paletada del rico mantillo negro de Georgia sobre su amigo. Mientras trabajan, los gemidos atonales de los muertos vivientes se pierden en el viento.

Es otro día nublado y tempestuoso, y los sonidos de la horda de zombies resuenan por todo el cielo y los tejados de las casas. Philip se desquicia mientras suda los vaqueros y echa tierra sobre la tumba. El olor a carne podrida, aceitosa y negra es más intenso que nunca y hace que el estómago se le encoja cuando lanza las últimas paletadas de tierra sobre Bobby.

Philip y Nick permanecen quietos, cada uno en un lado del gran montículo, apoyados sobre las palas y con el sudor refrescándoles el cuello. Ninguno de los dos dice una palabra durante un buen rato; están sumidos en sus pensamientos. Finalmente, Nick levanta la vista y, suave, tímidamente, con gran deferencia, dice:

—¿Quieres decir unas palabras?

Philip mira a su amigo por encima del túmulo. Los gemidos les llegan desde todas las direcciones, como el rugido de las langostas, tan altos que Philip apenas puede pensar.

Justo entonces, y por alguna extraña razón, Philip Blake recuerda la noche en la que los tres amigos se emborracharon, se colaron en el cine al aire libre Starliter de Waverly Road y entraron en la sala de proyecciones. Sacudiendo sus deditos regordetes frente al proyector, Bobby había hecho aparecer sombras chinescas en la pantalla lejana. Philip se había reído tanto aquella noche que pensó que vomitaría mientras contemplaba las siluetas de conejos y patos que saltaban alrededor de las imágenes de Chuck Norris dando patadas de karate a los nazis.

—Algunos tomaban a Bobby Marsh por idiota —empieza Philip con la cabeza gacha y la vista vuelta hacia el suelo—. Pero no lo conocían de verdad. Bobby era leal y divertido, y un colega de puta madre... y murió como todo un hombre.

Nick mira al suelo. Los hombros le tiemblan levemente, se le casca la voz y sus palabras apenas resultan audibles por encima del creciente clamor que se eleva a su alrededor:

—Dios Todopoderoso, Tu misericordia convierte la oscuridad de la muerte en el amanecer de una nueva vida y el dolor de la despedida en la alegría del cielo.

Philip nota que los ojos se le llenan de lágrimas y aprieta los dientes con tanta fuerza que le duele la mandíbula.

—En el nombre de Cristo, Nuestro Señor —continúa Nick con voz temblorosa—, que murió, resucitó y vive siempre por los siglos de los siglos. Amén.

—Amén —consigue articular Philip con un débil graznido que le suena extraño incluso a él.

El incansable estruendo de los muertos vivientes crece y se expande haciéndose cada vez más fuerte.

—¡Callaos de una puta vez! —les grita Philip Blake a los zombies que ahora gimen desde todas partes—. ¡Cabrones hijos de la gran puta!

Se aleja de la tumba volviéndose lentamente.

—¡Voy a joderos el cráneo a todos, uno por uno, caníbales chupapollas! ¡Pienso arrancaros cada una de vuestras putas cabezas de mierda y luego cagarme en vuestros putos cuellos podridos!

Cuando Nick lo oye, rompe a llorar al mismo tiempo que Philip se queda sin energía y cae de rodillas.

Mientras Nick llora, Philip se limita a mirar la tierra húmeda como si pudiera encontrar alguna respuesta en ella.

Si alguna vez hubo alguna duda sobre quién era el líder —cosa que nunca ocurrió—, ahora ha quedado claro como el cristal que Philip es el alfa y el omega del grupo.

Se pasan el resto del día preparando el equipaje; Philip da órdenes monosilábicas con una voz grave y áspera cargada de estrés.

—Coged la caja de herramientas —gruñe—. Pilas para las linternas —murmura—. Y esa caja de cartuchos —masculla—. Y también más mantas.

Nick cree que tal vez deberían plantearse llevar dos coches.

Aunque la mayoría de los vehículos abandonados en la comunidad están listos para que se los lleven —muchos de ellos últimos modelos con acabados de lujo y con las llaves aún puestas en el contacto—, a Brian le preocupa que su raquítico grupito se parta en dos. O quizá vuelva a aferrarse a su hermano. Tal vez Brian sólo necesite mantenerse cerca de su centro de gravedad.

Deciden quedarse con el Chevrolet Suburban. El cacharro es un tanque.

Que es justo lo que van a necesitar para llegar hasta Atlanta.

El obstinado catarro se le ha instalado ahora en los pulmones y le provoca un perpetuo resuello que podría ser, o no, el primer estadio de una neumonía. Brian Blake se concentra en la tarea que lo ocupa. Abarrota tres neveras portátiles con la comida que tiene la fecha de caducidad más lejana: lonchas de embutidos ahumados, quesos curados, envases cerrados de zumo y yogur, refrescos y mayonesa. Llena una caja de cartón con pan, carne seca marinada, café instantáneo, agua mineral, barritas de proteínas y utensilios de plástico. Decide añadir un número indeterminado de cuchillos de cocina, rectangulares, puntiagudos y con dientes de sierra, para cualquier encuentro inesperado que pueda surgir.

Llena otra caja con papel higiénico, jabón, toallas y trapos. Rebusca en los botiquines y se lleva remedios contra el catarro, pastillas para dormir y analgésicos. Y mientras hace todo esto, se le ocurre una idea: algo que debería hacer antes de que se marchen.

En el sótano, Brian encuentra una lata medio llena de pintura Benjamin Moore, de color rojo chillón, y una brocha de pelo de caballo de cinco centímetros. Localiza una plancha de madera pequeña y vieja de un metro por un metro y, rápida pero cuidadosamente, escribe un mensaje: cuatro simples palabras en enormes letras mayúsculas, lo suficientemente grandes como para que se puedan leer desde un vehículo en marcha. Clava un par de patas en la parte inferior del cartel.

Luego lo sube al piso de arriba y se lo enseña a su hermano.

—Creo que deberíamos poner esto frente a la puerta —le explica a Philip.

Éste se limita a encogerse de hombros y a decirle a Brian que como quiera, que decida él mismo.

Esperan hasta la noche para marcharse de allí. Cuando el reloj da las siete de la tarde, con el sol frío y metálico poniéndose tras los tejados, cargan el Suburban a toda prisa. Se mueven con rapidez en medio de las sombras que se alargan mientras los monstruos se agrupan contra la barricada. Forman una especie de brigada de bomberos de barrio que se pasan maletas y recipientes desde la puerta lateral de la casa hasta el maletero abierto del coche.

Se llevan las hachas que ya tenían antes de llegar y un surtido extra de picos y palas, hachas de jardinería, sierras y hojas cortantes procedentes del cobertizo de herramientas de la parte trasera. Cargan cuerda y alambres, y bengalas de carretera, abrigos y botas de nieve, y pastillas de encendido para prender hogueras. También incluyen una manguera y tantos bidones de gasolina como les caben en la parte trasera.

Ahora, el depósito del Suburban está lleno: Philip se las ha apañado para sacar unos cincuenta litros de un sedán abandonado en el garaje de un vecino, porque no tienen ni idea de cuál será el estado de las gasolineras del camino.

A lo largo de los últimos cuatro días, Philip ha descubierto una gran variedad de escopetas de caza en las casas vecinas. En esta región a los ricos les encanta la temporada de caza del pato. Disfrutan disparando a sus cabecitas verdes, desde el lujo de los refugios climatizados, con rifles de largo alcance y perros de pura raza.

El padre de Philip solía cazar a la manera tradicional, la forma dura, sin más que un par de botas de agua, la luz de la luna y un temperamento malicioso.

Philip elige tres armas y las coloca en el compartimento trasero dentro de una bolsa de vinilo con cremallera: una es un rifle Winchester del calibre 22 y las otras dos, escopetas de tiro Marlin modelo 55. Las Marlin son especialmente útiles; las llaman «escopetas de gansos». Rápidas, precisas y potentes, las 55 están diseñadas para matar aves migratorias a gran altitud o, en este caso, para acertar en medio de un cráneo a más de treinta metros de distancia.

Son casi las ocho de la tarde cuando consiguen tener el Suburban a punto y a Penny colocada en el asiento central. Envuelta en un abrigo largo, con el pingüino de peluche a su lado, parece extrañamente optimista a pesar de su cara larga y pálida, como si fuera de visita al pediatra.

Las puertas se abren y se cierran. Philip se coloca detrás del volante, Nick ocupa el asiento del pasajero y Brian se coloca en el centro, junto a Penny. El cartel, apoyado en el suelo, se sostiene contra sus rodillas.

Encienden el motor. Su rugido se propaga a través del silencio de la oscuridad y provoca que los muertos vivientes se agiten al otro lado de la barricada.

—Vamos a hacer esto rápido, tíos —dice Philip en voz baja al tiempo que mete la marcha atrás con energía—. Sujetaos.

Philip pisa el pedal a fondo y el vehículo se lanza a la carga.

La fuerza de la gravedad arroja a todo el mundo hacia adelante mientras el coche ruge en su camino hacia atrás.

Por el espejo retrovisor, el punto débil de la barricada se acerca cada vez más y más hasta que ¡bum!, el vehículo aplasta las planchas de cedro y se abalanza hacia la luz mortecina de Green Briar Lane.

Inmediatamente, la parte inferior izquierda del Suburban choca contra un cadáver andante al mismo tiempo que Philip pisa el freno y pone la directa. Detrás de ellos, el zombie sale despedido seis metros hacia el cielo y ejecuta una pirueta flácida en medio de una nube de sangre. Un pedazo de su brazo putrefacto se desprende del cuerpo y vuela como una hélice en dirección contraria.

El coche sale disparado hacia la vía principal, atropella a tres zombies más en el camino y los manda volando al olvido. Las vibraciones secas que recorren el chasis con cada impacto, así como las manchas amarillentas del parabrisas, parecidas a las de insectos aplastados, hacen que Penny se sobresalte y cierre los ojos.

Al fondo de la calle, Philip da un volantazo y dobla la curva derrapando para luego dirigirse en dirección norte hacia la entrada.

Pocos minutos después, Philip ladra una nueva orden.

—Vale, que sea rápido, ¡y quiero decir rápido!

Pisa a fondo el freno, cosa que hace que todos vuelvan a inclinarse hacia adelante en sus asientos. Acaban de llegar al gran portón de entrada, visible bajo un cono de luz de farolas sobre un pequeño tramo de gravilla rodeado de arbustos.

—Será sólo un segundo —dice Brian mientras coge el cartel y gira la manilla de la puerta—. Deja el motor encendido.

—Hazlo de una vez.

Brian sale fuera del coche con el cartel de uno por uno en la mano.

En el frío aire de la noche, se apresura por la entrada de gravilla. Tiene los oídos extremadamente alerta y sensibilizados ante el distante soniquete de gruñidos: se dirigen hacia allí.

Brian escoge un punto justo a la derecha de la puerta de entrada, un trozo de pared de ladrillo que no cubren los arbustos, y coloca el cartel contra él.

Hunde las patas de madera en la tierra blanda para estabilizarlo antes de volver corriendo al coche, satisfecho de haber hecho su parte por el bien de la humanidad, o por lo que quede de ella.

Mientras se alejan, todos y cada uno de ellos, Penny incluida, miran a través del cristal trasero hacia el pequeño cartel que desaparece tras ellos en la distancia.

«TODOS MUERTOS.
NO PASAR.»

CINCO

Se dirigen hacia el oeste, lentamente, a través de la oscuridad rural, manteniendo una velocidad baja, unos cincuenta kilómetros por hora. Los cuatro carriles de la carretera Interestatal 20 están plagados de coches abandonados y el macadán serpentea hacia el rosa enfermizo del horizonte occidental, donde la ciudad espera como un punto de luz en el cielo nocturno. Se ven obligados a zigzaguear con una lentitud agonizante entre los obstáculos que suponen los restos de los accidentes, pero se las apañan para dejar casi diez kilómetros a sus espaldas antes de que las cosas empiecen a ponerse feas.

Durante la mayoría de esos diez kilómetros, Philip piensa en Bobby y en todas las cosas que podrían haber hecho para salvarle la vida. El dolor y la culpa se enquistan con fuerza en la boca de su estómago, un cáncer en metástasis hacia algo más oscuro y venenoso que la pena. Para luchar contra las emociones no deja de pensar en la cantinela del viejo camionero: «No mires fijamente, escanea». Sujetando el volante con la mano firme de un experimentado transportista, se sienta bien erguido en el asiento, con la mirada alerta y fija en los bordes de la carretera.

A lo largo de diez kilómetros, apenas un puñado de muertos roza los fantasmagóricos límites de los faros.

Justo a la salida de Conyers, pasan a un par de rezagados que se tambalean por la cuneta como si fueran soldados desertores cubiertos de sangre. Tras dejar atrás el centro comercial de Stonecrest ven un grupo de oscuras figuras agachadas en una zanja. Aparentemente se están cebando en lo que parece ser una presa. Es imposible determinar en la oscuridad oscilante si se trata de un humano o de un animal. Pero eso es todo, al menos durante diez kilómetros, así que Philip mantiene la velocidad a unos estables pero seguros cincuenta kilómetros por hora. Si van más despacio, se arriesgan a que se les acople un monstruo solitario; si van más rápido, se arriesgan a chocar lateralmente con el creciente número de coches abandonados y accidentados que llenan la carretera.

La radio está muerta y los demás viajan en silencio, con la mirada pegada al paisaje.

Las líneas exteriores del metro de Atlanta pasan a cámara lenta por su lado, una serie de pinares que se ven interrumpidos por las ocasionales ciudades dormitorio o los centros comerciales. Dejan atrás concesionarios de coches, oscuros como depósitos de cadáveres, un océano interminable de nuevos modelos que reflejan la luz lechosa de la luna como si fueran ataúdes. Dejan atrás cafeterías desiertas, con las ventanas reventadas como granos abiertos, y complejos de oficinas devastados que recuerdan a una zona de guerra. Pasan restaurantes de carretera, campings y concesionarios de caravanas, y supermercados baratos, cada uno más abandonado y en ruinas que el anterior. Pequeñas hogueras arden aquí y allí. Los aparcamientos parecen una tétrica sala de juegos para niños chiflados, puesto que los coches abandonados están esparcidos por el pavimento como juguetes que alguien hubiera tirado en medio de una pataleta. Los cristales rotos brillan por todas partes.

En menos de una semana y media, por lo que se ve, la plaga ha arrasado las afueras y alrededores de Atlanta. Aquí, en las reservas naturales rurales y los campus de oficinas, a donde las familias de clase media han emigrado a lo largo de los años para huir de los arduos traslados, las hipotecas despiadadas y la muy estresante vida urbana, la epidemia ha acabado con el orden social en cuestión de días. Pero, por alguna razón, lo que más altera a Philip es ver todas las iglesias devastadas.

Cada templo que pasan está en peor estado: el centro baptista New Birth Missionary en las afueras de Harmon aún echa humo tras un reciente incendio y los restos quemados de la cruz se elevan hacia los cielos. Dos kilómetros de carretera más adelante, el seminario Luther Rice luce en sus puertas unos carteles garabateados a mano de forma descuidada que avisan a los que pasan por allí de que «el fin está cerca, el arrebatamiento ha llegado y todos vosotros, pecadores, podéis decir adiós para siempre a vuestras vidas de mierda». Cualquiera diría que han asaltado y desmantelado la catedral cristiana Unity Faith para luego mearse en ella. El aparcamiento del templo pentecostal de St. John the Revelator parece un campo de batalla cubierto de cuerpos, muchos de los cuales aún se mueven con el acusador y sonámbulo apetito de los muertos vivientes. ¿Qué clase de Dios permite que pase algo así? Y ya que estamos con el tema: ¿qué clase de Dios permite que un amigo buenazo, inocente y sencillo como Bobby Marsh muera de semejante manera? ¿Qué clase de...?

—¡Joder!

La voz, que viene del asiento trasero, saca a Philip de sus lúgubres cavilaciones.

—¿Qué?

—Mira —indica Brian con la voz débil a causa del catarro, o el miedo, o tal vez debido a una mezcla de las dos cosas.

Philip mira el espejo retrovisor y ve la expresión ansiosa de su hermano en medio del brillo verdoso de la carretera. Brian señala hacia el oeste.

Philip vuelve la cabeza para mirar a través del cristal trasero al tiempo que pisa el freno instintivamente.

—¿Qué? Yo no veo nada.

—Hostia puta —dice Nick desde el asiento del pasajero. Tiene la mirada clavada en un claro que hay en medio de los pinares de la derecha, donde se ve una luz que brilla a través de los árboles.

A unos cuatrocientos cincuenta metros por delante de ellos, la autopista se curva en dirección noroeste y atraviesa un grupo de pinos. Más allá de los árboles, entre los claros del follaje, se ven llamas.

La interestatal está ardiendo.

—Su puta madre —dice Philip con un tenso suspiro. Reduce la velocidad del coche a paso de tortuga mientras toman la curva.

En cuestión de momentos, aparece ante sus ojos el camión de transporte de líquidos volcado. Está envuelto en llamas, en posición de navaja, como un dinosaurio haciendo el pino. La carcasa del camión bloquea los dos carriles en dirección oeste. La cabina está separada del resto y hecha pedazos, en el suelo, mezclada con tres coches más que se han atravesado sobre la mediana y los dos carriles que van al este. Las estructuras carbonizadas de otros vehículos yacen boca abajo, más allá del incendiario accidente.

A otro lado del accidente, los carriles parecen un aparcamiento lleno de hileras de coches, algunos ardiendo, la mayoría afectados por la reacción en cadena.

Philip aparta el coche a un lado y lo detiene en la cuneta, a cuarenta metros de las cada vez más escasas llamas.

—Lo que nos faltaba —se queja a nadie en particular. Se muere de ganas por soltar una retahíla de insultos que trata de contener porque las orejas de Penny están a centímetros de distancia.

Desde su posición, aun en medio de una completa oscuridad, hay varias cosas que están claras: primero, y más importante, resulta evidente que o bien encuentran un escuadrón de bomberos y unas cuantas grúas de carga pesada para poder continuar su camino o bien encuentran la manera de dar un puto rodeo; segundo, parece que lo que sea que haya ocurrido aquí ha sucedido hace muy poco, tal vez esta misma mañana, puede que haga sólo unas horas. El pavimento que rodea el accidente está ennegrecido y agrietado, como si un meteorito hubiera abierto un agujero y hasta los árboles que bordean la autopista se hubieran chamuscado con la onda expansiva. Philip capta el olor acre a gasolina quemada y plástico fundido incluso a través de las ventanas cerradas del Suburban.

—¿Y ahora qué? —suelta finalmente Brian.

—Deberíamos dar la vuelta —propone Nick mirando por encima del hombro.

—Dejad que me lo piense un momento —responde Philip mientras observa la cabina del camión volcado: el techo se le ha soltado como si fuera la tapa de un bote de conservas. En medio de la oscuridad, los cuerpos carbonizados yacen espatarrados sobre la mediana llena de barro. Algunos de ellos sufren espasmos y se retuercen perezosamente como hacen las serpientes al despertarse.

—Vamos, Philip, no podemos rodearlo —opina Nick.

Brian toma la palabra:

—A lo mejor podemos cruzar por la 278.

—¡Que os calléis, joder! ¡Dejadme pensar!

El súbito ataque de rabia hace que el cráneo de Philip reverbere con la fuerza de una punzante migraña. Aprieta los dientes, cierra los puños y acalla la voz que surge de su interior: «Pártelo en dos, hazlo, sácaselo, sácale el corazón...».

—Lo siento —se disculpa mientras se limpia la boca y mira por encima del hombro a la aterrada niña que se acurruca en la oscuridad del asiento trasero—. Lo siento mucho, Bichito, papá ha perdido la cabeza un momento.

La pequeña mira al suelo.

—¿Qué quieres hacer? —pregunta Brian con suavidad. Del desesperado tono de su voz se desprende que sería capaz de seguir a su hermano hasta las llamas del infierno si Philip pensara que ésa era la mejor opción en ese momento.

—¿Dónde estaba la última salida? ¿Unos dos kilómetros más atrás? —Philip echa un vistazo hacia la luna trasera—. Estoy pensando que tal vez deberíamos...

El golpetazo llega sin previo aviso e interrumpe los pensamientos de Philip.

Penny chilla.

—¡Joder!

Nick se aparta de pronto de la ventana del pasajero, donde un cuerpo carbonizado se ha materializado en la oscuridad.

—Agáchate, Nick. Ya.

La voz de Philip suena impasible y neutra, como la de un operador de radio, mientras se inclina sobre la guantera, abre la pequeña puerta y remueve en su interior en busca de algo. La cosa de la ventana se aprieta contra el cristal, apenas reconocible como ser humano, con la carne completamente quemada.

—Brian, tápale los ojos a Penny

—¡Mierda! ¡Mierda!

Nick se encorva y se cubre la cabeza como si estuviera sufriendo un ataque aéreo.

—¡Mierda! ¡Mierda! ¡Mierda!

Philip encuentra la Ruger 22 donde la dejó, con una carga de balas ya en la recámara.

Con un solo movimiento, Philip levanta el arma con la mano derecha al mismo tiempo que baja la ventanilla apretando el interruptor con la izquierda. El zombie quemado extiende el brazo carbonizado y descarnado a través de la abertura y emite un gemido gutural, pero antes de que pueda alcanzar la camisa de Nick, Philip lanza un único disparo, directo al cráneo de la cosa.

El estruendo de la Ruger resuena con un volumen increíble en el interior del coche y los sobresalta a todos al mismo tiempo que el cadáver chamuscado rebota hacia atrás: el tiro directo contra su sien izquierda hace que escupa materia gris por todo el interior del parabrisas.

Las cosa se desliza por la parte exterior de la puerta del pasajero y el sonido ahogado de su cuerpo al golpear el pavimento es apenas audible sobre el pitido que Philip siente en los oídos.

Las semiautomáticas del calibre 22, como la Ruger, tienen un sonido único. La explosión suena como una potente bofetada, un dos por cuatro que golpea el asfalto. Y el arma siempre salta en la mano del tirador.

Esa noche, a pesar del efecto silenciador del interior del coche, el único cañonazo resuena a través del oscuro paisaje y reverbera por encima de los árboles y complejos de oficinas acompañando al viento.

El impacto se oye a dos kilómetros de distancia, atraviesa el silencio de los profundos bosques, penetra en los mortificados canales auditivos de las criaturas sombrías, despierta sistemas nerviosos centrales muertos.

—¿Estáis todos bien? —pregunta Philip recorriendo con la mirada el oscuro interior y colocando el arma aún caliente en el saliente tapizado que tiene al lado—. ¿Todos enteros?

Justo en este momento, Nick se está levantando de nuevo y abre los ojos de par en par al ver los restos en el interior del cristal. Penny, acurrucada en los brazos de Brian, mantiene los ojos cerrados mientras su tío mira frenéticamente a su alrededor para comprobar todas las ventanas en busca de otros intrusos.

Philip mete la marcha atrás del coche y pisa a fondo el acelerador al mismo tiempo que sube la ventanilla de nuevo. Todos se inclinan hacia adelante cuando el vehículo recorre a toda prisa hacia atrás treinta metros, después cuarenta, luego sesenta, alejándose del humeante bidón de carga del camión.

Hasta que el Suburban se para y sus ocupantes se quedan sentados, en silencio y apabullados, durante un momento.

Fuera no hay nada que se mueva entre las sombras intermitentes. Durante un buen rato, nadie pronuncia una sola palabra, pero Philip está convencido de que en estos momentos no es el único que se pregunta si el paseo de cuarenta kilómetros hasta la ciudad no va a ser mucho más complicado de lo que habían pensado en un principio.

Se quedan sentados en el Suburban bastante tiempo para discutir cuál será el mejor plan de acción. Y Philip se pone muy nervioso. No le gusta estar quieto en el mismo sitio durante mucho rato, especialmente cuando tienen el motor encendido y están gastando gasolina y tiempo, con esas sombras en movimiento entre los árboles que arden. Pero el grupo no parece ser capaz de alcanzar un consenso y Philip se esfuerza todo lo que puede por ser un dictador benevolente en su pequeña república bananera.

—Mirad, sigo pensando que deberíamos intentar rodearlo —propone Philip señalando hacia el sur en la oscuridad.

La mayor parte de la cuneta está cubierta de vehículos humeantes, pero hay un hueco estrecho, probablemente del tamaño del Suburban con unos pocos centímetros de sobra, entre el tramo de gravilla y la espesura de pinos que se extiende a los lados de la autopista. La combinación de las lluvias recientes con la gasolina derramada del depósito volcado han convertido la carretera en una pista de patinaje. Pero el Suburban es un vehículo grande y pesado, de ruedas amplias, y Philip ha conducido en peores condiciones.

—Hay demasiada pendiente, Philly —dice Nick a la vez que limpia la materia gris del interior del parabrisas con una toalla mugrienta.

—Sí, tío, estoy de acuerdo —añade Brian desde las sombras del asiento trasero. Mantiene el brazo alrededor de Penny y los rasgos angustiados de su cara son visibles a la luz oscilante del fuego—. Yo voto por volver a la última salida.

—Tampoco sabemos qué nos vamos a encontrar en la 278, podría ser peor.

—Eso no lo sabemos —insiste Nick.

—Tenemos que seguir avanzando.

—Pero ¿y si las cosas están peor en la ciudad? Parece que cuanto más nos acercamos, más empeora todo.

—Seguimos a unos treinta o cuarenta kilómetros de allí, no tenemos ni puta idea de cómo van las cosas en Atlanta.

—No me convence, Philly.

—Tengo una idea —dice Philip—. Dejad que eche un vistazo.

—¿Qué quieres decir?

Se estira para coger la Ruger.

—Que voy a echar un vistazo rápido.

—¡Espera! —grita Brian—. Vamos, Philip, tenemos que mantenernos unidos.

—Sólo voy a comprobar cómo está el terreno para ver si podemos pasar.

—¿Papá...? —empieza a decir Penny antes de pensárselo mejor.

—No me pasará nada, Bichito. En seguida vuelvo.

Su hermano mira por la ventana, no demasiado convencido.

—Acordamos que nos mantendríamos todos juntos. Pasara lo que pasase. Venga, tío.

—Serán sólo dos minutos.

Philip abre la puerta de su lado y se coloca la Ruger en el cinturón.

El aire frío, el sonido de las llamas chisporroteando y el olor a ozono y goma quemada se cuelan en el interior del Suburban como invitados no deseados.

—Vosotros quedaos quietos aquí, yo vuelvo en seguida.

Philip sale del coche.

La puerta se cierra de golpe.

Brian se queda sentado en el silencioso Suburban durante un momento, escuchando cómo el corazón le golpea el pecho. Nick mira a través de todas y cada una de las ventanas para comprobar el terreno cercano, al que las sombras ondulantes parecen dar vida. Penny se queda muy quieta. Brian mira a la pequeña: parece que se está encogiendo sobre sí misma, igual que si fuera una pequeña flor nocturna que se repliega hacia el interior y cierra todos sus pétalos.

—Ya verás como vuelve en seguida, cielo —la tranquiliza Brian. Se siente fatal por ella. Que una cría tenga que pasar por esto no está nada bien, pero, en cierta forma, Brian comprende cómo se siente—. Philip es un chico duro. Puede darle una paliza a cualquier monstruo que se le acerque, créeme.

Desde el asiento delantero, Nick se da la vuelta y dice:

—Haz caso a tu tío, cariño. Tiene razón. Tu padre es capaz de cuidarse a sí mismo y a unos cuantos más.

—Una vez lo vi atrapar a un perro que tenía la rabia —explica Brian—. Debía de tener unos diecinueve años y había un pastor alemán que aterrorizaba a los chicos del vecindario.

—Aún me acuerdo de aquello —dice Nick.

—Tu padre persiguió a aquel bicho, que hasta tenía espuma en la boca y todo, hasta el lecho del arroyo seco y allí se peleó con él hasta que lo metió en un contenedor de basura. Lo arrastró por medio cauce antes de ponerle la tapa del contenedor encima, como si hubiera cazado una mosca.

Brian se inclina y aparta cariñosamente un mechón de pelo de la cara de la niña.

—Estará bien, cielo... Confía en mí. Es un tipo duro.

Fuera del vehículo, un pedazo de coche ardiendo cae al suelo. El golpe sobresalta a todo el mundo. Nick mira a Brian.

—Oye, tío... ¿te importaría pasarme la bolsa de la cremallera que está al lado de donde va la rueda de repuesto?

Brian mira a Nick.

—¿Qué es lo que quieres?

—Una de las escopetas.

Brian lo observa durante un momento. Luego se da la vuelta y se estira por encima del reposacabezas del asiento trasero. Saca a tirones la larga bolsa de caza, que está incrustada entre una nevera portátil y una mochila. La abre y extrae una de las Marlin 55.

Mientras le pasa la escopeta a Nick por encima del respaldo del asiento delantero, Brian pregunta:

—¿También quieres los cartuchos?

—Creo que ya está cargada —le responde mientras abre la culata y echa un vistazo dentro.

Brian deduce que Nick sabe cómo manejar el trasto. Probablemente haya salido de caza antes, aunque él nunca lo haya visto. El estilo de Brian nunca había sido participar en las hazañas masculinas de su hermano pequeño y sus seguidores, aunque en el fondo siempre deseó hacerlo.

—Hay dos cartuchos en la culata —dice Nick cerrando el cañón de golpe.

—Ten mucho cuidado con eso, ¿vale? —le pide Brian.

—Solía cazar cerdos salvajes con una de estas muñequitas —explica Nick al tiempo que la monta y le pone el seguro.

—¿Cerdos?

—Sí... Cerdos salvajes... Antes de llegar a la reserva de Chattahoochee. Solía acompañar a mi padre y a mi tío Verne en sus incursiones nocturnas.

—Querrás decir jabalíes —dice Brian sin acabar de creérselo.

—Sí, bueno, es lo mismo. Total, un jabalí no es más que un cerdo grande. Puede que también sean más viejos, no estoy...

Al lado de Nick se produce otro estruendo metálico.

Él vuelve el cañón bruscamente hacia el origen del sonido, con el dedo en el gatillo y los dientes apretados a causa de la tensión nerviosa. No ve nada que se mueva al otro lado de la ventanilla del pasajero. Los músculos se relajan en el interior del Suburban mientras Nick exhala un largo suspiro de alivio.

—Tenemos que estar listos antes de que... —empieza a decir Brian.

Otro ruido.

Esta vez procede del lado del conductor; son unos pies que se arrastran y, antes de que Nick pueda siquiera registrar la identidad de la figura sombría que se aproxima a la ventanilla del conductor del coche, él mismo desplaza el cañón de la Marlin hacia la ventana, apunta y está a punto de soltar un par de saludos del calibre 20 cuando una voz familiar resuena en el exterior del vehículo.

—¡Joder!

Ambos ven a Philip a través de la ventanilla durante apenas un momento antes de que se agache para salir de la línea de fuego.

—¡Dios! ¡Lo siento, lo siento! —se disculpa Nick admitiendo su error al instante.

La voz de su amigo, al otro lado de la ventanilla, es más baja ahora, más controlada, pero aún destila furia.

—¿Quieres hacer el favor de dejar de apuntar esa cosa hacia la puta ventana?

Nick baja el cañón.

—Lo siento, Philly, ha sido culpa mía, perdona.

La puerta emite un clic y Philip se desliza de nuevo hasta el interior del coche. Tiene la respiración agitada y la cara brillante de sudor. Cierra la puerta y deja escapar un profundo suspiro.

—Nick

—Lo siento, Philly... Estoy un poco nervioso.

Durante un momento, parece que Philip va a arrancarle la cabeza a su amigo, pero entonces la ira se disipa.

—Todos estamos un poco nerviosos... Lo entiendo.

—Lo siento mucho, tío.

—Estate más atento, ¿vale?

—Desde luego, sí.

—¿Qué te has encontrado ahí fuera? —interviene Brian.

Philip extiende el brazo hacia la palanca de cambios.

—Un camino para rodear este puto lío —dice desplazándola hasta posición de tracción cuatro por cuatro. Luego, quita el freno de mano—. Agarraos todos fuerte.

Gira el volante y empiezan a rodar lentamente sobre un montón de cristales rotos. Los pedazos crujen bajo las inmensas ruedas del Suburban y, aunque nadie dice una sola palabra, Brian piensa en la posibilidad de que acaben pinchando.

Philip dirige el vehículo a través de la mediana central, que es una zanja poco profunda en la que crecen muchos matojos, malas hierbas y aneas; las ruedas traseras horadan la tierra llena de surcos. A medida que se van aproximando al otro lado, Philip pisa el acelerador con más fuerza y el Suburban se lanza hacia adelante a través de los carriles que van en dirección este.

Philip mantiene las manos pegadas al volante mientras se aproximan a la cuneta del otro extremo.

—¡Sujetaos! —grita cuando se precipitan por una colina llena de hierbajos y barro.

El Suburban se inclina hacia un lado como un barco que se está hundiendo. Brian se agarra a Penny y Nick se sujeta al reposabrazos central. Sin dejar de girar el volante, Philip pisa el acelerador a fondo.

El vehículo se precipita a través de un estrecho paso en medio del accidente. Tres ramas arañan el lateral del coche. Las ruedas traseras resbalan hacia los lados antes de clavarse en el barro. Philip lucha contra el volante. Todos los demás contienen la respiración mientras el vehículo logra abrirse paso hasta la salida.

Cuando el coche aparece al otro lado, se oye un espontáneo grito de alegría. Nick le da una palmadita en la espalda a Philip y Brian silba y chilla triunfalmente. Hasta Penny parece haberse animado un poco y un atisbo de sonrisa asoma en los extremos de sus labios en forma de tulipán.

A través del parabrisas, ven el amasijo de vehículos en la oscuridad del camino. Hay al menos veinte coches, furgonetas y camionetas en los carriles que van en dirección oeste, la mayoría de ellos dañados por la colisión. Todos están abandonados, muchos de ellos son poco más que carcasas completamente quemadas. Los vehículos vacíos se extienden a lo largo de al menos noventa metros.

Philip pisa a fondo de nuevo para forzar al coche a que suba de nuevo a la carretera. Da un volantazo. La parte trasera del Suburban chirría y protesta.

Algo va mal. Brian nota la falta de tracción en forma de vibración en la espina dorsal. El motor de pronto empieza a renqucar.

Los gritos de alegría se apagan.

El coche se ha atascado.

Durante un momento Philip aprieta el pie sobre el pedal. Presiona los glúteos, como si a base de pura fuerza de voluntad y rabia intensa —y de hacer fuerza con los músculos encargados de los esfínteres—, pudiera lograr que el maldito trasto se moviera. Sin embargo, el Suburban continúa derrapando hacia un lado. Pronto las cuatro ruedas del vehículo dan vueltas sin más y levantan nubes de barro en la oscuridad que se extiende a su espalda.

—¡Joder! ¡Joder! ¡Joder! ¡Joder!

Philip da un puñetazo sobre el volante, lo suficientemente fuerte como para que se agriete y le envíe una punzada de dolor a lo largo del brazo. Le falta poco para atravesar el suelo del coche con el pedal mientras el motor grita.

—¡Para ya, tío! —grita Nick por encima del ruido—. ¡Sólo consigues que nos hundamos más!

—¡Joder!

Philip suelta el acelerador.

El motor se apaga y el Suburban se inclina hacia un lado, como un barquito que zozobra en aguas salobres.

—Tenemos que empujarlo —dice Brian tras unos momentos de tenso silencio.

—Coge el volante —le ordena Philip a Nick mientras abre la puerta para salir fuera—. Dale gas cuando yo te lo diga. Vamos, Brian.

Su hermano abre la puerta trasera, sale del vehículo y se une a Philip bajo la luz de los pilotos traseros.

Las ruedas de atrás se han hundido al menos quince centímetros en el cieno grasiento; un cuarto de cada tapacubo trasero está cubierto de barro. Las ruedas delanteras no están mucho mejor. Philip coloca sus grandes y nudosas manos sobre la chapa de la puerta del maletero y Brian se sitúa al otro lado, con las piernas bien abiertas para poder combatir mejor el barro.

Ninguno de los dos se fija en las siluetas oscuras que emergen de los árboles, al otro lado de la carretera.

—¡Vale, Nick, ahora! —avisa Philip empujando con toda su alma.

El motor gruñe.

Las ruedas empiezan a girar y levantan chorros de lodo mientras los hermanos Blake empujan sin descanso. Lo hacen con todas sus fuerzas, sin obtener resultados, al mismo tiempo que las lentas siluetas, a sus espaldas, se van agrupando cada vez más cerca de ellos.

—¡Otra vez! —grita Philip empujando con todo el peso de su cuerpo.

Las ruedas traseras giran de nuevo y se hunden aún más en la ciénaga. Un aerosol de barro rocía a Brian de arriba a bajo.

Detrás de ellos, desplazándose a través del banco de niebla y las sombras, los monstruos no invitados acortan la distancia a cuarenta metros, pisoteando cristales rotos con sus movimientos lentos, perezosos y extraños, similares a los de los lagartos heridos.

—Métete en el coche, Brian. —La voz de Philip ha cambiado de pronto y se ha vuelto grave y neutra—. Ahora.

—¿Qué pasa?

—Haz lo que te digo —insiste a la vez que abre la puerta del maletero. Las bisagras chirrían cuando se inclina para buscar y encontrar algo—. No hagas preguntas.

—Pero ¿qué pasa con...?

Las palabras se quedan clavadas en la garganta de Brian cuando su visión periférica capta la imagen de al menos una docena de siluetas oscuras, puede que más, acorralándolos desde distintas direcciones.

SEIS

Las figuras se acercan desde la mediana, desde detrás de los restos llameantes del accidente y desde los bosques adyacentes. Son de todos los tamaños y formas, con rostros del color de la masilla y ojos que brillan como canicas junto al fuego. Unos se han quemado. Otros visten harapos. Algunos están tan bien vestidos y aseados que parece que acaban de salir de misa. La mayoría tienen esa mirada de hambre insaciable, los labios curvados y los incisivos expuestos.

—Mierda. —Brian mira a su hermano—. ¿Qué vas a hacer? ¿En qué estás pensando?

—Mete el culo en el coche, Brian.

—¡Mierda! ¡Joder!

Brian sale disparado hacia la puerta lateral, la abre con brusquedad y sube para colocarse al lado de Penny, que mira a su alrededor con expresión asustada. Brian cierra la puerta de golpe y le pone el seguro.

—Cierra las puertas, Nick.

—Voy a ayudarlo —repone el otro cogiendo la escopeta y abriendo la puerta de su lado. Pero se para en seco cuando oye el extraño sonido de la voz de Philip, neutra, fría y metálica, a través del maletero abierto.

—Yo me encargo de esto. Haz lo que dice, Nick. Bloquea las puertas y mantente agachado.

—¡Son demasiados!

Los pulgares de Nick ya martillean el tambor de la Marlin. Tiene la pierna derecha fuera del coche, la bota de obrero en el pavimento.

—Quédate dentro del coche, Nick.

Philip está sacando un par de hachas de cortar leña. Hace unos días que las encontró en el cobertizo del jardín de una mansión en las Fincas Wiltshire: dos pedazos simétricos de acero industrial afilados como navajas. En aquel momento, se preguntó para qué coño querría dos hachas de ese tipo un ricachón gordo que probablemente pagaba a un servicio de jardinería para que le cortara los troncos de la chimenea.

En el asiento delantero, Nick vuelve a meter la pierna dentro del coche, cierra de un portazo y echa el seguro. Se da la vuelta con los ojos brillantes sin dejar de sujetar la escopeta entre las manos.

—Pero ¿qué coño...? ¿Qué estás haciendo, Philly?

La puerta del maletero se cierra con violencia.

El silencio se apodera del interior.

Brian mira a la niña.

—Creo que deberías tumbarte en el suelo, cielo.

Penny no dice nada, pero se desliza hacia abajo por el asiento y se acurruca en posición fetal. Algo en su expresión, un destello de comprensión en sus grandes y dulces ojos, llega hasta Brian y hace que se le encoja el corazón. Le da palmaditas en el hombro.

—Saldremos de ésta.

Su tío se da la vuelta y echa una ojeada por encima del asiento trasero y de la carga del coche hacia la ventana de atrás.

Philip tiene una hacha en cada mano y se dirige andando con tranquilidad hacia la multitud de zombies que se está congregando.

—Dios... —murmura por lo bajo.

—¿Qué está haciendo, Brian?

La voz de Nick suena aguda y tensa. No deja de manosear con los dedos el seguro de la Marlin.

Brian es incapaz de darle una respuesta porque se encuentra completamente extasiado por la terrible imagen de lo que ocurre al otro lado de la ventana.

No es bonito. No es elegante, ni impresionante, ni heroico. Ni siquiera está correctamente ejecutado... pero hace que se sienta bien.

—Lo tengo controlado —se dice Philip a sí mismo en voz baja mientras carga contra el que tiene más cerca, un hombre de complexión pesada con pantalones de granjero.

El hacha corta un pedazo de lóbulo del tamaño de un pomelo del cráneo del hombre gordo y libera un chorro de materia rosa hacia el aire de la noche. El zombie cae. Pero Philip no se detiene. Antes de que el siguiente pueda llegar hasta él, se pone a trabajar en el gran cuerpo flácido del suelo blandiendo el frío acero sobre la carne muerta como si fuera un molino: «La venganza es mía, dijo el Señor, y seré recompensado». La sangre y los tejidos salen a chorros. Saltan chispas del pavimento con cada golpe.

—Lo tengo controlado. Lo tengo controlado. Lo tengo controlado —murmura Philip a nadie en particular mientras permite que toda la rabia y la pena acumuladas broten en forma de una ráfaga de golpes asestados de refilón—. Lo tengo controlado. Lo tengo controlado. Lo tengo controlado. Lo tengo controlado. Lo tengo controlado.

Para entonces, ya se han unido algunos más: un hombre delgaducho al que le cae un fluido negro de los labios, una mujer gorda con la cara hinchada e impasible, un tipo con el traje ensangrentado. Philip se aparta del cuerpo desmembrado del suelo para dedicarse a los demás. Gruñe con cada golpe que da:

—¡Lo tengo controlado! —Parte cráneos—. ¡Lo tengo controlado! —Secciona arterias carótidas—. ¡Lo tengo controlado! —Permite que su furia impulse el frío acero para cortar cartílagos y huesos de cavidades nasales—. ¡Lo tengo controlado! —La sangre y la materia cerebral forman una neblina alrededor de su cabeza mientras recuerda la boca espumeante y los colmillos rabiosos que iban a por él cuando era un crío, a Dios llevándose a su esposa, Sarah, y a los monstruos quitándole a su mejor amigo, Bobby Marsh—. ¡Lo tengo controlado! ¡Lo tengo controlado! ¡¡Lo tengo controlado!!

Dentro del Suburban, Brian se da la vuelta para no ver la escena que se desarrolla tras la ventanilla trasera. Tose y siente que se le revuelven las tripas ante los sonidos nauseabundos que penetran en el interior aislado del coche. Contiene las ganas de vomitar. Se inclina hacia abajo y pone las manos cuidadosamente sobre las orejas de Penny, un gesto que, por desgracia, se está convirtiendo en rutina.

En el asiento delantero, Nick es incapaz de apartar la vista de la carnicería que se está produciendo detrás de ellos. En su rostro Brian distingue una extraña mezcla de repulsión y admiración, una especie de fascinación del tipo «Gracias a Dios que está de nuestro lado». Pero aquello sólo contribuye a revolverle aún más el estómago a Brian. Mierda, no va a vomitar. Será fuerte por Penny.

Brian se desliza hacia el suelo y abraza a la niña para acercarla a él. Penny está inmóvil y húmeda. El cerebro de Brian se llena de confusión.

Su hermano lo significa todo para él. Su hermano es la clave de todo. Pero algo le está pasando a Philip, algo horrible que está empezando a carcomer a Brian. ¿Cuáles son las reglas? Esas abominaciones andantes se merecen cualquier puta cosa que Philip les tenga preparada... pero ¿cuáles son las reglas del combate?

Brian está esforzándose por expulsar esos pensamientos de su mente cuando se da cuenta de que los ruidos de muerte han parado. Entonces oye los pesados pasos de las botas de una persona ante la puerta del conductor. La puerta hace clic.

Philip Blake vuelve a entrar en el Suburban y arroja las hachas ensangrentadas al suelo, delante de Nick.

—Van a venir más —dice aún en tensión y con la cara bañada en sudor—. El disparo los ha despertado.

Nick echa un vistazo por la ventana trasera hacia el campo de batalla de cadáveres que puede verse gracias a la luz del fuego de la colina. Su voz se desgrana en una combinación monótona de admiración y asco:

—*Home run*, tío... un *home run* de los grandes.

—Tenemos que salir de aquí —dice Philip mientras se limpia una gota de sudor de la nariz, recupera el aliento y mira el espejo retrovisor buscando a Penny entre las sombras de los asientos traseros, como si no hubiera oído a Nick.

Brian toma la palabra.

—¿Cuál es el plan, Philip?

—Tenemos que encontrar un lugar seguro para pasar la noche.

Nick mira a Philip.

—¿Qué quieres decir exactamente? ¿Te refieres a otro sitio que no sea el coche?

—Es demasiado peligroso estar fuera en medio de la oscuridad.

—Sí, pero...

—Lo sacaremos fuera del barro mañana por la mañana.

—Ya, pero ¿qué pasa con...?

—Coge lo que necesites para pasar la noche —dice Philip al tiempo que busca la Ruger.

—¡Espera! —Nick sujeta a su amigo por el brazo—. ¿Estás hablando de abandonar el coche? ¡Y dejar todas nuestras cosas aquí fuera!

—Pero si es sólo durante una noche —insiste Philip mientras abre la puerta y sale.

Brian deja escapar un suspiro y levanta la vista hacia Nick.

—Cierra la boca y ayúdame con las mochilas.

Esa noche acampan aproximadamente a medio kilómetro del remolque volcado, dentro de un autobús escolar amarillo que se encuentra abandonado en la cuneta, bien iluminado por el brillo frío de una farola de vapor de sodio.

El autobús se mantiene caliente y seco y está a una distancia razonable del suelo, lo que les proporciona un buen ángulo sobre los bosques de ambos lados de la interestatal. Tiene dos puertas, una delante y otras detrás, que facilitan la huida. Además, los asientos son mullidos y lo suficientemente largos para que se estiren y consigan algo parecido al descanso. Las llaves aún están puestas en el contacto y a la batería aún le queda líquido.

El interior del autobús huele igual que una fiambrera de comida caducada. En el aire apolillado permanecen los espíritus de los niños sudorosos y revoltosos con guantes mojados y sus olores corporales.

Comen un poco de jamón y unas cuantas sardinas, y también una especie de galletas de pan de pita que probablemente tuvieran la función de decorar las bandejas en los aperitivos del golf. Utilizan las linternas con cuidado de no enfocarlas hacia las ventanas y finalmente extienden los sacos de dormir sobre los asientos para echar una cabezadita o al menos obtener algo parecido al sueño.

Se turnan para hacer guardia en el cubículo del conductor con una de las Marlin. Aprovechan los grandes espejos para tener una visión completa de la parte trasera. Nick hace el primer turno e intenta durante una hora —sin éxito— encontrar una emisora con su mini-radio portátil. El mundo ha cerrado, pero por lo menos en ese sector de la Interestatal 20 se respira tranquilidad. Los linderos de los bosques se mantienen en silencio.

Cuando a Brian —quien, hasta ese momento, sólo ha conseguido un duermevela nervioso durante unos cuantos minutos sobre unos asientos del fondo que chirriaban— le toca el turno de guardia, ocupa con mucho gusto su puesto en el sillón del conductor. Hay muchas palancas, ambientadores colgantes de pino fresco y la fotografía plastificada de un bebé, el hijo de un conductor perdido hace tiempo. No es que Brian esté demasiado cómodo con la perspectiva de ser el único despierto, o ya puestos, de tener que disparar la escopeta de caza. Pero aun así, necesita algo de tiempo para pensar.

En algún momento antes del amanecer, Brian escucha que la respiración de Penny, que resulta apenas audible por encima del débil silbido del viento que se filtra a través de las hileras de ventanas correderas, se vuelve errática e hiperventilada. La niña ha estado durmiendo a unos pocos asientos de distancia del cubículo del conductor, al lado de su padre.

Ahora se sienta de golpe con un grito ahogado y silencioso.

—Oh... Ya lo tengo... Quiero decir... —Su voz es poco más que un susurro—. Creo que lo tengo.

—Chist —susurra Brian, que se levanta de su asiento y sale del cubículo para llegar hasta la pequeña—. No pasa nada, cielo... Tío Brian está aquí.

—Eh.

—No pasa nada... chist... Intentemos no despertar a tu papá, ¿vale?

Brian le echa una ojeada a Philip, que está envuelto en una manta con el cejo fruncido debido a sus agitados sueños. Antes de acostarse se tomó un cuarto de litro de brandy para quedar fuera de combate.

—Estoy bien —mumura Penny con su vocecilla de ratón y bajando la vista para mirar al pingüino de peluche que sujeta entre las pequeñas manos. Lo aprieta como si fuera un talismán. El pobre bicho está sucio y deshilachado y a Brian se le parte el corazón.

—¿Tenías una pesadilla?

Penny asiente.

Brian la mira y medita un momento.

—Tengo una idea —susurra—. ¿Por qué no vienes a hacerme compañía durante un rato?

La pequeña dice que sí con la cabeza.

Brian la ayuda a levantarse y, a continuación, después de ponerle una manta por encima y sostenerle la mano, la acompaña en silencio de vuelta al cubículo del conductor. Baja un pequeño asiento auxiliar al lado del suyo y dice:

—Aquí tienes. —Da unas palmaditas en la tapicería gastada—. Puedes ser mi copiloto.

Penny se acomoda en su sitio con la manta bien apretada sobre ella y su pingüino.

—¿Ves eso? —Brian señala un sucio monitor de vídeo que hay sobre el salpicadero, aproximadamente del tamaño de un libro de bolsillo, en el que una imagen granulada en blanco y negro muestra la autopista a sus espaldas. El viento atraviesa los árboles, la luz de las farolas de sodio se refleja en los techos de los coches accidentados.

—Es una cámara de seguridad, para comprobarlo todo, ¿ves?

La niña la observa.

—Aquí estamos a salvo, cielo —dice Brian tan convincentemente como le resulta posible. Un poco antes, durante su turno de guardia, ha descubierto una manera de colocar la llave de ignición en la primera posición de encendido e iluminar el tablero como si se tratara de una vieja máquina de *pinball* que vuelve a la vida—. Todo está bajo control.

La pequeña asiente.

—¿No quieres contármelo? —pregunta Brian suavemente un momento después.

Penny parece confundida.

—¿Contarte qué?

—La pesadilla. A veces ayuda, bueno... contársela a alguien... ¿sabes? Hace que el mal sueño desaparezca... puf.

Penny se encoge de hombros, no demasiado convencida.

—He soñado que me ponía enferma.

—Enferma como... ¿esa gente de ahí fuera?

—Sí.

Brian suelta un profundo y angustioso suspiro.

—Escúchame, cielo. Sea lo que sea lo que tiene esa gente, tú no vas a contagiarte. ¿Lo entiendes? Tu padre nunca dejará que algo así ocurra, jamás, ni en un millón de años. Yo tampoco permitiré que eso pase.

Penny asiente.

—Eres muy importante para tu padre. Eres muy importante para mí.

Brian siente una inesperada punzada en el pecho, un reconocimiento en sus palabras, una sensación ardiente en los ojos. Por primera vez desde que se marchó de casa de sus ausentes padres hace una semana y media es consciente de lo profundos que son los sentimientos que alberga por la pequeña.

—Se me ocurre una idea —dice después de controlar sus emociones—. ¿Sabes lo que es una palabra en clave?

Penny lo mira.

—¿Como un código secreto?

—Eso mismo. —Brian se chupa el dedo y le limpia una mancha de suciedad de la mejilla—. Tú y yo vamos a compartir una palabra como código secreto.

—Vale.

—Será un código muy especial, ¿de acuerdo? A partir de ahora, cada vez que diga la palabra secreta, quiero que hagas algo por mí. ¿Puedes hacerlo? Ya sabes... ¿acordarte de hacer algo por mí cada vez que te diga la palabra del código secreto?

—Sí... Creo que sí.

—Cada vez que yo pronuncie la palabra secreta, quiero que cierres los ojos.

—¿Que cierre los ojos?

—Sí, y que te tapes las orejas. Hasta que yo te diga que puedes volver a mirar. ¿De acuerdo? Y una cosa más...

—Vale.

—Cada vez que te diga la palabra secreta... quiero que pienses en una cosa.

—¿En qué?

—Quiero que recuerdes que llegará un día en el que ya no tendrás que cerrar los ojos nunca más. Llegará un día en el que todo volverá a estar bien y ya no habrá más gente enferma. ¿Ha quedado claro?

Penny asiente.

—De acuerdo.

—Bueno, ¿y cuál va ser esa palabra secreta?

—¿Quieres que la elija yo?

—Por supuesto... es tu código secreto... debes ser tú quien lo elija.

La pequeña arruga la nariz mientras piensa en una palabra apropiada. La imagen de Penny cavilando con tanta intensidad como si estuviera calculando el teorema de Pitágoras hace que a Brian se le encoja el corazón.

Finalmente, la niña mira a su tío a la cara y, por primera vez desde que empezó la plaga, un destello de esperanza se abre paso en sus enormes ojos.

—Ya la tengo. —Le susurra la palabra a su muñeco antes de volver a mirar a Brian a los ojos—. A Pingüino le gusta.

—Estupendo... No me tengas en ascuas.

—«Lejos» —dice—. La palabra secreta será «lejos».

El amanecer gris llega por etapas. Primero, una inquietante calma se instala en los alrededores de la interestatal y el viento muere en los árboles. A continuación, una luz brillante y pálida en el lindero del bosque los despierta y los pone en marcha a todos.

La sensación de urgencia es casi inmediata. Se sienten desnudos y expuestos fuera de su vehículo, así que se concentran en el trabajo que tienen pendiente: recoger las cosas, volver al Suburban y conseguir sacar la condenada máquina del barro.

Recorren el medio kilómetro de vuelta al coche en quince minutos, con los sacos de dormir y las sobras de comida guardados en las mochilas. Se encuentran a una solitaria zombie por el camino, una adolescente vagabunda con la que Philip acaba rápidamente y casi sin hacer ruido. Le clava una hacha de jardín en el cráneo al mismo tiempo que Brian le susurra la palabra secreta a Penny.

Cuando llegan al Suburban trabajan en silencio, prestando atención en todo momento a las sombras de los bosques adyacentes. Primero intentan aplicar peso a la parte trasera mientras Brian enciende el motor y empuja desde la parte delantera con una pierna fuera del vehículo. No funciona. Luego buscan por los alrededores algo con lo que poder forzar una tracción bajo las ruedas. Les cuesta una hora, pero finalmente descubren un par de palés rotos, tirados junto a una zanja de drenaje. Los llevan de vuelta y los colocan debajo de las ruedas.

Eso tampoco funciona.

Por alguna razón, el barro que hay bajo el coche está tan saturado de humedad, desechos, aceite y Dios sabe qué más, que el vehículo se limita a hundirse cada vez más profundamente mientras se desliza poco a poco cuesta abajo. Pero se niegan a rendirse. Cualquier sonido que no pueden explicar en los pinares cercanos, como ramitas que se parten y golpes graves en la distancia, les produce la ansiedad y el temor constante y silencioso de perder, junto al desahuciado Suburban, sus recursos y todo lo que poseen en este mundo. Nadie está dispuesto a hacer frente a la asfixiante desesperación de la situación.

A media tarde, después de estar esforzándose durante horas, haber parado para comer y haber vuelto a intentarlo durante un par de horas más, lo único que han conseguido ha sido empujar el coche unos dos metros más abajo por la pendiente embarrada mientras Penny permanece sentada en su interior alternando entre jugar con su pingüino y pegar su carita triste a la ventana.

En este momento, Philip da un paso hacia atrás desde el charco de barro y contempla el horizonte occidental.

El cielo nublado ha empezado a transformarse en atardecer y la perspectiva de la cercanía de la noche hace que a Philip se le encoja el estómago de pronto. Cubierto de fango y empapado en sudor, saca un pañuelo y se limpia el cuello.

Empieza a decir algo, cuando otra serie de sonidos provenientes de los árboles vecinos atraen su atención en dirección sur. Durante horas, los sonidos de crujidos y ramas que se rompen —tal vez pisadas o tal vez no— se han estado acercando.

Nick y Brian, ambos limpiándose las manos con trapos, se unen a Philip. Ninguno de los dos dice nada durante un momento. Sus expresiones reflejan la cruda realidad y, cuando se oye otro crujido entre los árboles, tan sonoro como un disparo de pistola, Nick toma la palabra:

—Está bastante claro, ¿no?

Philip se guarda el pañuelo otra vez en el bolsillo.

—Va a anochecer pronto.

—¿Qué te parece, Philly?

—Es la hora del plan B.

Brian traga saliva y mira a su hermano.

—No sabía que había un plan B.

Philip mira a su hermano y, por un instante, experimenta una mezcla de enfado, compasión, impaciencia y cariño. Entonces echa un vistazo al viejo y oxidado Suburban y siente una punzada de melancolía, como si estuviera a punto de decir adiós a otro viejo amigo.

—Ahora lo hay.

Extraen la gasolina del Suburban y la ponen en las garrafas de plástico que se llevaron de Wiltshire. Luego tienen la suerte de encontrar un gran Buick LeSabre último modelo, con las llaves aún dentro, abandonado a un lado de la carretera a un cuarto de kilómetro hacia el oeste de donde están. Toman posesión del coche y lo llevan de vuelta al todoterreno desahuciado. Llenan el depósito del Buick de gasolina y trasladan todo lo que pueden encajar en el enorme maletero.

Luego emprenden el camino hacia el sol poniente, todos ellos mirando atrás, hacia el empantanado Suburban, conforme el coche desaparece en la distancia como un naufragio que se hunde en el olvido.

Los indicios del apocalipsis inminente van apareciendo con una frecuencia alarmante a ambos lados de la interestatal. A medida que se acercan a la ciudad sorteando restos abandonados, los árboles disminuyen y dan paso a un creciente número de enclaves residenciales, centros comerciales y complejos de oficinas. Los signos explícitos de la fatalidad están por todas partes. Pasan por un Walmart oscuro y desierto con las ventanas rotas y una marea de ropa y mercancías esparcidas por todo el aparcamiento. Se encuentran con apagones cada vez más frecuentemente, comunidades enteras, oscuras y silenciosas como tumbas. Pasan por centros comerciales arrasados por los ladrones, encuentran amenazas bíblicas garabateadas en chimeneas industriales. Incluso ven un pequeño avión monomotor enredado en una gigantesca torre eléctrica y que aún humea.

En algún punto entre Lithonia y Panthersville, la parte trasera del Buick empieza a vibrar a lo bestia y Philip se da cuenta de que tiene dos ruedas pinchadas. Puede que ya estuvieran así cuando lo cogieron, ¿quién sabe? Pero ahora no tienen tiempo para parar y arreglar los malditos neumáticos, y tampoco para ponerse a discutir el asunto.

La noche se acerca de nuevo y, cuanto más se acercan a las afueras de Atlanta, más restos destrozados de accidentes y más coches abandonados pueblan las carreteras. Nadie lo dice en voz alta, pero todos están empezando a plantearse si no les costaría menos llegar a la ciudad si fueran a pie. Incluso las vías locales de dos carriles, como Hillandale y Fairington, están bloqueadas con coches vacíos que se alinean igual que piezas de dominó caídas en medio del asfalto. Al paso que avanzan, les costará más de una semana entrar en la ciudad.

Por todos esos motivos, Philip toma en ese momento la decisión ejecutiva de dejar el Buick justo donde están, coger todo lo que sean capaces de cargar y emprender el camino a pie. A nadie le entusiasma la idea, pero la aceptan de todos modos. La alternativa de buscar ruedas de repuesto o un vehículo de transporte apropiado entre el atasco de tráfico y en la más completa oscuridad no les parece viable en ese preciso momento.

Rápidamente, sacan lo esencial del maletero del Buick y llenan mochilas y bolsas de deporte con suministros, mantas, comida, armas y agua. Cada vez se les da mejor comunicarse con susurros, gestos con las manos y movimientos de cabeza, puesto que ahora son extremadamente conscientes del zumbido distante de la gente muerta, sonidos que van y vienen en la oscuridad, más allá de la autopista, que se filtran entre los árboles y detrás de los edificios. Philip tiene la espalda más fuerte, así que se lleva la bolsa de deporte más grande. Nick y Brian se colocan cada uno una mochila sobrecargada. Incluso Penny accede a cargar con una bolsa que contiene ropa de cama.

Philip coge la pistola Ruger, las dos hachas de cortar leña —encajadas una a cada lado del cinturón— y un machete largo que parece una herramienta de podar arbustos y que se coloca sobre la espina dorsal entre la bolsa de deporte y su sucia camisa de Chambray. Brian y Nick llevan cada uno una escopeta Marlin 55 en los brazos, así como un pico sujeto a los laterales de sus respectivas mochilas.

Empiezan a caminar hacia el oeste, y en esta ocasión ni uno solo de ellos vuelve la vista atrás.

Medio kilómetro de carretera después, se encuentran con un paso elevado bloqueado por una vieja caravana Airstream. La cabina del conductor está incrustada contra un poste de teléfonos. Todas las farolas se han apagado y, en medio de la total oscuridad, puede oírse a través de las paredes del trailer destruido el sonido ahogado de unos golpes.

Todos se detienen de pronto en la cuneta que pasa por debajo del viaducto.

—Dios, podría ser alguien que... —Brian deja de hablar cuando ve que su hermano levanta la mano.

—¡Chist!

—Pero ¿y si...?

—¡Silencio! —Philip inclina la cabeza y escucha. Su expresión es la de una fría estatua de piedra—. ¡Por aquí, vamos!

Philip guía al grupo para que desciendan por una pendiente rocosa en el extremo norte del intercambiador. Bajan la cuesta con paso ligero y cuidadoso, procurando no resbalar en las piedrecillas mojadas. Brian cierra el grupo; se pregunta de nuevo sobre las reglas del juego, se cuestiona si no estarán abandonado a un ser humano como ellos.

Sus pensamientos se difuminan rápidamente cuando se adentran en el oscuro territorio del campo.

Sumidos en la oscuridad, siguen una estrecha carretera de dos carriles llamada Miller Road en dirección norte. Durante unos dos kilómetros, lo único que encuentran es una zona levemente comercializada, con fundiciones y parques industriales desolados, cuyos rótulos son tan oscuros como jeroglíficos en los muros de una caverna: Barloworld Handling, Atlas Tool and Die, Hughes Supply, Simcast Electronics, Peachtree Steel. El movimiento rítmico de sus pisadas sobre el frío asfalto se mezcla con la monotonía de sus respiraciones. El silencio empieza a ponerlos de los nervios. Penny se está cansando. Oyen crujidos de ramas que se mueven en el bosque que tienen justo a la derecha.

Finalmente, Philip levanta la mano y señala una nave industrial de no demasiada altura que se extiende a lo largo del terreno.

—Con esto bastará —dice con un murmullo neutro.

—¿Bastará para qué? —pregunta Nick cuando se detiene cerca de Philip; respira con dificultad.

—Para pasar la noche —responde su líder. Su voz carece de toda emoción.

Guía al grupo por delante de un cartel sin iluminar donde puede leerse:

«GEORGIA PACIFIC CORPORATION»

Philip se cuela por la ventana de la oficina. Hace que todos los demás se acurruquen entre las sombras en la parte exterior de la entrada mientras recorre pasillos desiertos y llenos de desechos en dirección al almacén que se encuentra en el centro del edificio.

El lugar es oscuro como una cripta. A Philip le resuena el corazón en los oídos mientras avanza con las dos hachas a los lados. Intenta encender uno de los interruptores de la luz y da resultado. Apenas nota el intenso aroma a pulpa de madera que impregna el aire —un olor húmedo y pegajoso— y cuando llega a las puertas de seguridad las abre lentamente con la punta de la bota.

El almacén tiene el tamaño de un hangar, gigantescas grúas colgando del techo, filas de grandes focos apagados y un olor a papel enmohecido tan espeso como el talco. La débil luz de la luna se cuela a través de unas enormes claraboyas. El suelo está lleno de hileras de enormes rollos de papel, tan grandes como troncos de secuoya y tan blancos que parecen brillar en la oscuridad.

Algo se mueve a media distancia.

Philip se guarda las hachas, una a cada lado del cinturón, y a continuación sujeta la empuñadura de la Ruger. Saca la pistola, quita el seguro y apunta con el cañón a una oscura silueta que sale tambaleándose de detrás de un montón de palés. La rata de la fábrica emerge de entre las sombras en dirección a Philip, se mueve con lentitud, hambrienta, con la parte delantera del mono de trabajo manchado de sangre seca y bilis, la cara alargada y chupada, llena de dientes que relucen a la luz de la luna que les llega a través de la claraboya.

Un tiro tumba a la cosa muerta y el impacto resuena como un tambor de hojalata en el interior del cavernoso almacén.

Philip hace una ronda por el resto del alargado espacio del almacén. Encuentra un par más de ésos: un viejo gordo, antiguo guardia de seguridad nocturno (a juzgar por su uniforme sucio), y uno más joven. Ambos mueven su difunto culo desde detrás de las unidades de almacenaje.

Philip no siente nada cuando les abre boquetes en el cráneo prácticamente frente a sus narices.

De vuelta a la entrada principal, descubre un cuarto zombie entre las sombras, atrapado entre dos inmensos rollos de papel. La parte inferior de quien solía ser el operador de carretilla de carga está incrustada entre los cilindros de color blanco cegador. Está tan aplastado que resulta imposible determinar cómo era. Sus fluidos corporales forman a sus pies un charco que ya se ha secado. La parte superior de la criatura se convulsiona y se agita, con los ojos de piedra blanca estúpidamente alertas.

—¿Qué pasa, machote? —le pregunta Philip al tiempo que se le acerca con la pistola en la cadera—. Vamos tirando, ¿no?

El zombie mastica con impotencia el aire que separa su cara de la de Philip.

—¿Se te ha pasado la hora de comer?

—Ñam.

—Cómete esto.

El tiro del calibre 22 resuena cuando la bala atraviesa el hueso orbital del operario y le vuelve negro el lechoso ojo al tiempo que hace que un buen pedazo del hemisferio parietal salga despedido. Las salpicaduras, una mezcla de sangre, tejidos y fluido cefalorraquídeo, llenan de manchas la hilera de prístino papel blanco mientras la parte superior de la cosa muerta se retuerce como si fuera un fideo.

Philip admira su obra de arte —la multitud de hilillos escarlata sobre un campo de blanco celestial—, durante un largo rato antes de ir a buscar a los demás.

SIETE

Pasan la noche en la oficina acristalada del encargado, encima de la planta principal del almacén de la Georgia Pacific. Utilizan las linternas a pilas y apartan las sillas y las mesas a un lado para extender los sacos de dormir sobre el suelo de linóleo.

El anterior ocupante prácticamente debía de vivir en ese pequeño nido de cuervos de dieciocho metros cuadrados, porque encuentran varios CD, una minicadena estéreo, un microondas, un frigorífico pequeño en cuyo interior la mayoría de la comida está estropeada, cajones llenos de chocolatinas y caramelos, instrucciones de trabajo, botellas de licor medio llenas, suministros de oficina, camisas limpias, cigarrillos, talonarios de cheques y revistas porno.

Philip apenas pronuncia palabra en toda la noche. Se limita a sentarse cerca de la ventana y a contemplar el suelo del almacén mientras echa ocasionalmente un trago de whisky de la botella de medio litro que ha encontrado en el escritorio. Entretanto, Nick se sienta en el suelo, en la esquina opuesta, y lee en silencio una Biblia de la Concordia a la luz de una linterna. Nick presume de llevar consigo el pequeño libro encuadernado en cuero con solapas allá donde va, pero los demás apenas lo han visto leerlo... hasta ahora.

Brian consigue tragar algo de atún y unas pocas galletas saladas e intenta hacer que Penny coma algo, pero la niña no quiere. Parece estar recluyéndose cada vez más en sí misma. Ahora tiene continuamente en los ojos una mirada perdida que a Brian le resulta un tanto catatónica. Más tarde, su tío duerme a su lado mientras Philip dormita sobre la silla con ruedas, al lado de la ventana llena de grasa y cubierta por una verja cuadriculada a través de la cual los pasados encargados escudriñaban en busca de vagos. Es la primera vez que Brian ve a su hermano demasiado consumido por sus propios pensamientos como para dormir cerca de su hija, y eso es algo que no tiene buena pinta.

A la mañana siguiente, los despiertan los ladridos de unos perros desde el exterior.

La luz, insulsa y pálida, inunda el interior a través de la claraboya del techo. Recogen con rapidez. A nadie le apetece tomar el desayuno, así que usan el baño, se cubren los pies con tiritas para evitar que se les formen ampollas y se ponen un par de calcetines extra. Los talones de Brian ya están irritados a causa de los kilómetros que llevan andados y es imposible predecir cuántos más tendrán que recorrer hoy. Todos llevan una muda de ropa de más, pero ninguno tiene la energía necesaria para ponerse algo limpio.

Cuando salen, todos a excepción de Philip estudian la manera de evitar mirar los cuerpos que yacen sobre charcos de sangre en el almacén.

Philip parece motivarse ante la visión de los cadáveres a la luz del día.

Una vez fuera, descubren el origen de los ladridos. Aproximadamente a noventa metros hacia el oeste del almacén hay una manada de perros abandonados, simples chuchos callejeros, que se están peleando por algo rosa y hecho trizas que hay en el suelo. A medida que Philip y los demás se acercan, los perros se van apartando y abandonan el objeto de su interés en el barro. Brian lo identifica cuando pasan a su lado y, en voz baja, le da a Penny la contraseña: «Lejos».

La cosa es un brazo humano amputado que han roído tanto que parece pertenecer a una muñeca de trapo.

—No mires, Bichito —le murmura Philip a su hija, y Brian atrae a Penny hacia él para taparle los ojos a la niña.

Caminan penosamente hacia el oeste. Se mueven en silencio, con pisadas furtivas y cuidadosas, como ladrones que se arrastran bajo el sol de la mañana.

Siguen una carretera llamada Snapfinger Drive, que circula paralela a la interestatal. La serpiente negra se extiende a través de inhóspitas reservas forestales, barrios residenciales abandonados y centros comerciales tomados por asalto. Cuando se mueven por zonas más pobladas, los laterales de la carretera muestran horrores que ninguna niña pequeña debería contemplar jamás.

Un campo de rugby está cubierto de torsos sin cabeza. La puerta de un depósito de cadáveres está tapiada con tablones clavados desde fuera: tras ella se escuchan los horribles sonidos ahogados de los que han despertado hace poco y la arañan y golpean para lograr salir. Philip busca afanosamente un vehículo apropiado que puedan llevarse, pero la mayoría de los coches de Snapfinger Drive yacen en las zanjas como cáscaras quemadas o permanecen sobre las cunetas de gravilla con dos o tres ruedas pinchadas. Los semáforos, la mayoría de los cuales parpadean en ámbar o están apagados por completo, cuelgan sobre las intersecciones obstruidas.

La autopista, visible por encima de una valla a unos cien metros a su izquierda, está infestada de muertos. Cada cierto tiempo, los restos zarrapastrosos de una persona se cruzan por delante de los rayos pálidos y distantes del sol que se alza en el cielo y hacen que Philip les haga señas a todos para que se tiren al puto suelo y se mantengan en silencio. Pero, a pesar de la ardua tarea de agacharse detrás de los árboles o los restos de algún accidente cada vez que perciben una nueva presencia acercándose a ellos, consiguen cubrir bastante terreno ese día.

No encuentran a ningún otro superviviente.

Ya avanzada la jornada, el tiempo se vuelve soleado y claro, lo cual, irónicamente, la convertiría en una estupenda tarde de principios de otoño en otras circunstancias; la temperatura se mantiene entre los quince y los veinte grados. A las cinco de la tarde, los hombres sudan y Penny se ata el jersey a la cintura. Philip calcula cuánto han avanzado, restando la pausa de treinta minutos para comer, y se da cuenta de que caminan a una media de dos kilómetros por hora y ya han atravesado dieciséis kilómetros de jungla residencial.

Aun así, ninguno de ellos es consciente de lo cerca que están de la ciudad hasta que llegan a una colina embarrada que se eleva por encima de los pinos al oeste de Glenwood, donde una iglesia baptista, asentada sobre un reborde de tierra, luce chamuscada como consecuencia de alguna conflagración reciente y su campanario se ha convertido en una ruina humeante.

Agotados, exhaustos y hambrientos, siguen las curvas de la carretera hasta alcanzar la cima de la colina. Cuando llegan al aparcamiento de la iglesia, todos permanecen allí durante unos momentos, contemplando el horizonte en dirección oeste, congelados por una especie de sorpresa inesperada.

El perfil de Atlanta, apenas a seis kilómetros de distancia, resulta casi radiante bajo la luz que se apaga.

Para haberse criado a unos cientos de kilómetros de la gran capital del nuevo sur, Philip y Brian Blake han pasado muy poco tiempo en Atlanta. Durante los dos años y medio que Philip estuvo conduciendo camiones para Harlo Electric, el pequeño de los hermanos hizo alguna entrega ocasional allí. Y Brian ha asistido a unos cuantos conciertos en el Civic Center, The Earl, el Georgia Dome y el Fox Theater, pero ninguno de los dos conoce bien la ciudad.

De pie, en el borde del aparcamiento de la iglesia, con el aroma acre del apocalipsis en las fosas nasales, sienten que la silueta de la ciudad en la borrosa distancia los contempla a su vez con una especie de grandeza inalcanzable. Bajo la luz de ensueño, pueden ver la aguja del capitolio de Georgia y su cúpula dorada, los monolitos simétricos del Concourse Complex, las inmensas torres del Peachtree Plaza y el pináculo del edificio Atlantic. Pero todo parece transmitir la sensación de que se trata de un espejismo, como si hubieran encontrado la ciudad perdida de la Atlántida.

Brian está a punto de hacer un comentario acerca de que la ciudad está a la vez muy lejos y muy cerca, o quizá sobre lo imposible que resulta saber en qué condiciones estarán las calles que ven allá abajo, cuando capta una imagen en movimiento por el rabillo del ojo.

—¡Mirad!

Penny se ha alejado de ellos, de forma veloz e inesperada. Su voz tiembla de emoción.

—¡Penny!

Brian sale disparado detrás de la pequeña, que está cruzando a toda velocidad el lado oeste del aparcamiento de la iglesia.

—¡Sujétala! —grita Philip corriendo detrás de Brian, que sigue en pos de la niña.

—¡Mirad! ¡Mirad!

Las piernecitas de Penny se mueven frenéticamente mientras va derecha a una calle próxima que se extiende hacia el extremo opuesto de la colina.

—¡Es un policía! —grita mientras corre—. ¡Él nos salvará!

—¡Penny, para!

La niña continúa su carrera a través del portón de salida y hacia la calle cercana.

—¡Él nos salvará!

Brian llega al final de la verja sin parar de correr y ve un coche patrulla a unos cuarenta metros de distancia, aparcado a un lado de la carretera bajo un enorme roble. Penny se acerca al Crown Victoria pintado de azul, con el emblema de la policía de Atlanta en la puerta, la conocida línea roja y las luces sobre el techo. Hay una figura en su interior, inclinada sobre el volante.

—¡Para, cielo!

Brian ve cómo Penny se detiene de pronto frente a la puerta del conductor, jadeando agotada, y mira al hombre que hay tras el volante.

Para entonces Philip y Nick han alcanzado a Brian. Philip adelanta a su hermano como una flecha, se abalanza sobre su pequeña hija y la levanta del suelo como si la estuviera sacando de entre las llamas.

Brian llega hasta el coche patrulla y mira a través de la ventanilla entreabierta.

El policía fue una vez un hombre blanco de complexión fuerte y largas patillas.

Nadie dice nada.

Desde los brazos de su padre y a través de la ventanilla del coche, Penny observa al hombre muerto que se pelea con el cinturón de seguridad. Teniendo en cuenta su placa, su ropa y la palabra «Tráfico» grabada en el panel frontal del vehículo, fue un oficial de baja graduación a quien probablemente asignaran a las afueras de la ciudad para que enviara coches mal aparcados a los depósitos de Fayetteville Road.

Ahora el hombre se retuerce en su asiento, prisionero de un cinturón de seguridad que ya no sabe cómo manipular, con la boca abierta y babeando ante la carne fresca que hay al otro lado de la ventanilla. Tiene las facciones deformes e hinchadas, del color del moho, y sus ojos parecen monedas sin brillo. Hace muecas a los humanos, entrechocando los dientes negruzcos con apetito feroz.

—Es lo más patético que he visto —comenta Philip a nadie en particular.

—Yo me ocupo de ella —dice Brian acercándose más y extendiendo los brazos hacia Penny.

El poli muerto, al captar el olor de la comida, chasquea las mandíbulas en dirección a Brian, tira del cinturón de seguridad y hace que chirríe el arnés que lo sujeta.

Brian se echa atrás por el susto.

—No puede hacerte daño —dice Philip en un tono de voz bajo y preocupantemente normal—. Ni siquiera es capaz de entender cómo funciona el puto cinturón.

—No fastidies —añade Nick mirando por encima del hombro de Philip.

—Pobre diablo hijo de puta.

El policía muerto gruñe.

Penny trepa a los brazos de Brian y éste da un paso atrás mientras sujeta a la niña con fuerza.

—Venga, Philip, vámonos.

—Esperad un momento, no tan de prisa.

Philip se saca la Ruger 22 de detrás del cinturón.

—Venga, tío —interviene Nick—, que el ruido atraerá a más... Larguémonos de aquí.

Philip apunta con la pistola al poli, que sigue gruñendo después de haber visto el cañón. Pero no aprieta el gatillo. Se limita a sonreír y a imitar el sonido de un disparo como lo hacen los niños.

Bang. Bang. Bang.

—Philip, vámonos ya —insiste Brian al tiempo que cambia el peso de Penny de brazo—. Esa cosa ni siquiera...

Brian se detiene y lo observa.

El policía muerto parece extasiarse al ver la Ruger frente a su cara. Brian se pregunta si su rudimentario sistema nervioso central estará enviando alguna clase de señal a algún vestigio de memoria muscular enterrada en algún rincón de sus neuronas muertas. Su expresión cambia. La monstruosa abominación que tiene por cara se desinfla como si fuera un suflé fallido y la criatura parece hasta triste. O puede que incluso asustada. Es difícil de determinar con esa boca retorcida de bestia y la máscara de tejido necrótico, pero algo se ilumina en sus ojos gris plomo: ¿un atisbo de miedo?

A Brian Blake lo azota una inesperada tormenta de emociones que lo coge por sorpresa. No es fácil ponerle un nombre; es en parte repulsión, en parte compasión, en parte asco, en parte tristeza y en parte rabia. De pronto, deja a Penny en el suelo y le da la vuelta con delicadeza para que la niña mire a la iglesia.

—Éste es un momento de «lejos», cielo —le dice Brian suavemente antes de darse la vuelta para hacer frente a su hermano.

Philip está tomándole el pelo al zombie.

—Tu cálmate y sigue a la bolita que salta —le dice a la criatura babeante mientras agita el arma con lentitud hacia adelante y hacia atrás.

—Ya lo hago yo —interviene Brian.

Philip se queda helado. Se da la vuelta y observa sorprendido a su hermano.

—¿Cómo has dicho?

—Que me des la pistola, yo acabo con él.

Philip mira a Nick, y Nick mira a Brian.

—Oye, tío, no creo que quieras...

—¡Dame la pistola!

La sonrisa que contrae las comisuras de los labios de Philip es complicada y carece de humor.

—Como quieras, campeón.

Brian coge la pistola y, sin dudarlo, da un paso al frente, la mete en el coche, apoya el cañón contra la cabeza del policía muerto y empieza a apretar el gatillo para hacer un solo disparo... Pero su dedo no responde. El dedo que tiene en el gatillo no obedece las órdenes que su cerebro le está enviando.

Durante esa incómoda pausa, el zombie saliva, anticipando el bocado.

—Dame la pistola, campeón. —La voz de Philip le suena lejana.

—No... yo me encargo. —Brian aprieta los dientes y trata de apretar el gatillo. Su dedo se ha vuelto de hielo. Le arden los ojos. Se le encoge el estómago.

El poli muerto resopla.

Brian se echa a temblar y Philip da un paso adelante.

—Dame la pistola.

—No.

—Venga campeón, dámela.

—¡Yo me encargo! —Brian se frota los ojos con la manga—. ¡Joder, ya lo hago yo!

—Venga —Philip trata de alcanzar la pistola—, ya basta.

—Joder —dice Brian bajando la pistola y con lágrimas acumuladas en los ojos. No puede hacerlo. ¿Por qué no admitirlo? Le da la pistola a su hermano y retrocede con la cabeza gacha.

Philip acaba con el sufrimiento del policía mediante un chasquido que esparce una neblina de sangre por la cara interior del parabrisas del coche. El ladrido resuena por todo el paisaje devastado.

El poli muerto cae de golpe contra el volante.

A Brian le lleva un largo instante contener las lágrimas y trata de disimular su tembleque. Mira los restos del poli a través de la ventana del coche. Le dan ganas de decirle que lo siente, pero decide que no debe hacerlo. Se limita a seguir contemplando el débil cuerpo que se mantiene entero gracias al cinturón.

Un hilo de voz infantil, como el revoloteo de unas alas rotas, les llega desde atrás.

—Papá... Tío Brian... ¡Tío Nick! Eh... Está pasando algo malo.

Los tres hombres se vuelven casi a la vez. Sus miradas recorren el camino hasta el aparcamiento de la iglesia, hacia donde Penny mira y señala.

—Me cago en la puta —masculla Philip al ver el peor panorama que podría esperar desplegándose ante sus ojos.

—Madre de Dios —exclama Nick.

—¡Mierda, mierda, mierda! —Brian siente un escalofrío al ver la fachada de la iglesia.

—Ven, Bichito, por aquí. —Philip se acerca a la niña y la empuja suavemente hacia el coche patrulla—. Vamos a tomar prestado este coche de policía tan chulo.

Mete la mano por la ventanilla del conductor, le quita el seguro a la puerta, la abre, suelta el cinturón de seguridad y saca a rastras al cuerpo inerte, que cae a la calzada con el ceremonioso plaf de una calabaza demasiado madura.

—¡Todos adentro, vamos! Meted las cosas atrás y subid al coche.

Brian y Nick rodean el vehículo para entrar por el lado opuesto; abren las puertas, tiran las mochilas al asiento de atrás y se sientan.

Philip pasa a Penny por encima los asientos y la coloca en el del copiloto; luego se sienta al volante. Las llaves están puestas.

Philip enciende el contacto.

El motor traquetea.

El cuadro de mandos apenas se ilumina con un tenue fulgor que indica que le queda muy poca batería.

—Me cago en su padre. ¡Joder! —Philip dirige la mirada hacia la iglesia—. Vale. Un segundo. Quietos... quietos.

A través del parabrisas, ve que la carretera que van a tomar continúa en pendiente hacia un puente ferroviario. Mira a Brian y a Nick.

—Vosotros dos. Fuera. ¡Venga!

Los dos hombres se miran, asombrados. Lo que ven salir de la iglesia, probablemente a raíz de las voces y el disparo, se les quedará grabado en la memoria durante bastante tiempo. Por desgracia también pululará por la imaginación de Penny, seguro que con más intensidad. De las vidrieras y las puertas entreabiertas salen cosas muertas, algunas vestidas con indumentaria clerical ensangrentada, otras con trajes de domingo y vestidos manchados de sangre. Unas roen extremidades humanas mutiladas, otras arrastran partes de algún cuerpo, con los órganos colgando, tras la orgía horripilante de la iglesia. Hay por lo menos cincuenta, tal vez más; se mueven todos a una dando bandazos hacia el coche patrulla.

Durante un instante, antes de abrir la puerta a lo bruto y salir del coche como Nick, Brian se da cuenta de que un pensamiento extraño destella en su mente: «Se mueven a una incluso estando muertos, como un rebaño firmemente unido, como marionetas de una mente superior». Pero la idea se esfuma con rapidez en cuanto oye a su hermano gritarle desde detrás del volante del coche patrulla.

—¡Empujad este puto trasto todo lo que podáis y luego meteos!

Brian se une a Nick detrás del coche y, sin pensarlo siquiera, se pone a empujar. Philip se las ha apañado para poner la transmisión en punto muerto, y con la puerta abierta y una pierna fuera, da impulso con todas sus fuerzas.

Les cuesta unos instantes arrancar. La horda de feligreses se les acerca poco a poco, dejando caer sus espantosos tesoros ante la promesa de poder hincar el diente en carne fresca, pero pronto el coche patrulla desciende la pendiente veloz, cada vez más rápido, y Brian y Nick se ven obligados a subirse en marcha. Nick se agarra a la antena. Brian consigue entrar a medias por la puerta de atrás, que viene y va, pero no logra meterse del todo sin caerse, así que se agarra con fuerza a la puerta.

El coche ya está a mitad de la pendiente y ha dejado atrás el enjambre de muertos vivientes que los persigue. El peso del vehículo va creando inercia. El Crown Victoria parece un tren fuera de control, traqueteando por el pavimento agrietado hacia la intersección al pie de la colina. El viento azota la negra cabellera de Brian; éste sigue aferrado a la puerta para salvarse.

Nick grita algo, pero el ruido del viento y de las ruedas ahoga su voz. Al pie de la colina se ve una subestación de la Conrail abandonada, con su laberinto de vías viejas fosilizado en la tierra de Georgia, sus destartalados hangares y sus oficinas, tan negras y deterioradas como ruinas prehistóricas. Philip grita algo que Brian no oye.

Llegan al pie de la colina y el volante se bloquea.

El coche atraviesa la vía y se queda encallado en el cruce. Philip no puede girar el volante. El vehículo patina: las ruedas se han quedado atascadas entre los carbones y saltan chispas cuando el chasis roza con los raíles.

Brian y Nick se agarran fuerte mientras el coche se detiene con una sacudida en medio de una nube de polvo negro.

—¡Coged vuestras cosas! ¡Rápido! —Philip ya ha abierto la puerta y está sacando a Penny. Brian y Nick saltan del asiento trasero y siguen a Philip, que se ha echado la bolsa a un hombro y lleva a su hija en el otro brazo.

—¡Por ahí! —Señala con la cabeza una calle estrecha al oeste.

Se apresuran a salir del cruce ferroviario.

Una fila de escaparates y edificios calcinados se extiende desde una calle adoquinada perpendicular.

La recorren apresuradamente, sin salir de debajo de los toldos de la acera sur, pegados a las persianas cubiertas de grafitis y a las ventanas manchadas de *spray*. Se acerca la noche y las sombras se alargan y los envuelven en la penumbra.

Los abruma la sensación de estar rodeados, aunque en ese momento no ven ninguna criatura, sólo una hilera de negocios cutres y obsoletos que algún día debieron de ser útiles para esa zona dejada de la mano de Dios a las afueras de Atlanta: tiendas de empeño, de cambio de moneda, agentes de fianzas, tiendas de recambios para automóviles, tabernas y tiendas de baratijas.

A medida que avanzan, flanqueando los escaparates maltrechos, jadeando y resoplando por la carga que transportan, sin atreverse a hablar ni a hacer ruidos innecesarios, la prisa por meterse en algún sitio empieza a apoderarse de ellos. La noche está cayendo y ese lugar se convertirá en el lado oculto de la luna en menos de una hora. No tienen mapa, ni GPS, ni brújula, ni idea alguna de qué hay por allí, aparte de un borroso punto de referencia en el horizonte, a kilómetros hacia el oeste.

Brian siente la punzada de la ansiedad en la nuca como si fuera un dedo frío.

Doblan una esquina.

Él es el primero que divisa el taller mecánico; Philip lo ve una milésima de segundo después y se dirige hacia allí asintiendo con la cabeza.

—Mira en esa esquina de ahí arriba, ¿lo ves?

Nick se fija en ello.

—Sí, sí... tiene buena pinta.

Es cierto que tiene buena pinta: en la esquina suroeste de un cruce, a una manzana, el taller de chapa y pintura de Donlevy parece ser la única tienda de aquel páramo que aún funciona, aunque da la sensación de que ahora mismo está cerrada por vacaciones.

Se apresuran hacia el edificio.

Mientras se acercan, comprueban que hace poco que han recementado el área de dos mil metros cuadrados. Los dos islotes de los surtidores están en primera línea, limpios y aparentemente operativos, bajo un logo gigante de Chevron. El propio edificio, rodeado por columnas de neumáticos nuevos, con una fachada compuesta por dos puertas de garaje dobles, es un bloque reluciente de revestimiento metálico y vidrio templado. Incluso hay un segundo piso, donde deben de estar los despachos o más espacios de venta.

Philip conduce al grupo hacia la parte de atrás. Está ordenada, con contenedores de basura recién pintados pegados a la pared trasera de hormigón. Buscan una puerta o ventana pero no encuentran ninguna.

—¿Qué me dices de la puerta de acceso? —pregunta Brian con un hilo de voz cuando se paran junto a los contenedores. Oyen a los feligreses acercarse calle abajo, un séquito de al menos cincuenta zombies que gimen y arrastran los pies al andar.

—Estoy seguro de que está cerrada —contesta Philip con el demacrado rostro encendido por el esfuerzo de cargar tanto con su hija como con su bolsa deportiva. Penny se chupa el dedo de forma compulsiva y nerviosa apoyada en el hombro de su padre.

—¿Cómo lo sabes?

Philip se encoge de hombros.

—Se puede intentar.

Sigilosamente, rodean el edificio por el lado opuesto y permanecen a la sombra del toldo de Chevron; Philip deja en el suelo la bolsa y a Penny y se apresura hacia la puerta principal. Tira del pomo.

Está abierta.

OCHO

Se quedan unos instantes agazapados en la recepción, debajo del mostrador de la caja, junto a un expositor giratorio de chocolatinas y bolsas de patatas fritas.

Philip echa el pestillo de la puerta y se agacha al lado de los demás en la penumbra para observar el desfile callejero de muertos vivientes, que pasa de largo sin localizar el escondite de su presa, pese a que los zombies buscan con sus ojos de botón como perros que oyen un silbato agudo.

Desde su atalaya, a través de las ventanas reforzadas y con tela metálica, Brian logra entrever al clérigo muerto y a los feligreses harapientos que pasan de largo el taller mecánico. ¿Cómo pudo transformarse en masa toda una iglesia llena de parroquianos? ¿Buscaron cobijo allí después de que el brote estallara, como cristianos indefensos en busca de socorro y consuelo mutuo? ¿Estarían escuchando un sermón exaltado sobre el Apocalipsis de San Juan? ¿Recitarían los pastores en ese momento frenéticas parábolas de advertencia?

«El quinto ángel tocó la trompeta, y vi una estrella que cayó del cielo a la tierra; ¡y le dieron la llave del pozo del abismo!»

¿Cómo se transformaría el primero de ellos? ¿Estaría sentado en un banco del final y le dio un ataque al corazón? ¿Fue un suicidio ritual? Brian se imagina a una de esas ancianas ricachonas con el organismo hasta los topes de colesterol y las manos rechonchas enfundadas en guantes agarrándose el pecho de pronto al sentir la primera punzada del infarto. Y minutos después, una hora o así, la mujer se levanta con la cara porcina henchida de una «nueva religión», una fe singular y salvaje.

—Putos meapilas... —mascula Philip desde detrás del mostrador de la caja. Luego se vuelve hacia Penny y traga, compungido—. Perdona que diga palabrotas, Bichito.

Exploran la tienda de recambios. Está impecable y parece segura; fría pero limpia, con el suelo barrido, los estantes ordenados y en el ambiente un olor a goma nueva y una mezcla química de combustibles y otros líquidos vagamente agradable. Sopesan quedarse allí a pasar la noche, pero no lo deciden hasta que indagan en el garaje del enorme taller y dan con su hallazgo más fortuito.

—Joder, ¡menudo tanque! —exclama Brian, de pie en el cemento frío, enfocando con la linterna a la belleza negra que les aguarda aparcada bajo unas lonas, en una esquina.

Los demás se agolpan alrededor del único vehículo que se yergue en la oscuridad. Philip retira la lona. Es un modelo reciente de Cadillac Escalade, nuevo a estrenar, con un acabado ónice que reluce bajo la luz amarilla.

—Quizá perteneciera al dueño —sugiere Nick.

—Pues se han adelantado las Navidades —dice Philip mientras le da un puntapié a una de las enormes ruedas con su mugrienta bota reforzada. El todoterreno de lujo es inmenso, con un gigantesco parachoques reforzado, faros verticales de gran tamaño y unas ruedas cromadas colosales y brillantes. Es el típico vehículo que podría formar parte de la flota de una agencia gubernamental secreta, ya que sus lunas tintadas reflejan la luz de la linterna.

—No habrá nadie dentro, ¿no? —Brian aparta el haz de luz del cristal opaco.

Philip se saca la Ruger 22 del cinturón, abre una puerta y apunta con el cañón al habitáculo vacío. Es digno de exposición: acabados en madera, asientos de piel y un cuadro de mandos que parece el centro de control de un avión comercial.

Philip comenta:

—Me juego una mano a que las llaves están por ahí en algún cajón.

El incidente del policía y lo ocurrido en la iglesia han dejado a Penny en estado de *shock*. Esa noche duerme hecha un ovillo en el suelo del área de reparaciones, cubierta de mantas y con el pulgar en la boca.

—Hacía un siglo que no la veía hacer eso —constata Philip, sentado en su esterilla de camping con lo que queda del whisky. Lleva una camiseta sin mangas y unos vaqueros sucios y tiene las botas junto a él. Toma un trago y se enjuaga la boca.

—¿Hacer qué? —Brian está sentado con las piernas cruzadas, tapado con su abrigo manchado de sangre, al otro lado de la niña, así que procura no hablar muy alto. Nick duerme en un banco de trabajo, metido en un saco de dormir. La temperatura ha bajado hasta los cuatro grados.

—Chuparse el dedo así —contesta Philip.

—Lo está pasando mal.

—Como todos.

—Sí. —Brian se mira el regazo—. Pero llegaremos.

—¿Adónde?

Brian levanta la vista.

—Al centro de refugiados. Esté donde esté... lo encontraremos.

—Sí, claro —dice Philip antes de acabarse la botella y dejarla a un lado—. Daremos con ese sitio, mañana saldrá el sol, todos los huérfanos encontrarán un hogar feliz y los Atlanta Braves se llevarán el banderín de los cojones.

—¿Te pasa algo?

Philip sacude la cabeza.

—Joder, Brian, abre los ojos.

—¿Estás cabreado conmigo?

Philip se pone de pie y estira el cuello.

—¿Por qué coño iba a estar cabreado contigo, campeón? Es lo de siempre, tú tranquilo.

—¿Qué quieres decir?

—Nada... duerme un poco, anda. —Philip se acerca al Escalade, se arrodilla y estudia los bajos en busca de algo.

Brian se levanta con dificultad, con el pulso acelerado. Está algo mareado. Tiene la garganta mejor y ha dejado de toser después de los días de descanso y recuperación en la casa de Wiltshire, pero aún no está al cien por cien. ¿Alguno de ellos lo está? Se acerca al coche y se queda detrás de su hermano.

—¿Qué quieres decir con «Es lo de siempre»?

—Pues eso —masculla Philip sin dejar de mirar las entrañas del todoterreno.

—Estás cabreado por lo del poli —dice Brian.

Philip se incorpora despacio y se encara a su hermano.

—Te he dicho que te vayas a dormir.

—Puede que no me resulte fácil pegarle un tiro a una cosa que una vez fue humana. No es para tanto.

Philip coge a Brian por la parte de atrás del cuello de la camiseta, lo arrastra en círculo y lo estampa de espaldas contra el lateral del Escalade. El golpe casi lo deja sin respiración. El ruido despierta a Nick y hasta Penny se revuelve.

—Óyeme bien —gruñe Philip con una voz amenazante y ronca, medio sobria, medio ebria—. La próxima vez que me quites una pistola, asegúrate de que estás preparado para usarla de verdad. Ese poli era inofensivo. Pero ¿y si vuelve a pasar? No puedo ir haciéndote de niñera con sólo los huevos en la mano, ¿te enteras? ¿Está claro?

Brian asiente con la boca seca a causa del miedo.

—Sí.

Philip agarra con más fuerza el cuello de la camiseta.

—Más vale que lo superes de una vez. ¡Deja de ser el puto niño cagón que siempre has sido y empieza a mover el culo y a machacar cabezas, porque te aseguro que esto va a empeorar mucho antes de que empiece a mejorar!

—Entendido —dice Brian.

Philip no lo suelta; la rabia enciende su mirada.

—¡Vamos a sobrevivir a esta mierda y lo vamos a conseguir siendo más cabrones que ellos! ¿Estamos? ¡Ya no hay putas reglas! No hay filosofía, no hay gracia divina, no hay piedad, sólo nosotros y ellos. Y lo que quieren es hincarnos el diente. ¡O sea que nos los tenemos que merendar nosotros! Vamos a tener que masticarlos y escupirlos, pero vamos a sobrevivir a esta mierda como sea ¡o te juro que le vuelo las entrañas a este puto mundo de mierda! ¿Está claro? ¿Está claro?

Brian asiente con la cabeza como un poseso.

Philip lo suelta y se aleja.

Ahora Nick ya está despierto del todo, se ha incorporado y observa la escena boquiabierto.

Penny también tiene los ojos como platos y se chupa el dedo con ansiedad mientras ve cómo su padre atraviesa la planta de reparaciones a zancadas. Philip se acerca a las gigantescas persianas reforzadas, se detiene y contempla la noche a través de las barras antirrobo con sus implacables puños apretados.

Al otro lado de la planta, aún con la espalda apoyada contra el lateral del Escalade, Brian Blake libra una batalla silenciosa consigo mismo para evitar echarse a llorar como el puto niño cagón que siempre ha sido.

A la mañana siguiente, bajo la luz tenue de los rayos de sol que se filtran en la tienda, desayunan barritas de cereales y agua embotellada apresuradamente, y luego llenan el depósito del Escalade con tres bombonas de unos veinte litros de gasolina. Encuentran las llaves en un cajón del despacho de administración y colocan todas sus pertenencias en la zona de carga del todoterreno. Las ventanas tintadas están empañadas debido a la condensación. Brian y Penny se sientan en el asiento de atrás mientras Nick permanece junto a la puerta del garaje esperando la señal de Philip. No hay electricidad en ningún sitio, al parecer, de modo que se ven obligados a activar la palanca manual del mecanismo automático de apertura.

Philip se coloca al volante del Escalade y lo arranca. El descomunal motor V8 de 6,2 litros ruge. El cuadro de mandos se ilumina. Philip mete la marcha, empieza a avanzar y le da la señal a Nick.

Éste tira de la puerta más cercana y los engranajes chirrían cuando la persiana sube por las guías. La luz y la brisa del día chocan contra el parabrisas y Nick corre hasta la puerta del copiloto y se encarama al asiento. Cierra la puerta de golpe.

Philip para el coche y mira el salpicadero.

—¿Qué pasa? —pregunta Nick con voz temblorosa. La idea de cuestionar cualquier cosa que haga Philip aún lo pone un tanto nervioso—. ¿No deberíamos irnos ya?

—Un segundo —dice su amigo mientras abre uno de los cajones.

Dentro de un compartimento para mapas encuentra unos veinte CD muy ordenados por el anterior dueño del coche: Calvin R. Donlevy, del 601 de Greencove Lane S. E., según los papeles de la guantera.

—Justo lo que quería —dice Philip mientras revuelve los discos. Calvin R. Donlevy, de Greencove Lane, debía de ser un amante del rock clásico a juzgar por la cantidad de discos de Zeppelin, Sabbath y Hendrix que incluye su colección—. Algo que me ayude a concentrarme.

Se decide por un álbum de Cheap Trick y pisa el acelerador.

La sacudida gravitacional de 450 caballos los empuja contra el respaldo de los asientos cuando el amplísimo Escalade sale disparado hacia la puerta y logra cruzarla sin que los flancos rocen las guías metálicas por los pelos. La luz del día baña el habitáculo. La distorsión de la intro de guitarra que abre el himno de tantas juergas, *Hello There*, brota del sistema de sonido envolvente 5.1 Bose mientras cruzan el aparcamiento como una flecha y salen a la calle.

El vocalista de Cheap Trick pregunta si las damas y los caballeros están listos para el rock.

Philip dobla la esquina a toda velocidad y se dirige hacia el norte por Maynard Terrace. La calle se ensancha. Las viviendas de renta baja empiezan a desfilar a ambos lados del vehículo. Un zombie errante vestido con un chubasquero raído se acerca por la derecha y Philip vira hacia él.

Apenas oyen el escalofriante golpe por encima del rugido del motor (y de la batería de Cheap Trick). Detrás, Brian se hunde un poco más en el asiento, mareado, asqueado y preocupado por Penny. La niña se desploma en el asiento junto a él sin dejar de mirar al frente.

Brian la acerca hacia sí, la abraza y trata de sonreírle.

—Tiene que haber una vía de acceso al norte por aquí —comenta Philip por encima del estruendo. Pero el sonido de su voz se ahoga entre el rugido del motor y de la música. Otros dos muertos vivientes aparecen por la izquierda: un hombre y una mujer vestidos con andrajos, tal vez vagabundos, que merodean por la acera. Philip vira alegremente y se los lleva por delante como si fueran un par de bolos revenidos.

Una oreja cortada aterriza en la luna delantera y Philip acciona el limpiaparabrisas.

Llegan al final de la parte norte de Maynard Terrace, que desemboca en una vía de acceso. Philip pega un frenazo. El Escalade chirría hasta detenerse delante de una colisión múltiple al pie de la vía que ha afectado a seis coches. Un cúmulo de cadáveres vivientes rodea los restos del siniestro. Parecen águilas ratoneras.

Philip golpea la palanca con violencia y pone marcha atrás. Pisa el acelerador; la música rock sigue a todo volumen. La fuerza de la gravedad los empuja a todos hacia adelante. Brian sujeta a Penny contra el asiento. Un volantazo y el Escalade da un giro de 180 grados antes de volver a bajar por McPherson Avenue, paralela a la carretera interestatal.

Recorren un kilómetro de propiedades inmobiliarias en un par de minutos. Los embates sincopados del bajo y la batería marcan el ritmo de los horribles golpetazos de los zombies errantes que, demasiado lentos para apartarse, chocan contra los paneles traseros del coche y salen despedidos por los aires como pájaros gigantes que aletean. Cada vez salen más de entre las sombras y los árboles; el fuerte rugido de la enorme máquina los ha despertado.

Philip aprieta las mandíbulas con una determinación inexorable al acercarse a otra vía de acceso.

Echa el freno en Faith Avenue, donde un Burger Win arde sin control: apenas hay visibilidad en toda la zona a causa del humo grasiento. Esta vía aún está más obstruida que la anterior. Philip se pone a gritar enrevesadas palabrotas y después golpea de nuevo la palanca y sale disparado marcha atrás.

El Escalade vira bruscamente hacia una calle adyacente. Otro volantazo. Otro acelerón. Vuelven a quemar rueda, hacia el oeste, sorteando obstáculos en dirección a los rascacielos del fondo, que se acercan cada vez más, como apariciones entre la bruma.

La creciente cantidad de calles bloqueadas, coches destrozados y zombies errantes parece insuperable, pero Philip Blake no piensa rendirse. Encorvado sobre el volante, jadea con los ojos puestos en el horizonte. Pasa por delante de un supermercado Publix que parece haber sido bombardeado en un ataque relámpago, porque tiene el solar infestado de muertos.

Philip incrementa la velocidad para atravesar a un grupo de zombies. La marea de sangre que salpica el enorme capó del todoterreno es espectacular: una truculenta película de tejido mórbido sale disparada hacia arriba y se esparce por la luna delantera. Los limpiaparabrisas se mueven y, rápidamente, sacuden los horripilantes restos.

En el asiento de atrás Brian se vuelve hacia su sobrina.

—¿Peque? —No hay respuesta—. ¿Penny?

La mirada ausente de la niña está fija en la película en Technicolor del parabrisas. No parece oír a Brian por encima del barullo del rock and roll y el estruendo del coche. O tal vez prefiere no oírlo. O tal vez esté demasiado ida como para oír algo.

Brian le toca suavemente el hombro y la niña clava de repente la mirada en él.

Entonces su tío se inclina sobre ella y escribe con cuidado una palabra en la ventanilla empañada: «LEJOS».

Brian recuerda haber leído en alguna parte que el área metropolitana de Atlanta tiene casi seis millones de habitantes. Recuerda que la cifra lo sorprendió. A Brian siempre le ha parecido que Atlanta es una especie de metrópolis en miniatura, un mero símbolo del progreso del sur de EE.UU., aislado en un mar de puebluchos campestres estancados. Las pocas veces que ha visitado la ciudad le ha dado la impresión de que se trata de un barrio residencial gigante. Por supuesto, tiene su centro de edificios altos: el de Turner y el de Coca-Cola, el de Delta, el de los Falcons y todo lo demás, pero más bien parece la hermana pequeña de las grandes ciudades del norte de EE.UU. Brian fue una vez a Nueva York a visitar a la familia de su ex mujer, y aquel extenso, sucio y claustrofóbico hormiguero le pareció una ciudad de verdad. Atlanta le da la sensación de ser un simulacro de ciudad. Quizá su historia, que recuerda haber estudiado en un cursillo de la universidad, también formara parte del simulacro: durante la Reconstrucción, después de que Sherman la incendiara, los planificadores de urbanismo decidieron que los viejos puntos de referencia históricos debían seguir los pasos del pájaro dodo y, durante el siguiente siglo y medio, Atlanta se emperifolló con acero y cristal. Al contrario de lo que sucede en otras ciudades del sur como Savannah y Nueva Orleans, en las que el sabor del Viejo Sur sigue calando con orgullo, Atlanta recurrió al soso expresionismo moderno. «Mira, Ma —parecían decir—, somos progresistas, somos cosmopolitas, somos guays, no como esos garrulos de Birmingham.» Pero a Brian siempre le ha parecido que a lady Atlanta se le podía aplicar aquello de «esta mujer promete demasiado». Para Brian, Atlanta siempre ha sido una ciudad de mentira.

Hasta ahora.

Durante el transcurso de los horribles veinticinco minutos siguientes, Philip zigzaguea sin parar por las desoladas calles secundarias y atraviesa los solares vacíos paralelos a la carretera interestatal para abrirse paso hasta el centro de la ciudad. Desde las ventanas tintadas del todoterreno hermético, Brian ve la auténtica Atlanta como en un pase de diapositivas de escenas de crímenes. Ve callejones sin salida abarrotados de restos, montones de basura en llamas, proyectos de viviendas saqueados y abandonados, ventanas reventadas por todas partes, sábanas garabateadas con llamadas desesperadas de socorro colgadas de los edificios. Esto sí es una ciudad, una necrópolis primitiva, superpoblada y con hedor a muerte. Y lo peor es que todavía no han llegado a los límites del área urbana.

Aproximadamente a las 10.22, hora central estándar, Philip Blake logra encontrar Capitol Avenue, una vía pública de seis carriles que va desde Turner Field hasta el centro. Apaga la música. El silencio retumba en sus oídos cuando cogen la avenida y ponen rumbo hacia el norte lentamente.

La carretera está atestada de coches abandonados, pero tienen espacio suficiente para que el Escalade se abra camino entre ellos. Las agujas de los rascacielos, a la izquierda, están tan cerca que parecen resplandecer entre la bruma como las velas mayores de los barcos de salvamento.

Nadie dice nada mientras avanzan entre el mar de cemento que se extiende a ambos lados de la avenida. Los aparcamientos del estadio están prácticamente vacíos. Hay algunos cochecitos de golf volcados por ahí y puestos de comida en las esquinas, todos cerrados y pintarrajeados con grafitis. A lo lejos, unos cuantos zombies diseminados deambulan por los páramos grises a la fría luz diurna del otoño.

Parecen perros callejeros a punto de caerse de hambre.

Philip baja la ventanilla y escucha. El viento silba y trae un olor raro, una mezcla de caucho quemado, circuitos fundidos y algo grasiento y difícil de identificar, como sebo podrido; además, hay algo que resopla a lo lejos, que hace vibrar el aire como si fuera un inmenso motor.

Brian cae en la cuenta de algo que hace que se le encoja el estómago. Si los centros de refugiados están abiertos, en algún recoveco de la ciudad, ¿no debería haber vehículos de emergencia aquí fuera? ¿Señales? ¿Controles? ¿Policías armados en algún sitio? ¿Helicópteros de policía? Estando tan cerca del centro, ¿no debería haber alguna indicación de que hay ayuda a la vista? Hasta el momento, a lo largo de su trayecto hacia la ciudad, tan sólo han visto unas pocas señales potenciales de vida. En Glenwood Avenue, les ha parecido que un motorista les hacía señales con las luces, pero no estaban seguros. Luego, en Sydney Street, Nick dijo que le parecía haber visto a alguien salir disparado de la entrada de una casa, pero que no podía jurarlo.

Brian expulsa esas ideas de su mente cuando ve a unos cientos de metros de distancia la inmensa maraña de autopistas que forman un trébol.

El enorme cruce de carreteras principales marca la frontera este del área urbana de Atlanta, donde la carretera Interestatal 20 se encuentra con la 85, la 75 y la 403. Ahora se tuesta al frío sol como un campo de batalla olvidado, obstruido por los restos de los siniestros y los camiones de mercancías volcados. Brian nota que el Escalade empieza a ascender una fuerte pendiente.

Los enormes montones de Capitol Avenue se alzan por encima del cruce. Philip inicia la subida lentamente, sorteando piezas de coche abandonadas como en una carrera de obstáculos, a unos veinticinco kilómetros por hora.

Brian nota que le tocan el hombro izquierdo y se da cuenta de que Penny intenta llamar su atención. Se vuelve para mirarla.

La niña se le acerca y le susurra al oído. Su tío oye algo parecido a «Algo gris».

Brian la mira.

—¿Ves algo gris?

Penny sacude la cabeza y vuelve a susurrárselo.

Esta vez Brian lo entiende.

—¿Puedes aguantar un minuto, cielo?

Philip lo oye y mira por el retrovisor.

—¿Qué pasa?

—Se hace pis.

—Lo que faltaba —dice Philip—. Lo siento, Bichito, vas a tener que cruzar las piernas unos minutos.

Penny le susurra a Brian que de verdad, de verdad, de verdad tiene que ir al baño.

—Tiene que ir, Philip —informa Brian a su hermano—. En serio.

—Aguanta un poco, Bichito.

Se acercan a la cumbre de la colina. Desde allí tiene que haber unas vistas impresionantes si se cruza Capitol Avenue de noche. El Escalade pronto los llevará un kilómetro más allá, desde donde se divisa el contorno de un edificio alto hacia el oeste. Por la noche, las resplandecientes constelaciones de las luces de la ciudad se ven desde ese punto y ofrecen una imponente panorámica de la cúpula del capitolio en primer plano, con la centelleante catedral de rascacielos detrás.

Sobrepasan la silueta del edificio y ven cómo la ciudad se extiende ante ellos en toda su gloria. Philip da un frenazo.

El Escalade se detiene dando sacudidas.

Se quedan allí sentados durante un momento infinito, todos sin habla.

La calle de la izquierda pasa por delante del venerable y antiguo edificio de mármol del capitolio. Es una calle de un solo sentido y ellos están en el equivocado; está completamente obstruida por los coches abandonados. Pero ésos no son los motivos por los que los pasajeros del todoterreno se han quedado petrificados. La razón por la que nadie puede pronunciar palabra es la visión de lo que se les viene encima desde el norte de Capitol Avenue, de manera que se crea un silencio que, pese a durar un segundo, parece una eternidad.

Penny se hace pis encima.

El comité de bienvenida, tan numeroso como un ejército romano y tan caótico como un enjambre de arácnidos gigantes, viene de Martin Luther King Drive, a poco más de una manzana de distancia. Sus miembros llegan desde las frías sombras, de donde los edificios del gobierno tapan el sol, y hay tantos que el ojo humano necesita unos instantes para asimilar lo que ve. De todas las formas, tamaños y estados de deterioro, salen de las puertas, ventanas, callejones y plazas con árboles, rincones y ranuras y llenan la calle con la abundancia de una banda de música desorganizada atraída por el ruido, el olor y la llegada de un automóvil lleno de carne fresca.

Viejos y jóvenes, blancos y negros, hombres y mujeres, empresarios, amas de casa, funcionarios, estafadores, niños, matones, maestros, abogados, enfermeras, policías, basureros y prostitutas. Todos con la cara pálida y descompuesta de manera uniforme, como un huerto interminable de fruta pudriéndose al sol; mil pares de ojos inertes de color gris metálico forman una barrera que se dirige hacia el Escalade, todos a una, mil rastreadores salvajes y primigenios que observan hambrientos a los recién llegados.

En el transcurso de ese único instante de silencio azotado por el miedo, Philip cae en la cuenta de varias cosas a la vez con la velocidad de un impulso sináptico.

Se percata de que el revelador perfume de la horda entra por la ventanilla abierta y, posiblemente, incluso por las rejillas del aire del salpicadero: esa rancia y enfermiza peste a «beicon y mierda». Pero además se da cuenta de que el extraño zumbido que había oído al bajar la ventanilla, ese rumor que vibraba en el aire como el punteo de un millón de cables de alta tensión, es el sonido de una ciudad llena de muertos.

A Philip se le pone la carne de gallina a causa del gruñido colectivo de los que ahora forman un único organismo gigante y multifacético que se aproxima hacia el Escalade con esfuerzo.

Todo ello desemboca en un pensamiento final que golpea a Philip Blake entre los ojos con la fuerza de un martillo. Comprende que, con la visión que se despliega ante él a cámara lenta, casi como en un sueño, buscar un refugio en esta ciudad, por no decir a algún superviviente, resulta tan difícil como buscar una aguja en un pajar.

En ese microsegundo de terror, un minúsculo instante de helada rigidez, Philip se da cuenta de que el sol seguramente no volverá a salir, los huérfanos seguirán siéndolo y los Atlanta Braves no ganarán de nuevo el puto banderín.

Antes de darle a la palanca de cambio, se vuelve hacia los demás y, con una voz tiznada de amargura, dice:

—Que levante la mano el que todavía tenga ganas de buscar ese centro de refugiados.

SEGUNDA PARTE

ATLANTA

Aquel que lucha con monstruos, cuídese de no llegar a ser monstruo a su vez. Y si miras por mucho tiempo un abismo, el abismo también mira dentro de ti.

Nietzsche

NUEVE

Al menos en EE.UU., se comercializan muy pocos coches que puedan alcanzar esa velocidad circulando marcha atrás. En primer lugar, está el asunto de la propia marcha: la mayoría de los coches, camionetas, furgonetas y todoterrenos que salen a la venta tienen cinco o seis marchas hacia adelante y sólo una hacia atrás. En segundo lugar, la tracción delantera de la mayor parte de los vehículos está diseñada para ir hacia adelante y no hacia atrás; esto impide que el conductor adquiera mucha velocidad en marcha atrás. En tercer lugar, cuando se va en marcha atrás, se suele conducir mirando en esa dirección, y alcanzar grandes velocidades así suele terminar con espectaculares vueltas de campana.

Por otro lado, el vehículo que ahora lleva Philip Blake es un Cadillac Escalade Platinum de 2011 con tracción a las cuatro ruedas. Viene equipado con unas barras de torsión todoterreno que el as de la mecánica Calvin R. Donlevy, de Greencove Lane, no habría dudado en probar en los pantanos del interior de Georgia; en tiempos mejores, claro está. El vehículo pesa casi cuatro toneladas y mide cerca de diecisiete metros de largo. Lleva control de estabilidad electrónico StabiliTrak (de serie en todos los modelos Platinum). Lo mejor es que incluye una cámara que muestra imágenes de la parte trasera en una generosa pantalla de navegación de siete pulgadas integrada en el salpicadero.

Sin dudar y con todo su sistema nervioso conectado a la mano derecha, Philip pone el coche en marcha atrás y no quita la vista de la imagen amarilla y parpadeante que se materializa en la pantalla de navegación. Le muestra el cielo parcialmente nuboso sobre la línea de pavimento del horizonte que queda tras ellos: la parte superior del paso elevado.

Antes de que el regimiento de zombies tenga oportunidad de acercarse a menos de cincuenta metros, el Escalade sale disparado marcha atrás.

La fuerza de la gravedad los empuja a todos hacia adelante. Brian y Nick se dan la vuelta para mirar por la luna trasera el paso elevado que se aproxima hacia ellos a toda velocidad. La parte de atrás del Escalade vibra ligeramente y el vehículo coge velocidad. Philip pisa fuerte el acelerador. El motor ruge. Él no se vuelve. Mantiene la mirada fija en la pantalla, donde la pequeña imagen amarilla y brillante muestra el paso elevado que se va haciendo cada vez más grande.

Un mínimo fallo de cálculo, un exceso de presión en el volante en cualquier dirección, y el Escalade se pondrá a dar vueltas. Pero Philip mantiene el volante inmóvil, el pie en el acelerador y los ojos en la pantalla mientras el vehículo circula hacia atrás cada vez más de prisa. Ahora el motor canta ópera en un tono cercano al do sostenido. Philip ve que algo cambia en el monitor.

—Mierda... ¡Mira!

La voz de Brian supera el ruido del motor, pero a Philip no le hace falta mirar. En el recuadro amarillo del vídeo ve una serie de siluetas oscuras que aparecen a varios cientos de metros de distancia y van derechos hacia ellos desde la parte superior del paso elevado, como si fueran una valla. Se mueven con lentitud en formación aleatoria, con los brazos abiertos para abarcar el vehículo que va hacia ellos. Philip deja escapar un gruñido furioso.

Presiona con ambas botas el pedal de freno y el Escalade derrapa y echa humo hasta detenerse bruscamente sobre el pavimento inclinado.

En ese momento Philip se da cuenta, al igual que los demás, de que tienen una sola oportunidad y de que no va a durar mucho. Los muertos que se acercan de frente están casi a cien metros, pero las hordas que tienen detrás, las que caminan con pesadez sobre el viaducto procedentes de las obras y los solares vacíos que rodean Turner Field, se aproximan a una velocidad alarmante teniendo en cuenta sus parsimoniosos movimientos. Philip observa en el retrovisor que se puede acceder a una bocacalle llamada Memorial Drive entre dos camiones volcados, pero el ejército de zombies está cada vez más cerca y en seguida alcanzará ese cruce.

Toma una decisión instantánea y pega un acelerón.

El Escalade ruge marcha atrás. Todos aguantan. Philip lo lanza directo contra el amasijo de cadáveres vivientes. En el monitor del vídeo, las imágenes muestran columnas de zombies que se estiran emocionados, con la boca abierta, mientras se hacen cada vez más grandes en la pantalla.

Memorial Drive aparece en el objetivo de la cámara y Philip le da un pisotón al freno.

La parte trasera del Escalade derriba una hilera de zombies con un redoble de batería ahogado y nauseabundo mientras Philip cambia de marcha con la palanca; la bota ya presiona el pedal contra el suelo. Todos se hunden en los asientos cuando el todoterreno se impulsa hacia adelante y Philip gira de golpe hacia la izquierda para pasar entre los dos camiones destrozados como por el ojo de la aguja.

Saltan chispas cuando roza un lateral del todoterreno. Después, cruzan el hueco y aceleran por los carriles relativamente despejados y, por suerte, sin zombies, de Memorial Drive.

Apenas ha pasado un minuto cuando Brian oye el chirrido. Es un sonido húmedo, tosco y agudo que proviene de debajo del chasis. Los demás también lo oyen. Nick mira hacia atrás por encima del hombro.

—¿Qué coño es ese ruido?

—Hay algo atrapado en las ruedas —informa Brian al tiempo que intenta vislumbrar el lateral del coche por la ventanilla. No ve nada.

Philip está callado, con las manos ancladas al volante y la mandíbula apretada y en tensión.

Nick mira por el retrovisor.

—¡Es una de esas cosas!

—Vaya, estupendo —dice Brian mientras se vuelve en el asiento. Se da cuenta de que hay un pequeño reguero de gotas de sangre en la luna trasera.

—¿Qué vamos a...?

—Que se venga con nosotros —dice Philip con rotundidad, sin apartar la vista de la calle—. Quedará hecho papilla en unos minutos.

Avanzan unas seis manzanas, atravesando unas vías férreas y adentrándose en la ciudad, hasta que se encuentran con algo más que restos desperdigados y muertos errantes. La red de calles que se entreteje entre los edificios está plagada de escombros, restos de explosiones, coches quemados llenos de esqueletos calcinados, ventanas destrozadas y montones de basura y desechos amontonados contra los escaparates. En algún punto del camino los chirridos cesan, aunque nadie ve qué le ha pasado al parásito.

Philip decide coger una calle que va de norte a sur para llegar al centro de la ciudad, pero cuando gira a la derecha para esquivar un camión de reparto destrozado y volcado en el medio del cruce, pisa el freno. El Escalade se detiene con una sacudida.

Se quedan así un momento, con el motor parado. Philip no se mueve; sigue con las manos firmemente agarradas al volante y entrecierra los ojos para observar con atención las sombras distantes de los edificios altos que tienen por delante.

Al principio, Brian no ve cuál es el problema. Estira el cuello para echar un vistazo a la calle llena de basura que se extiende a lo largo de muchas manzanas. A través del cristal tintado, descubre torres altas de apartamentos a ambos lados de la avenida de cuatro carriles. La basura forma remolinos en el viento de setiembre.

A Nick también le intriga la parada repentina.

—¿Qué pasa, Philip?

Él no responde. Continúa mirando hacia adelante con esa incómoda rigidez, rechinando los dientes, moviendo las mandíbulas.

—¿Philip?

No hay respuesta.

Nick se vuelve hacia el parabrisas y observa la calle. Su expresión se torna más tensa. Ahora ve lo mismo que Philip. Se pone muy rígido.

—¿Me va a decir alguien qué pasa? —dice Brian inclinándose para ver mejor. Durante unos instantes, sólo distingue el perfil distante de las torres de apartamentos y muchos metros de pavimento lleno de basura. Pero se da cuenta en seguida de que está contemplando cómo la vida estancada de una ciudad desolada empieza a cambiar rápidamente, como un organismo gigante que reaccionara ante la intromisión de bacterias ajenas. Lo que Brian ve a través del cristal tintado de la ventana es tan horrible que empieza a mover la boca sin decir nada.

En ese instante sobrecogedor en el que se le nubla la mente, Brian Blake se centra en un ridículo recuerdo de la infancia. La locura del momento se ha apoderado de su mente. Una vez su madre los llevó a Philip y a él al Circo Barnum y Bailey de Athens. Los niños tenían alrededor de diez y trece años respectivamente y se deleitaron con los números de los funambulistas, los tigres que saltaban atravesando aros de fuego, los hombres bala que salían de los cañones, los acróbatas, el algodón de azúcar, los elefantes, los números secundarios, el tragasables, la diana humana, los tragafuegos, las mujeres barbudas y el encantador de serpientes. Pero el recuerdo que más grabado se le quedó a Brian, que es en el que piensa justo en este momento, es el del coche de los payasos. Ese día, en pleno apogeo del espectáculo, un gracioso cochecito salió por el centro de la pista. Era un turismo como de dibujos animados, con las ventanas pintadas, del tamaño de una furgoneta de poca altura y pintado con un mosaico de colores vivos. Brian lo recuerda con mucha nitidez. Se partió de risa cuando los payasos comenzaron a salir del coche uno tras otro. Al principio sólo era gracioso, después resultó un poco sorprendente, y al final llegó a ser completamente surrealista, porque no paraban de salir payasos: seis, ocho, diez, veinte... grandes y pequeños, seguían bajando del coche como si fuera un contenedor mágico de payasos liofilizados. Incluso con trece años, Brian se quedó petrificado, aun sabiendo que tenía que haber truco, tal vez una trampilla oculta entre el serrín de debajo del coche. Pero daba igual, porque verlo sin más era fascinante.

El mismo fenómeno exactamente —o una versión muy perturbada del mismo— se despliega ahora ante los ojos de Brian en una vía pública de las entrañas del centro de Atlanta. Se queda boquiabierto un instante ante la visión mientras intenta expresar con palabras el truculento espectáculo.

—Da la vuelta, Philip. —La voz de Brian suena ahogada y aguda. Observa la incontable multitud de zombies que se despiertan en cada esquina de la ciudad que los rodea. Si la horda que se encontraron hace unos instantes de camino hacia el centro era un regimiento del ejército romano, ésta... ésta es el imperio entero.

Hasta donde alcanza la vista por el estrecho cauce de la calle de cuatro carriles, los zombies emergen de los edificios, de detrás de los coches, de entre los restos de los vehículos, de las sombras de los callejones, de los escaparates rotos, de los pórticos de mármol de los edificios gubernamentales, de las macetas larguiruchas de los árboles ornamentales y de los vestigios de los maltrechos puestos de café. Se ven incluso a lo lejos, donde el punto de fuga de la calle se desdibuja entre las sombras de los rascacielos; sus siluetas se recortan como si fueran miles de bichitos lentos impulsados por la oscuridad de un rock desafinado. Su número desafía toda lógica.

—Tenemos que salir de aquí —dice Nick con un tono áspero poco acostumbrado.

Philip, que sigue estoico y silencioso, aprieta el volante con los dedos.

Su amigo, nervioso, le lanza una mirada por encima del hombro.

—Tenemos que volver.

—Tiene razón, Philip —dice Brian posando suavemente la mano en el hombro de Penny.

—¿Qué pasa, qué haces? —Nick mira a Philip—. ¿Por qué no das la vuelta?

Brian clava la mirada en la nuca de su hermano

—Hay demasiados, Philip. Hay demasiados. Demasiados.

—Madre de Dios, qué jodidos estamos... Estamos muy jodidos —se lamenta Nick, paralizado por la espantosamente milagrosa construcción que se cruza en su camino. Los más próximos están tal vez a media manzana; son como la cresta de la ola de un tsunami. Tienen aspecto de oficinistas de ambos géneros; todavía van vestidos con la indumentaria de trabajo, que parece haber sido masticada y bañada en grasa de motor, y se tambalean entre gemidos como sonámbulos.

Detrás de ellos, manzana tras manzana, un incontable número de muertos da trompicones entre las aceras y el centro de la calle. Si existiera una «hora punta» en el infierno, este cuadro no tendría nada que envidiarle. A través de los conductos de ventilación y de las ventanas del Escalade, la átona sinfonía de cien mil gemidos hace que a Brian se le pongan los pelos del espinazo como escarpias. Éste alarga el brazo para darle una palmada en el hombro a su hermano.

—La ciudad ya no existe, Philip.

—Sí, tiene razón, está jodida; hemos de dar la vuelta —balbucea Nick.

—Un segundo. —La voz de Philip es fría como el hielo—. Esperad.

—Venga, Philip —dice Brian—. Ahora este lugar les pertenece a ellos.

—He dicho que esperéis.

Brian continúa mirando la nuca de su hermano y una sensación helada le recorre la columna. Se da cuenta de que lo que quiere decir Philip con «esperad» no es «esperad mientras me hago a la idea» ni «esperad mientras pienso qué hacemos». Lo que quiere decir Philip con «esperad» es...

—¿Lleváis puestos los cinturones? —pregunta de forma retórica. A Brian se le hiela la piel.

—Philip, ni se te...

Su hermano pisa el acelerador. El motor del Escalade empieza a rugir. El vehículo se precipita en línea recta hacia la muchedumbre y frena en seco los pensamientos de Brian cuando los aplasta a todos contra sus asientos.

—¡Philly, no!

El grito de advertencia de Nick se diluye entre varios choques sordos como los de un timbal de batería cuando el Escalade sube a la acera y derriba al menos unas tres decenas de zombies.

Sobre el coche llueven tejidos y fluidos.

Brian está tan nervioso que se agazapa contra el suelo y se une a Penny en ese lugar llamado «lejos».

Los más pequeños caen como patos en una caseta de tiro: hechos pedazos bajo las ruedas y dejando un rastro de vísceras podridas. Los más grandes rebotan contra los laterales y vuelan por los aires para acabar reventando contra las paredes de los edificios como piezas de fruta muy maduras.

Los muertos vivientes parecen no tener capacidad de aprendizaje. Incluso una polilla se alejaría revoloteando la segunda vez que se acercase demasiado a una llama. Pero esta inmensa sociedad de cadáveres andantes de Atlanta no tiene ni idea de por qué no puede comerse esa cosa negra y brillante que les ruge, esa misma mole de metal que no hace ni un segundo ha convertido a sus congéneres zombies en flan de sangre. Por lo tanto siguen acercándose.

Inclinado sobre el volante, con los dientes apretados y los nudillos blancos, Philip usa los limpiaparabrisas y ocasionales chorros de solución limpiacristales para mantener la luna delantera lo bastante limpia como para poder ver algo mientras se abre camino hacia el norte y arrastra las casi cuatro toneladas de hierro de Detroit a través de la marea de zombies.

En ocasiones, se abre camino entre una muchedumbre tan densa, que es como dejar un rastro al atravesar un bosque frondoso de frutos sangrientos y de árboles cuyas ramas son miembros temblorosos y dedos retorcidos que se agarran a las ventanas laterales del Escalade mientras el vehículo excava en el excremento andante. En otras, el todoterreno recorre cortos tramos despejados de calle, en los cuales hay sólo unos pocos zombies paseando por la acera o a un lado de la calzada. Philip los aprovecha para aumentar la velocidad y hacer un viraje a la derecha para cargarse a unos pocos y luego otro a la izquierda para cargarse a otros cuantos más. Después, se encuentra con otra multitud que abarca de una pared a otra y que sin duda le resulta más divertida, porque es entonces cuando empieza a saltar mierda de verdad.

Es casi como si las vísceras llovieran desde arriba, desde el cielo, en lugar de hacerlo desde debajo de las ruedas, los lados de la carrocería o la parte superior de la enorme calandra frontal cuando el vehículo arrasa con los cuerpos. La masa húmeda surca el cristal una y otra vez al ritmo de un molinete gigante y forma un caleidoscopio de color cuya paleta es un arcoíris de tejidos humanos: rojo sangre de toro, verde agua estancada, amarillo ocre quemado, negro alquitrán... A Philip casi le resulta hermoso, en cierto modo.

Dobla una esquina con un rugido y se zambulle en otra masa de zombies que recorre la calle.

Lo más extraño es la visión continua y repetitiva de tejidos y órganos similares, unos reconocibles y otros no tanto. Las entrañas vuelan en todas direcciones, caen salpicando la luna delantera y resbalan hacia abajo. Periódicamente, se amontonan racimos de dientes en los limpiaparabrisas, y hay otras cosas rosas, como pequeñas huevas de peces, que no dejan de acumularse en los surcos del capó.

Philip ve una cara muerta tras otra conforme éstas pasan por su ventana, visibles durante un instante y olvidadas al siguiente. Se encuentra en otro lugar, lejos de allí. No está al volante del todoterreno, sino entre la multitud, en el interior de la ciudad de los muertos, masticando sus filas, devorando a esos hijos de puta. Philip es el peor monstruo de todos ellos y conseguirá atravesar este océano de mierda aunque tenga que destrozar el universo entero.

Brian se da cuenta de lo que ocurre antes siquiera de mirar. A los diez atroces minutos de haber empezado a surcar el mar de zombies, tras superar casi veintitrés manzanas de la ciudad, el Escalade hace un trompo.

La fuerza centrípeta empuja a Brian contra el suelo. Levanta la cabeza por encima del asiento mientras el todoterreno se desliza de costado sobre la grasa de cincuenta mil cadáveres. No le da tiempo a gritar ni a hacer nada al respecto; sólo puede agarrarse al respaldo, sujetar a Penny y esperar el impacto inevitable.

Las ruedas resbalan, llenas de sangre, y el todoterreno da un giro completo. La parte trasera arrasa de un latigazo a unos pocos cadáveres rezagados. La ciudad se emborrona tras los cristales y Philip lucha contra el volante en un intento por enderezarlo, pero los neumáticos se deslizan sobre un manto de intestinos y restos sangrientos.

Brian emite un grito ahogado, a medio camino entre la advertencia y el sollozo inarticulado, cuando el vehículo se precipita dando vueltas hacia una hilera de tiendas.

En los frenéticos instantes anteriores al choque, Brian atisba un conjunto de escaparates abandonados: bustos de maniquís sin pelo ni sombrero, estuches de joyas vacíos, cables pelados que surgen de secciones de suelo arrancado... Lo ve todo borroso tras las verjas que protegen los escaparates. La vista de Brian, distorsionada por los violentos trompos del vehículo, no capta más que una vaga impresión de esos objetos.

Y entonces, el lado derecho del Escalade choca contra un escaparate.

El accidente le produce a Brian el típico efecto de ralentización del tiempo. La luna del escaparate se convierte en polvo de estrellas y el ruido de los cristales rotos resuena como una ola contra una escollera cuando el Escalade atraviesa los pilones de seguridad y se zambulle de costado en las sombras del centro de joyería fina Goldberg de Atlanta.

Mostradores y vitrinas estallan por todas partes, como aguanieve plateada y brillante, al tiempo que las fuerzas gravitatorias tiran de todos los pasajeros hacia la derecha. Los airbags del Escalade saltan provocando pequeñas explosiones. Los enormes globos de nailon blanco llenan todo el interior antes de que éste se hunda. Nick impacta de costado contra el tejido blanco. Philip choca de lado con

Nick. Y Penny resbala por el suelo de la parte trasera hasta chocar contra Brian.

El todoterreno hace un derrape lateral que dura una eternidad y atraviesa la tienda vacía.

Finalmente, el vehículo queda en reposo tras un brusco choque contra un pilar maestro del centro de la tienda que los precipita a todos con dureza contra el mullido forro de los airbags. Durante un momento, nadie se mueve.

Escombros blancos y ligeros caen como la nieve a través del aire oscuro y polvoriento de la joyería. Y el sonido de algo que se derrumba a sus espaldas rompe el súbito silencio. Brian echa un vistazo por lo que queda de la luna trasera y ve la entrada de la tienda. Un montón de vigas caídas que bloquean el agujero del ventanal y una nube de polvo oscurecen la calle.

Philip se revuelve en su asiento, con la cara cenicienta y una expresión de pánico incontrolable.

—¿Bichito? ¿Bichito? ¿Estás bien? ¡Dime algo, pequeña! ¿Estás bien?

Brian se vuelve hacia la niña, que sigue en el suelo con aspecto de estar mareada y, posiblemente, muy impresionada. Pero aparte de eso no parece herida.

—Está bien, Philip, está bien —dice Brian palpando la nuca de la niña en busca de sangre o heridas de cualquier tipo. Da la sensación de que no tiene nada—. ¿Cómo estáis los demás?

Philip observa el oscuro interior a través del polvo. La única fuente de iluminación es un fino rayo de luz diurna que se filtra por la entrada de la tienda. En la penumbra, Brian ve los rostros de los otros hombres: sudados, petrificados por el terror y con los ojos vidriosos.

Nick hace un gesto con el pulgar.

—Estoy bien.

Brian dice lo mismo.

Philip ya ha abierto la puerta y trata de salir de detrás del airbag.

—Coged todo lo que podáis llevar —les dice—, sobre todo la escopeta y todos los cartuchos. ¿Me oís?

Sí, lo oyen, así que Brian y Nick salen como pueden del todoterreno. A lo largo de todo un minuto, el mayor de los Blake hace una serie de observaciones de las cuales, al parecer, Philip ya había tenido en cuenta la mayoría, empezando por la parte delantera de la tienda.

Por el coro de gemidos y los ruidos de mil pies que se arrastran, a Brian le resulta evidente que la horda zombie se está aproximando al lugar del siniestro. El Escalade es historia: el frontal está destrozado, las ruedas pinchadas y los laterales bañados en sangre.

La parte trasera de la tienda da a un pasillo oscuro, estrecho y acabado en yeso. Tal vez lleve a una salida y tal vez no. No da tiempo a investigar, sólo a coger las mochilas, las bolsas de mano y las armas. Desorientados por la colisión, mareados por el pánico, contusionados y magullados, y con zumbidos en los oídos, Brian y Nick cogen una escopeta cada uno y Philip se hace con tantos objetos cortantes como es capaz de alojar entre su ropa, dos hachas que se cuelga a ambos lados del cinturón, la Ruger y tres cargadores adicionales.

—Vamos, peque, tenemos que salir de aquí —le dice Brian a Penny. Pero la niña parece aletargada y confusa. Él trata de sacarla del maltrecho interior, pero la cría no suelta el respaldo del asiento.

—Cógela en brazos —le ordena Philip, que ha rodeado la parte frontal del todoterreno.

—Vamos, cariño. Te llevaré a caballito —le dice Brian a la niña.

Penny sale del coche con reticencia y su tío la sube a su espalda.

Los cuatro se adentran rápidamente en el pasillo trasero de la joyería.

Tienen suerte. Nada más pasar la puerta acristalada de un despacho se topan con una puerta de metal sin señalizar. Philip le arranca el candado y consigue abrirla unos centímetros para asomarse. El olor es increíble: una peste grasienta y negra que a Brian le recuerda a una excursión que hizo en sexto curso a la granja Turner, a las afueras de Ashburn. El matadero olía igual que esto. Philip levanta la mano para que los demás se detengan.

Por encima del hombro de su hermano, Brian distingue un callejón estrecho y oscuro flanqueado por varios contenedores de basura. Pero es el contenido de éstos lo que le queda grabado en el cerebro: de los bordes sobresalen brazos humanos pálidos, piernas desolladas y ulceradas y cabelleras enmarañadas. Debajo hay charcos llenos de sangre ennegrecida y reseca.

Philip les hace un gesto.

—Seguidme y haced exactamente lo que os diga —dice mientras acciona el mecanismo que amartilla la Ruger. Sus ocho balas del calibre 22 están listas para el baile. Philip empieza a avanzar.

Los demás salen detrás de él.

Con todo el sigilo y la rapidez de los que son capaces, atraviesan el hedor y las sombras del matadero desierto que era el callejón en dirección a la bocacalle que vislumbran al fondo.

Aplastado bajo el peso de la bolsa que lleva al hombro y de la niña que se agarra a su espalda, Brian avanza cojeando entre Philip y Nick; los treinta kilos de Penny nunca le habían pesado tanto como ahora. Nick, que está en la retaguardia, acuna en los brazos la Marlin del calibre 20. Brian lleva la suya cruzada entre la espalda y la mochila, aunque tampoco tiene la menor idea de cómo usarla.

Alcanzan el final del callejón y se disponen a salir y coger la bocacalle desierta cuando Philip pisa por accidente una mano humana que sobresale de debajo de uno de los contenedores.

La mano, que estaba unida a un zombie que aún podía dar guerra, se retrae de inmediato bajo el receptáculo. Philip se sobresalta y da un paso atrás.

—¡La hostia! —grita Nick, y la mano sale disparada y agarra a Philip por el tobillo.

Éste cae al suelo y la Ruger se desploma dando vueltas sobre la acera.

El muerto, un vagabundo de piel blancuzca, con barba y vestido con harapos manchados de sangre, se arrastra hacia Philip a la velocidad de una enorme araña.

Él trata de alcanzar el arma. Los demás buscan las suyas a tientas.

Brian intenta sacar la escopeta sin perder el equilibrio con la niña a la espalda. Nick amartilla la Marlin.

El monstruo muerto sigue aferrado a la pierna de Philip y abre la mandíbula, que le chirría como una bisagra oxidada con *rigor mortis*. Blake trata de coger una hacha.

El zombie está a punto de probar un bocado del tobillo de Philip cuando el cañón de la escopeta de Nick le presiona el cráneo.

El disparo le desgarra el cerebro y le salta la mitad de la cara por los aires provocando un géiser de sangre y materia gris. El eco atronador de la escopeta reverbera por los valles de acero y cristal.

—La hemos jodido —dice Philip poniéndose en pie con esfuerzo y recogiendo la Ruger.

—¿Qué pasa? —le pregunta Brian mientras se recoloca el peso de la niña a la espalda.

—Escucha —contesta Philip.

A través del frágil silencio les llega un cambio en el continuo oleaje de gemidos, que altera su curso como si cambiara el viento. La detonación del arma ha atraído a las masas de muertos vivientes.

—Pues volvamos adentro —dice Nick con voz estridente y tensa—. A la joyería. Tiene que haber otro piso encima.

—Demasiado tarde —contesta Philip mirando la Ruger para comprobar la recámara. Le quedan cuatro balas de punta hueca en la culata y tres cargadores, de ocho balas cada uno, en los bolsillos de atrás—. Imagino que ya estarán inundando toda la parte delantera.

—¿Y qué sugieres?

Philip mira a Nick y después a su hermano.

—¿Cuánto puedes correr con el peso que llevas?

Avanzan a un ritmo moderado con Philip a la cabeza. Brian le sigue con paso renqueante y Nick va en la retaguardia. Pasan por delante de varios escaparates derrumbados y de piras funerarias calcinadas y petrificadas llenas de cadáveres que los supervivientes emprendedores han quemado.

Aunque no está seguro de ello, a Brian le parece que Philip busca desesperadamente una salida segura de las calles: una puerta accesible, una escalera de incendios o cualquier otra cosa. Pero ahora lo distrae el creciente número de cadáveres animados que aparecen tras cada esquina.

Philip alcanza al primero con un disparo en la cabeza a cincuenta pasos y una indiferencia flagrante. El segundo lo sorprende a menor distancia cuando sale de una puerta en penumbra, pero Philip lo abate con un segundo disparo. Muchos más se materializan de entre los porches y las escaparates abiertos de las tiendas. Nick hace buen uso de la escopeta y de sus dos décadas de cazar jabalíes y acaba al menos con una docena de ellos a lo largo de dos manzanas.

El eco de cada disparo se eleva por el cielo como un estruendo supersónico en la estratosfera.

Doblan una esquina y corren a lo largo de una estrecha calle peatonal adoquinada, posiblemente una vía histórica que en otros tiempos utilizaban caballos y carretas pero que ahora está flanqueada por viviendas tapiadas y edificios de oficinas. Al menos parece que se alejan de la zona más concurrida y encuentran menos muertos vivientes a cada manzana que pasan.

Lo malo es que ahora se sienten acorralados. Notan cómo la ciudad estrecha el cerco en torno a ellos y los engulle con su gaznate de cristal y de acero. A estas horas, el sol ya ha iniciado su descenso vespertino y las sombras que proyecta la inmensa línea de edificios han empezado a alargarse.

Philip ve algo a lo lejos, quizá a una manzana y media, y se agacha instintivamente bajo un toldo raído y desgarrado.

Los otros se agazapan junto a él, contra el escaparate tapiado de lo que había sido una tintorería, y se ocultan entre las sombras para recuperar el aliento.

Brian jadea exhausto. La pequeña Penny aún cuelga de su espalda como un monito soñoliento y traumatizado.

—¿Qué pasa? ¿Qué ocurre? —pregunta al darse cuenta de que Philip alarga el cuello para distinguir algo en la distancia.

—Que alguien me pellizque —responde él.

—¿Por qué?

—El edificio gris de la derecha —contesta Philip señalando hacia el norte con la cabeza—. ¿Lo veis? A unas dos manzanas. ¿Veis la entrada?

A lo lejos, un edificio de apartamentos de tres pisos se alza por encima de una estropeada hilera de adosados de dos plantas. La enorme masa de ladrillo blanquecino de la época de la posguerra tiene numerosos balcones que sobresalen. Es el edificio más grande del barrio y su parte más alta escapa de las sombras y refleja la pálida y fría luz del sol con su conjunto de antenas y vías de ventilación.

—Dios, ahora lo veo —dice Brian, que sigue manteniendo a Penny en equilibrio sobre su espalda dolorida mientras se arrodilla. La niña se agarra a sus hombros con desesperación.

—No es un espejismo, Philly —dice Nick con una pincelada de asombro en la voz.

Todos se quedan mirando la silueta humana, demasiado alejada para que puedan discernir si se trata de un hombre o de una mujer, de un adulto o de un niño. Pero ahí está... saludándolos.

DIEZ

Philip se aproxima con cautela desde el lado opuesto de la calle con la Ruger 22 en la mano, amartillada y lista, pero sin levantarla. Los demás lo siguen en fila india con la cara en alto, los ojos abiertos como platos y preparados para cualquier sorpresa.

La chica del otro lado de la calle los llama con siseos muy bajos.

—¡Venga, daos prisa!

Aparenta veintitantos años, o tal vez treinta, y tiene una larga melena rubia, más oscura que clara, recogida en una coleta muy ajustada. Viste unos vaqueros y un jersey ancho de punto con tantos lamparones y salpicaduras rojas que son visibles incluso desde la distancia a la que les hace señas con un revólver de calibre pequeño, quizá un 38 de la policía, que sacude como si fuera un bastón de controlador de pista de aterrizaje.

Philip se pasa la mano por la boca, pensativo y cansado, y trata de establecer una línea visual con la mujer.

—¡Venga! —grita ésta—. ¡Nos van a oler!

Es evidente que está ansiosa por hacerlos entrar, y lo más probable es que no les suponga ninguna amenaza. Por la forma en que zarandea el arma, a Philip no le sorprendería que no estuviese siquiera cargada. Grita de nuevo:

—¡Y que no os vea entrar ningún mordedor!

Philip desconfía y actúa con precaución. Se para en el bordillo antes de cruzar la calle.

—¿Cuántos sois ahí dentro? —vocifera.

Al otro lado de la calle, la mujer profiere un suspiro de exasperación.

—¡Por el amor de Dios! Os ofrecemos comida y cobijo, ¡vamos!

—¿Cuántos?

—¡Dios! ¿Queréis ayuda, sí o no?

Philip aprieta la mano en torno a la Ruger.

—Antes vas a responder a mi pregunta.

De nuevo un suspiro de nerviosismo.

—¡Tres! ¿Vale? Somos tres. ¿Contento? Es vuestra última oportunidad. Si no venís todos ahora mismo, volveré adentro y os quedaréis hasta el cuello de mierda. —Tiene un ligero acento de Georgia, pero en su voz hay también una gran ciudad. Puede que tenga incluso un poco del norte.

Philip y Nick intercambian miradas. El coro distante de gemidos oxidados se acerca con el viento como una tormenta inminente. Brian se vuelve a ajustar el peso de Penny en la espalda y mira con preocupación hacia el extremo de la manzana que han dejado atrás.

—¿Qué otras opciones hay, Philip?

—Estoy de acuerdo con él, Philly —susurra Nick en voz muy baja y tragándose sus miedos.

Philip mira de nuevo al frente, hacia la chica.

—¿Cuántos son hombres y cuántas mujeres?

Ella le responde a gritos:

—¿Es que quieres que te rellene un cuestionario? Yo vuelvo adentro. Que tengáis suerte... ¡Os hará falta!

—¡Espera!

Philip les hace a los demás un gesto de asentimiento y éstos lo siguen con cautela hacia el otro lado de la calle.

—¿Alguno lleva tabaco? —pregunta la mujer que encabeza el grupo cuando entran en el vestíbulo exterior del edificio y aseguran la puerta con un travesaño improvisado—. Casi no nos quedan ni colillas.

Está un poco hecha polvo; tiene cicatrices en la barbilla, cardenales en un lado de la cara y un ojo tan enrojecido que parece haber sufrido una leve hemorragia. Quitando esas menudencias, Philip la encuentra bastante atractiva. Tiene los ojos de color azul aciano y la piel tostada como una granjera: belleza sencilla y nada artificial. Pero por la ligera inclinación desafiante de su cabeza y las curvas más que generosas que oculta su ropa ancha, da la impresión de ser una madre natural, y no hay que meterse en líos con las madres naturales.

—Lo siento, no fumamos —responde Philip mientras le aguanta la puerta a Brian.

—Por vuestro aspecto diría que os han machacado bien ahí afuera —dice la mujer mientras atraviesan una sala pestilente y llena de basura en cuya pared hay dieciocho buzones con un timbre cada uno.

Brian deja a Penny en el suelo con cuidado. La niña se tambalea durante un momento antes de recuperar el equilibrio. El aire huele a humedad y a zombie. El edificio no da sensación de seguridad alguna.

La joven se agacha frente a Penny.

—¿De dónde sale esta monada?

Penny no dice nada, se limita a mirar al suelo.

La mujer mira hacia Brian.

—¿Es tuya?

—Es mía —interviene Philip.

La mujer aparta un enredado mechón de pelo negro de la cara de Penny.

—Me llamo April, cariño, ¿y tú?

—Penny.

La voz de la niña surge tan débil y nerviosa que suena igual que el maullido de un gatito. La mujer llamada April sonríe y le acaricia el hombro a Penny. Acto seguido, se levanta y se dirige a los hombres.

—Vamos dentro antes de que atraigamos a más cosas de ésas. —Se acerca al interfono y pulsa un botón—. Papá, ábrenos.

Entre ráfagas de estática, una voz responde:

—No tan de prisa, jovencita.

Philip la agarra por el brazo.

—¿Tenéis energía ahí dentro? ¿Hay electricidad?

Ella niega con la cabeza.

—Me temo que no... Esto funciona con pilas. —Vuelve a pulsar el botón—. Venga, papá.

De nuevo entre crujidos:

—¿Cómo sabemos que podemos fiarnos de esos paletos?

De nuevo pulsa el botón:

—¿Nos dejas entrar o qué?

Crujido:

—Diles que dejen las armas ahí.

Ella profiere otro suspiro de hastío y se vuelve hacia Philip, quien niega con la cabeza con una mirada que dice «ni en un millón de años».

Botón:

—Traen a una niña pequeña, por Dios. Yo respondo por ellos.

Crujido:

—Y Hitler pintaba rosas al óleo. No los conocemos de nada.

Botón:

—¡Papá, abre la maldita puerta!

Crujido:

—Ya viste lo que ocurrió en Druid Hills.

April golpea el interfono con la palma de la mano.

—¡No estamos en Druid Hills! ¡Maldita sea, déjanos entrar antes de que nos salga musgo en el culo!

Un zumbido brusco y metálico precede al sonido sordo de la cerradura automática cuando se abre la puerta de seguridad interior. April los hace pasar y los guía por un deteriorado pasillo de olor acre con tres puertas de viviendas a cada lado. En el extremo más alejado del corredor hay una puerta con un cartel de «ESCALERAS» sobre la que se han clavado tablones entrecruzados.

April llama a la última puerta de la derecha, el apartamento 1-C, y al cabo de pocos instantes una versión más gruesa, más vieja y más tosca de April abre la puerta.

—¡Dios mío, pero qué monada de niña! —dice la mujer rolliza al ver a Penny, que va cogida de la mano de Brian—. Pasad, amigos... No sabéis cuánto me alegro de ver por fin a alguien que no babee.

La hermana de April, que se presenta como Tara, está rellenita y es de modales relajados. Huele a humo y a champú barato y lleva puesta una camisola larga con un estampado de flores descolorido que oculta su exceso de carnes. Los pechos le asoman por el escote como si fueran masa para hacer pan y muestra un tatuaje del Pájaro Loco en la parte de arriba de uno de ellos. Tiene unos ojos tan llamativos como los de su hermana, pero éstos rebosan lápiz de ojos y sombra de color azul metalizado. Da la impresión de que sus largas uñas postizas serían capaces de abrir latas.

Philip entra al apartamento en primer lugar, con la Ruger en la mano, sujeta a un costado.

Los demás lo siguen.

Al principio, Philip no se da cuenta de lo abarrotado que está el salón. Las sillas están cubiertas de ropa y hay maletas viejas apiladas a lo largo de una de las paredes. Varias cajas de instrumentos musicales con formas extrañas descansan contra una puerta corredera inutilizada. Tampoco repara en la minúscula cocina americana de la izquierda, en las cajas de madera con provisiones y en la pila llena de platos por fregar. El olor a cigarrillos, a trapos rancios y a sudor seco que inunda el aire apenas deja huella en su nariz.

Ahora mismo, lo único en lo que es capaz de fijarse es en el cañón de la escopeta del calibre 12 que lo apunta directamente desde una mecedora que hay al otro extremo de la habitación.

—Estás bien donde estás —dice el anciano que sostiene la escopeta. Es un viejo paleto, zafio y estropeado, con el rostro requemado como el de un granjero o un indio americano, el pelo de color gris acero cortado en plano por la parte de arriba y rapado a ambos lados al estilo militar, y los ojos azules como cubitos de hielo. Lleva el delgado tubo de una máscara de oxígeno pegado bajo la nariz aguileña, y la bombona que lo acompaña reposa a su lado como una mascota fiel. Apenas cabe en los vaqueros de pitillo y la camisa de leñador, y los tobillos blancos y peludos le asoman por encima del calzado campero.

Philip levanta la pistola por instinto y activa el modo de duelo final mexicano. Apunta hacia el viejo y dice:

—Señor, ya hay bastantes problemas fuera. No nos hacen falta más aquí dentro.

Los demás están paralizados.

April se abre paso entre los demás.

—Por Dios, papá, baja ese trasto.

El anciano le indica que se aparte con el cañón del arma.

—Silencio, niña.

April se queda donde está, con las manos en las caderas y un gesto de reproche en la cara.

Al otro extremo de la habitación, Tara dice:

—¿Por qué no nos calmamos un poquito?

—¿De donde venís, muchachos? —le pregunta el viejo a Philip sin bajar la escopeta ni un centímetro.

—De Waynesboro, Georgia.

—No conozco ese lugar.

—Está en el condado de Burke.

—Demonios, está casi en Carolina del Sur.

—Sí, señor.

—¿Vais drogados? *Speed, crack...* ¿Cosas de ésas?

—No, señor. ¿Por qué cree que podríamos ir drogados?

—Tienes algo en los ojos, como si fueras hasta el culo de *speed.*

—No tomo drogas.

—¿Cómo es que habéis acabado delante de mi casa?

—Oímos que había una especie de centro de refugiados aquí, pero me da que no es gran cosa.

—En eso tienes razón —asiente el anciano.

April se mete en la conversación.

—Al parecer tenemos algo en común.

Philip no aparta la mirada del viejo pero contesta a la chica.

—¿Y qué es?

—Nosotros acabamos en este cuchitril dejado de la mano de Dios por el mismo motivo —le dice—. Buscábamos el maldito refugio del que todo el mundo hablaba.

Philip observa la escopeta.

—La ley de Murphy, supongo.

—Ya lo creo —dice el viejo sobre el débil silbido del oxígeno que emana de la bombona—. Me parece que no os dais cuenta de lo que nos habéis hecho.

—Le escucho.

—Habéis soliviantado a todos los mordedores. Al anochecer habrá una maldita convención de esas cosas en la puerta.

Philip inspira por la nariz.

—Lo lamento, pero no teníamos elección.

—Ya... Ya me lo imagino —suspira el viejo.

—Ha sido su hija la que nos ha sacado de la calle. No teníamos malas intenciones. Ni buenas, ni malas... aparte de evitar que nos mordieran.

—Ya veo... Creo que te entiendo.

Se produce un largo silencio. Todos aguardan. Las dos armas empiezan a bajar.

—¿Para qué son esas cajas? —pregunta Philip al fin mientras señala la hilera de fundas de instrumentos de la parte de atrás del salón. Todavía apunta al viejo, pero el ansia de duelos ya se le ha diluido en las venas—. No irá a decirme que dentro hay metralletas de tambor.

El anciano deja escapar al fin una leve risita. Cruza el arma sobre su regazo y suelta los percutores mientras de su demacrado rostro va desapareciendo la tensión. La bombona de oxígeno emite un pitido.

—Amigo, tienes delante lo que queda de la Chalmers Family Band, famosa en el mundo entero, estrellas del escenario, de la pantalla y de ferias estatales por todo el sur. —El viejo deja la escopeta en el suelo con un gruñido y mira de nuevo a Philip—. Te pido disculpas por la bienvenida. —Se pone en pie con gran esfuerzo. Se levanta del todo y cobra el aspecto de un Abraham Lincoln muy marchito—. Me llamo David Chalmers. Mandolina, vocalista y padre de estas dos pillastres.

Philip vuelve a meterse el arma en el cinturón.

—Philip Blake. Éste es mi hermano Brian y ese pasmarote de ahí es Nick Parsons... Le agradezco mucho que nos haya salvado el culo ahí afuera.

Los dos patriarcas intercambian un apretón de manos y la tensión abandona la sala tan de repente como si hubieran presionado un interruptor.

Resulta que había un cuarto miembro en la Chalmers Family Band: la señora Chalmers, una matrona corpulenta de Chattanooga que hacía las voces agudas en los temas *bluegrass* y en los anticuados números del grupo. Según April, fue una bendición que muriera de neumonía cinco años atrás. Si hubiera vivido para ver la cantidad de mierda que afecta ahora a la raza humana se habría derrumbado, se lo habría tomado como el fin de los tiempos y es probable que se hubiera tirado por el muelle del lago Clark's Hill.

Y así fue como la Chalmers Family Band se convirtió en un trío y continuó su marcha de feria en feria por los estados de Nueva York, Nueva Jersey y Connecticut, con Tara al bajo, April a la guitarra y Papá a la mandolina. Como padre viudo, David, de sesenta y seis años de edad, se vio desbordado. Tara era una porrera, y April tenía el mal genio y la cabezonería de su madre.

Cuando estalló la plaga, estaban en un festival de *bluegrass* en Tennessee y pusieron rumbo a casa en la caravana del grupo. Al llegar a la frontera de Georgia, el viejo trasto se averió. Tuvieron la suerte de poder continuar en un tren de la compañía AmTrak que aún circulaba entre Dalton y Atlanta. Por desgracia, el convoy los dejó tirados en mitad de la zona sureste, en la estación King Memorial, que ya estaba hasta los topes de muertos. De algún modo, consiguieron avanzar hacia el norte sin ser atacados, viajando de noche en coches robados en busca del mítico centro de refugiados.

—Y así es como acabamos en este pequeño paraíso de la clase media —le cuenta April a Philip entre susurros esa misma noche. Está sentada en el extremo de un sofá maltrecho y Penny dormita inquieta a su lado en una maraña de sábanas. Philip está sentado muy cerca de su hija.

En la mesita hay velas encendidas. Nick y Brian duermen en el suelo del salón mientras David y Tara roncan en distintas tonalidades cada uno en su respectivo cuarto.

—Nos da demasiado miedo ir a los pisos de arriba —añade April con un atisbo de reproche en la voz—, aunque seguro que nos vendrían bien los suministros que pueda haber en ellos. Pilas, latas de comida, lo que sea. Dios, daría una teta por un rollo de papel higiénico.

—Ni en broma cambies eso por un poco de papel —dice Philip desde el otro extremo del sofá con una sonrisa. Está descalzo, vestido con su camiseta manchada y unos vaqueros y saciado de arroz con frijoles. Los Chalmers se están quedando sin provisiones, pero aún tenían la mitad de un saco de arroz de cinco kilos que robaron la semana pasada de una tienda con las ventanas rotas y bastantes frijoles para darles de cenar a todos. Cocinó April, y la verdad es que no lo hace mal. Después de cenar, Tara lió unos cigarrillos con lo que le quedaba de tabaco Red Man y unos cuantos cogollos de *skunk*. Philip dio unas caladas pese a haber renegado de la marihuana hace años. Le hacía oír dentro de la cabeza ciertas cosas que prefería no escuchar. Ahora siente la mente vaga y densa.

April sonríe con tristeza.

—Ya, bueno... Tan cerca y a la vez tan lejos.

—¿A qué te refieres? —Philip la mira y acto seguido empieza a mirar hacia el techo—. Ah... ya.

Recuerda que antes oyó ruidos y tomó nota mental de ellos. Ahora están en silencio, pero los crujidos y los pasos arrastrados han estado yendo y viniendo por el techo toda la noche, como el movimiento insidioso e invisible de una colonia de termitas. El hecho de que Philip casi se haya olvidado de los ruidos atestigua lo mucho que se ha insensibilizado a la posibilidad de estar tan cerca de los muertos.

—¿Qué hay de los demás apartamentos de esta planta? —le pregunta.

—Los limpiamos. Nos llevamos todo lo que pudiera ser de utilidad.

—¿Qué pasó en Druid Hills? —inquiere tras un breve silencio.

April suspira.

—Nos dijeron que había un centro de refugiados allí. No lo había.

—¿Y? —dice Philip mirándola.

April se encoge de hombros y contesta:

—Fuimos allí y encontramos a un montón de gente oculta tras las rejas de un edificio que parecía un amasijo de hojalata. Eran como nosotros: estaban asustados y confundidos. Intentamos convencer a algunos de que se marcharan con nosotros. «La unión hace la fuerza» y esos rollos peliculeros.

—Y ¿qué pasó?

—Supongo que tenían tanto miedo de salir como de quedarse. —April agacha la cabeza y las velas le iluminan el rostro—. Tara, papá y yo encontramos un coche que arrancaba, cogimos algunas provisiones y nos fuimos. Pero cuando nos alejábamos, oímos llegar las motos.

—¿Qué motos?

Ella asiente y se frota los ojos.

—Llevábamos medio kilómetro, o puede que menos, cuando rodeamos una colina y de repente oímos gritos muy por detrás de nosotros. Miramos hacia atrás, hacia el valle, donde está el viejo desguace y... no sé. Era como estar viendo al puto Mad Max.

—¿Qué había?

—Una banda de moteros estaba destrozándolo todo, atropellando a la gente, a familias enteras, y Dios sabe qué más. La cosa estaba fatal. Lo raro es que lo que nos afectó no fue el haber escapado por los pelos, no fue el haber esquivado la bala. Creo que fue la culpabilidad. Queríamos volver y echar una mano, ser ciudadanos ejemplares y todo eso, pero no lo hicimos. —Lo mira de nuevo—. Porque no somos ciudadanos ejemplares. Ya no queda ninguno.

Philip mira a Penny.

—Ahora entiendo por qué a tu padre no le gustaba la idea de acoger a nadie.

—Desde que vimos lo del desguace está paranoico con respecto a los otros posibles supervivientes. Puede que más que con respecto a los mordedores.

—«Mordedores»... Antes también lo has dicho. ¿A quién se le ha ocurrido?

—Mi padre los llama así. Se nos ha pegado.

—Me gusta —dice Philip con otra sonrisa—. Y me cae bien tu padre. Le echa huevos. No le culpo por no confiar en nosotros. Parece un hueso duro y viejo, y eso lo respeto. Hacen falta más como él.

—Ahora ya no es tan duro, créeme —suspira ella.

—¿Qué tiene? ¿Cáncer de pulmón?

—Enfisema.

—No pinta bien —dice Philip. De repente ve algo que lo deja helado.

April Chalmers tiene la mano en el hombro de Penny y la acaricia sin darse cuenta mientras duerme. Es un gesto tan tierno e inesperado, tan natural, que alcanza el interior de Philip y le despierta algo que llevaba dormido mucho tiempo. Al principio no entiende la sensación y su confusión es tal que debe de reflejársele en la cara, porque April se lo queda mirando.

—¿Estás bien?

—Sí... No pasa nada —dice tocándose la tirita que lleva en la sien que se ha golpeado durante el choque de hace varias horas. Los Chalmers sacaron el botiquín y los curaron a todos antes de cenar—. Haremos una cosa —propone Philip—: Tú te vas a dormir un rato y por la mañana los chicos y yo limpiaremos los pisos de arriba.

Ella lo mira un momento, como si sopesara si debe fiarse o no de él.

A la mañana siguiente, después de desayunar, Philip cumple la palabra que le ha dado a April. Recluta a Nick para la misión y coge cargadores para la Ruger y una caja de cartuchos para una de las Marlin. Se coloca las hachas una a cada lado del cinturón y le da una de mano a Nick para el cuerpo a cuerpo.

Se detiene junto a la puerta y se agacha para atarse bien los cordones de las botas, que están tan llenas de barro y de sangre que parece que el material sea negro y violeta.

—Andaos con ojo ahí arriba —les advierte el viejo David Chalmers, que está de pie en la entrada de la cocina americana. La luz de la mañana le da un aspecto grisáceo y desteñido. Se apoya sobre el carrito de metal en el que está montada la bombona de oxígeno. El tubo que hay bajo su nariz pita suavemente cada vez que respira—. No sabéis con qué vais a encontraros.

—Eso siempre —le contesta Philip mientras se mete la camisa vaquera en los pantalones y comprueba que las hachas le quedan a mano. Nick lo observa mientras lo espera con la escopeta al hombro. Su rostro muestra un gesto tenso, una mezcla de determinación inexorable y de impaciencia.

—La mayoría estarán en el segundo piso —añade el anciano.

—Acabaremos con ellos.

—Pero tened cuidado.

—Lo tendremos —repite Philip al levantarse y comprobar las hachas una vez más.

—Voy con vosotros.

Philip se da la vuelta y se encuentra a Brian, que lo observa, de pie, con una camiseta limpia con un logo de REM —el orgullo de Athens— en el pecho, y expresión agria. En los brazos acuna una de las escopetas como si fuera un ser vivo.

—¿Seguro?

—Ya lo creo.

—¿Qué pasa con Penny?

—Las chicas cuidarán de ella.

—No sé si me parece bien.

—Venga ya —dice Brian—. Os vendrán bien dos ojos más ahí arriba. Estoy dispuesto.

Philip sopesa sus palabras. Echa un vistazo al otro lado del salón y ve a su hija sentada con las piernas cruzadas entre las dos mujeres Chalmers. Están jugando a las cartas con un mazo muy deteriorado y Penny sonríe cada vez que planta un naipe en el suelo. Hacía mucho que no sonreía. Philip se vuelve hacia su hermano y le sonríe a su vez.

—Así me gusta.

Suben por las escaleras del final del pasillo del primer piso porque los ascensores del otro extremo están más muertos que los zombies, pero antes deben retirar los refuerzos de madera de la puerta. El ruido de los hachazos y de los clavos, que chirrían al sacarlos, parece estimular los movimientos del piso de arriba, tras las puertas de los oscuros apartamentos. En un momento dado y debido al esfuerzo, Philip expulsa una gran ventosidad, un recuerdo de la cena a base de frijoles que April preparó la noche anterior.

—Con ese pedo vas a matar más zombies que con los cartuchos del veinte —le comenta Nick.

—Jo, jo. Muy gracioso —dice Philip al tiempo que arranca el último trozo de madera. Comienzan a subir por las lúgubres escaleras—. Recordad: tenemos que ser rápidos. Los cabrones son escurridizos, pero lentos y más tontos que Nick.

—Jo, jo. El que lo dice lo es —replica Nick mientras carga dos cartuchos del calibre 20 en la escopeta.

Llegan al final de la escalera y encuentran la puerta de emergencia del segundo piso cerrada a cal y canto. Se detienen. Brian no deja de temblar.

—Tranquilo, campeón —le dice Philip al ver que el cañón de su escopeta no deja de moverse. Con cuidado, lo aparta de las cercanías de sus costillas—. Y trata de no meternos un balazo a ninguno de nosotros sin querer.

—Está todo controlado —le contesta Brian de mala gana. Su voz quebrada y llena de tensión contradice por completo sus palabras.

—Vamos allá —anuncia Philip—. Recordad: id a por ellos a saco y muy de prisa.

Una patada feroz con el talón de la bota abre la puerta de una sacudida.

ONCE

Durante una fracción de segundo, se quedan parados mientras el corazón les late como un martillo pilón. Aparte de varios envoltorios de caramelos repartidos por el suelo, de botellas de refresco vacías y de una cantidad increíble de polvo, el rellano del segundo piso está, al igual que el vestíbulo de la planta baja, vacío. La luz del sol entra débilmente por las ventanas que hay en el extremo más alejado e ilumina la neblina de polvo que vuela frente a las puertas cerradas: la 2-A, la 2-C y la 2-E en un lado y la 2-B, 2-D y 2-F en el otro.

—Están encerrados en sus casas —susurra Nick.

—Va a ser pan comido —asiente Philip.

—Venga, vamos —jalea Brian sin convencer a nadie—. Hagamos lo que hemos venido a hacer.

Philip mira a su hermano y después a Nick.

—Tenemos aquí a John Rambo.

Se acercan a la primera puerta de la derecha, la 2-F, y levantan los cañones de las armas. Philip retrae la corredera de la Ruger.

Acto seguido, derriba la puerta de una patada.

Una masa de aire fétido les golpea en la cara. Es lo primero que aprecian: un asqueroso caldo de descomposición humana, orina y heces, sin olvidar el hedor de los zombies, que lucha por vencer a los aromas más penetrantes de la comida rancia, los baños mohosos y la ropa podrida. Es tan abrumador e insoportable que empuja a los tres hombres literalmente medio paso hacia atrás.

—Santo cielo —dice Nick mientras tose y se cubre la cara como si el hedor fuese un viento que lo azota.

—¿Aún te parece que mis pedos huelen mal? —pregunta Philip mientras se adentra en las nauseabundas sombras del apartamento con la pistola levantada.

Nick y Brian lo siguen con las escopetas listas y los ojos muy abiertos y brillantes a causa de la tensión.

Un instante después, encuentran a cuatro de ellos en reposo en el suelo de un caótico salón, cada uno en una esquina, boquiabiertos y catatónicos. Emiten gruñidos lánguidos al ver llegar a los intrusos, pero están demasiado atontados, enfermos o dementes para poder moverse. Es como si ya estuvieran tan hartos de su infernal destino que hubieran olvidado cómo utilizar el mobiliario. Es difícil asegurarlo en la penumbra, y más aún con las caras hinchadas y la carne ennegrecida, pero al parecer se trata de otra familia: mamá y papá y dos hijos ya mayores. Las paredes tienen extrañas marcas de arañazos, como un cuadro abstracto. Eso indica que esas cosas seguían un vago instinto que los impulsaba a salir de allí.

Philip se acerca al primero, cuyos ojos vacíos reflejan el brillo de la Ruger. El disparo salpica de sesos el Jackson Pollock de arañazos que tiene a la espalda. La criatura se desploma. Mientras, Nick acaba con el sufrimiento de otra en el otro extremo del salón con un disparo de la Marlin que suena como una enorme bolsa de papel al reventar. La sustancia cerebral decora las paredes. Philip derriba al tercero cuando éste intenta levantarse con dificultad. Nick se acerca al cuarto; tras un estruendo, el pitido que les queda en los oídos amortigua el sonido de los fluidos al salpicarlo todo.

Brian está de pie, a diez pasos por detrás de ellos, con el arma en alto. Los ánimos se aplacan en su interior debido a una creciente marea de repulsión y náuseas.

—Esto... Esto no es... —empieza a decir. Pero un movimiento brusco a su izquierda le corta la voz.

El zombie errante se acerca a Brian desde las profundidades de un pasillo lateral. Surge de las sombras como un payaso monstruoso con el pelo negro de punta y los ojos pintados. Antes de que Brian pueda discernir si se trata de una hija o de una novia, la criatura, que lleva un vestido desgarrado que deja al descubierto un pecho como un jirón de carne masticada, salta sobre él con la fuerza de un defensa que hace una dura entrada.

Brian cae al suelo de espaldas. Todo ocurre tan de prisa que a Philip y a Nick no les da tiempo a actuar. Están demasiado lejos.

El cadáver animado aterriza sobre su presa emitiendo gruñidos, apretando los dientes negros y viscosos; en la fracción de segundo que transcurre hasta que Brian cae en la cuenta de que aún sostiene la escopeta, la zombie abre tanto la boca que parece que se le vaya a desencajar la mandíbula.

Brian contempla la horrible imagen del interior de la garganta de la criatura —un pozo negro sin fin que desciende hasta el infierno— antes de levantar el arma por instinto. Casi por accidente, el cañón queda alojado en la cavidad bucal del cadáver y Brian lanza un grito confuso cuando aprieta el gatillo y dispara.

La parte trasera del cráneo estalla en una neblina de sangre y tejidos que llega hasta el techo y lo motea de materia arterial violácea. Brian se queda petrificado durante un segundo, con la espalda pegada al suelo. La cabeza de la criatura aún está empalada en el cañón de la escopeta. Parpadea. Los ojos plateados de la hija, la novia o lo que quiera que fuese están helados y lo miran fijamente.

Brian empieza a toser y se vuelve mientras la cabeza de la chica se desliza con lentitud a lo largo del cañón, como un enorme pincho moruno, con los ojos aún fijos en él. Siente la viscosidad húmeda de su cara en las manos. Cierra los ojos. No puede moverse. Tiene la mano derecha pegada al gatillo y la izquierda a la culata, y en su rastro se dibuja una horrible mueca de terror.

Una carcajada fría lo trae de vuelta a la realidad.

—¡Mira quién se acaba de estrenar! —dice Philip Blake. Está de pie junto a su hermano, envuelto en humo de cordita, y esboza una sonrisa de oreja a oreja, lleno de satisfacción.

Nick encuentra el acceso al tejado y Philip tiene la idea de sacar allí arriba todos los cuerpos podridos para que dejen de apestar el lugar y de hacer aún más desagradable la búsqueda del tesoro en los pisos superiores.

Les lleva poco más de una hora arrastrar los restos inhumanos escaleras arriba hasta el tercer piso y después a través del estrecho hueco de las escaleras hasta la salida de incendios. Vuelan la cerradura de un disparo y desarrollan una versión modificada del trabajo en cadena. Acarrean los malolientes sacos de carne por los rellanos y los suben por dos tramos de escaleras hasta el tejado. Dejan un rastro viscoso de sangre en la moqueta rosácea que protege los peldaños.

Tras acabar con catorce de ellos en total, con la ayuda de dos cargadores enteros de proyectiles del calibre 22, así como de media caja de cartuchos, consiguen llevar todos y cada uno de los cuerpos por los pasillos y hasta el tejado.

—Mirad este sitio. —Nick alucina cuando deja el último cadáver en el borde alquitranado del este del tejado. El viento te sacude los pantalones y le enmaraña el pelo. Los cadáveres están alineados, como leña preparada para el invierno. Brian está en el otro extremo de la hilera, mirando a los muertos con una expresión extraña e implacable.

—Increíble —dice Philip tras acercarse al borde del tejado.

Desde esta altura se ven los edificios distantes del exclusivo barrio de Buckhead, la plaza Peachtree y la catedral de cristal de los rascacielos al oeste. Los capiteles helados de la ciudad se elevan como cimas limpias, impasibles, estoicas bajo la luz del sol, intactas ante el apocalipsis. Debajo, Philip ve a los muertos errantes saliendo y entrando de las sombras como soldados de juguete rotos que vuelven a la vida.

—Un sitio genial para pasear —comenta Philip mientras se da la vuelta y examina el resto del tejado. Alrededor de un enorme amasijo de antenas, parabólicas y maquinaria de calefacción y aire acondicionado, ahora frío y sin energía, un pedazo de suelo con gravilla ofrece suficiente espacio para jugar un partido de fútbol americano. Un montón de muebles de jardín descansa contra un conducto de ventilación—. Coged una silla y descansad.

Llevan las tumbonas destrozadas hasta el borde del tejado.

—Podría acostumbrarme a este sitio —dice Nick tras sentarse en una de ellas de cara al horizonte.

Philip se sienta junto a él.

—¿Al tejado o a este sitio en general?

—A todo.

—Es verdad.

—¿Cómo lo hacéis? —dice Brian, de pie detrás de ellos, muy nervioso. Se niega a sentarse, a relajarse. Sigue histérico tras su encuentro con la cabeza empalada.

—¿Hacer qué? —dice Philip.

—No lo sé, todo eso de matar. En seguida estáis...

Brian se detiene, incapaz de expresarlo con palabras. Philip se da la vuelta y mira a su hermano. Ve que le tiemblan las manos.

—Siéntate, Brian. Lo has hecho muy bien ahí abajo.

Brian acerca una silla, se sienta y se retuerce las manos, pensativo.

—Sólo digo...

Sigue sin poder articular lo que «sólo dice». Titubea.

—No es matar, compañero —dice Philip—. En cuanto lo entiendas, todo irá bien.

—Entonces ¿qué es?

Philip se encoge de hombros.

—Nicky, ¿cómo lo llamarías tú?

Nick mira al horizonte.

—¿El trabajo de Dios?

Philip suelta una gran carcajada y dice:

—Tengo una idea.

Se levanta y se acerca al cadáver más cercano, uno de los más pequeños.

—Mirad esto —dice y arrastra la cosa hasta el borde del edificio.

Los otros dos se acercan al borde, donde está Philip. El viento rancio les desordena el pelo mientras miran por encima del edificio, hacia la calle, once metros por debajo de ellos.

Philip empuja el cadáver con la punta de la bota hasta que se desliza edificio abajo.

Parece caer a cámara lenta. Sus apéndices sin vida se mueven como alas rotas. Choca contra el aparcamiento de cemento que hay debajo, frente al edificio, y se destroza con el sonido, el color y la textura de una sandía muy madura que estallara en un chorro de tejidos rosas.

En la habitación principal del apartamento del primer piso, David Chalmers está sentado, con su camiseta de tirantes y sus calzoncillos largos, aspirando su inhalador, intentando que le entre suficiente Atrovent en los pulmones para acabar con sus dificultades para respirar. De repente, oye un ruido en las puertas correderas exteriores que hay en la parte trasera del apartamento, las que están bloqueadas con tablones.

El sonido le eriza instantáneamente el vello del cuello. En seguida se pone la ropa, incluido el tubo de respiración. Se lo mete hasta la mitad y deja uno de los lados balanceándose bajo un peludo agujero de la nariz.

Cruza la habitación corriendo pese a que sus rodillas se quejan y arrastra la bombona de oxígeno sobre las patas del carrito, como si fuera un niño tozudo del que tirase una niñera impaciente.

Al cruzar el salón, ve por el rabillo del ojo tres figuras heladas y aterrorizadas en el umbral de la cocina. April y Tara han estado haciendo galletas con la niña, han usado lo que les quedaba de harina y azúcar, y ahora las tres féminas están ahí, mirando aterradas en dirección al ruido.

David se acerca a las puertas correderas tapadas y protegidas contra los ladrones con una verja.

A través de un estrecho hueco entre las planchas de madera, ve el final del patio entre las ramas de los árboles esqueléticos y, más allá, un pedazo de la calle paralela a la fachada del bloque de apartamentos.

Llueve otro cuerpo como si lo lanzase el propio Dios y golpea contra el pavimento con un sonido húmedo, desagradable y sonoro, parecido al de un globo de agua gigante al estallar. Pero ése no es el ruido que le llega a David Chalmers en este momento. No es el ruido que penetra en el apartamento, que llega en oleadas como una gran sinfonía distante y desafinada.

—Por el amor de Dios —murmura, boqueando con dificultad y dándose la vuelta tan de prisa que casi tira la bombona de su soporte.

La arrastra hacia la puerta.

En el tejado, Philip y Nick hacen una pausa tras lanzar el quinto cuerpo por el borde.

Jadeando por el esfuerzo y por una especie de mareo morboso, Philip comenta:

—Estallan bien, ¿verdad?

Nick intenta no reír, pero no tiene éxito.

—Esto está mal por diez motivos distintos, pero tengo que admitir que sienta bien.

—Es verdad.

—¿Qué sentido tiene esto, tíos? —los interpela Brian a su espalda.

—El sentido que tiene es que no tiene sentido —responde Philip sin mirar a su hermano.

—¿Eso es una frase zen?

—Es lo que es.

—Vale, ahora me he perdido. Me refería a que no veo que tirar estas cosas por el tejado sirva para nada.

Philip se vuelve y mira a su hermano.

—Relájate, tío. Hoy has conseguido tu primer trofeo. No ha sido fácil, pero lo has hecho. Estamos liberando tensiones.

Nick ve algo a lo lejos que no había percibido hasta ahora.

—Eh, mirad...

—Sólo digo —interrumpe Brian— que tenemos que mantener la cabeza fría y toda esa mierda. —Tiene las manos en los bolsillos y toquetea nerviosamente las monedas y la navaja que se ha guardado ahí—. April y su familia son buena gente, Philip, tenemos que comportarnos.

—Sí, mamá —repone Philip con una sonrisa fría.

—Eh, tíos, mirad ese edificio de la esquina.

Nick indica una construcción baja y fea, de ladrillo, situada en la esquina noroeste del cruce más cercano. Ennegrecidas en los bordes por los humos de la ciudad, las gastadas letras pintadas sobre los escaparates del primer piso dicen: «ACCESORIOS PARA EL HOGAR DILLARD'S».

Philip lo mira.

—¿Qué le pasa?

—Mira la parte delantera del edificio, hay una cosa para peatones.

—¿Qué?

—Una pasarela, un paso elevado o como quieras llamarlo. ¿Lo ves?

Sí, Philip ve un puente de cristal mugriento que se extiende hasta la calle adyacente y que une el edificio de oficinas que hay en diagonal a ellos con la segunda planta de Dillard's. La pasarela cubierta de cristal está vacía y sellada en ambos extremos.

—¿Qué estás pensando, Nicky?

—No lo sé. —Nick observa el paso para peatones mientras reflexiona—. Podría ser...

—¡Caballeros! —les interrumpe la cavernosa voz del viejo.

Brian se da la vuelta y ve a David Chalmers renqueando hacia ellos desde la puerta abierta de la escalera. En los ojos del viejo arde la urgencia y arrastra su bombona de oxígeno con una calculada cojera. Brian da un paso hacia él.

—Señor Chalmers, ¿ha subido hasta aquí usted solo?

El viejo respira pesadamente mientras se acerca. A través de sus jadeos entrecortados y ahogados, dice:

—Soy viejo y estoy enfermo, pero no soy un inútil... Y llámame David. Veo que habéis limpiado muy bien todas las plantas, y os lo agradezco de verdad.

Philip y Nick se vuelven y miran al hombre.

—¿Hay algún problema? —pregunta Philip.

—Joder, pues claro que hay un problema —contesta el viejo, con los ojos brillantes de rabia—. ¿Qué estáis haciendo aquí arriba, lanzando así los cadáveres desde el techo? ¿No veis que estáis tirando piedras contra vuestro tejado?

—¿Qué quiere decir?

El viejo suelta un gruñido.

—¿Estáis sordos o qué? ¿No lo oís?

—¿Oír qué?

El viejo se acerca al borde del tejado.

—Echad un vistazo. —Señala con un dedo nudoso hacia dos edificios distantes—. ¿Veis lo que habéis hecho?

Philip mira hacia el norte y de repente se da cuenta de por qué durante el último cuarto de hora ha estado oyendo ese ruido infernal de mil y un gemidos. Legiones de zombies migran hacia su edificio, seguramente atraídas por el ruido y el espectáculo de los cadáveres golpeando contra el suelo.

Están a unas diez o doce manzanas y se mueven deslizándose como ondulantes coágulos de sangre por una arteria. Durante un momento, Philip no puede apartar los ojos de la espantosa migración.

Llegan desde todas partes. Se cuelan entre las sombras, supuran desde los callejones, atascan las calles principales, se unen y se multiplican en los cruces como una gran ameba que crece en tamaño y fuerza, inexorablemente atraída por el catalizador de los humanos que tienen cerca. Philip aparta por fin la vista y le da un golpecito en el hombro al anciano.

—Es culpa nuestra, David... Es culpa nuestra.

Esa noche intentan cenar y fingir que es una comida normal entre amigos, pero los persistentes ruidos de arañazos en el exterior del edificio interrumpen la conversación. Los sonidos son un recordatorio constante de su exilio, de la amenaza mortal que tienen en la puerta, de su aislamiento. Se cuentan las historias de sus vidas e intentan pasarlo bien, pero los ecos amenazadores los ponen nerviosos a todos.

Sabiendo que hay otros diecisiete apartamentos en el edificio, esperaban conseguir un gran botín de provisiones de las plantas superiores. Pero sólo han encontrado algunos alimentos imperecederos en las despensas, cereales y pasta, quizá media docena de latas de sopa, un puñado de galletas saladas rancias y algunas botellas de vino barato de supermercado.

El edificio ha estado varias semanas abandonado, sin electricidad e infestado de muertos, así que toda la comida se ha podrido. Han encontrado gusanos en casi todas las neveras, e incluso las camas, la ropa y los muebles están mohosos e impregnados del hedor de los zombies. Quizá la gente se llevara lo básico cuando huyó. Quizá se llevaran toda el agua embotellada, las pilas, las linternas, las cerillas y las armas. Pero dejaron los botiquines intactos y Tara ha conseguido una caja llena de pastillas: tranquilizantes como Xanax y Valium, estimulantes como Adderall y Ritalin, medicamentos para la tensión, pastillas para adelgazar, beta bloqueadores, antidepresivos y medicamentos para el colesterol. También ha encontrado un par de inhaladores broncodilatadores que le irán bien al viejo. A Philip le divierte la débil pretensión de Tara, que finge estar preocupada por la salud de todos cuando él sabe perfectamente que lo único que le interesa es lo que pueda ofrecerle un subidón. ¿Y qué tiene de malo? El alivio farmacéutico en esta situación es una vía de escape tan buena como cualquier otra.

La verdad es que esa segunda noche, pese al rumor constante de los muertos vivientes que se oye por la ventana, la familia Chalmers empieza a hacerse un hueco en el corazón de Philip. Le caen bien. Le gusta su estilo bohemio y rústico, le gusta su valor y le encanta estar con otros supervivientes. Nick también parece haber recuperado la energía con la unión de las dos familias. Y Penny ha vuelto a hablar y tiene los ojos despejados por primera vez en semanas. La presencia de otras mujeres, cree Philip, es justo lo que su hija necesita.

Incluso Brian, con el resfriado casi completamente curado, parece más fuerte, más confiado. Todavía le queda mucho por hacer, en la modesta opinión de Philip, pero parece encantado con la posibilidad de crear una comunidad, no importa lo pequeña y harapienta que sea.

Al día siguiente empiezan a configurar una rutina. Desde el tejado, Philip y Nick controlan el cociente de zombies de las calles mientras Brian repasa los puntos débiles de la primera planta: las ventanas, las salidas de incendios, el patio y el recibidor principal. Penny está conociendo a las hermanas Chalmers y David es bastante reservado. El viejo lucha contra su enfermedad pulmonar como puede. Duerme, aspira su inhalador y pasea con los recién llegados todo lo que puede.

Por la tarde, Nick comienza a trabajar en una pasarela improvisada que planea situar entre el edificio de apartamentos y el tejado de la estructura vecina. Se le ha metido en la cabeza que puede llegar hasta el puente para peatones de la esquina sin tener que pisar la planta baja. Philip cree que está loco, pero le dice que siga malgastando su tiempo, si es lo que desea.

Nick cree que ese movimiento es la clave de su supervivencia. Todos están secretamente preocupados —se hace evidente en la cara de cualquiera que entra en la cocina— porque pronto se van a quedar sin comida. Ya no hay agua en el edificio y llevar cubos de excrementos humanos del baño a la ventana que da al patio para tirarlos es el menor de sus problemas. Tienen un suministro de agua limitado, y eso es lo que los tiene a todos inquietos.

Esa noche después de la cena, un poco más tarde de las ocho, cuando un silencio incómodo en la conversación les recuerda a todos el ruido incesante que surge de la oscuridad, Philip tiene una idea:

—¿Por qué no nos tocáis algo? —dice—. Ahoguemos el ruido de esos cerdos.

—Eh —dice Brian con los ojos iluminados—. Es una idea estupenda.

—Estamos un poco oxidados —dice el viejo desde su mecedora. Esa noche parece cansado y demacrado; la enfermedad se lo está comiendo—. A decir verdad, no hemos tocado ni una nota desde que empezó todo esto.

—Gallina —dice Tara desde el sofá mientras se lía un cigarrillo con briznas de tabaco, semillas y tallos del fondo de su pequeña cajita de tiritas. Los demás se sientan en la sala, con los oídos listos para escuchar a la mundialmente famosa Chalmers Family Band.

—Venga, papá —interviene April—. Podemos tocarles *The Old Rugged Cross*.

—No, no querrán oír tonterías religiosas en un momento como éste.

Tara ya está desplazando su voluminoso cuerpo por la habitación en dirección a la funda de su enorme contrabajo, con el improvisado cigarrillo colgando del labio.

—Pues escoge la canción, papá, y yo le haré la línea de bajo.

—Bueno, ¿qué mal puede hacernos? —David Chalmers cede y levanta su decrépito cuerpo de la mecedora.

Los Chalmers sacan los instrumentos de sus fundas y los afinan. Cuando están listos, se sitúan en formación antes de empezar, tan sincronizados como un equipo de la marina militar: April delante, a la guitarra, y David y Tara flanqueándola por detrás, con la mandolina y el contrabajo respectivamente. Philip se los imagina en el escenario del Grand Old Opry y ve a Brian embelesado al otro lado de la sala. Lo cierto es que Brian Blake sabe de música. A Philip siempre le ha maravillado el profundo conocimiento de la materia que tiene su hermano, y ahora, con esta suerte inesperada, Philip piensa que Brian debe de estar encantado.

Empiezan a tocar.

Philip se queda muy quieto.

Se siente como si de repente se le inflase el corazón con helio.

No es por la belleza desnuda e inesperada de su música: el primer número es una hermosa tonada irlandesa con una línea de bajo triste y dura y unos acordes de guitarra que suenan como una zanfonía de hace cien años. Tampoco es porque la pequeña y dulce Penny se sienta de pronto transportada por la melodía mientras permanece sentada en el suelo con ojos soñadores. Ni porque esa melodía simple y delicada entre toda la fealdad le rompa el corazón a Philip. Es el momento en que April empieza a cantar lo que inunda el alma de Philip con miel eléctrica:

Hay una sombra en la pared, pero no me da ningún miedo.
Soy feliz toda la noche entre sueños.

Tan limpia y fresca como una campana de cristal, con un tono perfecto, la espectacular y aterciopelada voz de contralto de April resuena en la sala. Acaricia las notas e incluso tiene un matiz eclesiástico, una coquetería ligera y conmovedora, que a Philip le recuerda a una cantante de coro de una iglesia de campo:

Entre sueños, entre sueños.
Soy feliz toda la noche entre sueños.
Estoy a salvo en mi cama, con pensamientos felices.
Y soy feliz toda la noche entre sueños.

La voz le despierta un gran deseo, algo que no ha sentido desde que Sarah murió. De repente tiene visión de rayos X. Mientras ella toca las seis cuerdas y gorjea con alegría, Philip ve detalles de April Chalmers que no había apreciado antes. Detecta una tobillera, un pequeño tatuaje en forma de rosa en la parte interior del codo y las pálidas medialunas de sus pechos, blancos como la madreperla, entre los botones arrugados de su blusa.

La canción termina y todos aplauden. Philip es el que aplaude con más energía.

Al día siguiente, tras un magro desayuno a base de cereales rancios y leche en polvo, Philip ve a April sola, junto a la puerta de entrada, poniéndose las botas de montaña y envolviéndose las mangas de la sudadera con cinta de embalar.

—He pensado que querrías otra —le dice Philip inocentemente cuando se acerca a ella con una taza de café en cada mano—. Es instantáneo, pero no está tan malo. —Observa cómo se envuelve los tobillos con cinta—. Pero ¿qué haces?

Ella mira el café.

—¿Has gastado el resto de la garrafa para hacerlo?

—Creo que sí.

—Sólo nos queda otra garrafa para los siete hasta el fin de los días.

—¿Qué se te ha metido en esa cabezota?

—No es nada importante. —Se abrocha la sudadera y se ajusta la goma de la coleta; luego la mete en la capucha—. Hace tiempo que lo estoy planeando y quiero hacerlo sola.

—¿Planeando qué?

Mete la mano en el armario de los abrigos y saca un bate de béisbol de metal.

—Lo encontramos en uno de los apartamentos. Sabía que algún día sería útil.

—¿Qué estás haciendo, April?

—¿Sabes que hay una escalera de incendios en la parte sur del edificio?

—No vas a salir sola.

—Puedo escaparme por el 3-F, bajar por la escalera y apartar a los mordedores del edificio.

—No... De eso nada.

—Puedo alejarlos el tiempo suficiente para ir a buscar víveres y volver a entrar.

Philip ve sus propias botas mugrientas junto a la puerta, donde las dejó la noche anterior.

—¿Puedes pasarme las botas? —pregunta—. Si ya lo has decidido, lo que está claro es que ni de coña lo vas a hacer sola.

DOCE

Una vez más, es el olor lo primero que le golpea en la cara cuando se asoma por la ventana sur del apartamento 3-F: el aroma de un guiso metálico de desperdicios humanos cocidos a fuego lento en grasa de cerdo, un hedor tan asqueroso que hace que Philip se entremezca. Los ojos se le llenan de lágrimas al salir por la abertura. No cree que jamás pueda acostumbrarse a ese olor.

Sube a un descansillo oxidado y destartalado. La plataforma, que está unida a una escalera que zigzaguea tres pisos hacia abajo hasta una calle secundaria, se comba bajo el peso de Philip. El estómago le da un vuelco con el repentino cambio de gravedad y se coge a la barandilla.

El tiempo se ha vuelto sombrío y húmedo. El cielo tiene el color del asfalto y un viento del noreste se enrosca en los distantes cañones de cemento. Por suerte, más abajo, en la estrecha calle que se extiende por la parte sur del bloque de apartamentos, hay una cantidad mínima de merodeadores. Philip mira rápidamente el reloj.

En apenas un minuto y cuarenta y cinco segundos, April arriesgará su vida frente al edificio, y es esa urgencia lo que hace que Philip se mueva. Baja rápidamente el primer tramo. La escalera gime bajo su peso y tiembla con cada paso.

Mientras desciende, nota los ojos plateados de los muertos, que lo miran atraídos por el traqueteo metálico de la escalera, que lo persiguen con sus primitivos sentidos, lo huelen, perciben sus vibraciones como arañas que notan una mosca en su tela. Las siluetas oscuras de su visión periférica empiezan a acercarse pesadamente hacia él, cada vez más. Vienen de la parte delantera del edificio para investigar.

«Todavía no han visto nada», piensa al llegar al suelo y salir corriendo hacia el otro lado de la calle. Sesenta y cinco segundos. El plan es entrar y salir rápidamente. Philip se desplaza por los escaparates tapiados con el sigilo de un marine de los Delta Force. Alcanza el extremo este del bloque y encuentra un Chevrolet Malibú abandonado con matrícula de otro estado.

Treinta y cinco segundos.

Philip oye los pasos arrastrados que se acercan a él mientras se oculta tras el Malibú y se quita la mochila con celeridad. No le tiemblan las manos al sacar la botella de Coca-Cola de medio litro llena de la gasolina de una garrafa que April ha encontrado en la sala de mantenimiento del sótano del edificio.

Veinticinco segundos.

Abre el tapón, mete el trapo empapado en gasolina y coloca la parte puntiaguda de la botella en el tubo de escape del Malibú con un trozo de trapo de treinta centímetros colgando. Veinte segundos. Saca un encendedor Bic, lo enciende y lo acerca al trapo. Quince segundos. Sale corriendo.

Diez segundos.

Consigue cruzar la calle pasando junto a un montón de mordedores hasta un recoveco oscuro, donde se esconde tras unos cubos de basura justo antes de oír el ¡bum! de la primera erupción, cuando la botella se incendia dentro del tubo de escape. La sigue una explosión mucho mayor. Philip se tira al suelo y se cubre la cabeza mientras la onda expansiva sacude la calle y una bola de fuego convierte las sombras en lugares bien iluminados.

«Justo a tiempo», piensa April mientras se agazapa entre las sombras del recibidor y la explosión sacude la puerta de cristal. La luz que se extiende sobre ella es como el *flash* de un fotógrafo invisible. Mira por la parte inferior de la puerta tapiada y nota el cambio en el olea-je del océano de muertos.

Igual que una marea de caras demacradas y lívidas que se mueven con la fuerza gravitatoria de la Luna, empiezan a seguir el ruido y la luz. Se dirigen hacia el sur del edificio como una masa desorganizada.

Un trozo de espumillón al sol no podría atraer más a un montón de gorriones que la explosión a los mordedores. En cuestión de un minuto, la calle de delante del edificio queda prácticamente desierta.

April se prepara. Respira hondo. Se ajusta las correas de los peta-tes. Cierra los ojos. Reza una oración rápida y silenciosa... y entonces se levanta, retira los tablones de madera y abre la puerta de un empu-jón.

Se desliza hasta el exterior. El viento le revuelve el pelo y el hedor la ahoga. Se agacha mientras corre hacia el otro lado de la calle.

La sobrecarga sensorial amenaza con distraerla —los olores, la proximidad de la horda que está a media manzana, los latidos furio-sos de su corazón— mientras se mueve desesperadamente de un es-caparate oscuro a otro. Por suerte, conoce el barrio lo suficiente para saber dónde está el supermercado.

Medido con un reloj, April Chalmers tarda sólo once minutos y trein-ta y tres segundos en colarse en el laberinto de cristales rotos y visitar el interior devastado del supermercado. Sólo once minutos y medio para llenar un petate y medio con suficiente comida, agua y otras provisiones para que puedan seguir viviendo un tiempo.

Pero para April Chalmers, esos once minutos y medio parecen suspenderse en el tiempo.

Coge casi diez kilos de comida del supermercado, incluido un pequeño jamón en lata con suficientes conservantes para aguantar hasta Navidad, ocho litros de agua filtrada, tres cartones de Marlbo-ro, encendedores, carne seca, vitaminas, medicamentos para el res-friado, crema desinfectante y seis rollos extra grandes de bendito pa-pel higiénico que mete en el petate a la velocidad del rayo.

El pelo de la nuca se le eriza mientras trabaja, pendiente en todo momento del reloj. La calle se volverá a llenar pronto y el ejército de mordedores le bloqueará el camino si no vuelve en unos minutos.

Philip gasta otro medio cargador de balas del calibre 22 al volver hacia la parte trasera del edificio de apartamentos. La mayoría de los mordedores están apelotonados en torno a los restos llameantes del Malibú: un motín de cadáveres similares a escarabajos atraídos por la luz. Philip se abre camino en la parte trasera del patio con dos tiros. Uno de ellos le abre el cráneo a un muerto torpe que va vestido para salir a correr. El zombie cae como una marioneta con las cuerdas cortadas. El otro disparo abre un agujero en la parte superior de la cabeza de lo que parece que fue una mujer sin techo. Sus ojos como geodas se apagan cuando cae.

Antes de que el resto de los mordedores puedan acercársele, Blake cierra la valla del patio y corre por la leprosa hierba marrón.

Trepa por la pared trasera del edificio usando un toldo como punto de apoyo. A media altura de la pared estucada del primer piso hay una segunda escalera de incendios, doblada, y Philip se aferra a ella y completa el resto del camino.

Pero de repente hace una pausa y duda del plan.

April llega al punto crítico de la misión: han pasado doce minutos desde que salió, pero se arriesga a entrar en una tienda más.

Media manzana al sur hay un almacén de bricolaje vacío, con el escaparate roto y las verjas metálicas lo suficientemente sueltas para que una mujer pequeña pueda entrar. Se desliza por el hueco y entra en la tienda oscura.

Llena la mitad restante del segundo petate con filtros de agua para potabilizar la de los lavabos, una caja de clavos para reponer sus reservas y fijar barricadas, rotuladores y rollos de papel de gran formato para hacer carteles y alertar a otros supervivientes, bombillas, pilas, un par de latas de combustible y tres linternas pequeñas.

De vuelta hacia la parte delantera de la tienda, cargada con casi veinte kilos de material entre los dos petates llenos, pasa junto a un cuerpo desplomado al final de un pasillo lleno de aislamiento de fibra de vidrio.

April se detiene. A la niña muerta, tirada contra la pared del fondo, le falta una pierna. Por el rastro de sangre que hay en el suelo, queda claro que se arrastró hasta allí ella misma. La cría no es mucho mayor que Penny. April la observa un momento.

Sabe que tiene que marcharse, pero no puede apartar la vista del cadáver patético y destrozado. Está tumbado sobre sus propios fluidos, que resulta evidente que han salido del muñón ennegrecido donde antes tenía la pierna derecha.

—Dios Santo, no puedo —dice April por lo bajo para sí misma y sin saber qué es lo que no puede hacer: si matarla y acabar con su padecimiento o dejarla ahí para que sufra durante toda la eternidad en esa tienda desierta.

April se saca el bate metálico del cinturón y deja los petates. Se acerca con cuidado. La cosa muerta del suelo apenas se mueve, sólo levanta la vista despacio con el mismo estupor que un pez que muere en la cubierta de un barco.

—Lo siento —susurra April antes de enterrar la punta del bate en el cráneo de la niña. El golpe produce el ruido húmedo y crujiente de la madera verde al romperse.

El zombie se dobla silenciosamente sobre el suelo. Pero April se queda ahí, con los ojos cerrados durante un momento, intentando borrar la imagen de su cabeza, una imagen que probablemente la perseguirá durante el resto de su vida.

Ver cómo la punta del bate abre un cráneo ya es desagradable, pero lo que April acaba de presenciar en el horrible y breve instante anterior a la caída del madero, mientras lo subía hacia arriba para coger fuerza, ha sido que, o bien por un movimiento reflejo de nervios muertos o bien por la comprensión de lo que ocurría, la niña muerta ha girado la cabeza en el momento en el que el bate describía su arco descendiente.

Un ruido cerca de la entrada de la tienda le llama la atención y corre hasta sus petates. Se cuelga las correas de los hombros y empieza a acercarse a la salida. Pero no llega muy lejos. Se detiene en seco cuando ve a otra niña bloqueándole el paso. Está a cinco metros, dentro de las puertas metálicas, y luce el mismo vestido roto que la niña de la que April se acaba de deshacer.

Al principio, cree que es una ilusión óptica. O quizá sea el fantasma de la niña que acaba de matar. O quizá haya perdido la cabeza. Pero cuando la segunda niña muerta empieza a arrastrarse por el pasillo hacia ella moviendo las dos piernas, puesto que aún las conserva, y con una baba negra cayéndole de los labios agrietados, April se da cuenta de que es una gemela.

Es la gemela idéntica de la otra niña.

—Allá vamos —dice April al tiempo que saca el bate, deja caer su carga y se prepara para luchar por salir de la tienda.

Da un paso hacia el pequeño monstruo, con su arma en alto, cuando una explosión sorda retumba detrás de la gemela y April parpadea.

La bala destroza una esquina del escaparate y se lleva por delante la parte superior de la cabeza de la gemela. April se estremece cuando nota la lluvia de sangre y la niña cae al suelo. Suelta un afligido suspiro de alivio.

Philip Blake está fuera de la tienda, en mitad de la calle vacía, metiendo un nuevo cargador en su Ruger del calibre 22.

—¿Estás ahí? —le grita.

—¡Estoy aquí! ¡Estoy bien!

—Sé que no es de buena educación meterle prisa a una dama, ¡pero ya vienen!

April coge sus tesoros, salta sobre los restos sanguinolentos que bloquean el pasillo y se desliza entre las puertas metálicas hasta la calle. En seguida ve el problema: la muchedumbre de zombies regresa y dobla la esquina con el fervor colectivo de una banda de música demente en caprichosa formación.

Philip coge uno de los petates y ambos corren hacia el edificio de apartamentos.

Cruzan la calle en segundos, con al menos cincuenta mordedores a cada lado.

Brian y Nick echan un vistazo a través del vidrio reforzado de la puerta exterior del vestíbulo y notan que la situación en el exterior cambia rápidamente.

Ven manadas de zombies que inundan la calle desde ambas direcciones, de vuelta de donde sea que se hayan ido. En medio de todos ellos, dos seres humanos, un hombre y una mujer, como porteadores de la pelota en algún deporte oscuro, irreal y retorcido, se acercan corriendo al edificio con unos petates colgados a la espalda que les rebotan al moverse. Nick se anima.

—¡Ahí están!

—Gracias a Dios —dice Brian bajando la Marlin hasta que la culata descansa sobre el suelo. Está temblando. Se mete la mano izquierda en el bolsillo e intenta controlarse. No quiere que su hermano lo vea temblar.

—Abramos la puerta —dice Nick mientras deja la escopeta en un rincón.

Abre la puerta en el momento en que Philip y April llegan corriendo por la acera, con un montón de mordedores pisándoles los talones. April entra primero a toda prisa, temblando e hiperventilando por la adrenalina.

La sigue Philip, con los ojos oscuros brillando a causa de la energía de la testosterona.

—¡Sí! ¡De puta madre!

Nick cierra justo a tiempo. Tres mordedores chocan contra el cristal, hacen temblar la puerta revestida de acero y dejan marcas de baba con la boca. Varios pares de ojos blancos como la leche miran hacia dentro, a través del cristal grasiento, a la gente que hay en el recibidor. Los dedos muertos arañan la entrada. Otros mordedores se acercan tambaleándose por el camino.

Brian apunta con la escopeta hacia las figuras del exterior. Se aparta.

—¿Qué coño pasa? ¿Dónde estabais?

Nick los hace pasar por la puerta interior hacia el descansillo. April deja caer el petate.

—Por... Ha sido por... Joder, ¡por muy poco!

Philip deja su bolsa.

—Nena, tienes cojones. Tengo que admitirlo.

Nick se acerca.

—¿Qué pasa, Philly? ¿Desaparecéis sin decirle nada a nadie?

—Díselo a ella —contesta él sonriendo y metiéndose la Ruger en el cinturón.

—¡Estábamos muy asustados! —se queja Nick—. ¡Nos ha faltado poco para salir a buscaros!

—Tranquilo, Nicky.

—¿Tranquilo? ¡Tranquilo! ¡Hemos puesto todo esto patas arriba para encontraros! ¡Tara ha estado al borde de sufrir un ataque de histeria!

—Es culpa mía —dice April mientras se limpia la suciedad del cuello.

—¡Mira lo que hemos traído! —Philip señala el botín que llevan en los petates.

Nick tiene los puños cerrados.

—De repente oímos una puta explosión. ¿Qué queríais que pensásemos? ¿Habéis sido vosotros? ¿Tenéis algo que ver con eso?

Philip y April intercambian una mirada y el primero dice:

—Eso sí que ha sido idea de los dos.

April no puede ocultar su sonrisa victoriosa cuando Philip da un paso hacia ella con la mano levantada.

—Choca esos cinco, cielo.

Chocan las manos mientras Nick y Brian los contemplan incrédulos. Nick está a punto de decir algo más cuando al otro lado del recibidor aparece una figura que empuja la puerta interior.

—¡Dios Santo! —Tara entra corriendo en la habitación y se acerca a su hermana. Le da un abrazo de oso—. Dios Santo, ¡estaba aterrada! ¡Gracias a Dios que estás bien! ¡Gracias a Dios! ¡Gracias a Dios!

April le da golpecitos en la espalda a su hermana.

—Lo siento, Tara, era algo que tenía que hacer.

Tara la suelta, con la cara llena de rabia.

—Te voy a dar una paliza. ¡En serio! Le he dicho a la niña que estabas arriba, ¡porque estaba tan aterrada como yo! ¿Qué querías que hiciera? ¡Ha sido estúpido e irresponsable! ¡Muy propio de ti, April!

—¿Qué coño significa eso? —April acerca la cara a la de su hermana—. ¿Por qué no dices lo que piensas por una vez?

—Zorra asquerosa. —Tara se enciende como si fuera a pegarla, pero Philip se interpone repentinamente entre las dos.

—¡Vale, parad el carro! —Blake le da un golpecito condescendiente a Tara—. Espera un momento. Respira hondo, hermanita. —Philip hace un gesto hacia los petates—. Quiero enseñarte algo. ¿Vale? Tranquilízate un momento.

Se arrodilla y abre los petates para mostrar lo que hay dentro.

Los demás observan el material en silencio. Philip se levanta y mira a Tara a los ojos.

—Esa «zorra asquerosa» nos ha salvado el culo hoy. Hay comida y agua. La zorra asquerosa ha arriesgado su vida sin saber si lo conseguiría. No quería que nadie más corriera peligro. Tendrías que besarle los pies a esa «zorra asquerosa».

Tara aparta la vista de los petates y mira al suelo.

—Estábamos preocupados, eso es todo —dice con una voz débil y baja.

Nick y Brian se arrodillan junto a los petates y examinan los tesoros.

—Philly —interviene Nick—, tengo que admitir que habéis estado increíbles.

—De puta madre —murmura Brian casi en un murmullo, abrumado mientras examina el papel higiénico, la carne seca y los filtros de agua. La atmósfera emocional de la sala empieza a cambiar con la lenta certeza de las nubes que se abren. Aparecen sonrisas en todas las caras.

Pronto incluso Tara lanza miradas de asco al contenido de los petates por encima de las cabezas de los demás.

—¿Hay algún cigarrillo?

—Tres cartones de Marlboro —dice April. Se inclina y saca los cigarrillos—. Que los disfrutes, zorra asquerosa.

Con una sonrisa amable, le lanza los cartones a su hermana.

Todo el mundo se ríe.

Nadie ve la pequeña figura que hay de pie al otro lado de la sala, junto a la puerta interior, hasta que Brian levanta la vista.

—¿Penny? ¿Estás bien, pequeña?

La niña abre la puerta y entra en el recibidor. Todavía lleva el pijama puesto y su pequeña cara sonrosada está cubierta por una máscara de seriedad.

—El hombre de ahí dentro. ¿El señor Chelmarz? Se ha caído.

Encuentran a David Chalmers en el suelo del dormitorio principal, entre restos de pañuelos de papel y medicamentos. Los trozos de cristal roto de una botella de loción para el afeitado brillan como un halo alrededor de su temblorosa cabeza.

—¡Mierda! ¡Papá! —Tara se agacha junto al hombre y le quita el tubo de oxígeno. La cara grisácea de David se ha vuelto del color de la nicotina. El anciano boquea involuntariamente buscando aire, como un pez fuera del agua que intenta respirar en un ambiente venenoso.

—¡Se está ahogando! —April se apresura hacia el otro lado de la cama para mirar la bombona de oxígeno, que está en el suelo, junto a la ventana, con los tubos enredados. El viejo debe de haberla tirado de la mesilla de noche al caer.

—¿Papá? ¿Me oyes? —Tara le da una serie de bofetadas rápidas y suaves a la cara cenicienta del hombre.

—¡Mírale la lengua!

—¿Papá? ¿Papá?

—¡Mírale la lengua, Tara! —April rodea la cama a toda prisa con la bombona de oxígeno y un rollo de tubos en la mano. Mientras lo hace, los demás: Philip, Nick, Brian y Penny, miran desde la puerta. Philip se siente inútil. No sabe si colaborar o quedarse donde está. Las chicas parecen saber lo que hacen.

Tara le abre la boca al viejo con suavidad y le mira la garganta.

—Despejado.

—¿Papá? —April se inclina al otro lado del hombre y le coloca el pequeño aparato respirador bajo la nariz aguileña—. Papá, ¿me oyes?

David Chalmers sigue boqueando en silencio. La parte trasera de la garganta del anciano chasquea dolorosamente, como un disco que salta. Sus párpados, viejos y traslúcidos como las alas de una libélula, empiezan a moverse. Tara le palpa con desesperación la parte trasera del cráneo buscando el rastro de alguna herida.

—No noto que sangre —dice—. ¿Papá?

April le toca la frente.

—Está helado.

—¿El oxígeno funciona?

—A toda potencia.

—¿Papá? —April recoloca delicadamente al anciano para que esté tumbado en posición supina con el tubo de oxígeno sobre el labio superior. Vuelve a darle suaves palmaditas—. ¿Papá? ¿Papá? Papá, ¿nos oyes? ¿Papá?

El viejo tose. Los ojos se le mueven a gran velocidad. Parpadea. Intenta respirar hondo, pero sus inspiraciones superficiales continúan quedándosele clavadas en la garganta. Pone los ojos en blanco y parece estar semiinconsciente.

—Papá, mírame —dice April. Le coge la cara entre las manos con suavidad y se la vuelve hacia ella—. ¿Me ves?

—Vamos a tumbarlo en la cama —sugiere Tara—. Chicos, ¿podéis echarnos una mano?

Philip, Nick y Brian entran en la habitación. Philip y Nick le cogen por un lado y Tara y Brian por el otro. A la de tres, levantan con cuidado al viejo del suelo y lo depositan en la cama. Los muelles gimen y el tubo se enreda en un lado.

Unos segundos después, han liberado el tubo y han tapado al hombre con mantas. Sólo su cara pálida y hundida puede verse por encima de las sábanas. Tiene los ojos cerrados, la boca abierta y respira entrecortadamente. Parece un motor de combustión que se niega a encenderse. Cada pocos minutos, los párpados se estremecen y algo se mueve detrás de ellos; los labios se estiran en una mueca, pero después la cara queda laxa. Sigue respirando... apenas.

Tara y April se sientan una a cada lado de la cama y acarician la silueta desgarbada que hay bajo las mantas. Durante un buen rato nadie dice nada. Pero lo más probable es que todos estén pensando lo mismo.

—¿Habrá sido un infarto? —pregunta Brian en voz baja unos minutos después, sentado junto a las puertas correderas de vidrio.

—No lo sé, no lo sé. —April camina con nerviosismo por el salón mordiéndose las uñas. Los demás están sentados por toda la habitación, mirándola. Tara está al lado de la cama de su padre—. Sin atención médica, ¿qué posibilidades tiene?

—¿Le había pasado algo parecido alguna vez?

—En ocasiones ha tenido dificultades para respirar, pero nunca algo así. —April deja de caminar—. Dios Santo, sabía que llegaría este día. —Se seca los ojos, llenos de lágrimas—. Es su última bombona de oxígeno.

Philip pregunta por la medicación.

—Tenemos su medicación, pero no le servirá de gran cosa. Necesita un médico. El muy tozudo se saltó su última cita, hace alrededor de un mes.

—¿Qué suministros médicos tenemos? —pregunta Philip.

—No lo sé. Lo que había arriba, antihistamínicos y cosas así. —April vuelve a caminar—. Hay botiquines de primeros auxilios. Ya ves. Esto es grave. No sé qué vamos a hacer.

—Mantengamos la calma y pensémoslo bien. —Philip se limpia la boca—. Ahora está tranquilo y descansando, ¿verdad? Tiene las vías respiratorias despejadas. Nunca se sabe, después de algo así... podría recuperarse.

—¿Y si no lo hace? —Ella deja de moverse y lo mira—. ¿Y si no se recupera?

Philip se levanta y se acerca a la mujer.

—Oye, tenemos que tener la cabeza despejada. —Le da un golpecito en el hombro—. Lo controlaremos, ya se nos ocurrirá algo. Es un tipo duro.

—Es un tipo duro que se muere —dice April, y una lágrima solitaria le cruza la cara.

—Eso no lo sabes —repone Philip mientras le limpia la lágrima de la mejilla.

Ella lo mira.

—Buen intento, Philip.

—Venga.

—Buen intento. —Aparta la vista con una expresión tan desolada como una máscara mortuoria—. Buen intento.

Esa noche, las chicas Chalmers hacen guardia junto a la cama de su padre, con una silla a cada lado del lecho y una linterna a pilas que cubre el pálido rostro del hombre con una luz blanca. El apartamento está frío como una nevera. April ve respirar a Tara desde el otro lado de la habitación.

El viejo permanece la mayor parte de la noche sumido en un descanso pétreo. Las mejillas hundidas se le contraen periódicamente en una trabajosa respiración. Los pelos canos de su barba parecen limaduras metálicas que se mueven en un campo magnético, pues ocasionalmente se desplazan con los tics involuntarios de su castigado sistema nervioso. De vez en cuando, los labios secos y agrietados empiezan a funcionarle, impotentes, intentando formar alguna palabra. Pero no consigue expulsar nada más que secas ráfagas de aire.

En algún momento de la madrugada, April nota que su hermana se ha dormido con la cabeza apoyada en el borde de la cama. Coge una manta y la tapa con cuidado. Oye una voz.

—¿Lil?

Sale del viejo. Tiene los ojos cerrados, pero la boca se mueve furiosamente, con una expresión llena de rabia. Lil es el diminutivo de Lillian, la fallecida esposa de David. Hace años que April no oye ese apodo.

—Papá, soy April —susurra mientras le acaricia la mejilla. Él retrocede, con los ojos aún cerrados. La boca se retuerce, arrastra las palabras como si estuviera borracho debido a los daños nerviosos sufridos en un lado de la cara.

—Lil, ¡haz entrar a los perros! ¡Se acerca una tormenta! ¡Una enorme! ¡Del noreste!

—Papá, despierta —susurra April. Las emociones se agolpan en su interior.

—Lil, ¿dónde estás?

—¿Papá?

Silencio.

—¿Papá?

En ese momento Tara vuelve a estar sentada, parpadeando, sorprendida por el sonido de la voz ahogada de su padre.

—¿Qué pasa? —pregunta frotándose los ojos.

—¿Papá?

El silencio continúa, la respiración del viejo se ha vuelto dura y rápida.

—¿Pa...?

La palabra se le queda a April atascada en la garganta cuando ve que algo horrible cruza la cara del viejo. Abre los párpados hasta la mitad, muestra la parte blanca de los ojos, y empieza a hablar con voz alarmantemente clara.

—El diablo tiene planes para nosotros.

A la lúgubre media luz de la linterna, las dos hermanas intercambian miradas aterradas.

La voz que sale de David Chalmers es grave y áspera, como un motor diésel:

—El día del juicio final se acerca... el Impostor camina entre nosotros.

Se queda en silencio, con la cabeza inclinada sobre un lado de la almohada, como si se hubiesen cortado los cables de su cerebro abruptamente.

Tara le comprueba el pulso.

Mira a su hermana.

April mira la cara de su padre. Su expresión es relajada y laxa, una máscara confiada y tranquila de sueño profundo y eterno.

Con la luz de la mañana, Philip se estremece en el saco de dormir sobre el suelo del salón. Se sienta y se frota el cuello dolorido; tiene las articulaciones rígidas a causa del frío. Durante un momento deja que los ojos se le acostumbren a la sombría luz y trata de orientarse. Contempla a Penny en el sofá, cubierta de mantas, profundamente dormida. Ve a Nick y a Brian al otro lado de la habitación, también envueltos en mantas y dormidos. Recuerda por etapas la guardia de la noche anterior: la agónica e inútil lucha por ayudar al anciano y aliviar los miedos de April.

Echa un vistazo al otro lado de la habitación. A través de las sombras del pasillo adyacente, vislumbra la puerta del dormitorio principal en la penumbra. Sigue cerrada.

Philip sale del saco de dormir y se viste rápida y silenciosamente. Se sube los pantalones y se pone las botas. Se pasa los dedos por el pelo y va a la cocina a enjuagarse la boca. Oye un murmullo de voces tras las paredes. Se acerca hasta la puerta de la habitación y escucha. Oye la voz de Tara.

Está rezando.

Philip llama a la puerta con suavidad.

Un momento después, la puerta se abre y aparece April. Da la sensación de que alguien le ha tirado ácido en los ojos. Están tan inyectados en sangre y tan húmedos que parecen heridos.

—Buenos días —dice ella en un susurro.

—¿Cómo está?

A ella le tiemblan los labios.

—No está.

—¿Qué?

—Se ha ido, Philip.

Philip se la queda mirando.

—Vaya... —Traga saliva con dificultad—. Lo siento muchísimo, April.

—Sí, gracias...

Ella empieza a llorar. Tras un extraño momento, una oleada de emociones contradictorias fluye por las entrañas de Philip y éste la abraza. La sujeta y le acaricia la parte trasera de la cabeza. Ella tiembla en sus brazos como una niña perdida. Philip no sabe qué decir. Por encima del hombro de April, observa la habitación.

Tara Chalmers está arrodillada junto al lecho de muerte, rezando en silencio, con la cabeza apoyada en las mantas enmarañadas. Una de sus manos descansa sobre los dedos fríos y nudosos de su fallecido padre. Por algún motivo que Philip no consigue entender, le cuesta mucho apartar la mirada de la mano de la chica que acaricia los dedos sin sangre del muerto.

—No consigo sacarla de ahí. —April está sentada a la mesa de la cocina sorbiendo una taza de té aguado y tibio cocido en una lata de combustible. Tiene los ojos despejados por primera vez desde que salió de la habitación por la mañana—. Pobrecilla, creo que está intentando revivirlo a base de oraciones.

—No tiene nada de malo —repone Philip, sentado frente a ella con un bol de arroz a medio comer delante. No tiene hambre.

—¿Habéis pensado qué queréis hacer? —pregunta Brian desde el otro lado de la cocina. Está de pie junto al fregadero, donde vierte el agua que ha recogido de algunos de los lavabos de arriba en recipientes con filtros.

Les llega el alboroto de Nick y Penny, que juegan a las cartas en la otra habitación.

April mira a Brian.

—¿A qué te refieres?

—Con tu padre... Bueno... para enterrarlo.

April suspira.

—Ya habéis pasado por esto, ¿verdad? —le dice a Philip.

Él mira el arroz que le queda. No tiene ni idea de si está hablando de Bobby Mash o de Sarah Blake, cuyas muertes le contó a April la otra noche.

—Ya lo creo, así es. —La mira—. No importa lo que queráis hacer; os ayudaremos.

—Lo enterraremos, por supuesto. —La voz se le rompe un poco. Mira hacia abajo—. Pero nunca había imaginado hacerlo en un sitio como éste.

—Lo haremos juntos —declara Philip—. Lo haremos bien.

April mira al suelo y le cae una lágrima en el té.

—Odio todo esto.

—Tenemos que seguir unidos —afirma Philip no muy convencido. Lo dice porque no sabe qué más decir.

April se seca los ojos.

—Hay un trozo de tierra atrás, bajo...

Un ruido seco que procede del pasillo la interrumpe y todos vuelven la cabeza.

Se oye un golpe amortiguado seguido de un gran estruendo, el estrépito de muebles que caen.

Philip salta de la silla antes de que los demás se den cuenta de que el ruido sale de detrás de la puerta cerrada del dormitorio principal.

TRECE

Philip abre la puerta de una patada. Hay velas en el suelo. La alfombra arde en algunos puntos. El aire humeante vibra con los gritos. Philip distingue un movimiento desdibujado en la oscuridad y sólo le hace falta un nanosegundo de aliento contenido para darse cuenta de lo que ve entre las sombras.

La cómoda caída, la causante del estrépito que han oído, ha aterrizado a unos centímetros de Tara, que está en el suelo. Se arrastra con instinto animal intentando desesperadamente liberarse de los grilletes de dedos muertos que le cogen las piernas.

«¿Dedos muertos?»

Al principio, durante un instante, Philip piensa que algo ha entrado por la ventana, pero entonces ve la marchita figura de David Chalmers, convertido, tirada en el suelo y sobre las piernas de Tara, clavándole las uñas amarillentas en la carne. La cara hundida del viejo está lívida, es del color del moho y sus ojos están cubiertos de cataratas blancas. Ruge con un gruñido hambriento y gutural.

Tara consigue liberarse, lucha por ponerse en pie, pero entonces choca de costado contra la pared.

En ese momento pasan muchas cosas al mismo tiempo: Philip se da cuenta de lo que ocurre, de que ha dejado el arma en la cocina y de que tiene un tiempo limitado para deshacerse de esa amenaza. Ésa es la clave: el viejo y amable intérprete de mandolina ha desaparecido y esa cosa, esa masa terrible de tejido muerto que se levanta y aúlla con un grito confuso y baboso, es una amenaza. Más que las llamas que lamen la alfombra; más que el humo que ya forma una neblina espantosa en la habitación; esa cosa que se ha materializado dentro de su santuario es la mayor amenaza.

Una amenaza para todos.

En ese mismo momento, antes de que Philip pueda moverse, llegan los demás y se colocan junto a la puerta abierta. April suelta un gañido de angustia; no es un auténtico grito, sino más bien un gemido de dolor, como un animal al que le disparan a las entrañas. Se abre paso hasta la habitación, pero Brian la coge y la sujeta. April se retuerce entre sus brazos.

Todo eso ocurre en un instante, al tiempo que Philip ve el bate.

Con toda la excitación de la noche anterior, April dejó el bate de béisbol de metal autografiado por Hank Aaron en un rincón, junto a la ventana tapiada. Ahora brilla entre las llamas, a unos cinco metros de Philip. No hay tiempo para valorar la distancia o para planear la maniobra mentalmente. Sólo tiene tiempo para correr por la habitación.

Para entonces, Nick ya se ha dado la vuelta y corre por el apartamento en busca de su arma. Brian intenta sacar a April de la habitación, pero la chica es fuerte y está histérica. Ahora grita.

Philip tarda unos segundos en cubrir la distancia entre la puerta y el bate. Pero en ese breve lapso de tiempo, la cosa que antes era David Chalmers vuelve a por Tara. Antes de que la gruesa mujer pueda orientarse y salir de la habitación, el viejo la acorrala.

Unos dedos fríos y grises buscan su garganta con dificultad. Ella choca de nuevo contra la pared, lo golpea con las manos e intenta apartarlo. Las mandíbulas pútridas se abren y un aliento rancio le golpea la cara. Los dientes ennegrecidos se separan. La cosa va a por la curva pálida y carnosa de la yugular.

Tara grita, pero antes de que los incisivos puedan hacer contacto, el bate cae.

Hasta este momento, especialmente para Philip, la acción de deshacerse de un cadáver en movimiento había sido un acto casi mecánico, tan obligatorio como aturdir a un cerdo en el matadero. Pero esto es diferente. Sólo le hacen falta tres golpes secos.

El primero, un duro bastonazo en la región temporal del cráneo de David Chalmers, tensa al zombie y detiene su avance hacia el cuello de Tara. Ésta se desliza hasta el suelo en un paroxismo de lágrimas y mocos.

El segundo golpe alcanza el lateral del cráneo del zombie cuando éste se vuelve involuntariamente hacia su atacante. El acero templado del bate le hunde el hueso parietal y parte de la cavidad nasal y lanza pedazos de materia rosada al aire.

El tercer y último mazazo acaba con el hemisferio derecho del cráneo de la cosa al mismo tiempo que cae al suelo. Suena como una col aplastada por una prensa. El monstruo que antes había sido David Chalmers es ahora una masa húmeda sobre una de las velas caídas; junto a las llamas gotean hilos de baba, sangre y tejidos grises y se extienden por el suelo.

Philip está encima del cadáver, sin aliento, con las manos aún asidas al bate. Casi para poner punto final a ese horror, se empieza a oír un sonido agudo y estridente. Las alarmas de incendio del primer piso, que funcionan a pilas, suenan con fuerza. Philip tarda un segundo en identificar el sonido entre los pitidos de sus oídos. Deja caer el bate manchado de sangre.

Y es entonces cuando nota la diferencia. Esta vez, después de esta muerte, nadie se mueve. April mira desde la puerta. Brian la suelta y él también contempla la escena boquiabierto. Incluso Tara, sentada contra la pared al otro lado de la habitación, llorando de asco y de dolor, está en un estado casi catatónico.

Lo más extraño es que, en lugar de mirar a la masa sanguinolenta del suelo, todos miran a Philip.

A continuación apagan el fuego y limpian la habitación. Envuelven el cuerpo y lo sacan al pasillo, donde estará a salvo hasta el entierro.

Por suerte, Penny ha visto muy poco de la debacle de la habitación. Pero ha oído lo suficiente como para volver a retirarse a su concha muda e invisible.

De hecho, durante un buen rato, nadie tiene mucho que decir y el espeso silencio continúa a lo largo del resto del día.

Las hermanas parecen sumirse en una especie de estupor horrorizado mientras realizan la limpieza; ni siquiera hablan entre ellas. Han llorado hasta quedarse sin lágrimas. Pero no dejan de mirar a Philip y éste siente sus ojos en la nuca como fríos dedos. ¿Qué coño esperaban? ¿Qué querían que hiciera? ¿Dejar que el monstruo se comiera a Tara? ¿Querían que Philip intentara negociar con esa cosa?

Al atardecer del día siguiente, ofrecen un funeral improvisado en un trozo del patio rodeado por una valla de seguridad. Philip insiste en cavar la tumba él solo, rechaza incluso la ayuda de Nick. Tarda horas. La arcilla es tozuda en esta parte del estado de Georgia. Pero a media tarde, Philip está empapado de sudor y listo.

Las hermanas cantan la canción favorita de David, *Will the Circle Be Unbroken*, junto a su tumba y hacen que Nick y Brian rompan a llorar. El sonido es desgarrador, especialmente cuando asciende hasta el cielo azul y se mezcla con el omnipresente coro de gruñidos que proviene de fuera de la valla.

Más tarde se sientan todos en el comedor para compartir el alcohol que han recuperado de uno de los pisos y que guardaban para Dios sabe qué ocasión. Las hermanas Chalmers cuentan historias de su padre, de su niñez, de sus inicios con los Barstow Bluegrass Boys Band y de su época como pinchadiscos en la emisora WBLR de Macon. Comentan su carácter y su generosidad, de lo mucho que gustaba a las mujeres y de su amor por Jesucristo.

Philip las deja hablar y escucha. Le gusta volver a oír sus voces; la tensión del día anterior parece estar relajándose un poco. Quizá todo forme parte del proceso de duelo, o quizá necesitasen aceptarlo.

Esa misma noche Philip está en la cocina solo, rellenando un vaso con las últimas gotas de whisky, cuando entra April.

—Oye... Quería hablar contigo... sobre lo que ha pasado y todo eso.

—Déjalo —dice Philip con la mirada clavada en el líquido color caramelo de su vaso.

—No, debería... Debería haberte dicho algo antes. Supongo que estaba conmocionada.

Él la mira.

—Lamento que ocurriera así, de verdad. Lamento que tuvieras que verlo.

—Hiciste lo que tenías que hacer.

—Te agradezco que me lo digas. —Philip le da una palmadita en el hombro—. Tu padre me cayó bien en seguida, era un gran hombre. Vivió una vida larga y buena.

Ella se muerde la parte interior de la mejilla y Philip nota que está luchando contra la necesidad de llorar.

—Pensaba que estaba preparada para perderlo.

—Nadie está listo nunca.

—Sí, pero de ese modo... Todavía estoy intentando aceptarlo.

Philip asiente.

—Es horrible.

—Es decir... Nadie... No tenemos puntos de referencia para digerir esta mierda.

—Te entiendo.

Ella se mira las manos, que le tiemblan. Quizá el recuerdo de Philip aplastándole el cráneo a su padre siga ahí.

—Supongo qué sólo quería decirte... que no te culpo por lo que hiciste.

—Te lo agradezco.

Ella mira el vaso.

—¿Queda algo más de ese vino barato?

Él encuentra un poco en una de las botellas y se lo sirve. Beben en silencio durante un rato. Philip dice finalmente:

—¿Y tu hermana?

—¿Qué pasa con ella?

—No parece... —Su voz se interrumpe porque no encuentra las palabras adecuadas.

April asiente.

—¿Muy dispuesta a perdonar?

—Algo así.

April sonríe amargamente.

—Sigue guardándome rencor por robarle el dinero de la comida en el colegio de primaria de Clark's Hill.

Durante los días siguientes, la nueva familia sufre con el proceso de duelo de las hermanas Chalmers, que a veces discuten por nada, otras le hacen el vacío a los demás y otras se meten en la habitación para llorar o pensar durante largos períodos de tiempo.

April parece llevar la transición mejor que su hermana. Quita las cosas de su padre, se muda al dormitorio principal y le ofrece a Philip la habitación que usaba hasta entonces. Éste le prepara a Penny una bonita zona con estanterías y algunos libros para colorear que ha encontrado en los pisos de arriba.

La niña se siente muy unida a April. Pasan muchas horas juntas, explorando los pisos superiores, jugando y experimentando diferentes maneras de aprovechar sus escasos víveres con comidas creativas cocinadas sobre botes de combustible, como salteado de carne seca, guiso de melocotones y pasas o sorpresa de verduras en lata, cuya sorpresa, lamentablemente, resultan ser más trocitos de carne seca.

Poco a poco, las hordas de muertos vivientes se alejan de la zona; quedan sólo unos cuantos rezagados, lo que les da a los Blake y a Nick la posibilidad de poner a prueba los límites de sus misiones de reconocimiento a los edificios cercanos. Philip nota que Brian se vuelve más osado y está dispuesto a salir del edificio de vez en cuando para hacer una excursión rápida. Pero es Nick Parsons el que parece estar cogiéndole el gusto a ese lugar.

Nick se prepara una habitación en un estudio de la segunda planta, el 2-F, en el extremo este del pasillo. Ha encontrado libros y revistas en otros pisos y se ha llevado los muebles sobrantes al estudio.

Pasa mucho tiempo en el balcón dibujando las calles cercanas, haciendo mapas de la zona, leyendo la Biblia, cultivando un jardín y pensando mucho en lo que le ha pasado a la raza humana.

También termina su destartalada pasarela entre los dos edificios adyacentes.

El estrecho paso está confeccionado con contrachapado y escaleras unidos con cuerda y cinta adhesiva, y también con bastantes oraciones. Se extiende desde la parte trasera del tejado, cruza un hueco de seis metros por encima de un callejón y se une a la barandilla superior de una escalera de incendios del tejado adyacente.

Completar la pasarela supone un punto de inflexión para Nick. Un día hace acopio de valor, se arriesga a cruzar la desvencijada estructura y, como había previsto, consigue llegar hasta el extremo sureste de la manzana sin salir a la calle. A partir de allí, encuentra la manera de llegar al paso a nivel para peatones del supermercado. Cuando vuelve con los brazos llenos de productos de Dillard's, lo reciben como a un héroe de guerra.

Ha traído caramelos y frutos secos selectos, ropa de abrigo, zapatos nuevos, material de escritorio con relieve, bolígrafos caros, un hornillo de acampada plegable, sábanas de seda y de algodón de la mejor calidad e incluso muñecos de peluche para Penny. Hasta Tara se anima al ver los cigarrillos europeos con envoltorios de colores pastel. Y Nick hace otra cosa en sus escapadas en solitario. Algo que al principio no le cuenta a nadie.

Cuando se cumple una semana de la muerte de David Chalmers, Nick le dice a Philip que lo acompañe en una misión de reconocimiento para poder mostrarle lo que ha estado haciendo. A Philip no le apasiona la idea de cruzar el puente de escaleras. Dice que le preocupa romperlo con su peso, pero lo que realmente le inquieta es su miedo secreto a las alturas. Nick lo convence picándole la curiosidad:

—Tienes que verlo, Philly —le dice entusiasmado en el tejado—. Toda la zona es una mina. De verdad, es perfecto.

A regañadientes, Philip accede y se arrastra por la pasarela a cuatro patas, por detrás de Nick, gruñendo continuamente y aterrado en secreto. No se atreve a mirar abajo.

Llegan al otro lado, saltan de la pasarela, bajan por una escalera de incendios y se meten en el edificio adyacente a través de una ventana abierta.

Nick guía a Philip por los pasillos desiertos de una empresa de contabilidad. El suelo está cubierto de formularios y documentos olvidados, como hojas de árbol caídas.

—Ya no falta mucho —dice Nick. Lleva a Philip por una escalera y atraviesan un recibidor desolado cubierto de muebles caídos.

Blake es muy consciente del eco de sus pasos cuando pisan restos y escombros. Nota los puntos ciegos y los espacios vacíos en su plexo solar, oye todos los crujidos y movimientos como si algo fuese a saltarles encima en cualquier momento. Tiene la mano sobre la culata de la 22 que lleva en los vaqueros.

—Por aquí, junto al aparcamiento —informa Nick mientras señala una habitación al final del recibidor.

Giran un recodo. Pasan junto a una máquina expendedora tirada. Suben un tramo corto de escaleras. Cruzan una puerta metálica sin marcas y, de repente, casi sin previo aviso, el mundo se abre ante Philip.

—Virgen Santa. —Philip está maravillado mientras sigue a su amigo por el paso a nivel para peatones. La pasarela cerrada está mugrienta, llena de basura y apesta a orina. Los gruesos muros de plexiglás reforzado están tan cubiertos de suciedad que distorsionan el paisaje que los rodea. Pero la vista es espectacular. La pasarela está llena de luz y parece que se vean kilómetros de distancia.

Nick hace una pausa.

—Es genial, ¿verdad?

—Totalmente alucinante. —Diez metros por encima de la calle, con el viento azotando la estructura, Philip mira hacia abajo y ve a los zombies deambulando por debajo como peces exóticos bajo un barco con fondo de cristal—. Si no fuera por esos hijos de puta asquerosos, se lo mostraría a Penny.

—Eso es lo que quiero enseñarte. —Nick camina hasta la parte sur de la pasarela—. ¿Ves ese autobús? ¿Media manzana más abajo?

Philip lo ve. En la cuneta hay un enorme autobús MARTA plateado.

Nick dice:

—Mira encima de la puerta delantera del autobús, junto al espejo, a la derecha. ¿Ves la marca?

Por supuesto, Philip ve un símbolo escrito a mano sobre la entrada de pasajeros, una estrella de cinco puntas garabateada rápidamente con pintura roja en aerosol.

—¿Qué estoy mirando?

—Es una zona segura.

—¿Una qué?

—He estado moviéndome hasta esa calle y de vuelta hasta aquí —dice Nick con el orgullo inocente de un niño que le muestra a su padre una maqueta realizada con una caja de jabón—. Ahí hay una peluquería, completamente limpia, tan segura como un banco, con la puerta abierta. —Señala la misma calle, más allá—. Hay un semitráiler vacío más arriba, en buena forma, ahí parado con una buena... ¿cómo se llama? ¿Puerta de acordeón? En la parte trasera.

—¿Qué significa esto, Nicky?

—Zonas seguras. Zonas en las que te puedes esconder. Por si vas a buscar material y te metes en un lío o lo que sea. Las estoy encontrando cada vez más lejos. Les pongo marcas para que las reconozcamos. Hay toda clase de espacios y huecos, es increíble.

Philip lo mira.

—¿Has estado yendo hasta el final de la calle solo?

—Sí, bueno...

—Joder, Nick. No deberías ir por ahí tú solo, sin refuerzos.

—Philly.

—No, no... No me vengas con «Philly», tío. Te lo digo en serio. Quiero que tengas más cuidado. ¿Lo entiendes? Te lo digo de verdad.

—Vale, vale. Tienes razón. —Nick le da un golpecito en el brazo a Philip, con buen humor—. Te entiendo.

—Bien.

—Pero tienes que admitir que este sitio es una caña, teniendo en cuenta nuestra situación.

Philip se encoge de hombros y mira a través del sucio cristal a los peces caníbales que nadan en círculos.

—Sí, supongo.

—Podría ser mucho peor, Philly. No estamos en los edificios más altos, por aquí todo es lo bastante bajo como para que puedas ver por dónde te mueves. Tenemos mucho espacio para separarnos en el bloque de pisos, contamos con tiendas con suministros a las que podemos ir andando. Incluso creo que podríamos encontrar un generador en algún sitio. Quizá podríamos hacerle el puente a un coche para arrancarlo. Podríamos quedarnos aquí, Philly... no sé... durante mucho tiempo. —Piensa un poco más en ello—. Indefinidamente, ¿sabes?

Philip contempla a través del cristal mugriento la metrópoli de edificios vacíos y los monstruos harapientos que entran y salen de su campo de visión.

—Todo es indefinido ahora mismo, Nicky.

Esa noche el resfriado de Brian vuelve. El tiempo está tornándose más frío y húmedo cada día y le está pasando factura al sistema inmunológico de Brian. Al anochecer el piso está congelado. Por la mañana es un cubito. El suelo es como una pista de patinaje bajo sus calcetines. Ha empezado a usar tres capas de jerséis y una bufanda de lana que Nick le ha conseguido en Dillard's. Con sus mitones, su mata de pelo negro y rebelde y sus ojos hundidos a lo Edgar Allan Poe, Brian está empezando a parecer un niño abandonado de una novela de Charles Dickens.

—Creo que este sitio es muy bueno para Penny —le dice a Philip esa noche en un balcón del segundo piso. Los hermanos Blake se están tomando una copa después de la cena: más vino barato, y mirando el desolado horizonte. El aire fresco de la noche les enreda el pelo y el hedor de los zombies queda enmascarado bajo el aroma de la lluvia.

Brian observa las siluetas distantes de los edificios oscuros como si estuviera en trance. Para alguien que vive en Estados Unidos en el siglo XXI, es casi incomprensible ver una gran metrópoli a oscuras por completo. Pero eso es exactamente lo que ven los Blake: un horizonte tan muerto y negro que parece una cadena montañosa en una noche sin luna. A cada momento, Brian cree ver el débil brillo de una fogata o una luz que parpadea en el vacío negro. Pero podría ser sólo su imaginación.

—Creo que es esa chica, April, la que le está haciendo bien a Penny —dice Philip.

—Sí, es muy buena con ella. —Brian también le está cogiendo cariño a April y se ha dado cuenta de que es posible que Philip esté colado por ella. Nada haría más feliz a Brian que el que su hermano encontrara un poco de paz en este momento, un poco de estabilidad con una novia.

—Pero la otra es una roca, ¿verdad? —dice Philip.

—¿Tara? Sí. No es la alegría de la huerta.

Durante los últimos días, Brian ha estado evitando a Tara Chalmers. Es una úlcera andante: siempre irritable, paranoica, todavía muerta de dolor por su padre. Pero Brian cree que al final conseguirá salir de todo eso. Parece una buena persona.

—No se da cuenta de que le salvé la vida, joder —se queja Philip.

Brian suelta una serie de toses secas. Entonces dice:

—Quería hablarte de eso.

Philip lo mira.

—¿De qué?

—Del viejo que se convirtió. —Brian mide las palabras. Sabe que no es el único al que le preocupa el asunto. Desde que David Chalmers volviera de entre los muertos e intentara devorar a su hija mayor, Brian ha estado pensando en ese fenómeno y en las implicaciones de lo ocurrido, en las reglas de este nuevo mundo salvaje y quizá incluso en el pronóstico para toda la raza humana—. Piénsalo, Philip. No lo mordieron. ¿Verdad?

—No lo mordieron.

—¿Y por qué se transformó?

Durante un momento, Philip mira a su hermano y la oscuridad parece expandirse a su alrededor. Da la sensación de que la ciudad se extiende hasta el infinito, como el paisaje de un sueño. Brian nota que se le pone la piel de gallina en los brazos, como si haber pronunciado esas palabras en voz alta hubiese liberado a un genio malévolo de una botella. Y nunca podrán volver a meterlo en ella.

Philip sorbe su vino. En la oscuridad, su expresión es sombría y dura.

—Joder, no lo sabemos. Quizá algo lo infectara antes, tal vez tuviese tanto contacto con todo eso que empezase a invadirle el cuerpo. De todas formas, el viejo esperaba el último tren.

—Si eso es verdad, todos estamos...

—Eh, profesor. Déjalo. Estamos todos sanos y la cosa va a seguir igual.

—Ya lo sé. Pero digo... que quizá deberíamos empezar a tomar más precauciones.

—¿Qué precauciones? Aquí tengo las precauciones. —Toca la culata de la Ruger 22 que lleva metida en el cinturón.

—Me refiero a lavarnos mejor, a esterilizar las cosas.

—¿Con qué?

Brian suspira y mira el cielo nocturno, una cúpula de neblina oscura como la lana negra. Las lluvias de otoño se están fraguando.

—Tenemos agua arriba, en los lavabos —dice—. Tenemos filtros y propano, y acceso a productos de limpieza calle abajo: jabones, limpiadores y esas cosas.

—Ya estamos filtrando el agua, campeón.

—Sí, pero...

—Y nos lavamos con esa cosa que encontró Nicky. —«Esa cosa» es una ducha de acampada que su amigo encontró en la sección de deportes de Dillard's. Es del tamaño de una neverita pequeña, tiene un depósito plegable de veinte litros y una manguera de ducha que funciona con una bomba a pilas. Desde hace cinco días disfrutan del lujo periódico de una breve ducha, aunque reciclan el agua todo lo posible.

—Ya lo sé, sí... pero puede que sea mejor exagerar un poco ahora con la limpieza. Eso es todo. Hasta que sepamos más cosas.

Philip lo mira fijamente.

—¿Y si no hay nada más que saber?

Brian no tiene respuesta para eso.

La única contestación llega desde la ciudad, que zumba amenazadora con un golpe de viento hediondo y un enorme y silencioso «Os jodéis».

Tal vez sea la alarmante mezcla de ingredientes poco apetecibles perpetrada esa noche por April y Penny para cenar —una mezcla de espárragos en lata, carne enlatada y patatas fritas cocida sobre una llama de propano— lo que se agarra como una ancla a la boca del estómago de Philip. O quizá sea el efecto de todo el estrés, la rabia y el insomnio acumulados. O puede que sea la conversación que ha mantenido con su hermano en el balcón. No importa el motivo, pero tras echarse a dormir y caer en un sueño intranquilo, Philip Blake tiene una pesadilla detallada y escabrosa.

Sueña en su nueva habitación privada, el ex dormitorio de April, que debió de ser en algún momento el despacho de alguien, ya que, al vaciar las posesiones de los propietarios, Philip y April encontraron formularios de pedido de cosméticos y muestras de maquillaje. Pero ahora, tumbado en la cama doble colocada junto a la pared, Philip se retuerce en su semiinconsciencia entrando y saliendo de un espectáculo horrendo. Es uno de esos sueños sin forma. No tiene principio, ni mitad, ni final. Se desplaza incansablemente dando vueltas en un surco de terror circular.

Está otra vez en la casa de su infancia, en Waynesboro, en la pequeña y vieja cabaña de la calle Farrell, en el dormitorio que compartía con Brian. Philip no es un niño en el sueño, es un adulto, y de algún modo la plaga ha viajado en el tiempo hasta los años setenta. La pesadilla es tan vívida que es casi en tres dimensiones. Ahí está el papel de la pared verde y rosa, y también los pósters de Iron Maiden y el viejo escritorio escolar. Brian está en algún lugar de la casa, invisible, gritando, y Penny también chilla, en una habitación adyacente, llorando y llamando a su padre. Philip corre por los pasillos, que son un laberinto interminable. El yeso se agrieta. La horda de zombies está fuera, luchando por entrar. Las ventanas tapiadas tiemblan. Philip tiene un martillo e intenta cerrar las ventanas con clavos, pero a la herramienta se le cae la cabeza. Ruidos de golpes. Philip ve una puerta que se abre un poco y corre hacia ella. Se queda con el pomo en la mano. Busca armas en los cajones y en los armarios, pero los frontales de los muebles se caen. Cae yeso del techo y él abre un agujero en el suelo con la bota. Las paredes se vienen abajo y el linóleo se comba. Las ventanas caen de sus marcos y Philip no para de oír la voz desesperada y chillona de Penny, que lo llama:

—¡Papá!

Unos brazos esqueléticos entran por los agujeros de las ventanas y los dedos ennegrecidos son como garfios que buscan a tientas.

—¿Papá?

Unos cráneos blancos emergen del suelo como espantosos periscopios.

—¡Papá!

Philip suelta un grito silencioso a la vez que el sueño se rompe en pedazos, como una vidriera.

CATORCE

Philip da un grito ahogado y se despierta del susto. Se incorpora en la cama, y parpadea y guiña los ojos bajo la pálida luz de la mañana. Hay alguien al pie de su cama. No. Dos personas. Ahora las ve. Una alta y otra baja.

—A los buenos días —dice April con la mano alrededor de los hombros de Penny.

—Joder. —Philip se apoya contra el cabecero. Lleva una camiseta y unos pantalones de chándal—. ¿Qué hora es?

—Casi es mediodía.

—La madre de Dios —murmura Philip mientras trata de orientarse. Su silueta nudosa está completamente empapada de sudor frío. Le duele el cuello y la boca le sabe a basura—. No me lo creo.

—Tenemos que enseñarte algo, papá —le dice la niña con los ojos encendidos de entusiasmo. Ver a su hija tan feliz le supone una oleada de alivio que le ayudan a deshacerse de los restos del sueño que pululan por su cerebro enfebrecido.

Se levanta y se viste mientras les dice a ambas que se tranquilicen:

—Dejadme un momento para adecentarme —dice con un gruñido áspero y reseco a causa del whisky, al tiempo que se pasa los dedos por el pelo grasiento.

Lo llevan al tejado. Cuando salen por la puerta de incendios y los reciben el aire fresco y la claridad, Philip recula ante el resplandor. Pese a que el día está nublado y oscuro, él tiene resaca y la luz hace que le vibren los globos oculares. Bizquea mirando hacia el cielo y ve las amenazadoras nubes de tormenta que se agitan y enturbian la zona desde el norte.

—Parece que va a llover —declara.

—Eso está bien —dice April guiñándole un ojo a Penny—. Enséñaselo, cariño.

La pequeña coge la mano de su padre y lo lleva al otro lado del tejado.

—Mira, papá, April y yo hemos hecho un jardín para plantar cosas.

Le muestra un macetero improvisado en el centro del tejado. Philip tarda un momento en darse cuenta de que el jardín está construido a base de carretillas a las que les han quitado las cuatro ruedas para unir las cajas con cinta adhesiva. Hay una capa de quince centímetros de tierra en cada una de las cuatro cavidades y ya han trasplantado a cada contenedor algunos brotes verdes no identificados.

—Esto está muy bien —dice dándole un abrazo a la niña. Mira a April—. Pero que muy bien.

—Ha sido idea de Penny —dice ella con una pequeña llama de orgullo en los ojos. Señala una fila de cubos—. También vamos a recoger la lluvia.

Philip observa embelesado la preciosa y ligeramente magullada cara de April Chalmers, sus ojos del color de la espuma del mar y su cabello rubio ceniciento que descansa sobre el cuello de un enorme jersey trenzado. No puede quitarle los ojos de encima. E incluso mientras Penny empieza a hablar con alegría de todas las cosas que quiere plantar —«plantas de algodón de azúcar, arbustos de chicle»—, Philip no puede evitar extrapolarlo todo: la manera en que April se arrodilla junto a la niña y la escucha con atención con una mano sobre su espalda; el afecto que refleja el rostro de la mujer; la buena relación entre las dos; esa sensación de conexión... Todo sugiere algo más profundo que la mera supervivencia.

Philip apenas puede permitirse pensar en esa palabra, pero aun así surge en ese momento, en ese precipicio ventoso, de repente: «Familia».

—¡Perdonad!

La voz brusca proviene de la puerta de incendios que tienen detrás, al otro lado del tejado. Philip se da la vuelta. Ve a Tara junto a la puerta abierta, con su vestido manchado y una de sus malhumoradas expresiones. Sujeta un cubo. Su rostro de mandíbulas pronunciadas y ojos pintados parece más seco y hosco de lo normal.

—¿Sería pedir demasiado que me ayudarais un poco?

April se levanta y se vuelve.

—Te he dicho que te ayudaba en seguida.

Philip ve que Tara ha estado recogiendo agua de los lavabos. Piensa en interceder, pero decide no hacerlo.

—Sí, hace media hora —repone Tara—. Entretanto, he estado recogiendo agua mientras vosotros charlabais aquí, en Barrio Sésamo.

—Tara... tranquilízate —le dice April con un suspiro—. Déjame un momento, en seguida voy.

—Vale, ¡como quieras! —Su hermana se da la vuelta, enfurruñada, y se mete con rabia en la escalera interior dejando tras de sí la triste vibración del desprecio.

April baja la mirada.

—Lo siento, todavía intenta superar... bueno... cosas.

Por la desanimada expresión de la cara de April, está claro que enumerar la letanía de lo que fastidia a su hermana le supondría gastar demasiada energía. Philip no es tonto. Sabe que es complicado y que tiene algo que ver con los celos y la rivalidad entre hermanas. Y quizá también con el hecho que April parezca estar pasando su duelo con una persona que no es Tara.

—No hace falta que te disculpes —le dice Philip—. Pero hay algo que quiero que sepas.

—¿Qué?

—Quiero que sepas que te estoy muy agradecido por tu manera de tratar a mi hija.

April sonríe.

—Es una niña estupenda.

—Ya lo creo que lo es... Y tú tampoco estás mal.

—Vaya, gracias. —Se inclina y le da un beso a Philip en la mejilla. Nada importante, un besito rápido. Pero le causa un gran impacto—. Ahora tengo que irme antes de que mi hermana me mate.

April se marcha y deja a Philip petrificado, tambaleándose con el viento.

Para lo que son los besos, no ha sido nada especial. La fallecida mujer de Philip, Sarah, era una besadora de élite. Durante los años transcurridos desde la muerte de Sarah, Philip ha conocido a prostitutas que le han dado más en ese terreno. Incluso las putas tienen sentimientos y Philip solía preguntarles al principio de la sesión si les importaría mucho que les diese algunos besos para completar la experiencia, para fingir que había amor. Pero ese pequeño gesto de April es más como un entrante, un indicio de lo que está por llegar. Philip no cree que haya sido una provocación. Pero tampoco considera que haya sido la clase de arrumaco platónico que una hermana le hace a su hermano. Se encuentra en ese limbo irresistible que hay entre dos extremos. Es, en opinión de Philip, una llamada a la puerta, una prueba para ver si hay alguien en casa.

Esa tarde, Philip espera que llueva, pero no lo hace. Ya están más o menos a mediados de octubre —no tiene ni idea de qué día es—, así que todo el mundo espera las lluvias torrenciales que suelen arrasar el centro de Georgia en esta época, sin embargo hay algo que las mantiene a raya. La temperatura cae y el aire tiembla con una humedad latente, pero la lluvia sigue sin llegar. Quizá la sequía tenga algo que ver con la plaga. Pero por el motivo que sea, el cielo agitado, con su barriga oscura de nubes de tormenta, parece reflejar la tensión extraña e inexplicable que crece dentro de Philip.

Ese mismo día, más tarde, le pide a April que lo acompañe a hacer una rápida excursión calle abajo.

Le cuesta un poco convencerla, a pesar de que el cociente de zombies ha bajado mucho desde la última vez que salieron. Philip le dice a April que necesita ayuda para examinar las calles adyacentes en busca de una gran superficie de bricolaje donde pueda haber algún generador. Cada vez hace más frío, especialmente por la noche, y pronto necesitarán electricidad para poder sobrevivir. Le dice que le hace falta alguien que conozca la zona.

Asimismo, le comenta que quiere enseñarle las rutas seguras que Nick ha estado marcando. Su amigo se ofrece a acompañarlos, pero Philip le dice que sería mejor que se quedase con Brian y vigilase la casa.

April está dispuesta y se ve capaz, pero duda un poco de la pasarela casera y desvencijada. ¿Y si empieza a llover mientras están en la escalera? Philip le asegura que será pan comido, especialmente para una persona pequeña como ella.

Se ponen las chaquetas y preparan las armas. Esta vez April coge uno de los Marlin. Se disponen a salir. Tara bulle de rabia mientras los mira, asqueada ante lo que llama «una pérdida de tiempo estúpida, peligrosa, inmadura e idiota». Philip y April la ignoran educadamente.

—¡No mires abajo!

Philip está a la mitad del improvisado puente-escalera sobre el callejón trasero. April va tres metros más atrás, sujetándose con todas sus fuerzas. Él la mira por encima del hombro y sonríe para sí. La chica los tiene bien puestos.

—Estoy bien —asegura ella mientras se arrastra con los nudillos blancos y la mandíbula apretada. El viento le agita el pelo. Diez metros por debajo de ellos un par de cadáveres móviles miran como imbéciles a su alrededor en busca del origen de las voces.

—Ya casi estás —le dice Philip al llegar al otro lado.

April recorre los últimos seis metros. Él la ayuda a bajar hasta el rellano de la escalera de incendios. La reja de hierro gime bajo su peso.

Encuentran la ventana abierta y se meten en la que fuera la sede de Contabilidad y Fincas Stevenson e Hijos. Los pasillos de la oficina están más oscuros y fríos que la última vez que Philip los recorrió. El frente tormentoso ha llevado el anochecer a la zona más pronto de lo normal.

Caminan por los pasillos vacíos.

—No te preocupes —la tranquiliza Philip mientras pisan los escombros y los formularios de impuestos arrugados—. Este lugar es todo lo seguro que lo puede ser cualquier sitio en este momento.

—Eso no me da mucha confianza —repone ella al tiempo que acaricia la escopeta y toca el percutor, nerviosa.

Vestida con unos vaqueros raídos y un forro polar, April se ha envuelto los brazos y la parte inferior de las piernas con cinta de embalar. Nadie más lo hace. Philip le preguntó una vez por qué lo hacía y ella le explicó que vio en televisión a un adiestrador de animales que lo hacía: un último recurso de defensa para evitar que una mordedura rompa la piel.

Cruzan el recibidor y encuentran la escalera de acceso junto a las máquinas expendedoras estropeadas.

—Vas a alucinar —le dice Philip mientras la conduce por el último tramo de escaleras hasta la puerta sin marcar. Hace una pausa antes de abrirla—. ¿Recuerdas al capitán Nemo?

—¿A quién?

—¿La peli *Veinte mil leguas de viaje submarino*? ¿El viejo capitán chiflado que tocaba el órgano en un submarino mientras los calamares gigantes nadaban ante unas ventanas enormes?

—No la he visto.

Philip le sonríe.

—Pues estás a punto de hacerlo.

Lo último que espera April Chalmers es que algo que no sea una violencia extrema pueda dejarla sin aliento, pero eso es lo que ocurre cuando sigue a Philip a través de la puerta sin marcar hasta el paso a nivel para peatones. Se detiene en el umbral y se queda mirando.

Ya ha estado antes en alguna de esas pasarelas urbanas, quizá incluso en esa misma, pero de algún modo, esta noche, con la luz y el ambiente tenue y la vista que se extiende ante ella, diez metros por encima de la intersección y la unión con la segunda planta de Dillard's, le parece algo casi milagroso. A través del techo de cristal, venas de rayos tiemblan y parten las nubes de tormenta. A través de las paredes transparentes, las sombras oscuras de la ciudad hierven con zombies que deambulan. Atlanta parece un enorme juego de mesa en un desorden caótico.

—Ya veo qué quieres decir —comenta ella. La voz le sale en un murmullo, mientras lo asimila todo. Siente una extraña mezcla de emociones: vértigo, miedo, entusiasmo.

Philip se coloca en el centro del puente y se detiene junto a una pared para quitarse las correas del petate. Señala el sur con la cabeza.

—Quiero que veas algo —dice—. Ven.

Ella se acerca y deja su escopeta y su mochila apoyadas contra el muro de vidrio.

Philip señala las marcas en los vehículos abandonados y las puertas que Nick Parsons ha dibujado. Le explica la teoría de las «zonas seguras» y le cuenta lo astuto que se ha vuelto Nick.

—Creo que se le ha ocurrido algo muy bueno —concluye Philip.

April está de acuerdo.

—Podríamos usar esos escondites cuando busquemos ese generador del que tanto se habla.

—Exactamente, pequeña.

—Nick es un buen tipo.

—Es verdad.

La oscuridad invade y cubre la ciudad, y entre las sombras azuladas del pasaje, a April la cara ajada de Philip le parece más curtida de lo normal. Con su negro bigote de Fu-Manchú y los ojos oscuros rodeados de arrugas, a April le recuerda a un cruce entre un joven Clint Eastwood y... ¿quién? ¿Su padre cuando era joven? ¿Es por eso por lo que siente punzadas de atracción hacia el enorme y larguirucho sureño? ¿Es tan imbécil como para sentirse atraída por un hombre sólo porque se parece mucho a su padre? ¿O tiene ese penoso amor infantil algo que ver con el estrés de luchar por sobrevivir en un mundo súbitamente condenado a la extinción? Es el hombre que le abrió el cráneo a su padre, por el amor de Dios. Aunque quizá eso sea injusto. Aquél no era David Chalmers. El espíritu de su padre se había marchado volando, como dice la canción. Su alma se había ido mucho antes de que saliera de la cama e intentara comerse a su hija mayor.

—Tengo que decirte algo —dice Philip mientras mira las decrépitas figuras que deambulan por las calles buscando restos como perros abandonados—. Si arreglamos algunas cosas, podríamos quedarnos en ese piso durante mucho tiempo.

—Creo que tienes razón. Sólo tenemos que pensar cómo meterle Valium en los cereales a Tara.

Philip se ríe, con una carcajada franca y limpia, que le muestra a April una cara de él que todavía no había visto. Él la mira.

—Tenemos una oportunidad, podemos hacer que funcione. Podemos hacer más que sobrevivir. Y no hablo únicamente de conseguir un generador.

April lo mira a los ojos:

—¿Qué quieres decir?

Él se vuelve hacia ella.

—He conocido a muchas chicas, pero nunca a una como tú. Dura como la roca... pero ¿y la ternura que le demuestras a mi hija? Nunca había visto a Penny cogerle a nadie tanto cariño como a ti. Maldita sea, nos salvaste el culo al sacarnos de la calle. Eres una mujer muy especial, ¿lo sabías?

De repente, April siente que se ruboriza y tiene escalofríos. El estómago se le afloja y se da cuenta de que Philip la mira de una manera nueva. Sus ojos brillan de emoción. Ahora sabe que él ha estado pensando lo mismo que ella. Baja la vista, avergonzada.

—Debes de tener muy bajo el listón —murmura.

Él alarga una mano grande y callosa y la pone suavemente sobre la curva de la mandíbula de April.

—Tengo el listón más alto que nadie que conozca.

Un trueno retumba fuera del cristal y hace temblar el puente. April se lleva un buen susto.

Philip la besa en los labios.

Ella retrocede.

—No lo sé, Philip... Bueno... No sé si esto... Ya sabes.

April lo piensa dos, tres y cuatro veces durante un solo segundo. Si lleva ese momento a otro nivel, ¿qué pasará con Tara? ¿Cómo fastidiará la dinámica del apartamento? ¿Cómo complicará las cosas? ¿Cómo afectará a su seguridad, a sus posibilidades de supervivencia, a su futuro, si es que lo tienen?

La expresión de Philip la devuelve a la realidad; la mira con los ojos casi empañados de emoción y la boca abierta por el deseo.

Se inclina y la vuelve a besar, y esta vez ella lo rodea con los brazos y le devuelve el beso. Ni siquiera se da cuenta de que las gotas de agua empiezan a rebotar sobre el cristal que tienen encima.

Nota que su cuerpo se relaja entre los fuertes brazos de Philip. Sus labios se separan y la electricidad fluye a través de April mientras se exploran con la lengua. El sabor del café y del chicle de menta y el olor almizclado de Philip llenan sus sentidos. Se le endurecen los pezones por debajo del jersey.

El destello azul de un rayo convierte el atardecer en plateada luz del día.

April pierde el control de sí misma. Pierde el control de todo. La cabeza le da vueltas. No se percata de que la lluvia golpea contra el techo de cristal. Ni siquiera se da cuenta de que Philip se agacha y la arrastra delicadamente con él hacia el suelo de la pasarela. Sus labios están enganchados, moviéndose con sensualidad. Las enormes manos de Philip le acarician los pechos. La apoya con cuidado contra la pared de cristal y, antes de que April sepa lo que está pasando, se coloca encima de ella.

La tormenta descarga toda su furia. La abundante lluvia tamborilea sobre el techo. Los truenos resuenan y los rayos crujen y brillan como electricidad estática en el aire ansioso mientras Philip le sube el jersey a April y deja al descubierto el sujetador a la luz azul.

Sus nudosos dedos luchan por abrir los cierres del sujetador. Se oye otro trueno. April siente la urgencia de la erección de Philip hurgando entre sus piernas. Brilla un rayo. La joven tiene los vaqueros bajados hasta la mitad de las piernas y los pechos al descubierto.

La punta de una uña le araña la barriga y de repente, como si un interruptor se encendiera dentro de ella acompañado por la descarga de un trueno, piensa: «Espera».

¡Bum!

«¡¡Espera!!»

Una ola de deseo arrastra a Philip Blake por su caudalosa corriente.

Apenas oye la voz de April, que le llega desde muy lejos y le dice: «Para, espera, aguanta. Oye, oye, esto es demasiado, no estoy preparada. Por favor, por favor, para ya, para». El cerebro de Philip no registra nada de eso mientras se zambulle en el deseo y la pasión, el dolor y la soledad, y una necesidad desesperada de sentir algo, porque ahora todo su ser está conectado a su entrepierna, todas sus emociones acumuladas corren por su cuerpo.

—¡Dios Santo, te estoy pidiendo que pares! —suplica la voz lejana mientras el cuerpo de April se pone rígido.

Philip monta a la mujer que se retuerce debajo de él como si volara sobre un conducto de ruido blanco. Sabe que ella lo desea en secreto, lo quiere pese a lo que dice. Así que sigue lanzándose dentro de ella una y otra vez, con grandes destellos brillantes de rayos y energía pura, llenándola, haciéndose con ella, alimentándola, transformándola, hasta que April se abandona debajo de él, laxa y silenciosa.

La suave y blanca explosión de placer revienta como un cohete lanzado dentro de Philip.

Se aparta de ella y se queda a su lado mirando directamente a la lluvia, momentáneamente ajeno a las almas sombrías y profanadas que tienen diez metros más abajo, capturadas a la luz repentina de los relámpagos como figuras monstruosas en una película muda.

Philip interpreta el silencio de April como una señal de que quizá, sólo quizá, todo esté bien. Cuando la tormenta se convierte en un diluvio constante, como un rugido ahogado de motor que llena la pasarela, los dos se ponen la ropa y se quedan tumbados el uno junto al otro durante un buen rato, sin decir nada, contemplando las constantes cortinas de lluvia que chocan contra el techo de cristal.

Philip está conmocionado, con el corazón acelerado y la piel pegajosa y fría. Se siente como un espejo roto, como una astilla de su propia alma que se hubiese fracturado y reflejara la cara de un monstruo. ¿Qué acaba de hacer? Sabe que ha hecho algo malo. Pero casi le parece que lo haya hecho otra persona.

—Me he dejado llevar un poco —declara finalmente tras muchos minutos de horrible silencio. Ella no dice nada. Él la mira y le ve la cara en la oscuridad; refleja las sombras líquidas de la lluvia que cae por los costados de la pasarela de cristal. Parece semiinconsciente. Como si soñara despierta.

»Lo siento —se disculpa, y las palabras suenan metálicas y huecas en sus propios oídos. La vuelve a mirar, intentando calibrar su humor—. ¿Estás bien?

—Sí.

—¿Seguro?

—Sí.

Su voz suena mecánica, sin ningún matiz, apenas audible por encima del ruido de la lluvia. Philip está a punto de añadir algo cuando un trueno interrumpe sus pensamientos. El rugido reverbera en el marco de hierro de la pasarela, una vibración tremenda que hace que Philip se encoja.

—¿April?

—Sí.

—Tenemos que volver.

El viaje de vuelta lo hacen envueltos en el silencio. Philip va unos cuantos pasos por detrás de April por el recibidor desierto, cuando suben la escalera y por los pasillos vacíos llenos de basura. De vez en cuando, piensa en decir algo, pero no lo hace. Cree que probablemente sea mejor dejarlo por el momento. Que April lo asimile. Cualquier cosa que él diga podría empeorar las cosas. Ella camina por delante, con el rifle sobre el hombro, como un soldado cansado que vuelve de una patrulla dura. Llegan al piso superior de la empresa de contabilidad y encuentran la ventana abierta; la lluvia entra por el cristal roto. Sólo se dicen algunas palabras —«Tú primero» y «Cuidado»— mientras Philip la ayuda a subir y a cruzar la escalera de incendios azotada por la lluvia. El viento y el agua que caen sobre ellos mientras se arrastran por la pasarela improvisada casi le sientan bien a Philip. Lo sostienen, lo despiertan y le dan la esperanza de, tal vez, poder reparar el daño que le ha hecho esta noche a esa mujer.

Cuando vuelven al piso, ambos empapados hasta los huesos, agotados y aturdidos, Philip está seguro de que podrá arreglarlo.

Brian está en el dormitorio con Penny, acostándola en su camita. Nick está en el salón, trabajando en su mapa de zonas seguras.

—Eh, ¿qué tal ha ido? —pregunta levantando la vista de sus documentos—. Parecéis ratas mojadas. ¿Habéis encontrado alguna tienda de bricolaje?

—Esta vez no —contesta Philip antes de dirigirse hacia la habitación sin pararse siquiera a quitarse los zapatos.

April no dice nada, ni siquiera mira a Nick mientras camina hacia el pasillo.

—Miraos —dice Tara cuando sale de la cocina con expresión hosca y un cigarrillo encendido colgado de la comisura de los labios—. Lo que me esperaba, ¡una gilipollez de excursión!

Se queda ahí, con las manos en las caderas, al tiempo que su hermana desaparece sin decir ni una palabra en su habitación del final del pasillo. Tara mira a Philip y después se marcha detrás de su hermana.

—Me voy a dormir —le dice éste a Nick sin más. Y después se retira a su habitación.

A la mañana siguiente, Philip se despierta antes del amanecer. La lluvia sigue azotando las calles. La oye tamborilear contra la ventana.

La habitación está oscura, fría y húmeda y huele a moho. Se sienta en el borde de la cama durante un buen rato; observa a Penny, que duerme al otro lado de la habitación, en su camita, con el diminuto cuerpo en posición fetal. Los recuerdos a medio formar de un sueño se aferran al cerebro mareado de Philip, igual que la horrible sensación de no saber dónde terminan las pesadillas y dónde empieza el episodio de la noche anterior con April.

Ojalá hubiera soñado lo ocurrido en la pasarela en lugar de haberlo vivido. Pero la dura e implacable realidad lo golpea en la oscura habitación con una serie de instantáneas que destellan en su cerebro, como si viera a otra persona perpetrando el crimen. Philip deja caer la cabeza e intenta apartar los sentimientos de pavor y culpa de su mente.

Se pasa los dedos por el pelo y se dice que debe tener esperanza. Puede arreglar las cosas con April, encontrar el modo de seguir adelante, de dejarlo todo atrás, pedirle perdón y compensarla.

Mira a Penny dormir.

Durante las dos semanas y media transcurridas desde que la pequeña cuadrilla de Philip se uniese a los Chalmers, éste ha visto cómo su hija ha salido de la concha. Al principio detectó pequeños detalles: que la niña había empezado a tener ganas de preparar sus terribles cenas y que su cara se encendía cuando April entraba en una habitación. Pero con el paso de los días, Penny cada vez está más comunicativa y recuerda cosas de antes de la «transformación», comenta el extraño comportamiento del clima, hace preguntas sobre la «enfermedad». ¿Pueden contagiarse los animales? ¿Se acaba pasando? ¿Se habrá enfadado Dios con ellos?

El pecho de Philip se llena de emoción al contemplar a la niña dormida. Tiene que existir algún modo de conseguir una vida para su hija, de crear una familia, un hogar, incluso en medio de esta pesadilla. Tiene que haber alguna manera.

Durante un instante, Philip imagina una isla desierta y una cabaña escondida en medio de un montón de cocoteros. La plaga está a un millón de años luz. Se imagina a April y a Penny en unos columpios, jugando juntas al lado de un huerto. Se imagina a sí mismo sentado en un porche trasero, sano, bronceado por el sol, mirando feliz cómo las dos mujeres de su vida comparten buenos momentos. Se imagina todo eso mientras contempla cómo duerme su hija.

Se levanta y se acerca a ella; se arrodilla y coloca la mano con ternura sobre su suave cabello. Necesita bañarse. Tiene el pelo apelmazado y grasiento y despide un ligero olor corporal. El tufo alcanza a Philip y le retuerce las entrañas. Los ojos se le llenan de lágrimas. Nunca ha querido a nadie más que a esa niña. Ni siquiera lo que sentía por Sarah, a quien adoraba, se podía comparar con aquello. Su amor por su esposa, como el de cualquier persona casada, era complicado, condicional y fluido. Pero cuando posó por primera vez la mirada sobre su bebé —poco después de que naciera, aún llena de manchas— hacía siete años y medio, aprendió lo que significa amar. Quiere decir tener miedo, ser vulnerable durante el resto de tu vida.

Algo llama la atención de Philip al otro lado de la habitación. La puerta está entornada. Recuerda haberla cerrado antes de meterse en la cama. Lo recuerda claramente. Ahora está abierta unos quince centímetros.

Al principio no le preocupa demasiado. Quizá olvidara cerrarla bien por accidente y se haya abierto sola. O tal vez se haya levantado a mear en mitad de la noche y haya olvidado cerrarla. O puede que Penny haya tenido que hacer pis y la haya dejado abierta. Joder, quizá sea sonámbulo y no lo sepa. Pero mientras se vuelve para seguir mirando a su hija, se da cuenta de otra cosa.

Faltan cosas en la habitación.

El corazón empieza a acelerársele. Dejó la mochila que llevaba cuando llegó hace más de dos semanas en una esquina contra la pared, y ahora no está. Tampoco está su arma. Dejó la pistola del calibre 22 sobre la cómoda con el último cargador a su lado. La munición también ha desaparecido.

Philip se levanta en seguida.

Mira a su alrededor. El lúgubre amanecer está empezando a iluminar el cuarto y la cortina proyecta las gotas de lluvia, los reflejos fantasmagóricos del agua que moja el cristal por fuera. Sus botas no están donde las puso. Las dejó en el suelo, junto a la ventana, y han desaparecido. ¿Quién coño le cogería las botas? Se dice a sí mismo que debe tranquilizarse. Tiene que haber una explicación. No hay motivo para ponerse nervioso. La ausencia del arma es lo que más lo preocupa. Decide enfrentarse a ello paso a paso.

En silencio, con cuidado para no despertar a Penny, cruza la habitación y se desliza por la puerta abierta.

El apartamento está silencioso y quieto. Brian duerme en el salón, en el sofá cama. Philip va hasta la cocina, enciende el horno de propano y se prepara una taza de café instantáneo con el agua de lluvia que quedaba en un cubo. Se salpica la cara con agua fría. Se dice que debe conservar la calma y respirar hondo.

Cuando el café está caliente, coge la taza y recorre el pasillo hasta la habitación de April.

La puerta está abierta.

Mira dentro y ve que el dormitorio está vacío. Se le acelera el pulso.

Una voz dice:

—No está.

Se da la vuelta y se encuentra cara a cara con Tara Chalmers, que sujeta la pistola Ruger con el cañón en alto, apuntando directamente hacia Philip.

QUINCE

—Vale... tranquila, chica. —Philip no se mueve. Se queda ahí, helado, en el pasillo, con la mano vacía levantada y el café en la otra. La estira hacia un lado, como si quisiera ofrecerle la taza a ella—. Sea lo que sea, podemos arreglarlo.

—Ah, ¿sí?—Tara Chalmers lo fulmina con una mirada de rabia de sus ojos pintados—. ¿Eso crees?

—Oye... No sé lo que pasa...

—Lo que pasa —dice ella sin rastro de nervios o miedo— es que estamos cambiando el reparto.

—Tara, no sé qué estás pensando...

—Vamos a dejar las cosas claras. —Su voz es firme y crece de emoción—. Quiero que cierres el puto pico y hagas lo que yo te diga o te volaré la cabeza. No creas que no lo haré.

—Esto no es...

—Deja la taza.

Philip le hace caso y deposita la taza sobre la alfombra lentamente.

—Vale, chica. Lo que tú digas.

—Deja de hablarme así.

—Como quieras.

—Ahora vamos a buscar a tu hermano, a tu amigo y a tu hija.

Philip nota que le sube la adrenalina. No cree que Tara tenga valor para hacerle daño y piensa en intentar quitarle el arma, de la que lo separa una distancia de entre dos y tres metros, pero resiste la tentación. Es mejor ceder en este momento e intentar que hable.

—¿Puedo decir algo?

—¡¡Vamos!!

Su grito repentino rompe la calma y es lo bastante fuerte no sólo para despertar a Penny y a Brian, sino también probablemente para que se haya oído en el segundo piso, donde Nick, que suele levantarse pronto, debe de estar despierto. Philip da un paso hacia ella.

—Si me das la oportunidad de...

La Ruger ladra.

El tiro, quizá a propósito o quizá no, abre una brecha en la pared, a cuarenta y cinco centímetros del hombro izquierdo de Philip. El rugido del arma resuena estruendoso en el espacio reducido del pasillo y a Philip le silban los oídos. Se da cuenta de que un trozo de yeso se le ha enganchado en la mejilla.

Apenas distingue a Tara entre el humo azul de la cordita. No sabe si sonríe o hace una mueca, es difícil de distinguir.

—La próxima te la meto en la cara —le dice—. ¿Te vas a portar bien o qué?

Nick Parsons oye el tiro justo después de abrir la Biblia para su lectura matinal. Sentado en la cama con la espalda apoyada en el cabecero, pega un salto al oír el ruido y la Biblia se le cae de las manos. Estaba abierta por el Apocalipsis de San Juan, capítulo uno, versículo nueve, el momento en el que Juan le dice a la Iglesia: «Yo soy Juan, vuestro hermano y vuestro compañero en el sufrimiento, en el reino y en la constancia, en Jesús».

Salta de la cama y se dirige al armario donde debería estar su escopeta Marlin, descansando sobre la pared de la esquina, pero no está ahí. La espina dorsal de Nick se estremece a causa del pánico. Se da la vuelta y ve todo lo que falta en su habitación. Su mochila, no está. Sus cajas de balas no están. Sus herramientas, su pico, sus botas, sus mapas... no hay nada.

Por lo menos sus vaqueros siguen ahí, bien doblados sobre el respaldo de una silla. Se los pone y sale corriendo de la habitación. Cruza el estudio. Atraviesa la puerta. Recorre el pasillo. Baja un tramo de escaleras y llega al primer piso. Cree oír el rumor de una voz furiosa, pero no está seguro. Corre hacia el apartamento de los Chalmers. La puerta está abierta y la empuja para entrar.

—¿Qué pasa? ¿Qué pasa? —repite Nick sin parar cuando se detiene en seco en el salón. Contempla algo que no tiene ningún sentido. Ve a Tara Chalmers apuntando a Philip con la Ruger y a éste con una mirada extraña. Y a Brian a un par de metros con Penny a su lado; la abraza en un gesto protector. Y todavía más extraño: Nick ve sus pertenencias apiladas en el suelo, frente al sofá.

—Ponte ahí —dice Tara blandiendo el arma y dirigiendo a Nick hacia Philip, Brian y Penny.

—¿Qué pasa?

—No importa, haz lo que digo.

Nick accede con lentitud; su cerebro está desbordado de confusión. ¿Qué coño ha pasado? Casi involuntariamente, mira a Philip, busca respuestas en los ojos del grandullón. Pero por primera vez desde que Nick conoce a Philip Blake, éste parece casi avergonzado, casi bloqueado por la indecisión y la frustración. Nick mira a Tara.

—¿Dónde está April? ¿Qué ha pasado?

—No importa.

—¿Qué haces? ¿Por qué has puesto nuestras cosas...?

—Nicky —interviene Philip—. Déjalo. Tara nos va a decir qué quiere que hagamos. Lo haremos y todo irá bien.

Philip se dirige a Nick, pero mientras habla mira a Tara.

—Hazle caso a tu amigo, Nick —le dice Tara sin apartar la mirada de Philip. Tiene los ojos casi ardiendo de rabia, desprecio, venganza y algo más, algo incomprensible para Nick, algo que parece perturbadoramente íntimo.

Ahora es Brian el que interviene:

—¿Qué quieres que hagamos con exactitud?

Tara no aparta la mirada de Philip cuando dice:

—Largaos.

Al principio, Nick Parsons piensa que esa frase sencilla e imperativa no es más que un enunciado retórico. A sus asombrados oídos, no les está diciendo exactamente que hagan algo, sino que está dejando las cosas claras. Pero esa reacción inicial, quizá esperanzada, queda truncada de inmediato por la expresión de la cara de Tara Chalmers.

—A la puta calle.

Philip no deja de mirarla.

—En mi pueblo a esto se le llama asesinato.

—Llámalo como quieras. Coged vuestros trastos y largaos.

—Nos vas a mandar allá afuera sin armas.

—Haré algo más que eso —asegura—. Voy a subir al tejado con una de estas armas de largo alcance y voy a asegurarme de que os largáis.

Tras un largo y horrible momento de silencio, Nick mira a Philip.

Y finalmente, éste aparta la mirada de la chica robusta de la pistola.

—Coge tus cosas —le dice a su amigo y, acto seguido, le comenta a Brian—: Hay un chubasquero en mi mochila; pónselo a Penny.

El tiempo que tardan en vestirse y prepararse para partir es simbólico, apenas unos minutos. Entretanto, Tara Chalmers vigila como un centinela de piedra, pero Brian Blake tiene tiempo de sobra para reflexionar sobre lo que puede haber pasado. Mientras se ata las botas y le pone el impermeable a Penny, se da cuenta de que todo apunta a algún tipo de extraño triángulo. La ausencia de April lo dice a gritos. Y también la rabia completa y sincera de Tara. Pero ¿qué puede haberla causado? No puede haber sido algo que él haya hecho o dicho. ¿Qué podría haber ofendido tanto a las chicas?

Durante un vertiginoso segundo, el cerebro de Brian vuelve a su demente ex mujer, compulsiva, volátil, excéntrica. Jocelyn hacía cosas como ésta. Desaparecía sin dejar rastro durante semanas. Una noche, mientras Brian estaba en la escuela nocturna, le puso todas sus cosas en la escalera del piso de alquiler, igual que si quitase una mancha de su vida. ¿Pero esto? Esto es diferente. Las Chalmers no han mostrado ningún síntoma de ser irracionales o de estar locas.

Lo que más inquieta a Brian es el comportamiento de su herma-no. Bajo la superficie de su rabia y su frustración, Philip Blake parece casi resignado, quizá incluso desesperado. Eso le da una pista. Es importante. Pero el problema es que no hay tiempo para averiguarlo.

—Venga, vámonos —ordena Philip con la mochila ya colgando del hombro. Se ha puesto la cazadora vaquera, en la que todavía se aprecia la mugre negra y grasienta de su viaje previo, y se dirige a la puerta.

—¡Espera! —exclama Brian. Mira a Tara—. Al menos déjanos coger algo de comer. Por el bien de Penny.

Ella encuentra su mirada y le dice:

—Os dejo marcharos vivos.

—Venga, Brian. —Philip se detiene en la puerta—. Se acabó.

Brian mira a su hermano. Algo en esa cara ajada y marcada lo deja petrificado. Philip es su familia, es de su propia sangre. Y han reco-rrido un largo camino juntos. Han sobrevivido a demasiadas cosas para morir como mascotas abandonadas a un lado de la carretera. Brian experimenta una extraña sensación que le crece desde la base de la espina dorsal y lo llena de una fuerza inesperada.

—Bien —dice—. Si es así como quieres que sea...

No termina la frase, no hay nada más que decir. Se limita a rodear a Penny con el brazo y la conduce fuera, tras su padre.

La lluvia es una bendición y una maldición al mismo tiempo. Les golpea la cara cuando salen por la entrada del edificio, pero mientras se arrastran bajo los altos y delgados árboles del parque intentando orientarse, ven que aparentemente la tormenta ha expulsado a los mordedores de las calles. Las alcantarillas se desbordan, las carreteras están llenas de esas aguas y el cielo es bajo y amenazador.

Nick bizquea mirando a lo lejos, hacia el sur, hacia las calles rela-tivamente despejadas.

—¡Por ahí es mejor! ¡La mayor parte de las zonas seguras están ahí abajo!

—Vale, iremos al sur —acepta Philip. Después mira a Brian—.

¿Puedes llevarla otra vez a caballito? Cuento contigo, campeón. Cuídala.

Brian se seca la humedad de la cara y le hace un gesto de asentimiento a su hermano.

Se vuelve hacia la niña y empieza a levantarla con delicadeza para cargársela a la espalda, pero se detiene abruptamente. Durante un breve instante, mira asombrado a la pequeña. Ella también hace un gesto de asentimiento. Brian mira a su hermano y los dos hombres se comunican sin palabras.

Penny Blake está ahí de pie esperando, con la barbilla en posición de desafío. Sus pequeños y suaves ojos parpadean bajo la lluvia y su expresión recuerda a la que solía poner su madre cuando las tonterías de los hombres la impacientaban. Finalmente, la niña dice:

—No soy un bebé... ¿nos vamos ya?

Llegan hasta la esquina, agachados, deslizándose por la acera resbaladiza, pese a que la lluvia los retrasa constantemente, les salpica la cara, les moja la ropa y les empapa las articulaciones casi inmediatamente. Es una helada lluvia de otoño que no da señales de querer parar.

Más arriba, unos cuantos vagabundos cadavéricos se apelotonan junto a una parada de autobús abandonada, con las cabezas grasientas cubiertas de un pelo como musgo apelmazado pegado a sus caras muertas. Parece que estén esperando un autobús que no llegará nunca.

Philip dirige al grupo para que cruce la calle y pase por debajo de un toldo. Nick señala el camino hasta la primera zona segura: el autobús abandonado que está media manzana hacia el sur del paso a nivel de peatones. Con un rápido gesto de la mano de Philip, todos corren junto a los escaparates hacia el vehículo.

—Yo digo que volvamos —gruñe Nick Parsons mientras se arrastra por el suelo del autobús y rebusca en su mochila. La lluvia es un ahogado sonido martilleante sobre el techo del autobús. Nick encuentra una camiseta, la saca y se seca la humedad de la cara—. Es una chica sola, podemos recuperar la casa. Yo digo que volvamos y la echemos de ahí, joder.

—¿Crees que podemos sacarla de ahí? —Philip está en el asiento del conductor rebuscando en los diferentes compartimentos cosas que pudieran haberse dejado olvidadas—. ¿Tienes un chaleco antibalas en la mochila?

El autobús, con un fuselaje de diez metros con asientos empotrados que miran hacia el interior desde ambos lados, apesta a las secreciones fantasmagóricas de sus últimos pasajeros, un olor similar al del pelo de perro mojado. En la parte trasera, descansando en el penúltimo asiento con Penny a su lado, Brian tiembla con la sudadera y los vaqueros mojados. Tiene un mal presentimiento, y no sólo por su exposición al ambiente salvaje, urbano y tormentoso de Atlanta.

La terrible sensación de Brian tiene más que ver con el misterio de lo ocurrido anoche en el piso. No puede dejar de preguntarse qué ocurriría exactamente entre las cinco de la tarde, cuando Philip y April se embarcaron en su misión, y las cinco de la mañana, cuando todo les estalló de repente en la cara. Por la bronca tensión de la voz de su hermano y la fría determinación de su cara, Brian empieza a tener claro que va a ser algo difícil de dilucidar. Su prioridad inmediata es la supervivencia. Pero no puede dejar de pensar en ello. El misterio habla de algo más profundo, algo que lo carcome y que no puede describir con palabras.

Fuera del autobús hay relámpagos brillantes como los destellos de un fotógrafo.

—Las cosas pintaban bien en esa casa —insiste Nick con la voz quejumbrosa y rota. Se pone de pie y se coge a la barra—. Son nuestras armas. ¿Y todo el trabajo que hemos hecho? ¡Ese sitio es tan nuestro como de ellas!

—Siéntate, Nick —repone Philip sin más—. No quiero que nos vea una de esas bolsas de pus.

Nick se agacha.

Philip se sienta en el asiento del conductor. Los muelles gimen. Mira la carpeta de mapas del salpicadero y no encuentra nada útil.

Las llaves están en el contacto. Las gira, pero sólo se oye un ruido metálico.

—No voy a repetirlo. Se acabó.

—Pero ¿por qué? ¿Por qué no podemos recuperarlo, Philly? Podemos deshacernos de esa puta gorda. Será fácil entre los tres.

—Déjalo, Nick —dice Philip, e incluso Brian, desde el fondo del autobús, nota el tono helado de advertencia en la voz de Philip.

—No lo entiendo —se queja Nick en voz baja—. ¿Cómo ha podido pasar algo así...?

—¡Bingo! —Al fin, Philip ha encontrado algo útil. La barra de acero de un metro, aproximadamente del ancho y el peso de un trozo de refuerzo de hierro, está fijada con soportes bajo la ventana del conductor. Está enganchada por un extremo y es probable que se usara para llegar hasta la puerta de acordeón a través de la cabina y cerrarla manualmente. Cuando Philip la empuña bajo la fantasmagórica luz, parece una excelente arma improvisada—. Esto nos servirá —murmura.

—¿Qué es lo que ha pasado, Philly? —insiste Nick mientras se arrastra bajo los centelleantes relámpagos.

—¡¡Joder!!

Philip golpea súbitamente el salpicadero con la barra de acero y arranca astillas de plástico. Les da a todos un buen susto. Vuelve a golpearlo y parte la radio. Lo golpea una y otra vez con todas sus fuerzas, destroza los mandos y destruye la caja del dinero hasta que las monedas salen volando. Sigue descargando mazazos hasta que el salpicadero deja de existir.

Finalmente, con las venas del cuello hinchadas y la cara lívida de rabia, se da la vuelta y mira a Nick Parsons.

—¿Puedes callarte la puta boca?

Nick lo observa.

En la parte trasera del autobús, junto a Brian, Penny Blake se da la vuelta y mira por la ventanilla. La lluvia sucia cae formando riachuelos. Su expresión se endurece como si estuviese calculando un complicado problema matemático demasiado difícil para su nivel.

Mientras tanto, delante, Nick está conmocionado.

—Tranquilo, Philly... Sólo... estoy farfullando. ¿Sabes? No quería decir nada. Le había cogido cariño a ese sitio.

Philip se lame los labios. El fuego de sus ojos se extingue. Respira hondo y suspira dolorosamente. Deja la barra en el asiento del conductor.

—Oye... Lo siento... Sé cómo te sientes. Pero así es mejor. Sin electricidad, ese sitio será un congelador a mediados de noviembre.

Nick sigue mirando al suelo.

—Sí, supongo que sí.

—Es mejor así, Nicky.

—Claro.

En ese momento, Brian le dice a Penny que volverá en seguida y se levanta del asiento.

Cruza el pasillo con la cabeza gacha, moviéndose por debajo del nivel de las ventanas, hasta que se une a Nick y su hermano.

—¿Qué hacemos ahora, Philip?

—Buscaremos un sitio donde podamos encender fuego. No se pueden hacer fogatas en un edificio.

—Nick, ¿cuántas «zonas seguras» más tienes señalizadas?

—Suficientes para salir de esta parte de la ciudad, si no tenemos muchos problemas.

—Tarde o temprano tendremos que encontrar un coche —dice Brian.

Philip gruñe.

—¿De verdad?

—¿Habrá combustible en el autobús?

—Diésel, probablemente.

—Supongo que no importa cual sea. No hay manera de sacarlo.

—Ni de guardarlo —le recuerda Philip.

—Ni de transportarlo —añade Nick.

—¿Esa cosa de metal de ahí? —Brian señala la barra de metal del asiento del conductor—. ¿Crees que está lo bastante afilada como para agujerear el depósito?

—¿Del autobús? —Philip mira la barra de acero—. Supongo que sí. ¿De qué nos va servir?

Brian traga saliva. Tiene una idea.

Uno a uno, se deslizan rápidamente a través de la puerta de acordeón hacia la lluvia, que se ha convertido en una fría llovizna. La luz del día es turbia. Philip lleva la barra de acero y Nick las tres botellas marrones de cerveza que Brian ha encontrado bajo los asientos traseros. Brian mantiene a Penny cerca de él. Se ven figuras oscuras en todas partes —las más cercanas a una manzana de distancia—, y el tiempo corre.

Cada pocos minutos, los relámpagos convierten la ciudad en una imagen brillante e iluminan a los muertos que se aproximan desde ambos extremos de la calle. Algunos mordedores han visto a los humanos salir por la parte trasera del autobús y esos zombies se les acercan ahora con un propósito más definido en su torpe andar.

Philip sabe dónde está el depósito de combustible gracias a sus días de camionero.

Se arrastra entre la enorme rueda delantera y las puertas del compartimento de equipaje, y palpa debajo del chasis buscando el borde inferior del depósito mientras la lluvia le resbala por la barbilla. El autobús tiene dos tanques diferentes y cada uno de ellos contiene cuatrocientos litros de combustible.

—¡Date prisa, ya vienen! —Nick se arrodilla detrás de Philip con las botellas.

Blake clava la punta de la barra de acero en la parte de abajo del depósito delantero, pero sólo deja una marca en la plancha de hierro. Suelta un grito de rabia y vuelve a golpear el depósito con la barra.

Esta vez, la punta rompe la superficie del depósito y un fino hilo de líquido amarillo y grasiento le salpica de repente los brazos y las manos. Nick se inclina y llena con rapidez la primera botella de casi medio litro.

Un trueno golpea el cielo; lo sigue otra salva de relámpagos. Brian mira por encima del hombro y ve un regimiento entero de cadáveres andantes, más cerca con la luz diurna del rayo, a apenas veinticinco metros. Muchas de las caras son perfectamente discernibles a la luz estroboscópica.

A uno de ellos le falta la mandíbula, otro camina con una guirnalda de intestinos colgando del enorme agujero que tiene en el estómago.

—¡Corre, Nick! ¡Corre! —Brian tiene jirones de camiseta rota listos en una mano y el mechero en la otra. Está muy inquieto, junto a Penny, que hace todo lo posible por ser valiente y aprieta sus pequeños puños y se muerde el labio mientras observa el ejército de cadáveres vivientes.

—Ya tenemos una, vamos, ¡vamos! —Nick le da la primera botella de combustible a Brian.

Él le mete el trapo dentro y le da la vuelta a la botella hasta que la tela se empapa. Este procedimiento le lleva sólo unos segundos, pero Brian nota que el tiempo se le acaba, que hay centenares de mordedores acercándose. El mechero produce una llama que el viento apaga instantáneamente.

—Venga, campeón... venga, ¡venga! —Philip se vuelve hacia la horda que se aproxima y levanta su arma de acero. Detrás de él, Brian coloca las manos alrededor de la mecha y finalmente consigue encenderla. El trapo arde y las llamas se retuercen por un costado de la botella alimentándose de los vapores y de lo que se ha derramado.

Brian lanza el cóctel Molotov contra el grupo que se acerca.

La botella se rompe a dos metros de los zombies más cercanos y estalla en llamas amarillas con un crujido. Varios cadáveres se tambalean hacia atrás ante la luz y el calor repentinos; algunos chocan contra sus compañeros y los hacen caer como fichas de dominó. La visión de los monstruos derrumbándose resultaría graciosa en otro momento, pero no ahora.

Philip coge la segunda botella llena y le mete un trapo.

—¡Dame el encendedor! —Brian le alarga el Bic—. Y, ahora, ¡vámonos! —ordena Philip al tiempo que enciende el trapo y lanza la botella llameante contra el ejército de monstruos que viene por el otro lado.

Esta vez, la botella cae en medio. Estalla entre ellos y abrasa al menos a una docena de mordedores con la ferocidad del napalm.

Brian no mira atrás, levanta a Penny del suelo y sigue a Nick en una carrera desesperada hasta la peluquería.

Brian, Penny y Nick están a medio camino de la siguiente zona segura cuando se dan cuenta de que Philip se está rezagando.

—¿Qué coño hace? —La voz de Nick es aguda y frenética. Se agacha a la entrada de otro escaparate tapiado.

—¡Y yo qué sé! —contesta Brian tras meterse en la entrada con Penny y mirar a su hermano.

A unos cien metros, Philip les grita algo obsceno y sin sentido a los monstruos. Balancea su arma de acero hacia un atacante. El zombie en llamas se le acerca como una brasa humeante y chispeante.

—¡Dios Santo! —Brian le cubre la cara a Penny—. Abajo. ¡Abajo!

A lo lejos, Philip Blake se aleja del grupo con el encendedor levantado en una mano y la barra ensangrentada en la otra; parece poseído por un valor vikingo, suelta la rabia acumulada en una serie de gestos exagerados y solemnes.

Hace una pausa y enciende un charco de combustible que va creciendo bajo el autobús. Se vuelve y huye con el veloz abandono de un delantero que se dirige hacia la portería.

Detrás de él, la gasolina prende rápidamente y las llamas azules corren hacia la enorme figura del autobús. Philip recorre unos cincuenta metros de pavimento mojado —rompiéndoles los cráneos a media docena de mordedores por el camino—, mientras el fuego lame el costado del vehículo.

Un golpe bajo y subsónico se eleva por encima del ruido de lluvia y los gemidos. Philip no ve a Brian y a los demás entre la neblina que lo envuelve.

—¡Philip! ¡Aquí!

El grito de Brian es un faro y Philip corre hacia el sonido mientras la explosión estremece el suelo y convierte una tarde oscura y gris en la superficie del sol.

Ninguno de ellos llega a verlo bien. Todos salen despedidos contra una puerta en el interior de la habitación tapiada. Se protegen la cara de la metralla ardiente, los pedazos de autobús, las astillas de metal y los chorros de cristal que vuelan junto a la puerta. Brian consigue ver el reflejo en un escaparate del otro lado de la calle. La explosión, media manzana más allá, ha hecho que veintidós toneladas de autobús salgan propulsadas hacia arriba con una nube de fuego con forma de seta espantosa y deslumbrante. La fuerza del estallido ha abierto la cabina, la onda expansiva se deshace de muchos zombies con la violencia brillante de una supernova. Incontables cuerpos quedan arrasados, incinerados por el calor, destrozados en mil pedazos por los escombros. Los miembros vuelan por el cielo tormentoso como una bandada de pájaros que intenta escapar.

Un pedazo de parachoques humeante aterriza a cinco metros de la puerta.

Todos se sobresaltan con el ruido y mantienen los ojos muy abiertos por la sorpresa.

—¡Joder! ¡¡Joder!! —exclama Nick con la cara enterrada entre las manos. Brian sujeta a Penny entre sus brazos, sin poder decir nada, paralizado durante un instante.

Philip se limpia la cara con el dorso de la mano y echa un vistazo a la puerta con el estupor de un sonámbulo que acaba de despertarse.

—Muy bien. —Mira por encima del hombro y después a Nick—. ¿Dónde está esa peluquería?

DIECISÉIS

Media manzana hacia el sur, en la oscuridad de una sala con olor a cerrado y baldosas amarillentas, entre restos desperdigados de revistas sensacionalistas, peines de plástico, mechones de cabello humano y botes de gomina, se secan la cara con toallas y batas de peluquero y encuentran más ingredientes para hacer cócteles Molotov caseros.

Vacían las botellas de tónico capilar, las llenan de alcohol y las sellan con bolas de algodón. También encuentran un viejo bate de béisbol Louisville Slugger oculto bajo la caja registradora. Ese bate lleno de marcas probablemente sirviera en su día para mantener a raya a los clientes revoltosos o a los granujas del barrio que pretendieran hacerse con la recaudación del día. Ahora Philip le entrega a Nick la nueva arma y le pide que la use con tino.

Siguen rastreando en busca de todas las provisiones de las que puedan hacer uso. Una vieja máquina expendedora que hay en la parte trasera les proporciona un puñado de barras de caramelo, un par de bizcochos rellenos de crema y una salchicha de aperitivo algo rancia. Mientras llenan las mochilas, Philip les recuerda que no deben relajarse. En el exterior se oyen los ruidos de más muertos que llegan a la zona atraídos por la explosión. La lluvia está amainando, pero los gemidos continúan. No pueden detenerse si quieren escapar de la ciudad antes de que oscurezca.

—Vamos, vamos —exhorta Philip—. Movamos el culo hasta la zona siguiente. Nicky, tú ponte al frente.

Nick los saca de la barbería de mala gana y los guía bajo la llovizna hacia otra hilera de tiendas. Philip vigila la retaguardia, preparado para golpear en cualquier momento con la barra de hierro, pero sin apartar su atenta mirada de Penny, que se agarra a la espalda de Brian con instinto simiesco.

A medio camino de la siguiente zona segura, un cadáver perdido sale de entre los escombros en los que se agazapaba y se arrastra amenazadoramente hacia Brian y Penny. Philip le arrea en la nuca con el extremo afilado de la barra de hierro. Lo golpea con tanta fuerza justo encima de la sexta vértebra cervical que el cráneo se suelta y se queda colgando sobre el pecho del zombie antes de caer de forma definitiva sobre el pavimento mojado. Penny aparta la mirada.

Se materializan más cadáveres en las bocacalles y entre las sombras de los portales. Nick encuentra el siguiente símbolo pintado cerca de un cruce de calles.

La estrella está garabateada sobre la puerta de cristal de una tienda pequeña. La fachada del local está cubierta con planchas de acero y en los escaparates no hay nada excepto unos pocos cables arrancados, tubos de neón rotos y bolas arrugadas de cinta aislante. La puerta está cerrada, pero sin la llave echada, tal y como Nick la dejó tres días atrás.

Nick tira de la puerta y hace un gesto para apremiar al resto del grupo a que la atraviese. De hecho, entran tan de prisa que nadie repara en el cartel que cuelga sobre el dintel de la puerta, formado por frías y oscuras letras de neón: «LA PEQUEÑA JUGUETERÍA DE TOM THUMB».

La entrada de la tienda, de unos ciento y poco metros cuadrados, está sembrada de escombros de vivos colores. Las estanterías volcadas han arrojado su inventario de muñecas, trenes y coches de carreras sobre las deterioradas baldosas del suelo. Un tornado de destrucción ha desolado la juguetería. Del techo cuelgan cables donde antes había expuestos móviles, y los restos destrozados de las cajas de Lego y las maquetas de aviones se amontonan aquí y allá. El relleno de plumas de los peluches desgarrados se levanta como un remolino de hojas secas debido a la corriente de aire que causan los visitantes al cerrar la puerta con un golpe seco.

Durante un momento se quedan en la entrada, chorreando, tratando de recuperar el aliento, contemplando las singulares ruinas que se alzan ante ellos. Nadie se mueve durante un largo rato. Hay algo en ese paisaje siniestro que los hipnotiza y los mantiene pegados al umbral.

—Seguidme de cerca —dice Philip finalmente mientras saca un pañuelo y se seca el agua que le baña el cuello. Aparta un oso de peluche desmembrado de una patada y, acto seguido avanza, con cautela por la tienda. Observa una salida trasera sin marcar, que bien podría ser un almacén o tal vez una puerta al exterior. Brian se agacha suavemente para dejar a Penny en el suelo y comprueba si muestra alguna herida o signo de daño.

Penny contempla el triste panorama de Barbies decapitadas y animales de peluche destripados.

—Cuando descubrí este lugar —dice Nick desde el otro lado del local al tiempo que busca algo— pensé que podría haber cosas útiles: artilugios, *walkie-talkies*, linternas... lo que fuese. —Se mueve hacia el final del mostrador de la caja registradora, y avanza unos pocos pasos para inspeccionar los cajones que hay debajo—. Joder, en un sitio como éste, en esta parte de la ciudad... deberían tener por lo menos una pistola.

—¿Qué hay ahí detrás, Nicky? —pregunta Philip mientras señala con el pulgar hacia un pasillo en la parte trasera de la tienda. Está cerrado con una cortina negra que cuelga hasta el suelo—. ¿Has tenido oportunidad de echarle un vistazo?

—Supongo que será un almacén. Pero ten cuidado, Philly. Está muy oscuro.

Philip se detiene ante la cortina, se quita la mochila del hombro y rebusca en el bolsillo lateral la pequeña linterna que siempre lleva consigo. La enciende y se adentra en la penumbra, más allá de la tela.

Al otro lado de la tienda, Penny está paralizada ante la visión de las muñecas rotas y los ositos de peluche desmembrados. Brian la vigila de cerca. Ansía ayudarla, ansía hacer que todo el mundo vuelva al camino; pero lo único que puede hacer ahora es arrodillarse junto a ella e intentar mantenerla distraída.

—¿Te apetece una de estas barras de caramelo?

—No, no quiero. —La respuesta le sale del alma, como el mensaje grabado de una muñeca parlante. Mantiene la mirada clavada en los juguetes rotos.

—¿Seguro?

—Sí, seguro.

—Tenemos bollitos rellenos —insiste Brian deseando llenar el silencio, tratando de hacer que la niña hable, intentando mantenerla ocupada. Pero ahora mismo Brian tan sólo puede pensar en la expresión del rostro de Philip, en la violencia que desprenden sus ojos, y en que el mundo entero, su mundo, se viene abajo.

—No, estoy bien —responde Penny. Entonces, descubre una mochilita de Hello-Kitty tirada sobre un montón de basura y se acerca a observarla. La recoge y la inspecciona—. ¿Tú crees que alguien se enfadará si me llevo alguna de estas cosas?

—¿De qué cosas hablas, pequeña? —le pregunta Brian—. ¿Te refieres a los juguetes?

Ella asiente.

Una punzada de vergüenza y pesar recorre el pecho de Brian, que le responde:

—Cógelos.

Ella comienza a reunir piezas de muñecas pisoteadas y animales de peluche destrozados. A Brian le parece casi un ritual, un rito de iniciación para la niña, que selecciona Barbies cojas y ositos de peluche con las costuras arrancadas. Introduce los juguetes dañados en la mochila con el mismo cuidado de un médico que examina a un paciente. Brian deja escapar un suspiro.

Justo en ese momento, la voz de Philip resuena desde algún rincón de las oscuras profundidades del pasillo trasero y corta los pensamientos de Brian, que estaba a punto de ofrecerle a Penny sin mucho convencimiento la salchicha de aperitivo. La voz de su hermano hace que Brian se ponga en pie de un salto.

—¿Qué es lo que ha dicho?

Al otro lado de la tienda, Nick se levanta de detrás del mostrador.

—No lo sé, no lo he oído bien.

—¡Philip! —grita Brian mientras se acerca a la cortina con los músculos en tensión—. ¿Estás bien?

Se oyen pasos apresurados en el interior del pasillo y, de repente, la cortina se abre de par en par y aparece Philip mirándolos con una expresión salvaje en el rostro, a medio camino entre la excitación y la locura.

—¡Recoged, mierda, que nos vamos de aquí pitando! ¡Nos ha tocado la puta lotería!

Philip los conduce a través de un pasadizo estrecho y largo, entre estanterías de juguetes y juegos precintados; en un rincón hay una puerta de seguridad que, por lo que se ve, los anteriores ocupantes del edificio dejaron abierta debido a su éxodo precipitado. Siguen por otro pasillo oscuro, guiados por el fino haz de la linterna de bolsillo de Philip, y llegan hasta una salida de emergencia. La puerta metálica está entreabierta y al otro lado se ven las sombras de otro corredor.

—Mirad lo que nos espera al otro lado de nuestra pequeña juguetería —dice mientras abre la puerta de emergencia con la bota—: Nuestro billete para escapar de este pozo del infierno.

La puerta metálica se abre por completo y Brian vislumbra el fondo de otro pasillo estrecho a imagen y semejanza del primero.

La última puerta metálica también está entreabierta y, a través del hueco, el mayor de los Blake ve una serie de ruedas con radios brillantes que despuntan en la oscuridad.

—Madre mía. ¿Es lo que yo creo que es?

Se trata de un espacio enorme; comprende toda la esquina de la primera planta del edificio adyacente y tiene ventanas de cristal reforzado en tres de los lados. A través de ellas se ve la calle, donde las formas oscuras vagan errantes bajo la lluvia como almas en pena a la deriva. Pero en el interior, en el mundo brillante y feliz del Champion Cycle Center, el primer concesionario de motocicletas de Atlanta, todo es cálido y limpio y está lustrosamente pulido.

La sala de exposición parece estar intacta a pesar de la plaga. Iluminadas por la pálida luz del día nublado que se filtra a través de las enormes cristaleras, cuatro hileras perfectamente alineadas de motocicletas de todas las marcas y modelos se extienden de un extremo al otro del concesionario. El aire huele a neumáticos nuevos, piel curtida y acero finamente trabajado. Los bordes de la sala están forrados con columnas de logotipos tan nuevos y brillantes que le dan un aire como de recepción de hotel de categoría. En las esquinas cuelgan neones apagados con las marcas de los productos expuestos: Kawasaki, Ducati, Yamaha, Honda, Triumph, Harley-Davidson y Suzuki.

—¿Crees que alguna tendrá carburante? —pregunta Brian mientras se pasea lentamente alrededor de la sala.

—Siempre podemos recogerlo, campeón —responde Philip mientras señala con la cabeza el fondo de la sala, más allá de las mesas y el mostrador de ventas y las estanterías rebosantes de piezas de repuesto—. Ahí atrás tienen un taller con un garaje... Podemos trasvasar el combustible que tengan allí a cualquiera de las motos.

Penny contempla el banquete de neumáticos y cromo sin demasiado entusiasmo. Lleva la mochila de Hello-Kitty bien sujeta sobre sus diminutos hombros.

La cabeza de Brian bulle; en su interior chocan como olas furiosas una serie de emociones contradictorias entre sí: excitación, ansiedad, esperanza, miedo...

—Sólo hay un problema —murmura en voz muy baja y con el peso de la angustia y la incertidumbre cargado sobre sus espaldas.

Philip mira a su hermano.

—¿Y ahora qué pasa?

Brian se frota la boca.

—Que no tengo ni idea de llevar uno de estos trastos.

Todo el mundo se echa unas muy necesarias risas a costa de Brian. Son carcajadas nerviosas y entrecortadas, pero carcajadas al fin y al cabo. Philip le asegura a su hermano que no ocurre nada en absoluto porque nunca haya montado en moto; según él, hasta un «retrasado» podría aprender en un par de minutos. Lo más importante es que Philip y Nick están acostumbrados a conducirlas, por lo que, como ahora son cuatro en el grupo, no les resultará complicado repartirse en dos vehículos.

—Cuanto antes nos marchemos de la ciudad, más probabilidades de sobrevivir sin armas tendremos — comenta Philip unos minutos más tarde mientras repasa un lineal de piezas de cuero en la parte trasera de la tienda: hay chaquetas, pantalones, chalecos y otros complementos. Él se queda con una cazadora tipo *bomber* de color marrón con la insignia de Harley en la espalda y un par de botas negras de trabajo—. Quiero que todo el mundo se haya cambiado la ropa mojada y esté listo para partir dentro de cinco minutos. Brian, tú ayuda a Penny.

Se cambian mientras la lluvia comienza a amainar en el exterior de los ventanales. Por la esquina de la calle se arrastran ahora bastantes figuras: una legión de cuerpos despedazados y andrajosos, algunos de ellos mutilados por la explosión y otros en avanzado estado de descomposición. Sus rostros empiezan a hundirse. Algunos están repletos de parásitos y convertidos en negras máscaras mohosas de carne putrefacta. Sin embargo, ninguno repara en los movimientos que se producen en la oscuridad del concesionario.

—¿Ves a los mordedores reunidos ahí fuera? —le pregunta Nick a Philip con el aliento contenido. Nick ya se ha cambiado de ropa y se está subiendo la cremallera de una chaqueta de cuero. Señala con la cabeza al rayo de luz grisácea que ilumina la entrada del local—. Algunos de ellos están ya bastante podridos.

—¿Y?

—Pues que tendrán ya... ¿Cuánto? ¿Unas tres, cuatro semanas?

—Por lo menos —reflexiona Philip durante un momento mientras se quita los vaqueros mojados. Tiene la ropa interior pegada al cuerpo y prácticamente tiene que arrancarla. Se da media vuelta para que Penny no le vea el paquete—. Esta historia comenzó hará cosa de un mes o así... ¿Y qué quieres decir con ello?

—Pues que se están pudriendo.

—¿Cómo?

Nick baja la voz para que su conversación no llegue a oídos de la niña. La pequeña se encuentra en el extremo opuesto del local embutida en un abrigo de invierno de la talla S que Brian está intentando abrochar de algún modo.

—Piensa en ello, Philip. Si las cosas siguen su curso normal, un cadáver se convierte en polvo en cuestión de un año o así —afloja aún más la voz—. Sobre todo, uno que esté expuesto a los elementos.

—¿Qué insinúas, Nick? ¿Que lo único que tenemos que hacer es esperar sentados y dejar que los gusanos hagan su trabajo?

Nick se encoge de hombros.

—Bueno, sí, es lo que creo que había pensado...

—¡Escúchame! —exclama Philip irritado al tiempo que presiona el dedo índice contra la cara de Nick—. Guárdate tus teorías para ti.

—Si yo no pretendía...

—No van a desaparecer, Nicky. Métetelo en la puta mollera. Y no quiero que mi hija escuche ni media palabra de esto. Se comen a los vivos y se reproducen, y cuando se pudran saldrán más a ocupar su puesto. Y a juzgar por el hecho de que el viejo Chalmers se convirtió sin que lo mordieran siquiera, la conclusión es que los días que le quedan al mundo están contados. O sea que te jodes y apechugas, porque ya es más tarde de lo que crees.

Nick agacha la cabeza.

—De acuerdo, tío, ya lo he entendido... Tranquilo, Philly.

En ese momento Brian termina de vestir a Penny y ambos se acercan.

—Estamos más preparados que nunca.

—¿Qué hora tienes? —le pregunta Philip a su hermano, que tiene un aspecto casi ridículo con la chaqueta de cuero Harley por lo menos una talla y media más grande de lo que le correspondería.

Brian mira el reloj.

—Es casi mediodía.

—Bien... Eso nos da unas seis o siete horas de luz para mover el culo bien lejos de aquí.

—¿Ya habéis escogido las motos, chicos? —pregunta Brian.

Philip le responde con una fría sonrisa.

Eligen dos de las mayores obras de arte en metal que hay en el lugar: un par de Harley Davidson Electra Glide, una de color azul perla y otra de color negro medianoche. Las eligen por el tamaño de los motores, la comodidad de los asientos, los centímetros cúbicos de espacio de almacenamiento, y también porque, joder, son putas Harleys. Philip decide que Penny montará con él mientras que Nick llevará a Brian. Los depósitos de carburante están vacíos, pero algunas de las motos del taller de reparación trasero tienen gasolina suficiente para llenar los tanques de las Harleys.

En el cuarto de hora que les lleva poner a punto las motos, encontrar cascos que les vayan bien y transferir sus pertenencias a los portaequipajes, la calle frente a la tienda se convierte en un foco de atención para los muertos. Centenares de mordedores se apiñan en la intersección, vagando perdidos bajo la lluvia que cae del cielo gris plomizo, recostándose contra el cristal mientras emiten sus gemidos quejumbrosos, babean bilis negra y dirigen la mirada de sus ojos diminutos y brillantes como monedas de níquel hacia donde provienen los sonidos apagados, hacia el interior del Champion Cycle Center.

—Vaya, la que se ha montado ahí fuera —murmura Nick sin dirigirse a nadie en particular mientras empuja la enorme motocicleta hacia la salida lateral. Allí una pequeña puerta vertical permite acceder al aparcamiento situado junto al concesionario. Se pone el casco.

—Hay que aprovechar el elemento sorpresa —comenta Philip al tiempo que empuja su Harley negra hacia la puerta. El estómago le gruñe de hambre y nervios cuando se pone el casco. No ha comido nada en casi veinticuatro horas. Ni él ni nadie. Introduce la barra de hierro del autobús en un hueco entre el manillar y el parabrisas para tener un acceso fácil y rápido a su arma—. Venga, Bichito —le dice a Penny, que está de pie junto a él, algo avergonzada por el casco infantil que lleva puesto—. Vamos a dar un paseo en moto que nos llevará muy lejos de aquí.

Brian ayuda a la niña a subir al asiento trasero, un respaldo acolchado sobre el portaequipajes lacado en negro. En uno de los compartimentos laterales hay un cinturón de seguridad que Brian procede a abrochar alrededor de la cintura de la niña:

—No te preocupes, pequeña —le dice amablemente.

—Nos dirigiremos al sur y luego al oeste —informa Philip mientras se monta en la bestia de acero—. Nicky, tú sígueme.

—Recibido.

—¿Estáis todos listos?

Brian se acerca a la puerta y asiente nervioso.

—Listos.

Philip pone en marcha la Harley y el motor ruge hasta llenar el espacio de ruido y humo, con gran estruendo. Nick también arranca su motocicleta. El segundo motor entona una estrepitosa aria, ligeramente disonante con respecto a la del primero. Philip acelera el motor y le hace una señal a Brian, que acciona el cierre manual de la puerta; al abrirla, entra una bocanada de viento frío y húmedo. Philip pisa el acelerador a fondo y sale disparado.

Brian se coloca en el asiento trasero de la moto de Nick de un salto y arrancan a toda velocidad en busca de Philip.

—¡No! ¡Joder, joder! ¡Hostia puta! ¡Mira ahí, Philip! ¡Mira ahí abajo!

Los gritos frenéticos de Brian quedan ahogados por el casco, asfixiados bajo el estruendo ensordecedor de las motos. Ocurre sólo unos instantes después de que hayan atravesado la masa de mordedores que ocupaba la intersección, cuando los cuerpos desmembrados ya no rebotan contra los guardabarros. Tras efectuar un giro brusco a la izquierda y penetrar en Water Street rumbo al sur, dejando atrás una nube de polvo y humo, Brian observa el cadáver pisoteado que se arrastra por el pavimento justo detrás de la moto de Philip.

La mitad inferior del monstruo está arrancada y sus intestinos ondean al viento como cables eléctricos; pero a su torso aún le quedan fuerzas y su cabeza enmohecida todavía está intacta. Con sus dos brazos muertos, se agarra al guardabarros trasero y empieza a hacer fuerza para trepar por un lado de la Harley.

Lo peor es que ni Philip ni Penny parecen haberse percatado de su presencia.

—¡Acércate a ellos, Nick! ¡Acércate a ellos! —grita Brian con los brazos firmemente apretados en torno al vientre de Nick.

—¡¡Lo estoy intentando!!

En este momento, cuando la moto se desliza como un hidroavión sobre el asfalto mojado de un desierto callejón secundario, Penny se da cuenta de que la criatura se acerca peligrosamente y de que extiende sus garras a una distancia cada vez menor de ella y se pone a chillar. Desde la posición de Brian, unos diez metros por detrás, el chillido de la niña resulta inaudible y más bien recuerda a los gestos exagerados de una actriz de cine mudo.

Nick pisa fuerte el acelerador y reduce la separación entre las motocicletas.

—¡Coge el bate! —se oye a Nick gritar bajo el estruendo del motor. Brian intenta sacar el palo del compartimento de equipaje que hay detrás de él.

Por delante de ellos, y casi sin aviso, Philip Blake repara en la cosa que hay pegada a la parte trasera de su moto. Se inclina rápidamente para buscar su arma. En este momento Nick se encuentra a un par de metros de las luces traseras de la Harley negra, pero, antes de que Brian pueda interceder con el bate, observa a Philip extraer la barra de hierro de su soporte improvisado entre el manillar y el parabrisas.

Con un movimiento violento y veloz que provoca un ligero viraje de su Harley, Philip se vuelve sobre su asiento mientras agarra el manillar con una mano, y presiona el extremo afilado de la barra metálica contra la boca del zombie.

La cabeza ensartada del monstruo queda atrapada a escasos centímetros de Penny. La barra está apresada entre los relucientes tubos de escape. Philip levanta la pierna derecha y, con la fuerza de un ariete, separa al cadáver de la moto de una patada, con la barra y todo. Éste rueda y rebota en el suelo y Nick tiene que efectuar una brusca maniobra para evitar una colisión.

Philip vuelve a aumentar la velocidad y retoma de nuevo el camino sin preocuparse siquiera de mirar atrás.

Continúan zigzagueando por el sur de la ciudad, evitando las zonas congestionadas. Al cabo de un kilómetro, Philip encuentra otra arteria principal que se halla relativamente libre de escombros y muertos merodeadores y decide guiar al grupo por esa ruta. Ahora están a tan sólo cinco kilómetros del límite urbano de Atlanta.

La línea del horizonte está despejada y se intuye una claridad algo mayor hacia el oeste.

Tienen carburante suficiente para avanzar unos seiscientos kilómetros sin repostar.

Sea lo que sea lo que los aguarde en los remotos confines del campo, será mejor que lo que han sufrido en Atlanta.

Por lo menos debería de serlo.

PARTE TRES

La teoría del caos

Ningún hombre escoge el mal porque sea el mal, sino porque lo confunde con la felicidad, aquel bien que ansía.

MARY WOLLSTONECRAFT

DIECISIETE

La lluvia empieza a remitir a la altura del aeropuerto de Hartsfield. Deja atrás un cielo metálico de nubes bajas pegadas a ras del suelo y un frío lúgubre. Sin embargo, resulta formidable poder llegar tan lejos en menos de una hora. Los carriles de la Autopista 85 están sensiblemente menos obstruidos por los escombros que los de la Interestatal 20, y la población de muertos vivientes ha disminuido también de forma considerable. Muchos de los edificios de los lados de la carretera están todavía intactos, con las puertas y ventanas bien cerradas y selladas. Los muertos vivientes que vagan aquí y allá casi parecen parte del paisaje y se funden con los árboles esqueléticos, como un hongo mortal que infecta los bosques. La tierra misma parece haber cambiado. Son los propios pueblos los que están muertos. Un paseo por esta zona le deja a uno una impresión de desolación peor que si hubiera llegado el fin del mundo.

El único problema inmediato es que todas las gasolineras y camiones abandonados están infestados de mordedores. A Brian le preocupa el estado de Penny. En cada parada que realizan —ya sea para vaciar el depósito o pillar algo de agua o comida— su cara parece estar más demacrada y sus pequeños y delicados labios de tulipán más agrietados. Le inquieta que Penny pueda sufrir deshidratación. Qué demonios, le preocupa que todos ellos puedan sufrir deshidratación.

Una cosa es tener el estómago vacío —situación que puede soportarse durante un período largo—, pero la falta de agua se está convirtiendo en un problema serio.

A unos quince kilómetros al suroeste de Hartsfield, cuando el paisaje empieza a convertirse en una sucesión de bosques de pinos y de granjas productoras de soja, Brian se pregunta si se podrían beber el agua de los radiadores de las motocicletas; justo entonces descubre que se aproximan a un rótulo con un mensaje providencial: «ÁREA DE SERVICIO - 1,6 KM».

Philip les hace un gesto y toman la siguiente salida de la autopista.

Mientras avanzan por la colina hacia el aparcamiento, que está al lado de un pequeño centro de información turística construido en madera, la sensación de alivio se extiende por el cuerpo de Brian como un bálsamo: el lugar está afortunadamente desierto, libre de cualquier rastro tanto de vivos como de muertos.

—¿Qué fue lo que pasó allí, Philip? —pregunta Brian al tiempo que se sienta en una mesa del merendero emplazado sobre un pequeño promontorio de hierba que hay detrás de la caseta del área de descanso. Su hermano camina lentamente y sorbe una botella de Evian que ha conseguido en una máquina expendedora rota. Nick y Penny están a unos cincuenta metros, aún dentro de su campo de visión. Nick empuja a Penny con suavidad en un destartalado tiovivo que rueda bajo un roble seco. La niña se limita a permanecer sentada en el armatoste sin mostrar mucha emoción, como una gárgola, con la mirada fija en el frente mientras gira y gira y gira.

—Ya te dije que te olvidaras de eso —gruñe Philip.

—Pues yo creo que me debes una explicación.

—No te debo una mierda.

—Algo ocurrió aquella noche —insiste Brian. Ya no le tiene miedo a su hermano. Sabe que Philip podría pegarle una paliza en cualquier instante —el potencial de violencia entre ellos parece más inminente ahora que nunca—, pero eso ya no le importa. Algo profundo se ha desplazado en su interior, como si fuera una placa tectónica, y ha alterado el paisaje. Si Philip quiere retorcerle el pescuezo, que así sea—. ¿Fue algo entre April y tú?

Su hermano se queda muy quieto y mira al suelo.

—¿Y eso cambia las cosas de alguna puñetera forma?

—Las cambia mucho. Al menos para mí. Nos estamos jugando la vida. Allí teníamos una oportunidad razonablemente buena de sobrevivir y de repente... ¿Se esfuma sin más?

Philip levanta la mirada. La clava fríamente en la de su hermano y algo muy oscuro se transmite entre ellos.

—Déjalo ya, Brian.

—Dime sólo una cosa. Se te veía tan obsesionado por salir de allí que supongo que tendrás un plan, ¿no?

—¿A qué te refieres?

—Pues a algo así como una estrategia... ¿Tienes alguna idea de hacia dónde nos dirigimos?

—¿Y ahora qué pasa? ¿Que te has convertido en un puto guía turístico?

—¿Qué ocurrirá si vuelven a aparecer más mordedores? No tenemos más que un trozo de madera para hacerles frente.

—Ya encontraremos algo.

—¿Y adónde iremos, Philip?

Éste se da media vuelta y se levanta el cuello de la cazadora. Observa el camino pavimentado que serpentea hacia el horizonte occidental.

—Dentro de un mes o así llegará el invierno. Creo que deberíamos movernos en dirección suroeste... hacia el Mississippi.

—¿Y eso adónde nos llevará?

—Es la forma más fácil de ir al sur.

—¿Y entonces?

Philip se vuelve de nuevo y mira a Brian con una mezcla de angustia y resolución dibujada en las facciones bien marcadas, como si realmente no se creyera nada de lo que está diciendo.

—Encontraremos un sitio para vivir bajo el sol, a largo plazo. En un lugar como Mobile o Biloxi. Nueva Orleans, tal vez... No sé, un lugar cálido. Y viviremos allí.

Brian suspira cansado.

—Eso de ir al sur se dice pronto...

—Si tienes un plan mejor, soy todo oídos.

—Los planes a largo plazo son un lujo en el que todavía no me he podido permitir pensar.

—Lo conseguiremos.

—Tenemos que encontrar algo de comida, Philip. Estoy preocupado de veras por Penny. Tiene que alimentarse.

—Mejor deja que sea yo quien se preocupe por su hija.

—Es que no quiere comerse ni un bollito relleno. ¿Te lo puedes creer? ¿Un crío al que no le apetezca un bollito relleno de crema?

—Comida para cucarachas —murmura Philip—. La verdad es que no puedo culparla por ello. Pero encontraremos algo y se pondrá bien. Es una chica dura... como su madre.

Brian no puede contradecirlo. Últimamente la niña ha mostrado una milagrosa fortaleza anímica. De hecho, Brian ha comenzado a preguntarse si no es Penny el pegamento que los mantiene unidos y evita su autodestrucción.

Levanta la mirada hacia el otro lado de la zona de descanso y divisa a Penny Blake girando abstraída en el tiovivo oxidado que preside la escabrosa zona de juegos. Nick ha perdido el entusiasmo y ahora se limita a darle unas pocas patadas al cacharro con la bota para mantenerlo en movimiento.

Más allá de la zona de juegos, el terreno se extiende hacia una loma densamente poblada de vegetación en la que un pequeño cementerio aguanta el embate del viento bajo la pálida luz del sol.

Brian se da cuenta de que Penny está hablando con Nick, interrogándolo acerca de algo, y se pregunta de qué estarán hablando esos dos para que la niña parezca tan preocupada.

—¿Tío Nick? —pregunta Penny con el rostro tenso a causa de la inquietud mientras da vueltas lentamente en el tiovivo. Lleva años llamando «tío» a Nick, aunque sabe muy bien que no es su tío de verdad. Esa afectación siempre ha provocado en Nick una secreta punzada de anhelo, el deseo de ser el auténtico tío de alguien.

—¿Sí, cariño? —responde él al tiempo que empuja distraídamente el tiovivo y un terrible presentimiento de desgracia se cierne sobre él. A lo lejos atisba a los hermanos Blake, que discuten acerca de algo.

—¿Está mi padre enfadado conmigo? —inquiere la niña.

Nick tarda en reaccionar. Penny mira al suelo mientras gira despacio. Nick mide sus palabras:

—Por supuesto que no. No está enfadado contigo. ¿Cómo se te ocurre pensar algo así?

—Es que ya no habla conmigo tanto como antes.

Nick detiene el tiovivo con cuidado. La niña se balancea ligeramente hacia atrás, pero antes de que pueda hacerse daño Nick la sujeta y la acaricia en la espalda con ternura.

—Escucha, te prometo que tu padre te quiere más que a nada en este mundo.

—Lo sé.

—Lo que ocurre es que ahora sufre mucha presión. Nada más.

—Pero ¿no crees que está enfadado conmigo?

—De ninguna manera. Te quiere con locura, Penny. Créeme. Lo que pasa es eso... que ahora se encuentra bajo una gran presión.

—Sí, lo imagino...

—Bueno, de hecho todos lo estamos.

—Es verdad.

—Seguro que ninguno de nosotros habla mucho últimamente.

—Tío Nick.

—¿Sí, cariño?

—¿Y crees que el tío Brian está enfadado conmigo?

—Por el amor de Dios, claro que no. ¿Por qué iba a estar el tío Brian enfadado contigo?

—Quizá porque siempre tiene que llevarme en brazos a todas partes.

Nick sonríe con tristeza. Estudia la mirada de la niña, que tiene el cejo fruncido. Está muy seria. Le acaricia la mejilla.

—Escúchame. Eres la niña más valiente que he conocido. Lo digo en serio. Eres una chica Blake... y eso es algo de lo que debes sentirte orgullosa.

Ella medita sobre sus palabras y sonríe.

—¿Sabes lo que voy a hacer?

—No, cariño. Dímelo.

—Voy a arreglar todas las muñecas rotas. Ya verás. Voy a curarlas. Nick le muestra una sonrisa.

—Me parece un plan perfecto.

El hombre se pregunta si volverá a ver de nuevo esa expresión de alegría en el rostro de Penny.

Al cabo de un rato, al otro lado del área de descanso, entre las mesas del merendero, Brian Blake observa algo de refilón. A unos cien metros, más allá de la zona de juegos, algo se mueve entre las lápidas derrumbadas, los carteles descoloridos desde hace tiempo y las flores de plástico raídas.

Fija la mirada en tres figuras distantes que emergen de entre las sombras de los árboles. Se arrastran en formación caprichosa y se aproximan como sabuesos gandules que van olisqueando una presa. Cuesta determinarlo a esta distancia, pero parece como si una cosechadora les hubiera segado la ropa. Sus bocas cuelgan abiertas en un tormento perpetuo.

—Hora de volver a mover el culo —dice Philip con muy poca urgencia. Se levanta y comienza a andar hacia la zona de juegos con paso mecánico y pesado.

Brian corre detrás de él y durante un momento tiene la impresión de que a una cierta distancia podría confundirse a su hermano con un zombie debido a su forma de andar: los brazos musculosos colgando lánguidos a los lados a consecuencia del terrible peso que carga a sus espaldas.

Van dejando atrás más y más kilómetros. Atraviesan pueblecitos tan vacíos y quietos como dioramas en un enorme museo. Las últimas luces del crepúsculo dejan caer su sombra sobre el cielo encapotado y el viento sopla cada vez con más fuerza contra las viseras de los cascos mientras se abren paso entre escombros y remolques abandonados de camino al oeste por la Autopista 85. Brian comienza a pensar que necesitan encontrar un lugar donde pasar la noche.

Recostado en el sillín detrás de Nick, con los ojos llorosos y los oídos ensordecidos por el viento y el poderoso rugido del motor de la Harley, a Brian le sobra tiempo para imaginarse el lugar perfecto para el viajero cansado en la tierra de los muertos. Fantasea con una fortaleza enorme y extensa, llena de jardines y paseos, con murallas inexpugnables, vallas de seguridad y torres de vigilancia. Piensa que daría su testículo izquierdo por un bistec con patatas fritas. O por una botella de Coca-Cola. O incluso por un poco de la misteriosa carne de los Chalmers...

De repente, un reflejo en la visera de su casco interrumpe el flujo de sus pensamientos.

Se vuelve para mirar hacia atrás.

Qué extraño. Durante un brevísimo instante, justo en el momento preciso en el que había visto un oscuro punto borroso en su visera, tuvo la sensación de notar algo detrás del cuello, como el débil beso de unos labios fríos. Tal vez fuera su imaginación, pero también le pareció ver algo que parpadeaba en el retrovisor. Sólo durante un instante. Justo antes de que tomaran el camino hacia el sur.

Vuelve a mirar por encima del hombro y no ve más que carriles vacíos que van quedando atrás, que se pierden en la distancia hasta acabar desapareciendo detrás de una curva. Se encoge de hombros y regresa a sus pensamientos caóticos y desordenados.

Se adentran aún más en los territorios del interior, hasta que no ven más que una enorme extensión de granjas derruidas y casuchas solitarias. Las colinas sinuosas de los campos de semillas se hunden en las abruptas zanjas que hay a ambos lados de la autopista. Ésta es una tierra vieja, prehistórica, agotada, trabajada hasta la muerte durante generaciones. Por todas partes hay restos de vieja maquinaria agrícola que duerme el sueño de los justos enterrada entre enredaderas y barro.

El crepúsculo comienza a convertirse en noche cerrada y el cielo muda su color de un gris pálido a un añil profundo. Ya son más de las siete y Brian se ha olvidado por completo del peculiar destello de movimiento que se reflejó en su visera. Tienen que encontrar cobijo. Philip enciende el faro de su motocicleta y arroja una columna de luz plateada contra la oscuridad que los envuelve.

Brian está a punto de gritar algo acerca de encontrar una guarida cuando ve que Philip señala hacia arriba, primero meneando la mano y luego indicando con un dedo hacia la derecha. Brian levanta la mirada para ver qué está señalando su hermano.

En la distancia, entre las colinas, emergiendo sobre un grupo de árboles, se divisa la silueta de una casa, tan lejana que casi parece un recortable de cartulina negra. De no habérsela señalado Philip, Brian jamás habría reparado en su existencia. Pero ahora se da cuenta de por qué ha llamado la atención de su hermano: da la sensación de ser una majestuosa reliquia del siglo XIX, o quizá del XVIII; tal vez un día fue la casa de una plantación.

Brian vuelve a percibir un parpadeo de movimiento oscuro por el rabillo del ojo, como un centelleo en el espejo retrovisor; algo que está detrás de ellos pasa durante una fracción de segundo por los extremos de su campo de visión.

Pero desaparece en lo que Brian se vuelve sobre el asiento para echar una mirada por encima del hombro.

Toman la siguiente salida y van a parar a una carretera sucia y polvorienta. Mientras se acercan a la casa, que se alza solitaria sobre la cima de una extensa colina a unos ochocientos metros de la autopista, Brian comienza a temblar de frío. Experimenta una sensación de súbito terror a pesar de que cuanto más se acercan a la casa más atractiva parece. Esta zona de Georgia es conocida por sus huertas de melocotoneros, higueras y ciruelos, y mientras ascienden por el tortuoso camino que lleva a la casa, se dan cuenta de que es una hermosura envejecida.

El edificio central, rodeado de melocotoneros que se extienden en la distancia como los radios de una rueda, es una enorme mole de ladrillo de dos pisos con saledizos decorados y tragaluces que sobresalen del tejado. Tiene el aspecto de una vieja y decrépita villa italiana. El porche es un largo pórtico de quince metros con columnas, balaustradas y parteluces en ventanas cubiertas de enredaderas de hiedra y buganvilla. En la oscuridad de la noche, parece un barco fantasma salido de alguna armada anterior a la Guerra de Secesión.

El ruido y el humo de las Harleys revolotean en el aire polvoriento mientras Philip los guía hasta la entrada principal, que está precedida por una enorme fuente decorativa hecha de mármol y mampostería. La suciedad se acumula en el fondo y da a entender que la fuente está estropeada. A la derecha se erigen otros edificios que probablemente sean establos y, frente a ellos, hay un tractor medio enterrado bajo una capa de malas hierbas. A la izquierda de la fachada principal se levanta un garaje enorme con capacidad para seis coches como mínimo.

Esta antigua y majestuosa opulencia no acaba de convencer a Brian. El grupo se acerca a una puerta lateral situada entre el garaje y el edificio principal.

Philip detiene su Harley en medio de un remolino de polvo no sin antes hacer rugir el motor durante un instante. Lo apaga y se queda sentado, contemplando esa monstruosidad de ladrillos pintados de color salmón. Nick se para junto a él y baja el soporte de la motocicleta con el tacón. Se mantienen en silencio durante un largo rato. Finalmente Philip parece relajarse, se apea de la motocicleta y le dice a Penny:

—Quédate aquí un rato, Bichito.

Nick y Brian también bajan de su moto.

—¿Tenéis el bate de béisbol a mano? —les pregunta Philip sin mirarlos siquiera.

—¿Crees que habrá alguien ahí dentro? —le interroga a su vez Nick.

—Sólo hay una forma de averiguarlo.

Philip espera a que su amigo vaya a buscar el bate, alojado bajo el compartimento de equipajes de su Electra Glide. Regresa y se lo entrega a Philip.

—Vosotros quedaos con Penny —les dice mientras se acerca al pórtico.

Brian lo detiene sujetándole el brazo.

—Philip. —Brian está a punto de decir algo acerca de las formas oscuras que ha visto parpadear en el espejo retrovisor mientras iban por la autopista, pero se interrumpe antes de seguir hablando. No está seguro de querer que Penny lo oiga.

—¿Y ahora qué coño pasa contigo? —pregunta Philip enfadado.

Brian traga aire.

—Creo que alguien nos está siguiendo.

Ya hace tiempo que se fueron los antiguos ocupantes de la villa. De hecho, parece que el lugar estuviera vacío desde mucho antes de que estallara la plaga. Unas sábanas amarillentas cubren los muebles antiguos. La mayoría de las habitaciones están vacías; son cuartos polvorientos en los que se ha detenido el tiempo. Un enorme reloj de pie sigue, perseverante, marcando la hora en un salón. En la casa abundan las exquisiteces de tiempos pasados: molduras decoradas y puertas francesas, y escaleras circulares, y dos chimeneas enormes, cada una de ellas con un hogar del tamaño de un armario. Bajo una sábana se oculta un piano de cola, bajo otra un gramófono, y bajo otra más una estufa de leña.

Philip y Nick se adentran en las plantas superiores para buscar mordedores pero no encuentran más que reliquias polvorientas del viejo sur: una biblioteca, una galería de retratos de generales confederados con los marcos dorados, una habitación infantil con un viejo cochecito de la era colonial... La cocina es sorprendentemente pequeña: otra rémora del siglo XIX, cuando sólo los criados se ensuciaban las manos cocinando. Pero las estanterías de la enorme despensa están repletas de latas polvorientas. Las reservas de grano y cereales están llenas de insectos, pero la variedad de frutas y verduras resulta asombrosa.

—Tú tienes visiones, campeón —murmura Philip por la noche, frente al fuego encendido del hogar del salón principal. Han encontrado pilas de leña en el patio trasero, junto al garaje, y así han conseguido calentarse los huesos por primera vez desde que abandonaron Atlanta. El calor y el cobijo que les proporciona la villa, además de la alimentación en forma de melocotones y quingombós en conserva, han hecho que Penny caiga rendida en un instante. Ahora duerme plácidamente sobre un mullido edredón en el cuarto de los niños, en la planta superior. Nick duerme en la habitación contigua. Pero los dos hermanos tienen insomnio—. ¿Para qué se iba a molestar nadie en seguirnos? —añade Philip, tras tomar otro sorbo del vino de cocina que ha encontrado en la despensa.

—Sé muy bien lo que he visto —replica Brian, que se balancea nerviosamente sobre una mecedora, al otro lado de la chimenea. Lleva una camisa y un par de pantalones de chándal secos, y casi se siente como una persona de nuevo. Se vuelve hacia su hermano y descubre que Philip mira fijamente el fuego, como si éste ocultara algún tipo de mensaje secreto.

Por algún motivo, la visión del rostro grave y demacrado de Philip, que refleja el parpadeo de las llamas, le rompe el alma a Brian. En su memoria retrocede a los épicos viajes de infancia al bosque, cuando dormían en tiendas de campaña o en refugios. Recuerda cuando se tomó la primera cerveza con su hermano, cuando Philip sólo tenía diez años y él trece, y se acuerda de que incluso en aquella época Philip era capaz de tumbarlo bebiendo.

—Podría haber sido un coche —prosigue Brian—. O tal vez una furgoneta. No estoy seguro. Pero juro por Dios que lo vi ahí durante un segundo... y pongo la mano en el fuego a que nos estaba siguiendo.

—Y si eso fuese verdad, ¿a quién coño le importa?

Brian reflexiona sobre ello durante un segundo.

—Lo único es que... si fueran amistosos... no crees que... no sé... ¿que nos habrían alcanzado? ¿O nos habrían hecho una señal, por lo menos?

—Quién sabe... —Philip sigue mirando el fuego fijamente, con los pensamientos en cualquier otra parte—. Sean quienes sean, si están ahí fuera, lo más probable es que estén tan jodidos como nosotros.

—Eso es cierto, supongo. —Brian le sigue dando vueltas—. Tal vez estén como... asustados. Quizá nos estén observando o algo así...

—Nadie va a poder espiarnos si estamos aquí arriba, eso te lo aseguro.

—Sí... supongo.

Brian sabe exactamente de qué está hablando su hermano. La localización y posición de la villa resultan ideales. Situada sobre una colina desde la que se divisan kilómetros de arboledas cada vez menos abundantes, el extenso campo de visión que les proporciona la casa les permitiría estar siempre sobre aviso. Incluso en una noche sin luz de luna, es tal el silencio y la quietud de los huertos que nadie sería capaz de adentrarse en ellos sin ser visto u oído. Philip habla de rodear el perímetro con una alambrada, para evitar la presencia de intrusos.

Además, el lugar les ofrece todo tipo de ventajas que podrían ayudarlos a aguantar un tiempo, quizá incluso durante todo el invierno. En la parte trasera hay un pozo, el tractor tiene carburante, cuenta con un lugar para esconder las Harleys, interminables hileras de árboles frutales aún cargados de frutos comestibles, aunque congelados, y suficiente madera para mantener los hogares y las estufas encendidos durante meses. El único problema es su falta de armamento. Tras peinar la villa, sólo han encontrado unas cuantas herramientas en el establo, por ejemplo una horca y una guadaña vieja y oxidada, pero ninguna arma de fuego.

—¿Estás bien? —dice Brian tras un largo silencio.

—Sano como un puto roble.

—¿Seguro?

—Pues claro, abuela —responde Philip mientras contempla el fuego—. Todos estaremos de puta madre después de unos días en este sitio.

—¿Philip?

—¿Y ahora qué pasa?

—¿Puedo decir algo?

—Va, suéltalo. —Sigue sin apartar los ojos del fuego. Lleva puesta una camiseta sin mangas y unos vaqueros secos. Tiene los calcetines llenos de agujeros. El dedo gordo le asoma por uno de ellos. Esta visión a la luz del fuego, la de la uña retorcida de Philip que asoma por el calcetín, le resulta desgarradora a Brian. Le da a su hermano, quizá por primera vez en su vida, un aspecto casi vulnerable. Sería poco probable que cualquiera de los dos siguiera vivo en estos momentos de no haber sido por Philip. Brian contiene la emoción.

—Soy tu hermano, Philip.

—Eso ya lo sé, Brian.

—No, lo que quiero decir es que... no te juzgo, ni lo haré jamás.

—¿Y eso a qué viene?

—Pues viene a que... agradezco mucho lo que haces... te juegas el tipo para protegernos. Quiero que lo sepas. Que te estoy muy agradecido.

Philip no dice nada, pero la forma en la que mira al fuego cambia un poco. Empieza a ver «más allá» y las llamas hacen que sus ojos brillen con un atisbo de emoción.

—Sé que eres una buena persona —continúa Brian—. Lo sé. —Intercala una pausa—. Y creo que hay algo que te está afectando.

—Brian...

—Espera, escúchame. —La conversación ha cruzado el Rubicón, ha ido más allá del punto de no retorno—. Si no quieres contarme lo que ocurrió entre April y tú, no pasa nada. No te lo volveré a preguntar. —Se produce una larga pausa—. Pero puedes contármelo, Philip. Puedes contármelo porque soy tu hermano.

El pequeño de los Blake se vuelve y mira a Brian. Una lágrima se desliza por el rostro curtido de Philip y le provoca a Brian un nudo en el estómago. No recuerda haber visto llorar a su hermano, ni siquiera cuando era niño. En cierta ocasión, cuando Philip tenía doce años, su padre le atizó despiadadamente con una vara de nogal. A Philip le salieron tantos verdugones en la espalda que tuvo que pasar varias noches durmiendo boca abajo. Pero no lloró. Casi por despecho, se negó a llorar. Sin embargo ahora, cuando su mirada se encuentra con la de Brian entre las sombras vacilantes, a Philip se le atasca la voz al hablar:

—La he jodido, campeón.

Brian asiente con la cabeza, sin decir nada, y se limita a esperar. El fuego chisporrotea y crepita.

Philip baja la mirada.

—Creo que de algún modo me enganché a ella. —La lágrima cae. Pero su voz no se rompe en ningún momento, se mantiene monótona y débil—. No sé si era amor, pero si no lo era, no sé qué coño lo es, entonces. El amor es una puta enfermedad. —Se contiene como si un demonio se revolviera en su interior—. La he jodido, Brian. Podría haber habido algo entre nosotros. Podría haber habido algo serio para Penny, algo bueno. —En su cara se dibuja una mueca, como si estuviera conteniendo un océano de pena; se le acumulan las lágrimas en los ojos y se derraman con cada parpadeo—. No pude detenerme. Me dijo que parara, pero no pude. No pude parar. Mira, tío, lo que pasa es que... hacía que me sintiera bien... —Sigue llorando—. Incluso cuando ella me rechazaba, me sentía bien. —Silencio—. ¿Qué diablos me está pasando? —Más silencio—. Sé que no es excusa. —Pausa—. No soy idiota... pero no pensaba que yo pudiera... No pensaba que fuera capaz... No pensaba...

Su voz se derrumba hasta fundirse con el crepitar del fuego y el silencio oscuro y avasallador que reina más allá de la villa. Al final, tras un período de tiempo que se hace interminable, Philip levanta la mirada hacia su hermano.

En la penumbra titubeante, Brian advierte que las lágrimas ya se han secado. En el rostro de Philip Blake no queda más que un gesto de angustia estéril. Sin pronunciar palabra alguna, Brian tan sólo asiente y calla.

Al cabo de unos días llega el mes de noviembre y deciden quedarse hasta ver cómo evoluciona el tiempo.

Una mañana, una capa de gélida aguanieve cubre los huertos. Otro día, una helada fatal se apodera de los campos y echa a perder gran parte de la fruta. Aunque se manifiestan todos los indicios del invierno no sienten la necesidad de marcharse. La villa podría ser su mejor opción para esperar a que pasen los días aciagos que se adivinan en el horizonte. Disponen de suficiente fruta y comida enlatada para aguantar durante meses si son cuidadosos. Y también de madera suficiente para mantener el calor. Y los huertos parecen relativamente libres de mordedores, por lo menos en las zonas cercanas.

En algunos aspectos, Philip da la sensación de estar algo más animado ahora que se ha librado de la carga de la culpa. Brian guarda el secreto para sí y piensa en él de vez en cuando, pero no vuelve a sacar el tema. La tensión entre los hermanos se ha relajado e incluso Penny parece adaptarse cómodamente a esta nueva rutina que se han labrado.

La niña encuentra una antigua casa de muñecas en un salón de la planta superior y habilita un pequeño espacio para ella (y para todos sus juguetes rotos y desmontados) al final del pasillo del segundo piso. Brian se acerca un día y se encuentra todas las muñecas alineadas en pequeñas hileras sobre el suelo. Las extremidades partidas están depositadas junto a sus cuerpos correspondientes. Se queda un rato mirando la extraña morgue en miniatura antes de que Penny lo haga salir de su aturdimiento.

—Vamos, tío Brian —lo invita—, te dejo hacer de médico... y ayudarme a montarlas de nuevo.

—Sí, eso sería una buena idea —responde él mientras ladea la cabeza—. Volvamos a montar las muñecas.

En otra ocasión, Brian escucha un sonido procedente del primer piso a una hora temprana de la mañana. Baja a la cocina y se encuentra a Penny de pie sobre una silla, cubierta de harina y mugre, trasteando con las sartenes y las ollas. Tiene el cabello manchado de una improvisada masa de tortitas. La cocina es una zona catastrófica. Cuando llegan los demás, los tres hombres se quedan ahí, contemplando el panorama, desde la puerta de la cocina.

—No os enfadéis —les dice Penny mirando por encima del hombro—, os prometo que limpiaré todo lo que he ensuciado.

Los hombres se miran entre sí. Philip esboza una sonrisa por primera vez en semanas y suelta:

—¿Quién se ha enfadado? No estamos enfadados. Sólo tenemos hambre. ¿Cuándo tendrás listo el desayuno?

A medida que pasan los días, comienzan a tomar precauciones. Deciden encender el fuego sólo por la noche, cuando el humo no se ve desde la autopista. Philip y Nick construyen un nuevo perímetro de alambre. Lo extienden entre pequeñas estacas de madera que clavan en los límites de la propiedad y cuelgan latas en las principales junturas para que los adviertan de la presencia de potenciales intrusos, ya sean humanos o mordedores. Encuentran incluso una escopeta de dos cañones del calibre R en el desván de la villa.

La escopeta, que tiene unos querubines grabados, está cubierta de polvo y tiene pinta de que les estallará en la cara si intentan dispararla. Es el tipo de trasto que se colgaría en la pared de un estudio, al lado de viejas fotografías de Ernest Hemingway. Ni siquiera tienen cartuchos adecuados para ella, pero Philip considera que vale la pena llevársela. Tiene un aspecto bastante amenazante —y eso les vendrá que ni pintado, como solía decir su padre.

—Nunca se sabe —dice Philip una noche, tras apoyar la escopeta contra la chimenea y antes de recostarse y ponerse a beber vino dulce de cocina hasta quedarse adormecido.

Los días siguen transcurriendo con una regularidad informe. Recuperan el sueño atrasado, exploran los huertos y recogen fruta. Colocan trampas para capturar animales salvajes y un día incluso atrapan una escuálida liebre. Nick se ofrece voluntario para limpiar la presa y esa noche acaba haciendo un asado de conejo al horno de leña bastante decente.

Durante este período sólo sufren unos cuantos encuentros con mordedores. Un día, Nick está trepando a un árbol para tratar de alcanzar unas ciruelas marchitas, cuando entre las sombras de una arboleda cercana advierte la figura de un cadáver andante vestido con un mono de granjero. Sin hacer ruido, desciende del árbol y, con la horca en la mano, se acerca con sigilo a la cosa. Le atraviesa la cabeza por detrás como quien revienta un globo. En otra ocasión, Philip está extrayendo carburante de un tractor cuando descubre un cadáver destrozado en una zanja de drenaje. Con las piernas machacadas y retorcidas, parece que esa cosa de rasgos femeninos se haya arrastrado durante kilómetros para llegar hasta allí. Philip le corta la cabeza con la guadaña y quema los restos con un chorro de gas y la chispa de un encendedor de bolsillo.

Pan comido.

Mientras tanto, de la impresión de que la villa se está adaptando a ellos tanto como ellos se están adaptando a la villa. Después de quitar todas las sábanas que cubrían los muebles viejos y opulentos, casi parece un sitio al que llamar hogar. Ahora cada uno tiene su dormitorio. Y aunque aún los persiguen las pesadillas, no hay nada más relajante que bajar a una vieja y elegante cocina inundada por el sol de noviembre que entra por las ventanas de estilo francés y el aroma de una cafetera que ha estado toda la noche hirviendo a fuego lento.

De hecho, si no fuera por la sensación recurrente de que alguien los vigila, las cosas serían prácticamente perfectas.

En el caso de Brian, la sensación empezó a intensificarse la segunda noche que estuvieron allí. Acababa de trasladarse a su propia habitación en el segundo piso, un sobrio salón de costura con una pintoresca cama con dosel y un tocador del siglo XVIII, cuando se despertó de repente en mitad de la noche.

Había soñado que era un náufrago que se encontraba a la deriva en una improvisada balsa sobre un mar de sangre y veía un destello de luz. En el sueño, pensó que tal vez fuera un faro distante en una costa lejana que lo llamaba para rescatarlo de la incesante plaga de sangre. Pero al despertar se dio cuenta de que había visto una luz de verdad en el mundo real; sólo había sido un segundo, pero un rectángulo de luz se había deslizado por el techo de la habitación.

En un abrir y cerrar de ojos, desapareció.

Ni siquiera estaba seguro de haberlo visto, pero todo su ser le pedía que se pusiera en pie y se acercara a la ventana. Eso hizo, y al dirigir la mirada hacia el negro vacío de la noche, podría haber jurado que vio un coche, a unos cuatrocientos metros, que se daba la vuelta en el punto en que el camino de la granja se unía con la autopista. Entonces se esfumó y se perdió en la nada.

A Brian le resultó extremadamente difícil conciliar de nuevo el sueño aquella noche.

Cuando se lo contó a Philip y a Nick a la mañana siguiente, pensaron que se trataba de un sueño y no le dieron mayor importancia. ¿Quién demonios iba a llegar hasta allí desde la autopista para dar media vuelta y volver a marcharse sin más?

Sin embargo, las sospechas de Brian crecieron a lo largo de la siguiente semana y media. Por la noche seguía avistando luces que se movían lentamente por la autopista o en el extremo más remoto de la huerta. En algunas ocasiones, a altas horas de la madrugada, le parecía oír el característico ruido de los neumáticos sobre la grava. Lo peor de esos sonidos era su naturaleza efímera y furtiva. Brian tenía la sensación de que la villa estaba bajo vigilancia. Pero se cansó de que los demás no se tomaran en serio sus sospechas paranoicas y acabó por dejar de informarlos. Quizá todo aquello no fueran más que imaginaciones suyas.

No volvió a hablar del tema hasta el día en que se cumplían dos semanas de su llegada a la villa, cuando, justo antes del alba, el repiqueteo de unas latas lo despertó de un sueño profundo.

DIECIOCHO

—¿Qué diablos...? —Brian se despierta en la oscuridad de su habitación. A tientas, busca una de las lámparas de queroseno de su mesita de noche, pero vuelca el quinqué y derrama el fluido. Se levanta y se dirige a la ventana. A cada paso siente la gelidez del suelo bajo la planta de los pies descalzos.

La luna brilla sobre el cielo límpido de una fría noche de otoño y rodea todas las figuras del exterior con un luminoso halo plateado. Brian aún oye en algún lugar el repicar de las latas colgadas en la valla de alambre de espino. También percibe los ruidos de los demás, que se despiertan en sus respectivas habitaciones a lo largo del pasillo. Ahora todo el mundo está en pie, alertado por el tintineo de las latas.

Lo más extraño de todo, y lo que hace que Brian se pregunte si no son imaginaciones suyas, es que el estrépito de las latas proviene de todas partes. Se oye el repicar del aluminio tanto en los huertos que hay detrás de la villa como en los que hay delante. Brian estira el cuello para ver mejor justo cuando la puerta de su dormitorio se abre de golpe.

—¡Campeón! ¿Estás despierto? —Philip está desnudo de cintura para arriba, sólo lleva unos vaqueros y las botas de trabajo con los cordones sin atar. Sostiene la vieja escopeta en una mano y en sus ojos abiertos de par en par se intuye la alarma—. Necesitaré que vayas a buscar la horca a la entrada trasera. ¡De prisa!

—¿Hay mordedores?

—¡Tú muévete!

Brian asiente y sale del cuarto a toda velocidad con la mente invadida por el pánico. Sólo lleva puestos unos pantalones de chándal y una camiseta sin mangas. Mientras se abre paso entre la oscuridad por las estancias de la casa, baja las escaleras y cruza el salón hacia la entrada trasera, percibe movimientos al otro lado de las ventanas, la presencia de otros que los acercan desde el exterior.

Brian coge la horca, que estaba apoyada en la puerta trasera, y vuelve veloz hacia el salón principal.

En ese momento, Philip, Nick e incluso Penny acaban de bajar los escalones. Se dirigen al gran ventanal, que les ofrece una amplia visión del jardín que rodea la casa, la cuesta que lleva al camino adyacente y el extremo del huerto más cercano. Inmediatamente distinguen unas formas oscuras, a la altura del suelo, que atraviesan la parcela procedentes de tres direcciones distintas.

—¿Eso son coches? —pregunta Nick casi susurrando.

En cuanto sus ojos se adaptan a la tenue luz de la luna, todos se dan cuenta de que, en efecto, se trata de coches que recorren lentamente la finca hacia la villa. Uno sube por las curvas de la cuesta, otro desde el extremo norte del huerto y un tercero proviene del sur; emergen despacio de entre los árboles y se dirigen hacia el camino de grava.

Con una sincronización casi perfecta, de repente todos los vehículos se detiene a una distancia equidistante de la casa. Permanecen así un momento, a unos quince metros. Las lunas tintadas no dejan ver a los ocupantes.

—Esto no es precisamente un comité de bienvenida —murmura Philip. Es el eufemismo de la noche.

De nuevo, con una sincronía casi perfecta, cada par de faros se enciende súbitamente. El efecto resulta bastante dramático, casi teatral, cuando los haces de luz impactan contra las ventanas de la villa y llenan su oscuro interior con una fría luz cromada. Philip está a punto de salir a plantarles cara con la difunta escopeta cuando se oye un ruido estrepitoso que proviene de la parte trasera de la villa.

—Bichito, tú quédate con Brian —le dice Philip a Penny. Entonces clava la mirada en Nick—. Nicky, mira a ver si puedes escabullirte por una ventana lateral, coger el machete y volver. ¿Me sigues?

Nick comprende perfectamente lo que le está pidiendo y se marcha por el pasillo lateral.

—Quedaos detrás de mí, pero cerca. —Philip levanta la escopeta y se coloca la culata en el hombro. Con mucho cuidado y con la calma propia de una cobra, Philip se acerca al estilo comando hacia el ruido de los pasos sobre cristales rotos que se oye en la cocina.

—Las cosas salen mejor cuando hay calma, amigo —canturrea el invasor con el alegre dejo de Tennessee. Empuña una Glock de nueve milímetros en dirección a Philip, que ha entrado en la cocina con la escopeta también en alto.

Antes de la brusca interrupción, el intruso curioseaba tranquilamente en la cocina, como si acabara de levantarse para ir a picar algo en mitad de la noche. La luz de los faros penetra en la estancia con un fuerte resplandor. El cristal de la puerta que hay justo detrás del hombre está roto, y por el agujero se aprecia el primer fulgor de la tenue luz del alba.

El invasor mide más de metro ochenta; su vestimenta consiste en unos pantalones de camuflaje gastados, unas botas de montar llenas de barro y un chaleco antibalas Kevlar manchado de sangre. Tiene la cabeza en forma de misil, surcada de cicatrices y rematada por una enorme calva. Sus ojos son como cráteres marcados por el impacto de diminutos meteoros. Visto de cerca, parece un enfermo con la piel ictérica moteada de llagas, como si hubiera estado expuesto a radiación.

Philip apunta con su vieja e inútil escopeta al cráneo del hombre calvo. Los separan unos dos metros y medio. Blake se concentra en aparentar, o quizá en creer, que su arma está cargada.

—Os concederé el beneficio de la duda —dice Philip—, y asumiré que pensabais que este lugar estaba desierto.

—Tienes toda la razón, amigo —responde el calvo con una voz

serena, hipnótica, como la de un *discjockey* o la de un yonqui. Lleva unas fundas de oro en los dientes que brillan con sutilidad cuando exhibe su sonrisa de serpiente.

—Así que os estaremos muy agradecidos si os vais por donde habéis venido, y aquí no ha pasado nada...

El hombre con la pistola frunce el cejo, dolido:

—Eso no es nada hospitalario por vuestra parte. —Tiembla levemente con la violencia latente de un tic que se propaga por todo su cuerpo—. Menuda choza os habéis buscado...

—A ti qué te importa. —Philip intenta mantenerse firme, pero en ese momento oye el chirrido de la puerta principal y el sonido de unos pasos que atraviesan el salón. Su cerebro se bloquea a causa del pánico y de los impulsos beligerantes. Sabe que los próximos segundos son críticos y que su vida está en juego. Sin embargo, se queda atascado en sus pensamientos—. No queremos que haya sangre, pero, hermano, te garantizo que, pase lo que pase, la tuya y la mía serán las primeras que se derramen.

—Tienes labia —responde el hombre calvo. Inmediatamente, se dirige a uno de sus compañeros que se ocultan en la oscuridad—: ¿Tapón?

Una voz responde desde el otro lado de la puerta trasera:

—¡Lo tengo, Tommy!

Casi en ese preciso momento, Nick aparece a través de la puerta trasera, rota, con un enorme cuchillo Bowie presionándole la tráquea. Su captor, un muchacho delgado con la cara llena de granos y rapado como un marine, empuja la puerta y lanza a Nick hacia el interior de la cocina.

—Lo siento, Philly —dice éste a duras penas respirando mientras el chico esbelto y rapado lo empuja contra los armarios y sigue apretándole la nuez con el cuchillo. Éste lleva un machete sujeto en el cinturón. Por su aspecto nervioso y macilento, y por la delgadez que realzan sus mitones, parece que haya escapado de una brigada de marines. Su chaqueta de trabajo tiene las mangas arrancadas y muestra unos largos brazos desnudos y recubiertos de jeroglíficos carcelarios.

—Espera un momento —le dice Philip al hombre calvo—. No hay motivo para...

—¡Sonny! —El calvo se dirige a otro de sus cómplices en el mismo instante en que Philip oye el crujido de unos pasos sobre el centenario suelo de madera del salón principal. Sigue con la escopeta levantada y apuntando, pero echa una rápida mirada por encima del hombro. Brian y Penny se abrazan entre las sombras, justo detrás de Philip, a un metro y medio de sus talones.

De repente, dos figuras más aparecen detrás de ellos y la niña da un respingo.

—¡Lo tengo controlado, Tommy! —exclama una de las figuras al tiempo que todos vislumbran el cañón chapado en acero de un revólver de gran calibre (quizá un Magnum 357 o una arma militar del 45), apretado contra la base del cráneo de Brian Blake. Éste se estremece como un animal acorralado.

—Aguanta —le dice Philip.

Por el rabillo del ojo capta que las dos figuras que apuntan con pistolas a Brian y Penny son un hombre y una mujer... aunque en este caso el uso del término «mujer» es poco preciso. La chica que agarra con firmeza el cuello de la camisa de Penny es una marioneta andrógina de piel y huesos. Va vestida con pantalones de cuero y capas y más capas de malla; los ojos perfilados de negro carbón y el pelo de punta. Su piel luce la palidez ligeramente verdosa de los yonquis. Golpea nerviosamente el cañón de un revólver policial del 38 contra su esquelético muslo.

El hombre que tiene al lado, llamado Sonny, por lo que se ve, también parece un veterano de las agujas. Tiene los ojos hundidos en una máscara de ignorancia y maldad picada de viruela que hace juego con un cuerpo demacrado cubierto por un uniforme militar hecho jirones.

—Os quiero dar las gracias, hermano —dice el hombre calvo tras guardar su nueve milímetros en la funda del cinturón. Actúa como si el enfrentamiento hubiera acabado oficialmente—. Habéis descubierto un buen refugio. Tiene mérito por vuestra parte. —Se acerca a la jarra de agua fresca del pozo que hay al lado del fregadero y, con toda la tranquilidad, se sirve un vaso que vacía entero en un instante—. Es perfecto para hacernos de base.

—Sí, claro, perfecto —repone Philip sin hacer amago de bajar su falsa arma—. El único problema es que estamos al completo.

—No importa, hermano.

—¿Entonces qué es lo que pensáis hacer? ¿Qué intenciones tenéis?

—¿Qué intenciones? —El calvo pronuncia la palabra con un marcado tono de burla—. Nuestras intenciones son quitaros este tinglado.

Alguien a quien Philip no ve se ríe con ganas.

El cerebro de Blake se ha convertido en un tablero de ajedrez roto en el que las piezas se mueven de un lado a otro caóticamente. Sabe que es muy probable que estas ratas abyectas pretendan matarlo a él y al resto de los ocupantes de la casa. Sabe que son parásitos, que seguramente llevan semanas merodeando por allí como carroñeros. Al final queda claro que Brian no tenía alucinaciones.

Philip oye más sonidos procedentes del exterior —ramas pisoteadas y voces graves— y realiza un rápido cálculo mental: son por lo menos seis, o tal vez más, y van en cuatro coches como mínimo. Todos ellos están fuertemente armados y, a la vista de los muchos cartuchos y cargadores que llevan prendidos de los cinturones, no les falta munición. Pero si carecen de algo, en apariencia —y tal vez Philip pueda aprovecharse de ello—, es de inteligencia. Incluso el gran hombre calvo, presunto líder de la banda, no parece más espabilado que un porrero. Aquí no vale ningún llamamiento a la piedad, no vale ninguna brizna de compasión. Philip sólo tiene una oportunidad para sobrevivir.

—¿Puedo decir algo? —pregunta—. Antes de que hagáis algo precipitado.

El calvo levanta el vaso como si fuera a brindar:

—Por supuesto, amigo. Di lo que quieras.

—Lo único que quiero decirte es que aquí sólo pueden pasar dos cosas.

Las palabras de Philip parecen picar la curiosidad del hombre. Éste pone el vaso sobre la encimera y se vuelve hacia Philip:

—¿Sólo dos?

—Una es que nos pongamos a pegar tiros, y ya sabes cómo acaba.

—¿Cómo?

—Vosotros sois más que nosotros y nos vais a machacar. De eso no cabe duda. Pero te puedo jurar una cosa, y lo digo en serio, porque nunca he estado más seguro de nada en mi vida.

—¿Qué?

—Que pase lo que pase, podré pegar por lo menos un tiro. Y lo siento por ti, pero puedes tener la certeza de que te voy a meter todos estos perdigones de cintura para arriba. Bueno, ¿quieres oír la segunda opción?

Al hombre calvo se le ha agotado el sentido del humor:

—Habla.

—La segunda opción es que nos dejéis marchar con vida y os quedéis con este sitio con nuestro consentimiento. Os ahorráis limpiar la sangre y tú te quedas entero de cintura para arriba.

Durante un rato, las cosas se desarrollan de forma ordenada bajo las órdenes del hombre calvo. La pareja de yonquis, a quienes Philip ha acabado por apodar Sonny y Cher debido a su estado de confusión, se apartan lentamente de Brian y Penny. Brian coge a la niña y cruza el salón con ella en brazos en dirección a la puerta.

El acuerdo, si es que se lo puede llamar así, es que Philip y su grupo abandonen la villa y dejen atrás todas sus pertenencias. Es lo que hay. Brian ve que su hermano sale de la casa aún con la escopeta en alto. ¡Gracias a Dios por esa mierda de antigualla! Nick lo sigue. Los dos se reúnen con Brian y Penny en la entrada, y el mayor de los Blake, que lleva a su sobrina en brazos, abre la puerta con el codo.

Salen arrastrando los pies, con la escopeta apuntando todavía a los intrusos que quedan dentro.

Los sentidos de Brian reciben varios estímulos: el viento gélido, la tenue luz del alba que empieza a levantarse más allá de los huertos, las siluetas de dos pistoleros más que guardan los flancos de la casa, los coches aparcados en un ángulo perfecto y con los faros aún encendidos como si fueran los focos que iluminan el escenario de una obra dantesca.

La voz del hombre calvo dicta órdenes desde dentro:

—¡Chicos, dejadlos pasar!

Los dos cómplices que aguardan fuera, vestidos con uniformes militares raídos y armados hasta los dientes —cada uno de ellos lleva una escopeta de cañón recortado— observan con el torvo interés de una ave de presa cómo Brian carga cuidadosamente a Penny a sus espaldas para llevarla a cuestas. Philip les susurra en voz muy baja:

—Seguidme de cerca. Aún quieren matarnos. Haced lo que yo os diga.

Brian sigue a Philip, que todavía lleva el torso desnudo y mantiene esa ridícula postura de comando con el arma en alto. Atraviesan el jardín, pasan junto a uno de los vigilantes pistoleros y llegan al cercano huerto de melocotoneros.

A Philip le lleva una eternidad que todo el mundo atraviese la finca y se refugie en las sombras del huerto más cercano. No son más que unos pocos segundos de reloj, pero a Brian Blake se le hacen interminables. La calma que ha reinado durante la transferencia de la propiedad ha comenzado a desbaratarse.

Brian oye que las cosas empiezan a ponerse feas tras de sí mientras lleva a Penny apresuradamente hacia la hilera de árboles. Todavía camina descalzo y siente un intenso dolor cada vez que pisa una piedra o una zarza. Se oyen gritos cargados de rabia que surgen desde la villa, pasos y movimientos bajo el porche delantero.

El primer disparo se produce justo cuando Philip y su grupo se ocultan entre los árboles. La detonación sacude el aire y hace que una rama caiga a un palmo escaso del hombro derecho de Brian; en su cara impactan fragmentos de corteza y Penny se pone a chillar. Philip empuja a Brian, que aún carga con la niña, hacia la profundidad de las sombras

—¡Corre! —les ordena a gritos—. ¡Corre, Brian! ¡Ahora!

Para Brian Blake, los siguientes cinco minutos transcurren con la confusión caótica de un sueño. Oye más disparos a sus espaldas y siente el silbido de las balas que atraviesan el follaje mientras intenta avanzar entre los árboles; el pálido brillo del alba todavía resulta insuficiente para iluminar las sombras del huerto. Sus pies descalzos, cada vez más lastimados, pisan un manto de hojarasca y fruta podrida. Su mente está a punto de estallar de pánico. Penny se balancea a su espalda con la respiración acelerada a causa del terror. Su tío no tiene ni idea de hasta dónde tiene que llegar, de hacia dónde tiene que huir, de cuándo debe detenerse. Sólo puede adentrarse más y más en las tinieblas del huerto.

Atraviesa unos doscientos metros de oscura frondosidad hasta encontrar una trampa excavada en el suelo, cubierta con unas maderas podridas. Se resguarda en su interior.

Mientras trata de recobrar la respiración —el aliento visible en el aire congelado y los latidos del corazón retumbando en sus oídos—, se inclina con delicadeza para que Penny pueda bajar de su espalda y la hace esconderse entre las hierbas.

—Agáchate, pequeña —le susurra—. Y sobre todo no hagas ningún ruido. Quédate tan calladita como un ratón...

Hay movimiento en el huerto por todas direcciones. El tiroteo cesa momentáneamente y Brian se arriesga a sacar la cabeza fuera de la trampa para ver lo que está ocurriendo. A través de las espesas filas de melocotoneros, Blake advierte a unos cien metros una figura que se acerca hacia él.

Los ojos de Brian ya se han adaptado lo suficiente a la penumbra como para distinguir que se trata de uno de los tipos que había fuera de la casa. Lleva la escopeta recortada en alto y lista para disparar. Los otros están peinando el huerto por atrás, mientras que una figura borrosa se acerca al tipo de la escopeta en ángulo recto.

Brian se esconde de nuevo bajo las maderas podridas y pondera sus opciones frenéticamente. Si sale corriendo, oirán sus pasos. Si se queda en la trampa, darán con él tarde o temprano. ¿Dónde demonios se ha metido Philip? ¿Dónde está Nick?

Justo en ese momento, Brian oye un pisoteo rítmico de hierbas y ramas en otra parte del huerto. Cada vez es más acelerado y se acerca rápidamente al pistolero.

Vuelve a sacar la cabeza fuera de la trampa y observa la silueta de su hermano, a unos cincuenta metros, mientras se arrastra sobre la maleza: se acerca en ángulo recto hacia el tirador. Brian se queda helado a causa del pánico y siente un pinchazo en el estómago.

Nick Parsons aparece de entre las sombras, al otro lado del pistolero, con una piedra del tamaño de un pomelo en la mano. Se detiene y la arroja a unos cien metros hacia el otro lado del huerto.

La piedra cae sobre un árbol y causa un enorme estruendo que sorprende al pistolero.

El tipo se vuelve y dispara sin apuntar siquiera hacia el origen del sonido. La onda expansiva sacude el huerto. Penny se estremece. Brian se pone a cubierto, no sin antes observar, casi al mismo tiempo, cómo algo se mueve en dirección al pistolero antes de que éste tenga la oportunidad de volver a cargar un cartucho.

Philip Blake aparece de repente, con la vieja escopeta sujeta por el cañón, y golpea de lleno al pistolero con la culata en la base del cráneo. El golpe es tan fuerte que el hombre salta y casi deja las botas en el suelo. Su recortada vuela por los aires. El tipo se tambalea y cae de bruces sobre el musgo.

Brian mira hacia otro lado y le tapa los ojos a Penny mientras Philip remata el trabajo rápidamente, o más bien salvajemente, asestándole otros cuatro golpes brutales en el cráneo al pistolero caído.

El equilibrio de fuerzas acaba de sufrir una sutil variación. Philip encuentra una pistola de cañón corto en el cinturón del pistolero caído. Los cartuchos y el cargador rápido que llevaba en el bolsillo suponen otro tanto a favor de Philip y Nick. Brian contempla la escena desde la trampa, a unos cincuenta metros de distancia.

Una sensación de alivio le recorre el cuerpo. Por fin ve brillar una luz de esperanza. Ahora pueden huir. Pueden volver a empezar. Pueden sobrevivir un día más.

Pero cuando Brian le hace señales a su hermano desde el interior de la trampa y Philip y Nick se acercan al escondrijo, la mirada en el rostro de su hermano a la pálida luz del amanecer cae como un jarro de agua fría sobre los ánimos de Brian.

—Vamos a cargarnos a estos hijos de puta —dice Philip—. A todos y cada uno de ellos.

—Pero Philip... ¿y si sólo...?

—Vamos a recuperar este sitio. Es nuestro. Y los vamos a echar.

—Pero...

—Escúchame —Philip clava la mirada en Brian de una forma que a éste le pone la piel de gallina—, necesito que te lleves a mi hija lejos del peligro, pase lo que pase. ¿Entiendes lo que te digo?

—Sí, pero...

—Eso es todo lo que quiero que hagas.

—De acuerdo.

—Sólo tienes que mantenerla a salvo. Mírame. ¿Podrás hacerlo por mí?

Brian asiente.

—Claro. Por supuesto, Philip. Lo haré. Pero no te dejes matar.

Su hermano no responde a esto último, ni siquiera reacciona. Está ocupado introduciendo un cartucho en la culata de su calibre 20. Cuando termina, levanta la cabeza y mira a Nick.

En cuestión de minutos, los dos hombres han vuelto a la carga y se han esfumado entre la espesura de los árboles. Abandonan a Brian a su suerte entre la maleza, desarmado, indeciso, petrificado de miedo y con los pies descalzos y heridos. ¿En serio quería Philip dejarlo así? ¿Era ése el plan?

Suena el estruendo de un disparo y Brian salta asustado. El eco de un tiro de respuesta sacude el gélido aire de la madrugada sobre la copa de los árboles. Brian aprieta los puños con tal intensidad que podrían ponerse a sangrar. ¿Se supone que debe quedarse ahí sentado?

Brian abraza a Penny cuando se oye el sonido de otro disparo, esta vez mucho más cerca; es extrañamente sordo y lo sigue un siniestro aliento a muerte. Brian vuelve a sentir la agitación de sus pensamientos, y el cuerpo entero le tiembla de miedo.

Se oyen pasos que se acercan al escondrijo. Blake vuelve a echar un rápido vistazo por encima de las maderas que cubren la trampa y ve al tipo calvo, con su Glock de nueve milímetros en la mano, que se abre paso entre los árboles a toda velocidad; a medida que se acerca, las muecas de ira de su rostro surcado de cicatrices se hacen más visibles. El cuerpo destrozado del delgaducho al que llamaban Tapón yace sobre el barro a unos treinta metros al norte, con la mitad de la cabeza arrancada.

Otra descarga más hace que Brian se agache, con los nervios a punto de estallarle. No sabe si el hombre calvo ha caído o si el disparo procedía precisamente de su arma.

—Vamos, pequeña. —Brian se dirige a Penny, que está acurrucada entre las hierbas, casi catatónica, cubriéndose la cabeza con las manos—. Tenemos que salir de aquí.

La ayuda a levantarse y, como es demasiado peligroso seguir cargándola a cuestas, la aleja del tiroteo cogida de la mano.

Se escabullen siguiendo las sombras de los melocotoneros, ocultos entre los matorrales y evitando los caminos que recorren el huerto. Con los pies entumecidos a causa del frío y el dolor, Brian todavía oye voces detrás de él, algún disparo aislado y, luego, el silencio más absoluto.

Durante un rato, no capta más que el viento soplando entre las ramas y tal vez unos cuantos pasos frenéticos de vez en cuando. Pero no está seguro de que sean pisadas; podría tratarse del latido de su corazón, que le resuena en los oídos. Aun así, no se deja amedrentar.

Avanza unos cien metros antes de esconderse tras un carro viejo y roto para el transporte de heno. Recobra la respiración y aprieta a Penny contra su pecho:

—¿Estás bien, pequeña?

Ella consigue alzar el pulgar en señal de asentimiento, pero tiene el rostro completamente desencajado por el terror.

Su tío aprovecha para inspeccionar la ropa de Penny, su cara y su cuerpo. Parece que está ilesa. Intenta acariciarla para transmitirle algo de tranquilidad, pero la adrenalina y el cansancio hacen que el cuerpo de Brian tiemble espasmódicamente, así que sus caricias sirven de poco.

Blake se sobresalta al oír otro ruido. Se agacha y analiza la situación a través de las tablillas del carro. En las inmediaciones de un barranco, a unos cincuenta metros, merodea una figura alta y corpulenta que lleva una escopeta. Pero está demasiado lejos como para identificarla con claridad.

—¿Papá...?

Brian se sobresalta al escuchar la voz de Penny. No ha sido más que un susurro, pero suficiente para revelar su posición. Coge a la niña y le tapa la boca con la mano. A continuación se vuelve para echar una mirada por encima del carro y ve a la figura ascender por la pendiente.

Por desgracia, la silueta que se acerca no es la del padre de la pequeña.

La explosión prácticamente hace desaparecer la mitad del carro y arroja a Brian al suelo entre un remolino de astillas y polvo. Cae de boca, pero no suelta a Penny. Tira de la camisa de la niña y la arrastra hasta una zona de vegetación más frondosa. Gatea unos cuantos metros tirando de ella, hasta que finalmente consigue ponerse en pie. La coge en brazos y se dispone a correr lejos de allí, pero algo va mal.

De repente nota que Penny está débil, que ha perdido las fuerzas, como si estuviera muerta.

Brian oye el crujido de unas botas justo detrás de él y el sonido metálico de una escopeta; el pistolero se acerca para asestarles el tiro final. Blake se echa a Penny al hombro y, aún cojeando, intenta cubrirse tan rápido como sea posible entre el follaje. Pero no llega muy lejos antes de advertir que está empapado de sangre. Se derrama por la parte delantera de su camisa —teñida de rojo— y fluye como un arroyo.

—Oh, no, no, no... Por el amor de Dios, no... —Brian deja a Penny en el suelo y la tiende boca arriba. Su rostro pálido tiene el color de una sábana. Su mirada se ha vuelto vidriosa y está elevada en el cielo. Mientras emite sonidos entrecortados, un fino hilo de sangre le gotea por la comisura de los labios.

Brian apenas oye ahora al pistolero, que se aproxima hacia él al tiempo que carga otro cartucho en la escopeta. La pequeña camiseta de algodón de Penny está teñida de escarlata oscuro. Tiene un desgarrón de por lo menos quince centímetros de diámetro. Los perdigones que se disparan desde un cartucho del calibre 20 tienen suficiente fuerza como para agujerear el acero, y parece que la niña ha recibido en la espalda el impacto de por lo menos media nube de proyectiles que le han salido por la barriga.

El pistolero se acerca.

Brian le levanta la camiseta a la niña y, sin poder remediarlo, emite un instintivo gemido de angustia. Sus manos le resultan insuficientes para detener la abundante hemorragia de una profunda herida en forma de media luna. La sangre bulle. Brian se arranca un pedazo de la camisa con el que pretende tapar la herida, pero ya está todo lleno de sangre. Su tío llora y, tartamudeando, intenta hablar con ella. Mientras un chorro de espesa sangre se le escurre entre sus dedos y el pistolero se acerca:

—No pasa nada, te vas a curar, te vamos a curar la herida, te pondrás bien, te pondrás mejor...

Los brazos y la cintura de Brian reciben el cálido bautismo de la vida que se le escapa a su sobrina. Penny sólo tiene fuerzas para articular un débil susurro:

—Lejos...

—No, no, no... Penny, no lo hagas... No vayas aún... Todavía no... ¡Por favor...!

En ese momento, Brian oye el crujido de unas ramas justo detrás de él.

Una sombra cubre a Penny.

—Es una lástima —murmura una voz cavernosa a espaldas de Brian. En ese instante, siente en la nunca el frío tacto de un cañón de pistola—. Mírala bien.

Brian vuelve la cabeza y levanta la mirada hacia el pistolero, un hombre tatuado, con barba y una prominente barriga cervecera, que lo apunta con la pistola directamente a la cara. El hombre masculla:

—Mírala bien ahora que puedes... ¡va a ser lo último que veas!

Brian no retira las manos de la herida de la niña en ningún momento, aunque ya sabe que es demasiado tarde.

Penny no lo conseguirá.

Por eso Brian ya está preparado... listo para morir.

La explosión parece un sueño, como si Brian abandonara súbitamente su cuerpo y flotara sobre el huerto contemplando el panorama desde la perspectiva de un espíritu incorpóreo. Pero de forma casi instantánea, Brian, que por instinto se ha precipitado hacia adelante en el momento de la explosión, vuelve a caer sacudido por el impacto. La sangre que cubre sus brazos y el cuerpo de Penny se evapora. ¿Es que el disparo a quemarropa ha sido tan brutal que no ha causado dolor alguno? ¿O es que Brian ya está muerto y ni siquiera se ha dado cuenta?

La sombra del pistolero comienza a derrumbarse, casi a cámara lenta, como si fuera una vieja secuoya talada que entrega el espíritu.

Brian se vuelve justo a tiempo de ver que el barbudo ha sido abatido por la espalda y que tiene la parte superior del cráneo hecha una masa de pulpa roja y la barba chorreando sangre. Los ojos se le ponen en blanco y el hombre se desploma. Brian lo mira fijamente. Como si de un telón se tratara, la caída del pistolero revela tras de sí dos figuras que se abalanzan sobre Brian y Penny.

—¡¡Joder, no!! —Philip arroja al suelo la pistola aún humeante y echa a correr entre los árboles, seguido de cerca por Nick. Se lanza sobre Brian y lo empuja a un lado.

—¡¡No!! ¡¡No!!

Philip cae de rodillas al lado de la niña moribunda, que se está asfixiando ahogada en su propia sangre. La coge en brazos y, con ternura, acaricia la herida abierta como si sólo fuera un pequeño corte, una heridita, un rasguño de nada. La abraza con todas sus fuerzas y se empapa de sangre.

Brian yace en el suelo a unos metros, respirando de cerca la tierra húmeda, absolutamente agotado. Siente un enorme peso en los párpados. Nick está a su lado, de pie.

—Podemos detener la hemorragia, ¿verdad? Podemos curarla, ¿no?

Philip mece a la niña ensangrentada.

Penny expira entre sus brazos, con un velado estertor que le deja el rostro tan blanco y frío como la porcelana. Philip la sacude:

—Vamos, Bichito... Quédate con nosotros... No te vayas ahora... Vamos, quédate con nosotros... Por favor, Bichito... ¿Bichito? ¿Bichito?

El terrible silencio queda suspendido en el aire.

—Dios... —murmura Nick para sí mientras baja la mirada hacia el suelo.

Durante un largo rato, Philip sostiene a la niña en brazos mientras Nick reza en silencio, con la cabeza agachada. También durante gran parte de ese rato, Brian yace tendido boca abajo, a un metro y medio, llorando sobre la tierra húmeda, balbuceando vagamente, más para sí mismo que para los demás:

—Lo intenté... pasó tan rápido... no pude... fue... no lo puedo creer... No pude... Penny no pudo...

De repente, una mano enorme y sarmentosa agarra la espalda de la camisa de Brian.

—¿Qué te dije? —pregunta Philip con un gruñido gutural. Levanta a su hermano del suelo y lo arroja contra el tronco de un árbol cercano. Brian languidece. Ve las estrellas.

—¡Philly, no! —Nick trata de interponerse entre los dos hermanos, pero el pequeño lo empuja con tanta fuerza que acaba cayendo al suelo. Philip sigue retorciéndole el cuello a su hermano con la mano derecha.

—¿Qué te dije? —Philip vuelve a golpear a su hermano contra el tronco. La cabeza de Brian rebota contra la corteza del árbol. Nota ramalazos de dolor y de nuevo ve luces, pero no se esfuerza por escapar o plantarle cara. Él quiere morir. Quiere morir a manos de su hermano.

»¿Qué te dije? —Philip lanza a su hermano lejos del árbol.

El suelo golpea a Brian en un hombro y un lado de la cara con la fuerza de un ariete; a continuación, una lluvia de patadas cae sobre él y rueda involuntariamente por el suelo. Una bota con punta de acero le golpea en la mandíbula con tanto ímpetu que casi se la rompe. Otra patada le fractura tres costillas y le produce un dolor candente en el costado. Un puntapié más le golpea en la base de la espalda y le disloca las vértebras. También está a punto de perforarle el riñón. Un dolor intenso le astilla el coxis. Al cabo de un rato, Brian deja de sentir dolor, sólo puede ver, impasible, cómo se desarrolla todo como si estuviera fuera de su cuerpo destrozado. Se rinde a la paliza como un suplicante se rinde ante un sumo sacerdote.

DIECINUEVE

Al día siguiente, Philip pasa una hora en el cobertizo que hay detrás de la villa revisando la colección de armas requisada a los intrusos y las herramientas de filo y otros utensilios de granja que dejaron los antiguos habitantes. Sabe lo que tiene que hacer, pero elegir el modo de ejecución le resulta agónico. Primero decide utilizar la semiautomática de nueve milímetros. Será lo más limpio y rápido. Pero entonces le viene a la mente la idea de que usar una pistola sería injusto. Demasiado frío e impersonal. Tampoco puede considerar el uso de una hacha o un machete. Demasiado sucio e incierto. ¿Qué ocurriría si errase el objetivo por un par de centímetros y la cagara?

Al final se decide por la Glock de nueve milímetros, en cuya empuñadura procede a ensartar un cartucho lleno de balas.

Respira profundamente y se acerca a la puerta del cobertizo. Se detiene un instante y se prepara para lo que viene. Se oye el rumor esporádico de los arañazos en las paredes del cobertizo. La finca en la que se emplaza la villa rebosa de actividad mordedora, pues ocupa una verdadera legión de entes atraídos por el alboroto del tiroteo del día anterior. Philip abre la puerta de una patada.

La madera da contra un zombie femenino de mediana edad vestido con un delantal manchado que husmeaba alrededor del cobertizo. La fuerza del impacto hace que su cuerpo esquelético se tambalee hacia atrás mientras agita los brazos y que un gemido espectral surja de su rostro descompuesto. Philip pasa por su lado con la pistola en alto y apenas se desvía de su camino para acabar de abatirlo de un tiro certero en un lateral del cráneo.

El estruendo del disparo resuena mientras el cadáver se tambalea a un lado y a otro en una nube de vapor escarlata. Termina doblegado en el suelo.

Philip marcha por la parte de atrás de la villa, siempre con la pistola en alto, y a su paso liquida a otro par de mordedores errantes. Uno de ellos es un hombre mayor que sólo lleva puestos unos calzoncillos amarillos, quién sabe si porque tal vez se hubiera fugado de una residencia de ancianos. Otro es probablemente un antiguo cultivador de fruta, puesto que su cuerpo hinchado y ennegrecido aún está cubierto por su mono de trabajo original. Philip los derriba sin mayor problema, de un tiro cada uno, y toma nota mental de que tiene que recoger los restos más tarde, a lo largo del día, con la pala quitanieves integrada en la segadora.

Ha pasado casi un día entero desde que Penny muriera en sus brazos y ahora se levanta un nuevo amanecer radiante y azul, con el cielo limpio de otoño coronando el paisaje de la vasta extensión de melocotoneros. A Philip le ha llevado casi veinticuatro horas reunir el coraje suficiente para hacer lo que tiene que hacer. Al llegar al huerto le suda la mano con la que sujeta la pistola.

Le quedan cinco balas en el cargador.

Entre las sombras del bosque, una figura gime y se retuerce contra el viejo tronco de un árbol. Atado con una soga y cinta adhesiva, el prisionero se esfuerza por escapar con vana desesperación. Philip se acerca y levanta la pistola. Fija el blanco entre los ojos de la figura y, durante sólo un instante, se pide a sí mismo que termine rápido con esto: «Abre la herida, extirpa el tumor y listo».

A Philip le flaquea el pulso y, con el dedo congelado sobre el gatillo, suspira atormentado:

—No puedo hacerlo —murmura en una exhalación.

Baja el arma y se queda mirando a su hija. A un par de metros, atada al árbol, Penny gruñe con el ansia asilvestrada de un perro rabioso.

Su cara de muñeca de porcelana se ha encogido, se ha hundido como una calabaza blanca y podrida. Sus tiernos ojos se han convertido en un par de piezas metálicas, diminutas como monedas. Los labios inocentes que un día tuvieron la forma de tulipanes ahora aparecen ennegrecidos y replegados sobre una dentadura viscosa. No reconoce a su padre.

Ésa es la parte que más le duele a Philip. No puede evitar recordar la mirada de Penny cada vez que iba a recogerla a la guardería o a casa de la tía Nina tras concluir una larga jornada de duro trabajo. La chispa de reconocimiento y emoción y, claro está, de amor sin adulterar que brillaba en esos ojos grandes y marrones de cervatillo, cada vez que Philip regresaba, bastaba para que él pudiera seguir adelante a pesar de todo. Ahora aquel destello ha dejado de brillar para siempre, revestido por la capa gris de la muerte en vida.

Philip sabe lo que tiene que hacer.

Penny gruñe.

Los ojos de Philip arden de agonía.

—No puedo hacerlo —repite entre dientes con la cabeza gacha, sin dirigirse en realidad ni a Penny ni a sí mismo. Verla así le produce una descarga eléctrica por todo el cuerpo, como la llana de un soldado, que provoca que se encienda en lo más profundo de su ser una especie de llama secreta. Oye una voz en su interior: «Rompe el mundo, destrúyelo, arráncale el puto corazón... Ahora».

Con la mente enturbiada por la furia, decide alejarse del horror que ha encontrado en el huerto.

El terreno sobre el que se alza la villa, que ahora disfruta del apacible sol de una mañana otoñal, es una finca en forma de media luna con la residencia principal en el centro. A lo largo de la cuesta que hay detrás de la casa se erigen diversas edificaciones anexas: el garaje, un pequeño almacén que alberga la segadora y el tractor, un segundo cobertizo para herramientas, otra cochera sobre pilotes elevados para las visitas y un enorme granero con la cubierta exterior de madera, coronado por una cúpula y una gran veleta. Esta última construcción, con los listones carcomidos y despintados por el efecto del sol, es adonde Philip se dirige ahora.

Necesita liberarse de la corriente venenosa que fluye por sus entrañas; tiene que dar rienda suelta a sus tensiones.

La entrada principal del granero es una puerta doble situada en un extremo del edificio; se cierra con un madero gigante en el centro. Philip se acerca hasta el tablón y lo quita; las puertas se abren de par en par con un enorme chirrido. Las partículas de polvo que flotan entre las sombras del granero se vuelven visibles a la luz del sol que se filtra por la abertura. Philip entra en la construcción y vuelve a cerrar las puertas. El lugar apesta a orín de caballo y heno enmohecido.

En un rincón se revuelven frenéticamente otras dos figuras, sometidas a su propio tormento infernal, amordazadas con sogas y cinta adhesiva: Sonny y Cher.

La pareja tiembla, el uno contra la otra, sobre el suelo del granero. Tienen la boca tapada y la espalda apoyada contra la puerta de una cuadra vacía. Sus cuerpos muestran los síntomas del síndrome de abstinencia de la heroína, el crack o lo que sea: a Philip le da igual. Lo único que le importa ahora es que estos dos no tienen ni idea de cuánto se les va a complicar la vida.

Philip camina hacia el lugar donde está la pareja. La chica flacucha sufre espasmos y sus ojos pintados aparecen cubiertos de lágrimas secas. Al hombre le cuesta respirar a través de los orificios nasales.

Philip se sitúa justo bajo un estrecho rayo de luz, abarrotado de partículas de polvo y heno, y desde allí mira a la pareja con la nula condescendencia de un dios iracundo.

—Tú —le dice a Sonny—. Te voy a hacer una pregunta... y sé que no será fácil asentir con la cabeza inmovilizada y tal, de modo que parpadearás una vez para decir que sí y dos para decir que no.

El hombre levanta la mirada con los ojos perdidos, llorosos y hundidos. Parpadea una vez.

Philip le clava la mirada con fijeza:

—¿Te gusta mirar?

Dos parpadeos.

Philip se lleva las manos a la hebilla del cinturón y empieza a desabrochárselo:

—Es una lástima, porque voy a dar un espectáculo cojonudo.

Dos parpadeos.

Una vez más, dos parpadeos.

Dos parpadeos, dos parpadeos, dos parpadeos.

—Tómatelo con calma, Brian, no tan de prisa. —Nick habla con el mayor de los Blake al caer la noche en el cuarto de costura del segundo piso. A la luz de las lámparas de queroseno, Nick lo ayuda a beber agua con una pajita. La boca de Brian está aún hinchada y dolorida, y por la comisura de los labios le gotea un hilo de baba. Nick ha hecho todo lo posible por ayudar a Brian a recuperarse; lo más importante es que no le falte comida—. Toma un poco más de sopa de verduras —le sugiere Nick.

Brian toma unas cuantas cucharadas.

—Gracias, Nick. —La voz de Blake suena gruesa y ahogada a causa del dolor—. Gracias por todo. —Arrastra ligeramente las palabras porque aún tiene inflamado el paladar. Vacila al hablar, se atasca. Está tumbado en la cama, con las costillas firmemente vendadas con trapos y la cara y el cuello repletos de tiritas. Entre sus heridas sobresale el bulto amoratado del ojo izquierdo. Tal vez tenga también dañada la cadera, pero ninguno de los dos lo sabe a ciencia cierta.

—Te pondrás bien, hombre —le dice Nick—. Lo de tu hermano ya es otra historia.

—¿Qué quieres decir?

—Que está ido.

—Lo ha pasado bastante mal, Nick.

—Pero ¿cómo puedes decir eso? —Nick vuelve a sentarse y deja escapar un suspiro de lamento—. Mira lo que te ha hecho. Y no vengas con que es porque ha perdido a Penny. Todos hemos perdido a nuestros seres queridos, pero él ha estado a punto de mandarte a ti al otro barrio.

Brian se mira los pies magullados, que asoman por el extremo de las sábanas. Habla haciendo un gran esfuerzo:

—Tengo lo que me merezco.

—¡No digas eso! Lo que ocurrió no fue culpa tuya. Tu hermano ha ido demasiado lejos con este tema, y la verdad es que me preocupa bastante.

—Ya se le pasará. —Brian mira a Nick—. ¿Qué ocurre? A ti te preocupa otra cosa, seguro.

Nick respira profundamente y se pregunta si debería confiar en Brian. La relación de los hermanos Blake ha sido siempre compleja y, a lo largo de los años, Nick Parsons ha sentido a menudo que él era más hermano de Philip Blake que el biológico. Pero siempre ha existido un factor X entre los Blake, un profundo vínculo de sangre arraigado en los dos hombres.

Al final Nick se decide a hablar:

—Sé que no eres precisamente un tipo religioso. Y que piensas que soy un meapilas.

—Eso no es cierto, Nick.

Nick hace un gesto:

—Me da igual... Mi fe es muy fuerte y no juzgo a nadie por su religión.

—¿Adónde quieres llegar con esto?

Nick lo mira:

—La ha mantenido con vida, Brian... aunque tal vez a eso no se le pueda llamar vida.

—¿A Penny?

—Ahora está fuera con ella.

—¿Dónde?

Nick le explica todo lo acontecido en los dos días que han pasado desde el tiroteo. Mientras Brian se recuperaba de la paliza, Philip se ha mantenido ocupado. Tiene a dos de los intrusos, los únicos que sobrevivieron a la matanza, encerrados en el granero. Philip sostiene que los está interrogando acerca de posibles asentamientos humanos. A Nick le preocupa que los esté torturando, aunque eso es lo que menos le desasosiega. El destino de Penny Blake es lo que le inquieta:

—La tiene atada a un árbol como si fuera una mascota —dice Nick.

Brian frunce el cejo:

—¿Dónde?

—Fuera, en el huerto. Va allí por la noche y pasa un rato con ella.

—Santo cielo.

—Oye, sé que vas a pensar que esto son chorradas, pero es cómo me criaron: en el Universo existe una fuerza llamada el Bien y otra llamada el Mal.

—Nick, no creo que haga falta...

—Espera, déjame terminar. Creo que todo esto, la plaga o como lo quieras llamar, es obra de lo que llamaríamos el Diablo o Satán.

—Nick...

—Déjame dar el discurso. Le he estado dando muchas vueltas.

—De acuerdo. Te escucho.

—¿Qué es lo que más odia Satán? ¿El poder del amor? Quizá. Que alguien vuelva a nacer. Sí, posiblemente. Pero yo creo que lo que más detesta es que una persona muera y su espíritu vuele hacia el Paraíso.

—Me he perdido.

Nick clava la mirada en los ojos hundidos de Brian:

—Eso es lo que está ocurriendo, Brian. El Diablo ha encontrado la forma de hacer que las almas de las personas queden atrapadas aquí, en la Tierra.

Pasa un momento antes de que Blake pueda asimilar el concepto. Nick no espera que Brian crea en nada de eso, pero quizá, a lo mejor, logre que entienda su razonamiento.

Durante ese breve silencio, se oye el silbido del viento del norte sacudiendo las contraventanas. El tiempo está cambiando. La villa cruje y gime. Nick se levanta el cuello del jersey, una de las prendas que hallaron días atrás en la buhardilla entre bolas de naftalina, y tirita a causa del frío que invade el segundo piso.

—Lo que tu hermano está haciendo está mal, va en contra de Dios.
—Nick habla, y sus palabras quedan suspendidas en la penumbra.

En ese momento, en la oscuridad del huerto, una pequeña hoguera crepita, titilante, sobre la tierra. Philip se sienta en el suelo gélido con la pistola al lado y un pequeño libro mohoso que ha encontrado en la villa, en la habitación de los niños, en las rodillas.

—Ábreme la puerta, cerdito. —Philip lee en voz alta con una entonación forzada y cantarina—. ¡O si no soplaré y soplaré, y la casita derribaré!

A tan sólo un metro, atada al tronco del árbol, Penny Blake gruñe y babea con cada palabra. Su diminuta mandíbula intenta morder con impotencia.

—Por más que insistas, no te dejaré —recita Philip, y pasa una página de delicado papel cebolla. Se detiene y levanta la mirada hacia la cosa que un día fue su hija.

A la luz intermitente de la hoguera, el rostro menudo de Penny se desfigura con un apetito implacable, tan hinchado y arrugado como una calabaza de Halloween. Su cintura presenta numerosas heridas provocadas por el alambre de espino con el que está atada al árbol. Estira los brazos al aire con las manos retorcidas y los dedos prácticamente convertidos en garras; su único deseo es liberarse para poder devorar a su padre.

—Pero, por supuesto —prosigue éste con la voz entrecortada—, el lobo sopló y derribó la casa. —Una pausa agónica antes de llegar a una frase que Philip pronuncia con la voz destrozada, cargada a partes iguales de pena y de locura—. Y se comió al cerdo.

Durante el resto de la semana, Philip Blake a duras penas logra conciliar el sueño. Intenta descansar unas cuantas horas cada noche, pero los nervios le hacen dar vueltas en la cama hasta que se ve obligado a levantarse para ir a hacer algo. Muchas noches sale hacia el granero y descarga parte de su ira sobre Sonny y Cher. Son la razón ostensible por la que Penny se ha convertido, y de Philip depende asegurarse de que sufran lo que ningún hombre o mujer ha sufrido antes. El delicado proceso de mantenerlos justo a este lado de la muerte no es fácil. De vez en cuando, Philip tiene que darles agua para asegurarse de que no se le mueran. También debe tener cuidado de que no se suiciden para escapar de su tormento. Como buen carcelero, Philip los tiene bien atados con sogas y mantiene todos los objetos cortantes fuera de su alcance.

Esa noche —Philip cree que es viernes—, espera hasta que Nick y Brian se duermen antes de escabullirse de su habitación, ponerse la chaqueta vaquera y las botas, y salir por la puerta trasera a los campos bañados por la luz de la luna hasta el decrépito granero del extremo noreste de la finca. Le gusta anunciar su llegada.

—Papá ya está en casa —murmura en un tono cordial. Cada exhalación se convierte en una nube de vaho mientras quita el pestillo y empuja la puerta doble.

Enciende una linterna a pilas.

Sonny y Cher yacen en la oscuridad, donde Philip los dejó: dos criaturas zarrapastrosas, atadas como cochinillos, juntos, tirados sobre una extensa charca de sangre y excrementos. Sonny apenas está consciente; tiene la cabeza caída hacia un lado, los párpados hinchados y los ojos de yonqui ribeteados de rojo. Cher está inconsciente, tumbada a su lado, con los pantalones de cuero a la altura de los tobillos.

Ambos muestran las marcas purulentas de los instrumentos de castigo de Philip: pinzas de punta, alambre de espino, listones de madera con clavos oxidados y otros objetos contundentes que Philip improvisa en su ofuscación.

—Despierta, hermanita.

Philip se agacha y vuelve a la mujer sobre su espalda; las sogas de las muñecas le producen cortes y la que le rodea el cuello evita que pueda revolverse demasiado. Le da una bofetada y sus ojos palpitan. Luego le da otro tortazo y por fin despierta. Sus gritos le llegan apagados tras el pedazo de cinta adhesiva extrafuerte que le cubre la boca a modo de mordaza.

Por lo visto, en algún momento de la noche, la muchacha ha sido capaz de alcanzarse las bragas manchadas de sangre y volver a taparse con ellas.

—Déjame que te lo recuerde una vez más —advierte Philip mientras tira de las braguitas hasta la altura de las rodillas. Él está de pie frente a la chica, separándole las piernas con las botas como quien se abre paso entre la maleza. Ella se retuerce sobre el suelo como si quisiera escapar de su propia piel—: Vosotros me habéis arrebatado a mi hija. Y por eso iremos todos juntos al infierno.

Philip se desabrocha el cinturón, se baja los pantalones y no necesita mucha imaginación para conseguir una erección instantánea. El odio y la ira arden con tanta rabia en su plexo solar, que su pene se endurece hasta parecer un ariete. Se arrodilla entre las piernas temblorosas de la mujer.

El primer empujón actúa siempre como un gatillo: dispara de forma abrupta en su mente una voz que lo insulta y lo acucia con fragmentos de la trasnochada retórica bíblica que su padre solía musitar al emborracharse: «¡La venganza es mía! ¡La venganza es mía, dijo el Señor!».

Pero esta noche Philip se detiene tras tres o cuatro embestidas contra la mujer renqueante.

Varias cosas lo distraen y acaparan su atención. Oye pasos afuera, atravesando la parte de atrás de la finca, e incluso observa a través de las rendijas en la pared que una figura se desvanece más allá del granero. Pero lo que hace que Philip se retire para levantarse y ponerse los pantalones a toda prisa es que la figura se dirige al huerto.

Al lugar donde reside Penny.

Philip sale del granero e instantáneamente detecta una sombra que se adentra en la oscuridad del huerto. Es la silueta compacta de un hombre en forma, cercano a la treintena, vestido con un jersey y vaqueros, que lleva sobre el hombro una enorme pala oxidada.

—¡Nick!

El grito de aviso de Philip no recibe respuesta. Nick ya ha desaparecido entre los árboles.

Philip se saca del cinturón la pistola de nueve milímetros y corre hacia el huerto empuñándola. Introduce una bala en la recámara mientras llega a los árboles. La oscuridad da paso al haz de luz de una linterna.

A unos quince metros, Nick Parsons ilumina el rostro lívido de la cosa que fue Penny.

—¡Nick!

Parsons se vuelve de repente con la pala levantada; la linterna se le cae de las manos.

—Esto ha ido demasiados lejos, Philly; demasiado lejos.

—¡Suelta la pala! —le ordena Philip con la pistola en alto. La luz de la linterna apunta al follaje de los árboles y arroja una sombra siniestra y pálida sobre todo lo demás como en una tosca película en blanco y negro.

—No puedes hacerle esto a tu hija. ¿No te das cuenta de lo que le estás haciendo?

—Bájala.

—Estás impidiendo que su alma llegue al cielo, Philly.

—¡Cállate!

Inmerso en la cercana oscuridad, el zombie de Penny intenta librarse de sus ataduras desesperadamente. El haz desviado de la linterna resalta sus rasgos monstruosos desde abajo. Sus ojos reflejan la fría luz cenicienta.

—Philly, escúchame. —Nick baja la pala y habla con voz temblorosa a causa de la emoción—. Tienes que dejarla morir... Es una niña de Dios. Por favor... Te lo pido como cristiano... Tienes que dejar que se vaya.

Philip apunta con su pistola directamente a la frente de su amigo.

—Si ella muere... tú serás el siguiente.

Durante un momento, Nick Parsons parece alicaído, derrotado por completo.

Entonces deja caer la pala y, bajando la cabeza, emprende el camino de vuelta hacia la villa.

A lo largo de toda la escena, el zombie de Penny no deja de mirar con ojos de tiburón a quien un día llamó papá.

Brian sigue recuperándose. Seis días después de la paliza, se siente lo suficientemente repuesto como para salir de la cama y moverse dentro de la casa. Una punzada de dolor le atraviesa la cadera a cada paso y los mareos se suceden cada vez que sube o baja la escalera, pero en general se recupera a buen ritmo. Los rasguños han desaparecido y las inflamaciones han remitido; Brian recobra el apetito no sólo por la comida, sino también por la conversación.

—No sabes cuánto la echo de menos —le dice Brian a su hermano a altas horas de una madrugada en la que ambos comparten su insomnio en la cocina—. Me cambiaría por ella sin dudarlo, si con eso pudiera traerla de vuelta.

Philip baja la mirada. Ha desarrollado una serie de tics muy sutiles que emergen cuando se halla bajo presión: hace ruidos con la nariz, frunce los labios, carraspea.

—Lo sé, campeón. No fue culpa tuya... lo que pasó ahí fuera. No tendría que haberte hecho esto.

Los ojos de Brian se humedecen.

—Seguramente yo te habría hecho lo mismo a ti.

—Dejemos esto atrás, por favor.

—Por supuesto. —Brian se frota los ojos y mira a Philip—. Oye, ¿qué pasa con esa gente que tienes en el granero?

Philip levanta la cabeza.

—¿Y eso a ti qué te importa?

—Es que este asunto tiene a Nick de los nervios... Ya sabes, se oyen ruidos ahí... por la noche, quiero decir. Nick piensa que es como... como si les estuvieras arrancando las uñas.

Una sonrisa congelada estira la comisura de los labios de Philip:

—Sería muy enfermizo.

Brian no sonríe.

—Philip, sea lo que sea lo que estás haciendo ahí dentro con ellos, no te va a devolver a Penny.

Philip agacha la cabeza de nuevo:

—Ya lo sé... ¿Crees que no me he dado cuenta?

—Entonces te pido que te detengas... No importa lo que estés haciendo con ellos... déjalo. —Brian mira a su hermano—. No sirve para nada.

Philip mira al techo con un atisbo de emoción en los ojos:

—Esa basura que está en el granero me robó todo lo que me importaba... Ese hijo de puta calvo y sus cómplices, esos dos yonquis... destruyeron la vida de una niña inocente y preciosa. Y lo hicieron sólo por vicio y maldad. Nada de lo que pueda hacerles bastaría para compensarlo.

Brian suspira. Cualquier intento de objeción es estéril, así que se limita a mirar su taza de café.

—Y te equivocas al decir que no sirve para nada —concluye Philip tras un momento de reflexión—. Sirve para que me sienta mejor.

La noche siguiente, cuando las luces se apagan, el fuego de los tres hogares de la casa se reduce a cenizas y el viento del noreste empieza a juguetear con las rendijas de la buhardilla y los tablones sueltos de las paredes, Brian se encuentra en su cama, en la sala de costura, tratando de conciliar el sueño. De repente oye que el pomo de la puerta gira y observa cómo se adentra en la habitación la silueta de Nick Parsons. Brian se incorpora:

—¿Qué ocurre?

—Chist. —Nick le pide silencio, mientras atraviesa la estancia y se arrodilla junto a la cama. Lleva puesto el abrigo y los guantes y a la altura de su cadera asoma un bulto que parece la empuñadura de una pistola—. No levantes la voz.

—¿Y eso por qué?

—Porque tu hermano se ha dormido... por fin.

—¿Y qué?

—Pues que tenemos que aprovechar para hacer... ¿Cómo lo diría...? Una intervención.

—¿De qué estás hablando? ¿De Penny? ¿Estás pensando en liberar a Penny otra vez?

—¡No! ¡El granero! ¡Me refiero al granero!

Brian se desliza hasta el filo de la cama, se frota los ojos y se despereza estirando sus doloridas extremidades.

—No sé si estoy preparado para esto.

Se escabullen por la puerta trasera, cada uno armado con una pistola. Nick lleva el revólver bañado en acero del hombre calvo; Brian tiene la escopeta de cañón recortado que perteneció a uno de los esbirros. Atraviesan la finca sigilosamente hasta llegar al granero y Brian alumbra la puerta con una linterna. Encuentran un tablón sobre una pila de leños y lo utilizan como palanca para abrirla con el menor ruido posible.

El corazón de Brian late con una fuerza inusitada cuando ambos se adentran en la oscuridad del granero.

El hedor a orina y moho los deja noqueados. Intentan avanzar a través de las fétidas sombras hasta el fondo del edificio, donde dos oscuros montones de carne yacen en el suelo sobre un charco de sangre tan negra como el petróleo. Al principio las formas ni siquiera parecen humanas, pero cuando la linterna de Brian ilumina un rostro macilento, el mayor de los Blake es incapaz de contenerse:

—Hostia puta.

El hombre y la mujer aún están vivos, aunque por poco; están hinchados y desfigurados y tienen el torso lacerado. Los dos cautivos apenas están conscientes, y sus ojos desencajados miran con fijeza las vigas del techo. La mujer presenta evidentes signos de violencia, como una muñeca rota con las piernas abiertas. Manchas de sangre cubren los tatuajes que le decoran la piel pálida.

Brian se echa a temblar:

—Joder... ¿Qué hemos...? Joder, hostia puta...

Nick se arrodilla ante la mujer:

—Brian, trae algo de agua.

—¿Y qué...?

—¡Tráela del pozo! ¡De prisa!

Brian recoge la linterna, se da la vuelta y se marcha a toda prisa por donde ha venido.

Nick ilumina la constelación de heridas y llagas, algunas viejas e infectadas y otras nuevas, que recubren totalmente los cuerpos deformes de los cautivos. El pecho del hombre se hincha tan rápido como se contrae con una respiración superficial y convulsa. La mujer se esfuerza en enfocar su mirada legañosa en Nick. Parpadea frenéticamente.

Mueve los labios bajo la mordaza de cinta adhesiva. Nick comienza a arrancársela de la boca con sumo cuidado.

—P-P-P-Por... favooo... —intenta decir algo con gran urgencia, pero Nick no consigue entenderla.

—Está bien, vamos a sacaros de aquí. Ya verás cómo salís de ésta.

—Mmm...

—¿Tienes frío? —Nick intenta cubrirla con su escasa vestimenta—. Trata de respirar, prueba...

—Mmm... tnnn...

—¿Cómo? No te ent...

La mujer traga saliva como puede y, a continuación, vuelve a hablar:

—Mmm-máta-nosss... P-por favor...

Nick se queda petrificado. Todavía estupefacto, siente un ligero roce en la cadera. Al mirar de qué se trata, descubre la mano costrosa de la mujer hurgando en la empuñadura de la pistola que sobresale de su cinturón. En ese momento Nick se siente derrotado y su alma deshecha se desparrama por el suelo.

Saca la pistola del cinturón y se pone en pie para contemplar desde la altura las abominaciones que yacen en el suelo del granero. Se queda así un buen rato, antes de rezar una oración: el Salmo 23.

Brian regresa de camino al granero cargando con un cubo de plástico lleno de agua del pozo cuando oye los dos estallidos sordos que provienen del interior. Los disparos son breves y secos, como petardos que estallan dentro de una lata. El sonido pilla a Brian tan desprevenido que no puede evitar que se le derrame el agua. Comienza a respirar sobresaltado.

En ese momento, casi de refilón, distingue un tenue brillo que parpadea en una de las ventanas del segundo piso de la villa: la habitación de Philip. Al otro lado de la abertura se distingue el rayo fugaz de una linterna que, acto seguido, desaparece. A continuación, se oyen unos pasos apresurados que bajan por la escalera y atraviesan la casa. Brian se pone alerta.

Deja caer el cubo y cruza la finca a la carrera hasta llegar al granero. Entra dando un portazo y se sumerge en la penumbra. A pesar de la oscuridad, se dirige a toda prisa hacia el rayo de luz mortecina que alumbra débilmente el fondo del edificio. Se encuentra a Nick de pie frente a los cautivos.

Un hilillo de humo de cordita emana del cañón de la pistola de Nick, que la sujeta en la mano derecha mientras contempla los cuerpos en silencio.

Brian llega adonde está Nick y comienza a decirle algo cuando, de repente, baja la mirada y descubre las heridas en la cabeza de los prisioneros. Los chorros de sangre brillan sobre la puerta de la cuadra iluminados por un rayo de luz horizontal.

El hombre y la mujer están muertos por fin; yacen lánguidos sobre sus fluidos secos, con el rostro en paz, liberados de sus contorsiones de sufrimiento. De nuevo, Brian intenta decir algo.

Pero es incapaz de pronunciar palabra alguna.

Un momento después, en la oscuridad del granero, la doble puerta se abre de par en par anunciando la irrupción de Philip. Se dirige hacia la luz con ambos puños bien apretados a la altura del pecho, una expresión de rabia dibujada en la cara y los ojos ardiendo de locura. Parece que va a devorar a alguien. Lleva una pistola ensartada a un lado del cinturón y un machete colgando de la cadera.

Al llegar a mitad del recinto comienza a ralentizar el paso.

Nick le ha dado la espalda a los cadáveres y ahora está pendiente de Philip, que se acerca imparable. Brian da un paso atrás, superado por la indescriptible vergüenza que lo invade. Se siente como si el alma se le hubiera partido en dos. Agacha la cabeza mientras su hermano se acerca, ahora muy lentamente, furioso, mirando con nerviosismo a los cadáveres y a Nick, y luego a Brian, y luego una vez más a los cadáveres.

Durante largo rato, nadie sabe qué decir. Philip sigue mirando a Brian, que sigue tratando de ocultar la vergüenza paralizadora que lo avasalla. Pero cuanto más trata de ocultarla, más lo traiciona.

Si Brian tuviera el valor suficiente, se pondría de inmediato el cañón de la recortada en la boca y pondría fin a sus penurias. De algún extraño modo, se siente responsable de esto, de todo esto, pero es demasiado cobarde para matarse como un hombre.

Sólo es capaz de quedarse ahí quieto, bajo una vergüenza y humillación miserables, y de tratar de desviar la mirada.

Como si de una invisible reacción en cadena se tratara, el retablo patético y horripilante de los cuerpos profanados, junto con el silencio ensordecedor de su hermano y de su amigo, hace que Philip comience a derrumbarse.

Se esfuerza por retener las lágrimas que están a punto de brotarle de los ojos y por mantener firme su temblorosa barbilla en un gesto entre desafiante y de desprecio por sí mismo. Con gran dificultad abre la boca igual que si fuera a comunicar algo importante, pero se queda quieto, en silencio, durante unos instantes. Finalmente consigue articular un murmullo ahogado:

—Pues vale.

Nick parece terriblemente avergonzado y mira a Philip con incredulidad:

—¿«Pues vale»?

El pequeño de los Blake se da la vuelta y se marcha sacando la Glock de su funda mientras camina. Acciona el seguro del disparador y, acto seguido, dispara contra la pared del granero. ¡BANG! El retroceso le golpea en la mano y el estrépito hace saltar a Brian. ¡BANG! Otro fogonazo ilumina fugazmente la oscuridad y se lleva por delante un pedazo de la puerta. ¡BANG! El tercer disparo impacta en una viga del tejado y provoca que una lluvia de astillas y polvo caiga sobre el suelo.

Philip abre las puertas de una patada, tremendamente enojado, y se apresura a abandonar el lugar.

El silencio que queda atrás aún parece vibrar durante un momento con los ecos de la ira feroz de Philip. Brian no ha apartado la mirada del suelo en ningún instante y continúa con la cabeza agachada, observando avergonzado una pila de heno mohoso. Nick echa un último vistazo a los cadáveres y después libera un suspiro largo, lento y dolorido. Se vuelve hacia Brian y sacude la cabeza:

—Ahí lo tienes —dice lacónico.

Pero hay algo más tras las palabras de Nick, como el sutil tono de pánico de su voz, que le indica a Brian que las cosas han cambiado sin remedio en su pequeña familia disfuncional.

VEINTE

—¿Qué coño está haciendo? —se pregunta Nick mientras echa un vistazo a la mañana nublada desde la ventana delantera de la villa.

Al otro extremo de la finca, sobre el camino de entrada, Philip tira de Penny, que va sujeta con una correa de perro casera que el que era su padre ha construido con piezas sobrantes de la cabaña de herramientas: una larga sección de tubo de cobre con un collar de pinchos ensartado en un extremo. La arrastra hasta una furgoneta Ford S-10 aparcada en la hierba. La furgoneta es uno de los vehículos de la banda del hombre calvo, y Philip lo ha cargado con comida enlatada y otras provisiones, armamento y ropa de cama.

Penny gime y aúlla mientras la arrastran. Se agarra a la tubería que la mantiene a raya y muerde al aire. Bajo una luz difusa y apagada, su rostro muerto parece una máscara de Halloween viviente, esculpida con oscura arcilla gris.

—Esto es lo que estaba intentando decirte —reponde Brian, que contempla de pie junto a Nick la grotesca escena que se desarrolla en el patio frente a ellos—. Se ha levantado esta mañana convencido de que ya no podemos quedarnos aquí.

—¿Y eso por qué?

Brian se encoge de hombros.

—No lo sé... Después de todo lo que ha pasado... supongo que el lugar está envenenado para él, ve fantasmas por todas partes... No lo sé, la verdad.

Brian y Nick han estado despiertos toda la noche, bebiendo una taza de café tras otra, mientras discutían su situación. Nick ha basado su argumentación en el hecho de que, a su juicio, Philip ha perdido la cordura, ha sucumbido a la presión acumulada de protegerlos a ellos, agravada por la pérdida de Penny. Se lo pensó antes de expresarlo verbalmente, pero aludió a la posibilidad de que el Diablo haya puesto las garras sobre Philip. Brian está demasiado exhausto como para ponerse a debatir sobre metafísica con Nick, pero lo que es innegable es que las cosas se han puesto muy feas.

—Deja que se vaya —dice Nick al fin, dándole la espalda a la ventana.

Brian se queda mirándolo:

—¿Qué quieres decir? ¿Que te quedas aquí?

—Eso es, me quedo. Y tú deberías hacer lo mismo.

—Vamos, Nick.

—¿Cómo quieres que lo sigamos...? Después de toda esta mierda en la que nos hemos metido...

Brian se calla y reflexiona un momento antes de volver a hablar:

—Mira, te lo diré una vez más. Lo que ha hecho con esa gente es algo peor que atroz. Se le ha ido la olla. Y no estoy seguro de que podamos volver a verlo con los mismos ojos... Pero ahora se trata de sobrevivir. No podemos separarnos. Nuestra mejor apuesta es permanecer unidos, pase lo que pase.

Nick vuelve a mirar a través de la ventana:

—¿De verdad piensas que seremos capaces de llegar a la costa del golfo? Está a más de seiscientos kilómetros.

—Nuestra mejor apuesta es ir juntos.

Nick clava la mirada en Brian:

—¡Pero si lleva a su hija muerta sujeta con una puta correa! Y te dio una paliza que casi te mata. Es una olla a presión, Brian, y va a estallarnos en la cara.

—Esa olla a presión nos trajo desde Waynesboro hasta Georgia sanos y salvos —responde Brian con una chispa de rabia encendiéndose en su interior—. Estará como un cencerro, inestable, poseído por mil demonios, o puede que sea el príncipe del puto infierno, si te empeñas... Pero a pesar de eso es mi hermano y nuestra mejor baza para sobrevivir.

Nick lo mira fijamente:

—Ah, vale, ahora a esto lo llamamos sobrevivir.

—Si quieres quedarte aquí, tú mismo.

—Gracias por la consideración.

Nick se aleja y deja que Brian se vuelva hacia la ventana para observar a su hermano con nerviosismo.

Empleando un tubo de radiador como sifón, trasvasan todo el carburante de la finca a la Ford S-10: el de los tractores, el de los vehículos e incluso el de las Harleys. Consiguen llenar el tanque de sesenta litros de la furgoneta y llevarse un poco más. Philip prepara un lugar para Penny en la plataforma trasera; coloca las cajas de suministros en semicírculo y extiende sábanas en el suelo. La encadena a un perno en forma de U para que no pueda caerse ni causar daños.

Nick contempla la escena desde su ventana del segundo piso mientras da vueltas por la habitación como un animal enjaulado. Empieza a asumir la realidad de la situación. Se va a quedar solo en esa gran villa decadente. Pasará las noches solo. Pasará el invierno entero solo. Oirá el soplido violento del viento del norte resonando en las cañerías y los lamentos lejanos de los mordedores que merodean más allá del huerto... Todo mientras espera solo el lento paso del tiempo. Se despertará solo y comerá solo la comida que él solo tendrá que procurarse. Y tendrá que esperar en soledad a que vengan días mejores y tendrá que rezar a Dios por su liberación... completamente solo. Mientras observa cómo Philip y Brian ultiman los preparativos para la partida, una punzada de remordimiento le atraviesa el pecho; es lo que se conoce como «el remordimiento del vendedor». Cruza la habitación hasta el armario.

No le lleva más que unos cuantos segundos meter sus pertenencias básicas en una bolsa de lona.

Sale a toda prisa de la habitación y baja los escalones de dos en dos.

Brian se está acomodando en el asiento de copiloto y Philip acaba de poner la furgoneta en marcha. Están a punto de iniciar su marcha de la villa cuando el ruido de la puerta principal al abrirse de par en par alcanza sus oídos.

Brian vuelve la cabeza y ve a Nick corriendo hacia ellos con una bolsa de lona cargada al hombro mientras mueve el brazo.

Cuesta creer que Philip haya pasado por alto echar un vistazo bajo el capó de la furgoneta. Si hubiera dedicado tres minutos a revisar que todo estaba bien, se habría dado cuenta de que había un tubo perforado. Pero Philip Blake no está rindiendo exactamente al cien por cien estos días. Su mente es como una radio de onda corta que sintoniza varias emisoras.

Pero al margen de si fue un sabotaje deliberado por parte de los invasores —una vez que se inició el tiroteo— para asegurarse de que nadie escapaba de allí, o de si fue una bala perdida la que atravesó la rejilla de ventilación, o de si no fue más que un simple fallo mecánico casual, el caso es que la furgoneta empieza a chisporrotear y a echar humo al cabo de pocos kilómetros.

En un punto situado aproximadamente a ochenta kilómetros al suroeste de Atlanta, en un lugar que mucha gente de esa región llama «En Medio de la Nada», la furgoneta sale de la calzada de la autopista para terminar sobre la gravilla del arcén. Se detiene por completo, con todas las luces de alerta del salpicadero parpadeando. Una densa nube de vapor blanco emerge del capó y no hay forma de volver a poner en marcha el motor. Philip empieza a proferir un alarmante rosario de improperios y patalea tan fuerte sobre el suelo de la furgoneta que casi lo atraviesa con las botas de trabajo. Los otros dos hombres bajan la vista y esperan en silencio a que remita la borrasca. Brian se pregunta si es así como se siente una mujer

maltratada: demasiado atemorizada para huir, demasiado atemorizada para quedarse.

Al cabo de un rato cesa el berrinche de Philip. Sale del vehículo y
abre el capó.

Brian hace lo mismo. Se pone a su lado y pregunta:

—Vale, ¿cuál es el pronóstico?

—Que estamos bien jodidos.

—¿No podrás arreglarlo?

—Si llevas encima una tubería de radiador...

Brian mira a su alrededor. A un lado de la carretera hay un barranco
lleno de neumáticos viejos, basura y malas hierbas. Un movimiento al
otro extremo del precipicio capta su atención, a unos trescientos metros, donde un grupo de mordedores escarba entre la basura. Se golpean
los unos a los otros en busca de carne entre las rocas, como los cerdos
que olisquean trufas bajo el suelo. Aún no han reparado en la columna
de humo que emerge del vehículo averiado a ese lado de la carretera.

En la parte trasera de la furgoneta, Penny tira de su cadena, que
está ensartada a través del collar de perro y anclada con un perno al
suelo corrugado de la furgoneta. La proximidad de otros cadáveres
andantes parece haberla despertado, excitado o turbado.

—¿Qué opinas? —le pregunta por fin Brian a su hermano, que
acaba de bajar el capó cuidadosamente para cerrarlo sin apenas hacer
ruido.

Nick también ha bajado del coche y se une a ellos.

—¿Cuál es el plan?

Brian lo mira.

—El plan es... que estamos jodidos.

Nick se muerde las uñas y vuelve la vista atrás para observar cómo
el cónclave de zombies se acerca por el barranco, poco a poco pero
sin descanso.

—Philip, no podemos quedarnos aquí. Quizá encontremos otro
coche.

Su amigo exhala un suspiro de dolor:

—De acuerdo, chicos, ya sabéis lo que hay... Vosotros coged los
trastos, que yo llevaré a Penny.

Se ponen en marcha con la espalda cargada de provisiones; llevan a Penny sujeta con la correa. Caminan hombro con hombro y no se apartan de la autopista. En las proximidades de Greenville deben tomar un desvío, ya que se topan con una inexplicable pila de vehículos destrozados. El amasijo de metal se desparrama por todos los carriles y la zona está infestada de zombies. Desde una cierta distancia, parece que la tierra se haya abierto para vomitar centenares de cadáveres andantes.

Deciden tomar una carretera de dos carriles, la ruta rural 100, que se dirige hacia el sur a través de Greenville y rodea la congestión. No avanzan más de uno o dos kilómetros por esa vía antes de que Philip se detenga y levante la mano.

—Esperad un momento —dice con el cejo fruncido. Ladea la cabeza antes de seguir—. ¿Qué ha sido eso?

—¿Qué?

—Ese ruido.

—¿Qué ruido?

Philip escucha. Todos escuchan. Philip camina en círculo muy lentamente tratando de determinar la dirección de la que proviene el sonido.

—¿Podría ser un motor?

Ahora Brian lo oye:

—Suena como un puto tanque.

—O quizá como un *bulldozer* —aventura Nick.

—¡Qué cojones! —Philip entrecierra los ojos mientras escucha con atención—. ¡No puede estar muy lejos!

Siguen adelante. Al cabo de unos centenares de metros, se encuentran con un rótulo abollado que reza: «WOODBURY – 1,6 KILÓMETROS».

Continúan por la carretera con la mirada fija en las columnas de humo que se divisan hacia el oeste.

—Sean quienes sean, está claro que tienen combustible —dice Nick.

Brian ve una nube de polvo en el horizonte.

—¿Crees que serán amistosos?

—Yo no pondría la mano en el fuego —contesta Philip—. Pero

vamos... encontraremos una forma de entrar ahí, cada cosa a su debido tiempo.

El pequeño de los Blake se pone a la cabeza del grupo y trepa por una cuesta llena de arbustos.

Se internan en un campo de cultivo adyacente, un vasto valle de tierra fresca en barbecho. Las botas se les hunden en el lodo a medida que avanzan. Sienten en sus carnes el azote del viento helado y les cuesta una eternidad atravesar las afueras antes de que los signos de un pueblo abandonado comiencen a materializarse ante ellos.

Un cartel de Walmart sobresale por encima de una hilera de viejos robles. Se ven los arcos dorados de un McDonald's no muy lejos de ese establecimiento. Las calles están desiertas y la basura inunda las calzadas entre los edificios de ladrillo de la posguerra y los bloques de apartamentos cortados por el mismo patrón. Pero en el extremo septentrional del pueblo, en medio de un laberinto de vallas metálicas, los ruidos de los motores y los martilleos, además de alguna voz esporádica, revelan la presencia de humanos.

—Parece que están levantando un muro o algo así —opina Nick cuando el grupo se pone a cubierto bajo unos árboles. A unos doscientos metros de distancia, un puñado de figuras se afana en la construcción de una elevada muralla de madera que cierra el límite del pueblo por el norte. La barricada ya se extiende a lo largo de dos manzanas.

—El resto del lugar parece muerto —comenta Philip—. No debe de haber muchos supervivientes.

—¿Y qué demonios es eso? —Brian señala un semicírculo de postes elevados a unas cuantas manzanas hacia el oeste de la barricada. Sobre ellos, un grupo de luces de arco voltaico señala hacia un gran espacio abierto, oculto entre edificios y vallas.

—Yo diría que es el campo de fútbol de un instituto, ¿no? —sugiere Philip mientras coge su Glock. La saca y comprueba las balas que hay en el cargador. Le quedan exactamente seis.

—¿En qué estás pensando, Philip? —pregunta Nick con voz nerviosa e inquieto.

Brian supone que Nick está preocupado ante la posibilidad de caer en otra trampa. O quizá es sólo que está tenso con Philip. La verdad es que Brian no se siente muy atraído por la idea de inmiscuirse en una comunidad a la que no los han invitado, sobre todo teniendo en cuenta que llevan de paquete un zombie en estado de descomposición y que el padre del cadáver viviente en cuestión está tan trastornado que sería capaz de hacer cualquier cosa en cualquier momento. Pero ¿qué otra opción tienen? Negros nubarrones se ciernen de nuevo sobre el cielo de poniente y la temperatura está cayendo en picado.

—¿Qué tienes ahí, campeón? —Philip apunta con la cabeza a la pistola que sobresale por un lado del cinturón de Brian—. ¿El calibre 38?

—Sí.

—¿Y tú tienes el 35? —le pregunta Philip a Nick, que asiente nervioso—. De acuerdo. Esto es lo que vamos a hacer...

Penetran desde el extremo noreste del pueblo, desde los árboles que bordean la vía del ferrocarril. Lo hacen poco a poco, con las manos levantadas en un gesto conciliador. Al principio, se sorprenden de lo lejos que llegan, a la vista de por lo menos una docena de humanos, antes de que alguien repare en la presencia de unos extraños que pasean por el pueblo.

—¡Eh! —Un hombre corpulento de mediana edad vestido con un jersey negro de cuello alto salta de un *bulldozer* y señala a los recién llegados—. ¡Mira, Bruce! ¡Tenemos compañía!

Otro trabajador, un hombre alto de raza negra con un mono de obrero y la cabeza perfectamente rapada al cero, detiene su martilleo. Levanta la mirada y sus ojos se abren como platos. Se apresura a agarrar la escopeta que reposa sobre un refrigerador cercano.

—¡Tranquilos, tíos! —Philip se acerca lentamente; atraviesa un aparcamiento polvoriento con las manos en alto. La expresión de su rostro se aproxima a la calma, es tan tranquila y amistosa como es capaz de impostar—. Sólo pasábamos por aquí... No estamos buscando líos.

Brian y Nick siguen los pasos de Philip de cerca, ambos con los brazos levantados.

Los dos hombres se les acercan apuntándoles con escopetas.

—¿No estaréis tramando nada...? —inquiere el hombre negro.

—El seguro está puesto —responde Philip al tiempo que se detiene para coger su Glock sin hacer ningún aspaviento—. Os voy a enseñar el arma para que veáis que está todo limpio y en orden.

Les enseña la pistola de nueve milímetros.

—¿Y qué pasa con vosotros dos? —El hombre del jersey de cuello alto se dirige a Brian y Nick.

Ambos muestran sus armas.

—¿Sois sólo vosotros tres? —pregunta el hombre del jersey de cuello alto con un inconfundible acento del norte. Su cabello rubio y corto presenta algunas canas; tiene el cuello hinchado de un luchador y los pectorales de un estibador. Su enorme barriga porcina le cuelga por encima del cinturón.

—Sólo los tres —dice Philip; y casi dice la verdad. Ha dejado a Penny atada a un árbol entre las sombras del bosque de nogales que crece a unos cien metros de la barricada. Philip la ha atado con una cuerda adicional y le ha puesto un pañuelo en la boca para que no haga ningún ruido. Le ha dolido mucho tener que amordazarla así, pero, hasta que sepa con seguridad lo que se cuece en ese lugar, considera que es mejor tenerla escondida.

—¿Qué os ha pasado? —le pregunta el hombre del jersey de cuello alto a Brian mientras señala sus heridas.

—No es nada... una mala experiencia luchando contra unos mordedores —explica Philip.

El hombre del jersey de cuello alto baja su escopeta:

—¿Sois de Atlanta, chicos?

—No, señor. De un pequeño sitio que nadie conoce llamado Waynesboro.

—¿Habéis visto a algún miembro de la Guardia Nacional por ahí?

—No, señor.

—¿Habéis viajado por vuestra cuenta?

—La mayor parte del camino —dice Philip mientras vuelve a guardar su pistola—. Sólo necesitamos descansar un poco y luego nos iremos.

—¿Tenéis comida?

—No.

—¿Y cigarrillos?

—Tampoco, señor. —Philip hace el gesto de señalar a sus compañeros—. Si pudierais proporcionarnos cobijo por un período corto, no molestaríamos a nadie. ¿Qué decís?

Durante un momento, los dos trabajadores se miran el uno al otro como si compartieran una broma privada. Entonces el hombre negro estalla en carcajadas:

—Chicos, esto es el lejano oeste... y a nadie le importa una puta mierda lo que hagáis.

Resulta que el hombre negro se quedó corto al describir la situación de Woodbury.

Durante las horas restantes de aquel día, Philip, Brian y Nick toman el pulso del pueblo y se dan cuenta de que no es exactamente un idílico escenario rural de teleserie. Hay unos sesenta habitantes que se aferran al sector seguro en el extremo norte del pueblo. Se preocupan sobre todo por ellos mismos, viven a duras penas de los restos que consiguen recoger y en su mayoría están tan paranoicos y son tan desconfiados que apenas se les ve salir de sus casuchas. Residen en apartamentos abandonados y tiendas vacías. No se percibe ningún topo de liderazgo organizado en absoluto. Resulta increíble que alguno de ellos haya tenido la idea de comenzar a construir un muro. En Woodbury no es sino cada hombre, cada mujer y cada niño quien cuida de sí mismo.

Y eso es perfecto para Philip, Brian y Nick. Tras haber inspeccionado los límites del pueblo, deciden instalarse en un edificio de apartamentos abandonado que tiene dos viviendas. Está en el extremo meridional de la zona segura, cerca del distrito comercial deshabitado. Alguien ha aparcado autobuses escolares y remolques vacíos en fila alrededor de la periferia del pueblo para formar un bastión improvisado contra las incursiones de los mordedores.

Por ahora, el lugar parece relativamente seguro.

Brian no puede dormir esa noche, así que decide escaparse a explorar el pueblo. No le resulta fácil caminar; todavía le duelen las costillas y le cuesta respirar, pero salir y cambiar de aires le alivia.

Bajo la prístina luz de la luna, las aceras parecen un páramo desolado. Las calles dibujan la trama de lo que un día fue el típico suburbio de clase obrera. La basura vuela a su aire y forma remolinos que se apoderan de parques y plazas abandonadas. Los escaparates de los comercios imprescindibles en este tipo de barrio, como la clínica dental, la tienda de semillas DeForest, una heladería Dairy Queen y un Piggly Wiggly, están sumidos en la penumbra, cuando no tapados con tablones. Las pruebas del «cambio» se hallan por todas partes: en las fosas de cal en la chatarrería Kirney, donde no hace mucho que se han enterrado cadáveres, o en la glorieta de la plaza Robert E. Lee, donde las manchas de sangre producto de alguna batalla cruenta aún relucen como negro alquitrán a la luz de la luna.

A Brian no le sorprende descubrir que el campo abierto en el centro del pueblo, el que había atisbado anteriormente desde el campo de cultivo cercano, es un viejo circuito de carreras en el barro. En apariencia, los residentes disponen de combustible suficiente para mantener los generadores encendidos el día entero. Brian también descubre que, de vez en cuando, los enormes focos que hay sobre la pista centellean en la oscuridad de la noche sin motivo aparente. Al llegar al extremo opuesto de la misma, Brian pasa al lado de un semirremolque que late como un enorme corazón de acero con la vibración apagada de un motor de combustión; de la parte trasera salen unos cables empalmados a los edificios vecinos.

Cuando los primeros brillos del alba empiezan a intuirse en el horizonte, Brian decide regresar al apartamento. Atraviesa un aparcamiento desierto y toma un atajo a través de un callejón lleno de basura esparcida. Alcanza la calle adyacente y pasa junto a un grupo de hombres mayores, apiñados alrededor de una hoguera encendida en un cubo de basura, calentándose las manos y compartiendo una botella de vino adulterado.

—Guarda bien tus espaldas, hijo —le dice uno de ellos, mientras los otros dos se ríen sardónicamente. Son un trío de ancianos, entrecanos y harapientos, vestidos con abrigos apolillados del Ejército de Salvación. Dan la impresión de haber estado una eternidad encadenados a ese cubo de basura.

Brian se detiene. Lleva la pistola de cañón recortado ensartada en el cinturón, bajo la chaqueta, pero no se siente impulsado a sacarla. Se limita a conversar con los hombres:

—¿Hay mordedores por esta zona?

—¿Mordedores? —pregunta uno de los otros hombres. Tiene una larga barba blanca y los ojos arrugados llenos de confusión.

—Se refiere a esas cosas muertas —apunta el tercer marginado, el más gordo de los tres.

—Sí, Charlie —vuelve a intervenir el primero de los hombres—. ¿Te acuerdas de esos sacos de pus con patas que se comieron a Yellow Mike? ¿El motivo por el que estamos encerrados en este pueblo de mierda?

—¡Aaah, ya sé de lo que habla! —reacciona el vejete barbudo—. No sabía que los llamaran así.

—¿Eres nuevo en el pueblo, hijo? —le pregunta el hombre gordo a Brian mientras le echa una ojeada.

—Bueno, sí... A decir verdad, sí.

El viejo gordo muestra una sonrisa de dientes verdes y podridos:

—Si es así, bienvenido a la sala de espera del infierno.

—No le hagas caso, hijo —sentencia el primer anciano poniéndole una mano esquelética y artrítica en el hombro. Entonces, musita confidencialmente, con una voz baja y mocosa—: Aquí no es de los muertos de lo que tienes que preocuparte... sino de los vivos.

Al día siguiente, Philip ordena a Brian y Nick que mantengan la boca cerrada mientras permanezcan en Woodbury, que estén siempre localizables, que eviten cualquier contacto con otros residentes y que se abstengan incluso de decir su nombre a otras personas. Afortunadamente, el apartamento es un buen refugio temporal. Construido en los años cincuenta, con un mobiliario por lo menos igual de viejo formado por un mosaico de espejos desconchados en una pared, un sofá-cama apolillado en el salón y una enorme pecera rectangular junto al televisor, rebosante de espuma y de los diminutos cadáveres de peces abandonados, el lugar cuenta con tres dormitorios y agua corriente. Apesta a pescado podrido y excrementos felinos, pero como decía el padre de Brian: «No se puede ser mendigo y señorito». Encuentran comida envasada en las despensas de ambos apartamentos, de modo que deciden quedarse un tiempo.

Para asombro de Brian, los habitantes del pueblo los dejan en paz, como si fueran fantasmas. Sabe con certeza que entre la gente del pueblo se ha extendido el rumor de que hay unos recién llegados viviendo en la localidad, pero a pesar de eso es como si los Blake y Nick fueran espectros que se han aparecido en el destartalado apartamento. Lo cual tampoco está muy lejos de ser verdad. Nick se dedica a sus cosas, lee la Biblia y no habla demasiado. Philip y Brian, que aún acusan sus tensiones, también van cada uno a lo suyo y cruzan pocas palabras. No se les pasa por la cabeza la idea de buscar un vehículo y proseguir su viaje hacia el sur. Brian tiene la sensación de que han renunciado a llegar a la costa, a su futuro, tal vez también los unos a los otros.

El mayor de los hermanos sigue recuperándose de las heridas y Philip continúa obsesionado con Penny y aprovecha la mínima ocasión para escaparse al bosque de nogales.

Una noche, ya muy tarde, Brian oye que la puerta del apartamento se abre y se vuelve a cerrar.

Se queda en la cama, expectante, durante casi una hora. Al final, oye a Philip regresar entre pasos arrastrados y balbuceos siniestros. Es la tercera noche seguida que su hermano se ausenta en silencio, presumiblemente para ir a comprobar el estado de Penny mientras los habitantes del pueblo duermen. Hasta ahora su regreso había sido tan discreto y silencioso como su salida. Pero esta vez, Brian oye el profundo resuello de Philip en el salón; murmura algo que queda silenciado por el sonido de lamentos quejumbrosos y el traqueteo de una cadena.

Brian salta de la cama y se presenta en el salón. Se queda de piedra cuando ve a Philip arrastrando a Penny por el suelo con su correa, como si tirara de un perro apaleado.

Es incapaz de hablar durante un momento. Lo único que puede hacer es quedarse mirando el pequeño cadáver andante, con sus coletas y su vestidito de tirantes lleno de barro. A cada paso deja un rastro de suciedad en el suelo del apartamento. Brian espera que se trate de una visita temporal. Dios no quiera que se trate de una nueva compañera de piso.

VEINTIUNO

—¿Qué diablos estás haciendo? —le pregunta Brian a su hermano mientras la niña muerta araña el aire con un estúpido afán. Al oír su voz, la zombie clava la mirada de sus ojos lechosos en Brian.

—No pasará nada —murmura Philip mientras tira de su hija muerta hacia la salita trasera.

—No pretenderás...

—Métete en tus asuntos.

—Pero ¿y si alguien...?

—No me ha visto nadie —responde al tiempo que abre la puerta del lavadero de una patada.

Se trata de un cuarto pequeño y claustrofóbico, con el suelo de linóleo y las paredes de corcho, que aloja una lavadora y una secadora estropeadas. Las junturas del suelo están cubiertas de arena para gatos. Philip arrastra a esa cosa babeante entre gruñidos y amarra la correa a las tuberías que se ven en un rincón de la pared. Lo hace con el gesto firme pero suave de un entrenador de animales.

Brian lo observa desde el pasillo, consternado por lo que está viendo. Philip ha extendido sábanas en el suelo y las ha pegado con cinta aislante a las esquinas de la lavadora para evitar que Penny haga ruido o sufra algún daño. Resulta obvio que todo esto estaba planeado, que ya le había dado muchas vueltas. Le coloca alrededor del cuello un improvisado bozal de cuero, hecho con un cinturón y partes de una correa para perros, y también lo fija a las tuberías.

Philip lleva a cabo su trabajo con el rigor cuidadoso del enfermero que sienta a un niño inválido en una silla de ruedas. Mediante un separador de acero, se asegura de que el pequeño monstruo se mantenga a distancia y termina de fijar las mordazas a la pared. Durante todo el proceso, la cosa que una vez fue una niña gruñe y babea sin cesar; forcejea intentando librarse de sus ataduras.

Brian la mira. No puede decidir si debe darse la vuelta, llorar o gritar. Tiene la sensación de haberse topado con algo inquietantemente privado, y durante un breve instante, sus pensamientos retroceden a la época en que tenía dieciocho años y visitó la residencia de Waynesboro para despedirse de su abuela moribunda. Jamás olvidará la mirada de su cuidador. Con una frecuencia casi horaria, el enfermero tenía que limpiarle la mierda del culo a la anciana. La expresión de su rostro mientras lo hacía, con los familiares presentes en la habitación, era terrible: una mezcla de disgusto, profesionalidad estoica, lástima y desdén.

La misma expresión extraña se dibuja ahora en las facciones de Philip Blake mientras enrolla gasas alrededor de la cabeza del monstruo evitando cuidadosamente la zona de peligro en sus mandíbulas batientes. Le canta algo con dulzura mientras le pone los grilletes, una especie de arrullo desafinado que Brian es incapaz de identificar.

Al cabo de un rato, Philip queda satisfecho con el resultado de su trabajo. Acaricia con delicadeza la cabeza de la monstruosa Penny antes de besarla en la frente. La niña intenta morderlo y no le acierta en la yugular por unos pocos centímetros.

—Dejaré la luz encendida, Bichito —le dice Philip en voz alta, como si se dirigiera a un extranjero. Después se vuelve y abandona el lavadero en silencio asegurándose de dejar la puerta bien cerrada.

Brian está de pie en el pasillo, con la sangre congelada en las venas:

—¿Quieres hablar de esto?

—Como quieras —le replica Philip evitando el contacto visual mientras se aleja en dirección a su dormitorio.

Lo peor es que el lavadero está justo al lado del cuarto de Brian y a partir de entonces oye al monstruo todas las noches, gimiendo, golpeando las paredes, tratando de liberarse de sus ataduras. Es un recordatorio constante de... ¿De qué? ¿Del Armagedón? ¿De la locura? Brian ni siquiera encuentra una palabra para describir lo que representa Penny. El hedor es mil veces peor que el de la orina de gato. Y Philip pasa mucho tiempo encerrado en ese cuartucho haciendo Dios sabe qué, agrandando la separación que ya existe entre los tres hombres. Todavía angustiado por el impacto emocional y el dolor, Brian se halla dividido entre la lástima y la repulsión. Aún quiere a su hermano, pero esto es demasiado. Nick no expresa su opinión sobre el asunto, pero Brian sabe que está destrozado. El silencio entre los tres se acrecienta y Brian y Nick comienzan a pasar más tiempo fuera del apartamento, recorriendo la zona segura del pueblo y conociendo mejor la dinámica de sus habitantes.

Sin llamar la atención, Brian deambula por la periferia del pequeño enclave fronterizo. Descubre que el pueblo está dividido básicamente en dos castas sociales. La primera, y la que ostenta el mayor poder, incluye a todos aquellos con un oficio o vocación útil. Este grupo comprende a dos peones de obra, un operario de maquinaria, un doctor, un armero, un veterinario, un lampista, un peluquero, un mecánico de automóvil, un granjero, un cocinero y un electricista. El segundo grupo, al que Brian llama «los Dependientes», está formado por enfermos, jóvenes y diversos empleados de oficina con oscuros pasados administrativos. Son los antiguos mandos intermedios y los zánganos de oficina, burócratas y ejecutivos que cobraban sueldos millonarios por dirigir departamentos de grandes multinacionales pero que ahora sólo ocupan espacio, tan obsoletos como las cintas de casete. Con el eco de sus viejas clases de sociología resonando en algún rincón de su mente, Brian se pregunta si este grupo desestructurado de almas en pena podría llegar a desarrollar algo parecido a una comunidad.

El contrapunto parecen ponerlo tres miembros de la Guardia Nacional que llegaron a Woodbury desde un puesto cercano hace un par de semanas y empezaron a imponer su voluntad. Esa pequeña panda de rufianes, a la que Brian llama «los Matones», está capitaneada por un antiguo marine exaltado, con un corte de pelo a lo militar y una mirada fría en los ojos azules; su nombre es Gavin, aunque sus acólitos lo llaman «el Comandante». A Brian le bastan un par de días para comprobar que Gavin es un psicópata sediento de poder y de botines. Quizá la plaga le haya hecho perder la cabeza, pero el caso es que durante su primera semana en Woodbury Brian ve a Gavin y a sus guerreros aficionados robar provisiones de las manos de familias indefensas. También abusan de varias mujeres a punta de pistola, por las noches, tras la pista de carreras.

Brian mantiene las distancias y la cabeza gacha, y mientras realiza sus silenciosas observaciones acerca de las jerarquías que imperan en Woodbury, cada vez oye más el nombre de Stevens.

Por lo que puede deducir a partir de sus conversaciones aisladas con la gente del pueblo, este caballero fue en su día un otorrinolaringólogo que tenía su propia consulta en Atlanta. Tras el cambio, Stevens partió en busca de mejores pastos, solo, por lo que se ve, pues algunos creen que está divorciado. El buen doctor pronto se cruzó con el variopinto grupo de supervivientes de Woodbury. Viendo que los habitantes del pueblo estaban muy afectados por las enfermedades, la malnutrición y algunas heridas que requerían atención médica, Stevens decidió ofrecer sus servicios. Y ha estado bastante ocupado desde entonces atendiéndolos en el antiguo Centro Médico del Condado de Meriwether, a tres manzanas de la pista de carreras.

En la tarde de su séptimo día en Woodbury, todavía respirando con dificultad y con dolor en un costado, Brian reúne por fin el valor necesario para visitar el hospital ocupado, ese edificio de ladrillo gris en el extremo sur de la zona segura.

—Has tenido suerte —le dice Stevens mientras cuelga una radiografía en el clip de un panel luminoso. Señala una imagen lechosa de las costillas de Brian—. No presentas ningún daño grave... tan sólo tres fracturas menores en la segunda, cuarta y quinta pectorales.

—Suerte, ya —susurra Brian, que está sentado sobre una camilla acolchada con el torso desnudo. La estancia es una deprimente cripta de azulejos en el sótano del centro médico. Antiguamente fue el laboratorio patológico, pero ahora funciona como sala de reconocimiento médico. El aire apesta a desinfectante y moho.

—Debo admitir que no es una palabra que haya usado muy a menudo en los últimos días —confiesa Stevens. Se vuelve hacia un armario de acero inoxidable que hay al lado del panel luminoso. Es un hombre alto, corpulento, de cuarenta y tantos años, vestido con elegancia y que luce unas gafas de varilla algo caídas sobre la nariz. Lleva una bata de laboratorio sobre una camisa arrugada y en su mirada cansada se aprecia una cierta inteligencia profesoral.

—¿Y qué pasa con la respiración? —pregunta Brian.

El médico está rebuscando algo en una estantería de viales de plástico.

—Pleuritis en estado inicial a causa del daño en las costillas —murmura mientras busca la medicación—. Te animaría a toser todo lo que puedas... Te dolerá, pero así evitarás que se acumulen secreciones en los pulmones.

—¿Y el ojo? —El dolor punzante del ojo izquierdo, que irradia desde la mandíbula herida, ha empeorado en los últimos días. Cada vez que se mira al espejo, le parece que está más inyectado en sangre.

—A mí me parece que está bien —responde el médico. Saca un bote de pastillas de la estantería—. Esa parte de la mandíbula muestra una contusión tremenda, pero se te curará con el tiempo. Voy a darte naproxeno para el dolor.

Stevens le entrega el vial y se queda de pie frente a él con los brazos cruzados sobre el pecho.

De forma casi involuntaria, Brian alcanza la cartera.

—No sé si voy a tener...

—No hay que pagar por los servicios que se prestan aquí —lo interrumpe el médico con la ceja levantada, como divertido por el gesto instintivo de Brian—. No hay personal, no hay infraestructura, no hay seguimiento... y en realidad no hay ni siquiera una taza de café decente ni un triste periódico que leer para pasar el rato.

—Vaya, de acuerdo... —Brian se guarda las pastillas en el bolsillo—. ¿Y qué pasa con mi cadera?

—Está intacta a pesar de los moratones —contesta mientras apaga el panel luminoso y cierra el armario—. Yo no me preocuparía. Puedes volver a ponerte la camisa.

—Bien... Gracias.

—No eres muy hablador, ¿no? —le dice el médico mientras se lava las manos en un lavabo de pared y se las seca con una toalla sucia.

—Supongo que no.

—Tal vez sea mejor así —concluye el doctor. Hace una bola con la toalla y la arroja al fregadero—. Probablemente no querrás decirme ni siquiera tu nombre.

—Bueno...

—No pasa nada, déjalo. Te apuntaré en el registro como el Tipo Bohemio con las Costillas Rotas. ¿Vas a contarme cómo pasó?

Brian se encoge de hombros mientras se abrocha la camisa.

—Me caí.

—¿Luchando contra los especímenes?

Brian lo mira extrañado.

—¿Especímenes?

—Perdona... era lenguaje clínico. Mordedores, zombies, sacos de pus, como quiera que se los llame ahora. ¿Es así como te hiciste las heridas?

—Sí... Algo así...

—¿Quieres una opinión profesional? ¿Un pronóstico?

—Por supuesto.

—Lárgate de aquí mientras puedas.

—¿Y eso por qué?

—Teoría del caos.

—¿Perdón?

—La entropía... Los imperios caen, las estrellas se apagan... Los cubitos de hielo se derriten en tu bebida...

—Lo siento, no le entiendo.

El médico se empuja las gafas hacia arriba.

—Hay un crematorio en el semisótano de este edificio... Hemos destruido a dos hombres más hoy, uno de ellos padre de dos niños. Los atacaron ayer por la mañana, en el lado norte, y se reanimaron la noche pasada. Cada vez nos acechan más mordedores... La barricada es un colador. La teoría del caos es la imposibilidad de que un sistema cerrado permanezca estable. Este pueblo está sentenciado. No hay nadie al mando... Gavin y su tropa se están poniendo duros... Y tú, amigo, no eres más que otra presa, carne de cañón.

Durante un rato, Brian se mantiene en silencio, con la mirada perdida más allá del médico.

Finalmente, se levanta de la camilla y le da la mano al doctor.

—Lo tendré en cuenta.

Esa noche, aún mareado por los calmantes, Brian Blake oye un golpe en la puerta de su dormitorio. Antes de que tenga siquiera la oportunidad de espabilarse y encender una luz, la puerta se abre y Nick asoma la cabeza:

—Brian, ¿estás despierto?

—Siempre —gruñe Brian. Retira las sábanas y se sienta en un lado de la cama. Sólo algunos de los enchufes del apartamento están conectados a la red de generación eléctrica y la habitación de Brian es un circuito muerto. Por eso enciende una linterna a pilas, y ve a Nick entrando en la habitación completamente vestido y con una grave expresión de alarma en el rostro.

—Tienes que ver esto —le dice. Va hacia la ventana y mira a través de la persiana—. Lo vi la otra noche, lo mismo de siempre, y no le di mucha importancia.

Aún aturdido, Brian se pone al lado de Nick, frente a la ventana:

—¿Qué estás mirando?

A través de las lamas de la persiana, en la oscuridad de un aparcamiento vacío, se ve la silueta de Philip emergiendo de entre los árboles lejanos... En la oscuridad parece tan delgado como un bastón. Desde que murió Penny ha perdido peso a causa de la falta de sueño y de apetito. Tiene aspecto de estar enfermo y roto, como si los vaqueros desgastados fueran lo único que mantuviera unidas sus largas y lánguidas piernas. Lleva un cubo en las manos y camina de una forma extraña, acartonada, como un sonámbulo o un autómata.

—¿Ocurre algo con ese cubo? —pregunta Brian mientras contiene la respiración, casi de forma retórica.

—Exactamente —responde Nick al tiempo que se rasca inquieto—. También lo llevaba la otra noche.

—No te pongas nervioso, Nick. Quédate aquí. —Brian apaga la linterna—. Vamos a ver qué pasa.

Unos momentos después, el ruido que hace la puerta principal al abrirse reverbera por todo el apartamento en penumbra. Se oyen los pasos de Philip, que arrastra los pies cuando atraviesa el salón de camino al pasillo.

Al chasquido de la puerta del lavadero lo siguen los sonidos de Penny, que se inquieta: golpes de cadena y una confusa mezcla de gemidos. Son ruidos a los que Brian y Nick ya casi se han acostumbrado. Pero entonces a sus oídos llega algo que no habían escuchado antes: el chapoteo húmedo de algo que golpea los azulejos... seguido de los rumores extraños, salvajes y pegajosos de un zombie comiendo.

—¿Qué coño está haciendo? —El rostro de Nick está pálido a causa del terror, como una luna llena resplandeciente.

—Santo cielo —susurra Brian—. No puede estar...

Ni siquiera tiene ocasión de terminar la frase, porque Nick ya está de camino hacia la puerta con la cabeza a punto de estallar y se dirige al pasillo.

Brian lo persigue:

—Nick, no lo...

—No puede ser. —Nick recorre el pasillo a toda prisa y llega al lavadero. Golpea la puerta enérgicamente—. Philip, ¿qué estás haciendo?

—¡Vete!

La voz ahogada de Philip suena cargada de emoción.

—Nick... —Brian trata de interponerse entre Nick y la puerta, pero es demasiado tarde.

Nick gira el pomo. La puerta está abierta. Nick entra en el lavadero.

—¡Dios mío!

La reacción de Nick alcanza los oídos de Brian sólo un segundo antes de que éste pueda captar la imagen de lo que ocurre en el lavadero.

Brian atraviesa la puerta y se encuentra con la niña muerta comiéndose una mano humana.

La reacción inicial de Brian no es de repulsa, disgusto o indignación (que, casualmente, es la combinación exacta de emociones que altera el gesto de Nick mientras contempla boquiabierto el festín del zombie). En lugar de eso, a Brian lo embarga un sentimiento de tristeza. Al principio no dice nada y se limita a mirar mientras su hermano se agacha frente al diminuto cadáver erguido.

Ignorando la presencia de los otros hombres, Philip saca del cubo con toda tranquilidad una oreja humana arrancada y espera pacientemente a que el monstruo que fue Penny termine de consumir la mano. La criatura engulle los dedos del hombre de mediana edad con una fruición desenfrenada, masca los nudillos peludos y desangrados como si fueran una delicia. Por las comisuras de sus labios chorrean hilos de baba rosa y espumosa.

Apenas se toma un descanso para tragarse la mano antes de que Philip ponga la oreja humana al alcance de sus dientes ennegrecidos. Le ofrece el bocado con la preocupación y el cuidado con el que un sacerdote le daría la hostia a un comulgante. Penny devora el cartílago y otros pedazos de piel ternillosa con un ciego frenesí.

—Me largo de aquí —consigue decir finalmente Nick Parsons. Tras esas palabras, da media vuelta y sale furioso del lavadero.

Brian entra y se agacha junto a su hermano. No levanta la voz. No acusa a Philip de nada. Brian se está ahogando de pena y sólo es capaz de decir una cosa:

—¿Qué significa esto?

Philip ladea la cabeza.

—Ya estaba muerto... Iban a quemarlo... Encontré el cuerpo en una bolsa detrás de la clínica. Había muerto de otra cosa y sólo me llevé unas cuantas partes... Nadie se dará cuenta.

El zombie de Penny termina con la oreja y empieza a pedir más.

Philip le da de comer un pie arrancado, que gotea sangre, con el hueso del tobillo expuesto al aire como un viscoso cuerno de marfil.

—¿Crees que es...? —Brian intenta encontrar la palabra adecuada—. ¿Crees que es buena idea?

Philip mira al suelo mientras los ruidos húmedos y pegajosos del festín del zombie resuenan contra las paredes del lavadero. La niña apura el hueso mientras la voz de Philip cae una octava y empieza a resquebrajarse por la emoción:

—Imagina que era donante de órganos...

—Philip...

—No puedo abandonarla, Brian... No puedo. Es lo único que tengo.

Brian respira hondo, e intenta contener las lágrimas:

—Pero ¿no te das cuenta de que ya no es Penny?

—Sí.

—¿Y entonces?

—La veo y quiero recordar... Pero no puedo... No puedo hacerlo... No recuerdo nada aparte de esta mierda en la que estamos viviendo... y de esas ratas que la dispararon. Es lo único que tengo... —El dolor y la pena que ahogan su voz se están convirtiendo en algo aún más oscuro—. Me la arrebataron... Me quitaron el Universo entero... Ahora hay reglas nuevas... Las reglas han cambiado...

Brian no puede respirar. Contempla cómo el monstruo de Penny devora el pie arrancado y de forma inmediata aparta la mirada. No puede soportarlo más. Su estómago se retuerce por la náusea y siente arcadas en la garganta. Está a punto de vomitar y antes de que eso ocurra, se pone en pie con dificultad.

—Lo siento, no puedo estar aquí... Me voy, Philip...

Brian consigue salir del lavadero, dando tumbos, y cuando está en mitad del pasillo cae de rodillas y vomita sobre el suelo.

Su estómago está relativamente vacío. Lo que sale de su interior es sobre todo bilis, pero le llega en espasmos agónicos. Se retuerce una y otra vez y salpica con sus ácidos los dos metros de moqueta que van del pasillo al salón. Se siente como si hubiera echado las tripas por la boca. En seguida comienza a notar un sudor frío por todo el cuerpo que le provoca un brutal paroxismo de tos. El ataque se hace interminable; la tos sacude dolorosamente sus costillas. Tose y tose hasta que, al final, cae desplomado en el suelo.

A unos cinco metros de distancia, a la luz de una linterna alimentada con pilas, Nick Parsons está preparando la mochila. Mete una muda de ropa, un par de latas de judías, sábanas, una linterna y algo de agua embotellada. Busca en la abarrotada mesa de café a ver si encuentra algo.

Brian consigue levantarse y se limpia la boca con el dorso de la mano.

—No puedes irte, tío... No puedes irte ahora...

—Ya lo creo que puedo —repone Nick mientras saca su Biblia de debajo de una pila de envoltorios de caramelos. La mete en la mochila. Por el pasillo siguen llegando los sonidos ahogados del banquete del zombie y eso agrava la angustia de Parsons.

—Te lo ruego, Nick.

Éste cierra la cremallera de la mochila. Se dirige a Brian sin mirarlo.

—No me necesitáis...

—Eso no es verdad. —Brian traga saliva. Está amarga a causa de la bilis—. Te necesito más que nunca... Necesito tu ayuda... para arreglar las cosas.

—¿«Arreglar»? —Nick levanta la cabeza. Se echa la mochila al hombro y camina hacia donde Brian está desplomado en el suelo—. Ya hace tiempo que acabaron de joderse.

—Nick, escúchame...

—Se ha pasado de la raya, Brian.

—Escucha. Entiendo lo que quieres decir. Dale una oportunidad. Quizá esto sólo ocurra una vez. Tal vez... No lo sé... Lo hace por pena. Una oportunidad más, Nick. Tendremos más posibilidades de sobrevivir si permanecemos juntos.

Durante un momento largo y agónico, Parsons sopesa todo eso. Entonces, suspira exasperado, exhausto, como si la situación le consumiera la moral, y acaba por quitarse la mochila.

A la mañana siguiente, Philip desaparece. Brian y Nick ni siquiera se molestan en buscarlo. Permanecen dentro de la casa casi todo el día, sin apenas hablarse el uno al otro, como si ellos fueran los zombies. Se mueven silenciosamente del baño a la cocina y de la cocina al salón, donde se sientan a contemplar el cielo borrascoso a través de los barrotes de la ventana mientras intentan encontrar una respuesta, una forma de salir de la espiral descendente.

Sobre las cinco de la tarde, oyen un extraño zumbido que se aproxima desde el exterior; suena como el cruce entre una sierra mecánica y el motor de una barca. Preocupado por la posibilidad de que tenga algo que ver con Philip, Brian se dirige a la puerta trasera, analiza un momento el ruido y sale al exterior. Recorre unos pasos sobre el pavimento agrietado del porche trasero.

Ahora el ruido es más fuerte. En la distancia, hacia el norte del pueblo, una nube de polvo se levanta sobre el cielo gris plomizo. El bramido de los motores petardea con altibajos y se mezcla con el silbido del viento. Brian se da cuenta aliviado de que en realidad sólo es alguien que está conduciendo coches de carreras en la pista. De vez en cuando, el viento transporta un eco de ovaciones.

Brian siente pánico durante un momento. ¿No se dan cuenta esos idiotas de que todo ese ruido atraerá a los mordedores a un radio de ochenta kilómetros? Al mismo tiempo, hay algo en ese rumor de motosierra mezclado con la brisa que deja a Brian paralizado. Igual que una señal de radio remota, toca una fibra sensible en su interior: la memoria de los tiempos anteriores a la plaga, una serie de recuerdos dolorosos de plácidas tardes de domingo, el sueño reparador de una noche entera, el poder ir a una maldita tienda de comestibles y comprar una puta botella de leche sin preocupaciones.

Vuelve a entrar en la casa, se pone la chaqueta y le dice a Nick que sale a dar un paseo.

La entrada al circuito está en la calle principal; es una gran valla metálica extendida entre dos columnas de ladrillo. Cuando Brian se acerca, descubre montones de basura y viejos neumáticos tirados alrededor de las diminutas taquillas, que están tapadas con planchas llenas de pintadas.

El ruido llega a un nivel ensordecedor. Al estruendo sinuoso de los motores hay que sumarle los gritos del público. El aire huele a gasolina y neumático quemado, y una nube de polvo y humo lo invade todo.

Brian ve un agujero en la valla. Se dispone a entrar por él cuando escucha una voz.

—¡Eh!

Se detiene, se da la vuelta y observa que tres hombres con pantalones de camuflaje gastados se acercan a él. Dos de ellos son aún muy jóvenes; tienen melenas largas y grasientas y rifles de asalto apoyados en el hombro, al estilo patrullero. El mayor de los tres, un tipo duro con el pelo rapado y una chaqueta verde militar abrochada con una bandolera de balas que le cruza el pecho, camina al frente; es obvio que es el líder del grupo.

—La entrada son cuarenta pavos o el equivalente en trueque —dice el Comandante.

—¿La entrada? —repite Brian desconcertado. En el bolsillo del pecho del hombre mayor ve un parche con un nombre escrito: «COM. GAVIN». Hasta este momento, Brian sólo había visto de lejos a este despiadado Guardia Nacional; ahora, a una distancia tan escasa, Brian advierte un brillo de locura en sus fríos ojos azules. El aliento le apesta a Jim Beam.

—Cuarenta pavos la entrada de adulto, hijo. ¿Tú eres adulto? —Los otros hombres se ríen—. Los niños entran gratis, por supuesto, pero a mí me pareces mayor de dieciocho años. Por poco.

—¿Estáis pidiéndole dinero a la gente? —pregunta Brian confundido—. ¿Con los tiempos que corren?

—Si no tienes dinero eres libre de cambiar algo, amigo. ¿Tienes un pollo? ¿Alguna revista Penthouse con la que te hayas estado pajeando?

Más risotadas.

Brian responde enfadado:

—No tengo cuarenta pavos.

La sonrisa desaparece del rostro del Comandante como si se hubiera activado un interruptor.

—Pues entonces largo de aquí.

—¿Quién se queda el dinero?

La pregunta llama la atención de los otros dos guardias. Se acercan. Gavin le toca la frente a Brian con la nariz y le responde con un gruñido suave pero amenazador:

—Es para la Comuna.

—¿Para la qué?

—La Comuna... el colectivo... las mejoras de la comunidad y todo eso.

Brian siente un impulso de rabia que late en su interior:

—¿Seguro que no es para vuestro colectivo de tres?

—Lo siento —dice el Comandante con un tono seco y frío—. Debo de haberme perdido el aviso que decía que eres el nuevo secretario del ayuntamiento. Chicos, ¿a vosotros os llegó el aviso que decía que este pollo es el nuevo secretario del Ayuntamiento de Woodbury?

—No, señor —responde uno de sus esbirros de melena grasienta—. No nos ha llegado.

Gavin se saca de la funda del cinturón una pistola semiautomática del calibre 45, le quita el seguro y presiona el cañón contra la sien de Brian.

—No sabes nada de dinámica de grupos, hijo. ¿Te saltaste las clases de educación cívica en el instituto?

Brian no responde. Mantiene la mirada fija en los ojos del Comandante. Una lente roja cae sobre todo su campo de visión. Todo se vuelve rojo. Siente un hormigueo en las manos y la cabeza le da vueltas.

—Di «aaah» —le ordena el Comandante.

—¿Cómo?

—¡Que abras la puta boca! —grita Gavin; los otros guardias cogen sus rifles de asalto y apuntan con ellos a la cabeza de Brian. Blake abre la boca y Gavin le introduce el frío cañón de la pistola entre los dientes, igual que un dentista buscando caries.

Algo revienta en el interior de Brian. El cañón de acero sabe a monedas viejas y aceite amargo. El mundo entero se vuelve de color rojo escarlata.

—Vuelve al lugar del que viniste —dice el Comandante—, antes de que te hagas daño.

Brian asiente como puede.

El cañón sale de su boca.

Moviéndose como si estuviera en un sueño, Brian se aleja lentamente de los guardias, se da la vuelta y emprende el camino de regreso con las piernas agarrotadas, rodeado por una invisible niebla carmesí.

Sobre las siete de esa tarde, Brian está de vuelta en el apartamento. Está solo, aún abrigado con la chaqueta, de pie frente a los barrotes de la ventana en la parte trasera del salón y mira cómo se apagan las luces del día mientras se sume en pensamientos que son como olas opuestas chocando contra un rompeolas. Se cubre las orejas. Los golpes sordos del zombie en miniatura contra las paredes de la habitación contigua no hacen sino acrecentar su estupor. Son como la aguja de un tocadiscos saltando sobre un disco rayado. Brian se hunde cada vez más y más en su interior.

Al principio, apenas repara en los ruidos que hace Nick al volver de quién sabe dónde: los pasos arrastrados, el chasquido de la puerta del armario. Es en el momento en que escucha los murmullos apagados que proceden del pasillo cuando abandona su trance y sale a investigar qué ocurre.

Nick está rebuscando algo en el armario. Su abrigo de nailon está mojado y hecho jirones, sus zapatillas llenas de barro y con su respiración se confunde un susurro casi inaudible:

—«Miro a lo alto de las montañas en busca de ayuda... ¿De dónde vendrá mi ayuda...? Mi ayuda vendrá del Señor... el Creador del cielo y de la tierra...».

Brian ve que Parsons saca la escopeta del armario.

—Nick, ¿qué estás haciendo?

No hay respuesta. Está ocupado abriendo el cañón de la escopeta para comprobar si está cargada. Pero no hay munición. Se pone a buscar como un loco por el suelo del armario y encuentra una sola caja de cartuchos, una de las que consiguieron llevarse desde la villa hasta Woodbury. Sigue musitando:

—«Dios no te dejará caer... Tu protector nunca se dormirá...».

Brian se acerca un paso más.

—Nick, ¿qué demonios está ocurriendo?

Pero su amigo sigue sin responder. Parsons intenta cargar los cartuchos con las manos temblorosas y se le cae uno que rueda por el suelo. Nick inserta otro en el hueco y después cierra la escopeta enérgicamente.

—«El protector de Israel nunca duerme ni se deja rendir por el sueño...».

—¡Nick! —Brian lo agarra por el cuello y le da la vuelta—. ¿Qué coño pasa contigo?

Durante un momento, casi parece que Nick vaya a levantar la escopeta para volarle la cabeza a Brian, tal es la expresión de furia que le crispa la cara. Entonces recupera el control, traga saliva y, mirando a Brian, sentencia:

—Esto no puede seguir así.

Sin decir nada más, Nick se vuelve y atraviesa a toda velocidad el salón hasta la puerta principal.

Brian agarra su pistola del calibre 38, se la mete en la parte trasera del cinturón y corre detrás de Nick.

VEINTIDÓS

La luz púrpura del crepúsculo cae sobre el paisaje. El viento helado sacude los árboles en los límites de los bosques que rodean Woodbury. El aire transporta los olores de la madera quemada y el monóxido de carbono, así como el chirrido incesante de los coches de carreras que procede del centro del pueblo. Los callejones están casi desiertos, ya que la mayoría de los habitantes se encuentran en el circuito; pero a pesar de ello es un milagro que nadie haya visto a Brian y a Nick atravesar el aparcamiento vacío que rodea la zona segura.

Nick reza furiosamente mientras se dirige al bosque con la escopeta pegada al hombro como si fuera una especie de porra sagrada. Brian trata de agarrar a Nick, intenta que frene el paso, que deje sus malditas oraciones por un momento y que hable como una persona normal, pero Parsons está movido por un objetivo febril.

Por fin, cuando están cerca de los árboles, Brian tira del abrigo de Nick con tanta fuerza que casi lo arroja al suelo.

—A ver, ¿qué coño estás haciendo?

Nick se vuelve y le lanza una mirada severa a Brian.

—Lo vi llevarse a una chica a rastras por aquí. —Nick habla con una voz frágil; está a punto de echarse a llorar.

—¿A Philip?

—Esto no puede seguir así, Brian...

—¿A qué chica?

—A una del pueblo, se la llevó por la fuerza. Sea lo que sea lo que está haciendo, hay que detenerlo.

Brian observa el mentón tembloroso de Nick. Los ojos de su amigo están anegados en lágrimas. Brian respira hondo:

—De acuerdo, cálmate un momento. Cálmate y punto.

—Está poseído por la oscuridad, Brian. Suéltame. Hay que detenerlo.

—Viste cómo se llevaba a una chica, pero no viste si...

—Suéltame, Brian.

Durante unos instantes, Blake se queda parado, sujetando a Nick de la manga. Siente que un escalofrío le recorre la espalda y una fría punzada le atraviesa el pecho. No quiere aceptarlo. Tiene que haber alguna forma de volver a encauzar las cosas, de ponerlas de nuevo bajo control.

Finalmente, tras una pausa agónica, mira a Nick y le dice:

—Enséñamelo.

Parsons guía a Brian por un camino estrecho, sin limpiar, que serpentea a través de un bosquecillo de pacanas. El sendero está cubierto de cicuta y otras malas hierbas, lo que dificulta la visión. Para empeorar la situación, está empezando a anochecer y la temperatura cae en picado.

Las zarzas y los pinchos les rasgan las chaquetas mientras se apresuran a llegar hasta un claro en el follaje.

A su derecha, a través de una celosía de hojas, ven el extremo sur de un terreno en obras, donde se está levantando una nueva sección de la barricada. Las pilas de madera reposan a un lado y en la oscuridad, junto a ellas, está aparcado el *bulldozer*. Nick señala un descampado que hay más adelante.

—Ahí está —susurra Nick mientras se acercan a una trampa excavada en el umbral del claro. Se deja caer detrás de los troncos, casi como si fuera un chaval histérico jugando a ser soldado. Brian se une a él; se agacha y mira por encima de la pila de madera podrida.

A unos veinte metros de distancia divisan a Philip Blake en una cuenca natural de tierra musgosa, bajo una marquesina de viejos robles y abetos. El suelo está enmoquetado de agujas de pino, hongos y malas hierbas; un tenue brillo de metano se adhiere al sotobosque, una espectral neblina magenta que confiere al lugar un ambiente casi místico. Nick levanta la escopeta.

—Señor —murmura al ritmo de su respiración—, líbranos de toda esta injusticia.

—Nick, detente —le susurra Brian.

—Renuncio a todos los pecados —prosigue Nick mientras contempla el horror que se desarrolla en el claro—. Porque te ofenden, Señor.

—¡Cállate, por favor! ¡¡Cállate, tío!! —Brian está intentando encontrarle el sentido a la situación. Entre las sombras, resulta difícil determinar con exactitud qué están viendo. A primera vista, parece que Philip está arrodillado sobre las hierbas maniatando a un cerdo. Su cazadora vaquera está empapada en sudor y cubierta de semillas espinosas. Enrolla una soga alrededor de las muñecas y los tobillos de una figura que se retuerce junto a él.

Una fría ola de terror recorre el cuerpo de Brian cuando se da cuenta de que lo que hay en el suelo es, efectivamente, una chica. Tiene la camisa desgarrada y la boca amordazada con cinta de nailon.

—Por el amor de Dios, qué diablos piensa hacer...

Nick sigue balbuceando:

—Perdóname, Señor, por lo que voy a hacer... Con la ayuda de tu Gracia te serviré... Yo te...

—¡Cállate de una puta vez! —grita Brian. Su cerebro se bloquea, presa del pánico, y en su mente comienzan a agolparse una serie de suposiciones: o bien Philip va a violar a esa pobre chica o va a matarla para alimentar a Penny. Hay que hacer algo, y hay que hacerlo de prisa. Nick tiene razón. La ha tenido desde el principio. Y ahora hay que detener a Philip antes de que...

Brian nota un movimiento fugaz a su lado.

Nick ha saltado fuera de la trampa y se abre paso entre las zarzas en dirección al claro.

—¡Espera, Nick! —Brian está a mitad de camino cuando observa el retablo mortal que va cobrando forma entre las sombras del claro, como piezas de ajedrez que se desplazan a cámara lenta sobre un surrealista tablero.

Parsons irrumpe en el claro apuntando a Philip con la escopeta y éste se incorpora de un salto, sorprendido por el repentino grito de aviso de Brian. Desarmado, mirando con nerviosismo a la chica amordazada y a la bolsa de lona que hay tirada a su lado, sobre los hongos, Philip levanta las manos:

—Baja ese maldito trasto ahora mismo, Nicky.

Su amigo hace justo lo contrario y apunta el cañón directamente a la cabeza de Philip:

—El Diablo te ha puesto las garras encima, Philip. Has pecado en contra de Dios... Has mancillado su nombre. Ahora todo está en manos del Señor.

Brian llega al claro tambaleándose, buscando su pistola a tientas, con la respiración acelerada a causa de la adrenalina.

—¡No lo hagas, Nick! ¡No lo hagas! —Brian grita desesperado y se detiene a unos tres metros de Parsons.

Entretanto, la chica que yacía en el suelo ha sido capaz de rodar sobre sí misma, aún amordazada y maniatada, y está llorando sobre la tierra húmeda, como si deseara que el suelo se abriera para dejarla tirarse dentro y así morir. Nick y Philip están a unos dos metros el uno del otro, intercambiando penetrantes miradas.

—¿Ahora resulta que eres un ángel vengador? —le pregunta Philip a su viejo amigo.

—Tal vez lo sea.

—Esto no te incumbe, Nicky.

Parsons tiembla a causa de la conmoción, y sus ojos derraman lágrimas al parpadear.

—Existe un lugar mejor para ti y para tu hija, Philly.

Philip está tan inmóvil como una escultura de piedra; su cara estrecha y gastada tiene una apariencia verdaderamente grotesca en la penumbra.

—¿Y se supone que tú eres el que va a llevarnos a Penny y a mí a la gloria?

—Alguien tiene que detener esto, Philly. Y bien podría ser yo.

—Parsons se pone en posición de disparo y murmura—. Perdóname, Señor...

—¡Espera, Nick! ¡Por favor! ¡Escúchame! —Brian da vueltas a su alrededor con la pistola levantada hacia el cielo como si fuera un árbitro deportivo. Se acerca a escasos centímetros de Nick, que aún tiene la mirada clavada en Philip, parlotea:

»¿Y todos los años que hemos salido por Waynesboro? ¿Todas las risas que hemos compartido, los kilómetros que hemos dejado atrás? ¿Es que eso no te dice nada? ¡Philip nos ha salvado la vida! Es cierto que las cosas se nos han ido de las manos, sí. Pero podemos arreglarlas. Baja el arma, Nick. Te lo ruego.

Parsons tiembla. Mantiene la mirada fija y comienza a gotearle el sudor por la frente.

Philip se acerca un paso.

—No te preocupes por él, Brian. A Nick siempre le ha gustado mucho hablar. Pero no tendrá cojones de disparar a alguien que aún esta vivo.

Su amigo se estremece, furioso.

Brian se limita a mirar, paralizado por la indecisión.

Philip regresa tranquilamente adonde está la chica, la agarra por el pescuezo y tira de ella como si fuera una maleta perdida; comienza a arrastrar a la chica hacia el otro extremo del claro mientras ésta aún forcejea.

La voz de Nick se vuelve más grave cuando pronuncia unas últimas palabras:

—Apiádate de nosotros.

De repente se oye el chasquido de un gatillo.

Y el cañón de la escopeta ruge.

Una escopeta del calibre 12 es un objeto contundente. Sus perdigones son mortales y pueden extenderse más de treinta centímetros en una distancia corta, de modo que perforan su objetivo con tanta fuerza que podrían penetrar en un bloque de hormigón.

El tiro que impacta en la espalda de Philip le atraviesa el omoplato y las vértebras del cuello. Hace que medio bulbo raquídeo le salga por la nuca. Los perdigones también le revientan un lado del cráneo a la chica, que muere en el acto. Los dos cuerpos vuelan fugazmente en medio de una nube rosa.

La pareja cae al suelo como un apretado amasijo, antes de desparramarse, uno al lado del otro, con los brazos y las piernas en jarras. La chica ya está totalmente muerta, pero Philip aún se retuerce entre espasmos agónicos durante unos interminables segundos. Intenta respirar, pero el daño que sufre su cerebro lo va apagando todo.

La impresión de lo que acaba de ocurrir hace que Nick Parsons caiga de rodillas con el dedo aún congelado sobre el gatillo. Deja la escopeta, todavía caliente, sobre la hierba e intenta hablar, pero no puede articular palabra. ¿Qué ha hecho? Se siente como si se contrajera sobre sí mismo, como una vaina, frío y desconsolado. El estruendo del Armagedón resuena en sus oídos y las lágrimas ardientes de la vergüenza empiezan a chorrearle por la cara: ¿Qué ha hecho? ¿Qué ha hecho? ¿Qué ha hecho?

Brian Blake se queda helado. Se le dilatan las pupilas. La visión de su hermano tendido en el suelo, formando una pila sangrienta de carne humana junto con la chica muerta se graba para siempre en su cerebro. Todos los demás pensamientos se le evaporan de la mente.

Sólo los sollozos de Nick rompen el estupor de Brian.

Parsons sigue de rodillas a su lado; sus sollozos se han convertido en alaridos. En su expresión no se aprecia rastro ni de razón ni cordura; parece haberse trastornado ante la visión de la matanza. Intenta hablar, pero entre mocos y lágrimas sólo consigue enredarse en un galimatías de frases inconexas, mitad oración y mitad súplica insensata. Mira al cielo mientras su aliento ardiente forma enormes bolas de vaho en el crepúsculo gélido.

Brian empuña su pistola sin pensarlo, poseído por un ataque de ira psicótica, y le mete una bala, a bocajarro, en un lado de la cabeza.

El impacto del disparo hace saltar a Nick entre un chorro de fluido rojo; la masa viscosa del cerebro se escapa por el agujero de salida de la bala, al otro lado del cráneo, y se deposita sobre un árbol. Su cuerpo se dobla y se le ponen los ojos en blanco. Ya tiene el cerebro muerto.

Aterriza en el suelo como un niño que cae profundamente rendido de sueño.

Brian pierde la noción del tiempo. No ve las oscuras siluetas que se acercan desde los árboles lejanos atraídas por el ruido. Tampoco es consciente de que atraviesa el claro hacia donde yacen los dos cuerpos destrozados. Pero de algún modo, aunque no se dé cuenta de ello, Brian Blake termina en el suelo, al lado de Philip, sosteniendo el cuerpo ensangrentado de su hermano menor en el regazo.

Mira el rostro ajado de Philip, ahora tan pálido como el alabastro, y lo ve salpicado de sangre.

En los ojos de su hermano aún brilla un último destello de vida que Brian detecta cuando sus miradas se cruzan. Durante un breve instante, Brian se estremece ante el glaciar de dolor que le rompe el corazón; la conexión entre los dos hermanos, tan densa como la sangre, tan profunda como la tierra, fractura ahora el espíritu del mayor con la fuerza del movimiento de las placas tectónicas. El peso de su historia común cae sobre su alma y se la parte en dos: el tedio interminable del instituto, las benditas vacaciones de verano, los susurros de madrugada entre las literas, sus primeras cervezas en aquella desafortunada acampada en los Apalaches, sus secretos, sus discusiones, sus sueños de ciudad de provincias frustrados por los crueles avatares de la vida.

Brian llora.

Sus lamentos, tan sinceros y desgarradores como los de un animal en una trampa, suben hasta el cielo y se funden con el chirrido lejano de los coches de carreras. Solloza tan fuerte que ni siquiera se da cuenta de la muerte de su hermano.

Cuando vuelve a mirarlo a la cara, el rostro de Philip se ha endurecido hasta convertirse en una escultura de mármol blanco.

El follaje se agita a unos cinco metros. Por lo menos una docena de mordedores de todas las formas y tamaños se abren paso entre la espesura.

El primero, un hombre adulto con un andrajoso uniforme de trabajo, surge repentinamente de entre las ramas con los brazos extendidos hacia la nada y unos ojos como botones que escudriñan el claro. La cosa fija la mirada en el bocado más cercano: el cuerpo aún caliente de Philip.

Brian Blake se pone en pie y se da la vuelta. No puede quedarse mirando. Pero sabe que es la mejor opción. La única opción. Dejar que los zombies se encarguen de recoger los restos.

Se mete de nuevo la pistola del calibre 38 en el cinturón y se dirige al solar en obras.

Brian halla en la cabina de un camión un refugio temporal para esperar a que termine el festín de los zombies.

Su cerebro es como una televisión sintonizada en muchos canales a la vez. Vuelve a sacar la pistola y la agarra firmemente, como si fuera un amuleto de la suerte.

La cacofonía de voces, los fragmentos de imágenes formadas a medias, todas esas sensaciones se comprimen en su cabeza como restallidos centelleantes. El crepúsculo ha dado paso a la noche cerrada y las luces más cercanas están a centenares de metros. Sin embargo, Brian ve el mundo que lo rodea como en una especie de brillante negativo fotográfico; su miedo es tan penetrante como el filo de una navaja. Ahora se encuentra solo... más solo de lo que nunca ha estado... y eso lo devora más que cualquier zombie.

El gorjeo pastoso que emiten los zombies al mascar y chupar la carne de sus víctimas apenas se aprecia sobre el zumbido constante de los coches de carreras. En el fondo de sus frenéticos pensamientos, Brian sabe que el estruendo de la pista ahoga el alboroto que reina en el claro. Probablemente era parte del plan de Philip para que nadie pudiera ver u oír el secuestro de la chica.

A través del encaje de zarzas y follaje, Brian distingue las siluetas de los monstruos que se recrean con los restos humanos que yacen en el claro. Grupos de zombies se inclinan sobre su presa, como monos, y se pegan un atracón de carne, huesos arrancados que chorrean sangre, retazos de piel, cabelleras desgarrada, apéndices sin identificar y tiernas vísceras empapadas, aún calientes y humeantes en el gélido aire de la noche. Siguen llegando zombies; se empujan torpemente los unos a los otros mientras exigen un bocado a gruñidos.

Brian cierra los ojos.

Durante un momento, se pregunta si debería rezar. Se pregunta si debería entonar un silencioso panegírico por su hermano, por Nick y la mujer, por Penny, por Bobby Marsh, por David Chalmers, por los muertos, por los vivos, y por todo este mundo roto, castigado, dejado de la mano de Dios. Pero no lo hace. Simplemente espera ahí, sentado, a que los zombies terminen de comer.

Al cabo de un rato, quién sabe cuánto tiempo exactamente, los mordedores se alejan de los restos consumidos y excoriados que ahora yacen esparcidos por todo el claro.

Brian sale por el techo de la cabina del camión y regresa al apartamento en la más absoluta oscuridad.

Esa noche, Brian está en el apartamento vacío, sentado en el sofá del salón, frente a la pecera vacía y sucia. En su mente ya ha terminado la programación del día. Ha sonado el himno nacional, se ha apagado la emisión y ahora es sólo una tormenta de ruido blanco lo que cubre sus pensamientos.

Aún vestido con la chaqueta sucia, se queda mirando la pared rectangular de la pecera, recubierta de verde moho y moteada con numerosas manchas, como si ahí pudiera ver una monótona naturaleza muerta retransmitida desde el infierno. Se queda así, observando absorto el corazón vacío de la pecera, durante un tiempo interminable. Los minutos se convierten en horas. La pantalla de su mente es un tubo de rayos catódicos inundado de nieve electrónica. Brian apenas detecta la llegada de un nuevo día, ajeno al alboroto del exterior del apartamento, a las voces atribuladas, al sonido de los vehículos.

El día se arrastra hasta que la noche siguiente deja caer su manto de oscuridad sobre el apartamento. Brian continúa sentado en la penumbra, inconsciente del paso del tiempo, enganchado con interés catatónico a la emisión invisible del tanque vacío de la pecera. La mañana siguiente llega y pasa.

En un momento dado de ese día, Brian parpadea. En la pantalla en blanco de su mente aparece un mensaje fugaz. Al principio es confuso y cuesta percibirlo, como si se tratara de una señal que se recibe con baja intensidad. Pero a cada segundo que pasa se hace más fuerte, más potente, más claro: «Adiós».

Como una profunda descarga en el centro de su alma, la palabra implosiona en una convulsión de energía candente y hace que Brian se estremezca en el sofá desgastado. Se pone de pie como un rayo; el mensaje lo fuerza a abrir los ojos de par en par.

«ADIÓS.»

Está entumecido y deshidratado, tiene el estómago vacío y los calzoncillos empapados en su propia orina. Ha pasado casi treinta y seis horas inmóvil en ese asiento, comatoso, tan rígido como una vara de zahorí; por eso al principio le cuesta moverse, pero se siente limpio, purificado y con la mente más clara de lo que la haya tenido nunca. Entra en la cocina cojeando. En el armario no encuentra nada más que un par de latas de melocotón en conserva. Abre una y la engulle entera mientras el jugo se le derrama por la barbilla. Los melocotones nunca le habían sabido tan bien. De hecho, se da cuenta de que es posible que nunca los haya probado. Se dirige al dormitorio y se quita la ropa repugnante que lleva. Se pone el otro par de vaqueros que tiene y su otra camiseta, la del estampado de AC/DC. Busca sus botas Doctor Martens y se las calza.

En la parte interior de la puerta hay un espejo de cuerpo entero.

El hombre que lo mira en el reflejo es un hurón enjuto y despeinado. Una grieta en el espejo secciona las facciones alargadas de su rostro y de su también larga pelambrera negra y despeinada. Unas patillas descuidadas le enmarcan la cara y sus ojos aparecen hundidos y rodeados por oscuras ojeras. Apenas puede reconocerse.

—Qué más da —le dice al espejo, y abandona la habitación.

Recoge su pistola del calibre 38 del salón, junto con el último cargador y las últimas seis balas que le quedan; se guarda la pistola en la parte trasera del cinturón y guarda el cargador en el bolsillo.

A continuación visita a Penny.

—¿Qué tal, pequeña? —saluda con gran ternura al tiempo que entra en el lavadero. El minúsculo cuarto con suelos de linóleo apesta a muerto, pero Brian apenas repara en el hedor. Se acerca a la diminuta criatura, que gruñe y esputa ante su presencia a la vez que tira de sus cadenas. Tiene el color del cemento y sus ojos parecen dos piedras lisas.

Brian se agacha frente a ella y observa que su cubo está vacío.

Vuelve a mirarla y le dice:

—Sabes que te quiero, ¿verdad?

El zombie de Penny gruñe.

Brian acaricia un lado de su pequeño y delicado tobillo.

—Voy a ir a buscarte algo de comer, cariño. Estaré de vuelta antes de que te des cuenta, no te preocupes.

La pequeña cosa muerta ladea la cabeza y deja escapar un gemido que suena como el aire que corre por el interior de las tuberías oxidadas. Brian le pone la mano en la pierna, fuera del alcance de sus podridos incisivos, y se levanta.

—Hasta luego, pequeña.

En cuanto Brian sale sin que nadie repare en él por la puerta lateral del apartamento y echa a caminar hacia el norte, con la cabeza gacha y las manos en los bolsillos de la chaqueta para protegerse del viento helado de la tarde, se da cuenta de que algo está pasando. La pista de carreras está en silencio. Se tropieza con un par de habitantes del pueblo que corren con los ojos encendidos de alarma. El aire apesta a muerto. A la izquierda, más allá de la barricada de autobuses y semirremolques, una legión de cadáveres andantes recorre la barrera en busca de una brecha que les permita pasar. Al frente del camino, una humareda negra emana de la incineradora de la clínica. Brian acelera el paso.

Cuando se acerca a la plaza del pueblo, observa en la distancia, hacia el extremo norte de la zona segura, donde se está construyendo la valla, que hay hombres de pie sobre parapetos de madera, con rifles y binoculares en las manos. No se les ve muy contentos. Brian se apresura. Todo su dolor, la rigidez de las articulaciones, el pinchazo en las costillas, desaparece en medio de la corriente de alto voltaje de la adrenalina.

Woodbury guarda sus raciones de comida en un almacén de ladrillo enfrente del antiguo juzgado. Brian se detiene ante el edificio cuando ve a los viejos marginados merodeando en la calle, frente al edificio gubernamental y sus columnas románicas onduladas. Hay otros tipos sobre las escalinatas de piedra, fumando cigarrillos nerviosamente, mientras que algunos más se agolpan bajo el porche. Brian atraviesa el cruce y se acerca a la concurrencia.

—¿Qué ocurre? —le pregunta al viejo gordo con el abrigo del Ejército de Salvación.

—No sabes la que se ha liado, hijo —responde el viejo entre dientes mientras señala el juzgado con su sucio pulgar—. Ahora está medio pueblo ahí reunido.

—¿Y qué ha sucedido?

—Que ayer encontraron a tres residentes más en el bosque, pelados como huesos de pollo... Ahora el lugar está lleno de caminantes; lo más probable es que hayan venido atraídos por el ruido de la pista. ¿A qué imbécil se le ocurre hacer tanto ruido?

Durante un momento, Brian considera sus opciones. Podría evitar fácilmente este lío recogiendo sus bártulos y marchándose. Podría coger uno de los cuatro por cuatro, montar a Penny en la parte trasera y largarse en un abrir y cerrar de ojos.

No le debe nada a esa gente. Lo más seguro es no involucrarse y marcharse de allí a toda prisa. Sería la forma más inteligente de actuar. Pero algo en su interior le hace reconsiderar esta primera conclusión. ¿Qué haría Philip en este caso?

Brian se queda mirando a la multitud de residentes que se arremolina en torno a la entrada del juzgado.

VEINTITRÉS

—¿Alguien sabe acaso cómo se llamaban? —pregunta una mujer de unos sesenta y tantos años con raíces canosas en el pelo y las venas del cuello hinchadas de tensión. Está de pie en el fondo de la sala de reuniones de la primera planta del edificio del juzgado.

La escuchan con preocupación unos treinta vecinos de Woodbury: ancianos del pueblo, cabezas de pequeñas familias, antiguos comerciantes y viajeros que aterrizaron aquí casi por error. Sus abrigos están harapientos y sus botas llenas de barro. Se sientan en un corro de sillas plegables, orientadas hacia el frente de la estrecha sala de reuniones. La estancia tiene un aire como de fin del mundo: el yeso de las paredes desconchado, unas cuantas cafeteras vueltas boca abajo en un rincón, cables pelados por el techo y el entarimado sembrado de basura.

—¿Y eso qué coño importa? —grita el Comandante Gene Gavin desde el frente de la sala. Está flanqueado por sus acólitos, que llevan sus fusiles de asalto M4 en las caderas, como falsos pandilleros. Al Comandante le parece correcto y adecuado presidir esta pequeña reunión municipal, junto al mástil de las banderas de Estados Unidos y el estado de Georgia. Como McArthur cuando tomó Japón o Stonewall Jackson en Bull Run, el Comandante aprovecha la oportunidad para posicionarse finalmente como líder de este miserable pueblo lleno de cobardes y marginados. Con el gesto erguido, el uniforme militar y el corte de pelo marcial, el Comandante lleva semanas aguardando este momento.

Acostumbrado a meter a la gente en cintura, Gavin sabe que necesita respeto para convertirse en líder; y para ser respetado necesita ser temido. Eso es exactamente lo que ponía en práctica con los guerreros aficionados que estaban bajo su mando en Camp Ellenwood. Gavin era instructor de supervivencia en el 221 Batallón de Inteligencia Militar, y acostumbraba a torturar a esos debiluchos cobardes con acampadas al raso hasta Scull Shoals, cagándose en sus petates y castigándolos con manguerazos por la más pequeña infracción. Pero eso podría haber sido hace un millón de años. La situación actual es de «Código Jodido», y Gavin aprovechará toda ocasión para mantenerse al frente.

—Sólo eran un par de tíos nuevos —dice Gavin. Luego, añade una coletilla—. Y una puta de Atlanta.

Un caballero mayor de la primera fila se pone en pie, con las rodillas huesudas temblando.

—Con el debido respeto, esa chica era la hija de Jim Bridges y no era una puta. Ahora, creo que hablo por todos cuando digo que necesitamos protección, tal vez un toque de queda... que la gente se quede en casa durante la noche. Tal vez podríamos someterlo a votación.

—Cállate, viejo... antes de que te hagas daño —lo interrumpe Gavin mientras le lanza su mirada más amenazante—. Ahora tenemos problemas más serios de los que ocuparnos, como por ejemplo de la maldita convención de mordedores que viene hacia aquí.

El hombre mayor se sienta al tiempo que murmura:

—Todo ese ruido de las carreras... Ésa es la razón por la que los mordedores nos rodean.

Gavin desabrocha la funda del revólver que le cuelga de la cadera y muestra la empuñadura de su calibre 45. Se acerca beligerante hacia el hombre mayor.

—Lo siento, pero no recuerdo haber incluido en el orden del día un turno de palabra para el hogar de jubilados. —Gavin le da golpecitos con el dedo—. Mi consejo es que cierres la puta boca antes de que te metas en líos.

Un chico joven se pone de pie dos sillas más allá de la del hombre mayor.

—Cálmate un poco, Gavin —interviene el chico. Es alto, de tez morena y lleva el pelo recogido bajo un pañuelo. Viste una camiseta sin mangas que revela unos brazos musculados. Sus ojos negros brillan con una viveza callejera—. Esto no es una película de John Wayne, no hace falta que te lo tomes así.

Gavin se vuelve hacia él y lo intimida con su pistola.

—Tú cállate, Martínez, y sienta tu culo hispano en la silla.

Los dos guardias, detrás de Gavin, están en tensión, con el cañón de los fusiles en alto y listos para disparar mientras barren la sala con la mirada.

El chico llamado Martínez sacude la cabeza y vuelve a sentarse, contrariado.

Gavin suspira frustrado.

—Parece que no os dais cuenta de la gravedad de esta situación —comenta mientras vuelve a guardar la pistola en la funda y se dirige al frente de la sala. Habla con la cadencia de un instructor militar—. Esto está lleno de vagos agazapados que no hacen nada por las barricadas. Hay un montón de gorrones aprovechados que no hacen más que ocupar sitio, que esperan que los demás asuman el peso del trabajo duro. ¡No hay disciplina! Y tengo que daros una noticia. Vuestras pequeñas vacaciones se han acabado. ¡A partir de ahora habrá reglas nuevas y todos vais a pasar por el aro, y todos haréis lo que se os diga, y todos vais a cerrar la puta boca! ¿He sido claro?

Gavin hace una pausa, desafiando a quien quiera hacer alguna objeción.

Los habitantes del pueblo se quedan callados, como niños a los que han enviado al despacho del director. Stevens, el médico, está sentado en una esquina, al lado de una chica veinteañera vestida con una bata manchada y con un estetoscopio colgando del cuello. El doctor tiene pinta de ser un hombre que ya se olía que algo estaba podrido desde hace tiempo. Levanta la mano.

El Comandante pone los ojos en blanco y lanza un suspiro exasperado.

—¿Y ahora qué quieres, Stevens?

—Corrígeme si me equivoco —comienza el médico—, pero diría que estamos al límite de nuestras fuerzas. Estamos haciendo todo lo que podemos.

—¿Y adónde quieres llegar con eso?

El médico se encoge de hombros.

—Me gustaría saber qué más quieres de nosotros.

—¡¡Quiero que me obedezcáis de una puta vez!!

La respuesta explosiva de Gavin apenas parece afectar a la expresión del rostro delgado y bien parecido de Stevens. Gavin respira de forma lenta y pausada, tratando de recuperar el control. Stevens se sube las gafas, que le han resbalado por el caballete de la nariz, y mira a otra parte mientras sacude la cabeza. Gavin se vuelve hacia sus hombres.

Los guardias asienten al Comandante al unísono y ponen los dedos sobre el gatillo de los fusiles.

Esto no va a ser tan fácil como Gavin creía.

Brian Blake está de pie al fondo de la sala, oculto tras una máquina expendedora vacía y polvorienta con las manos en los bolsillos y siguiendo el hilo de la discusión. Su corazón late con fuerza. Y se fustiga por ello. Se siente como una rata de laboratorio en un laberinto. El miedo abrumador, su clásico enemigo, ha vuelto con ganas de venganza. Siente el cargador en su bolsillo como un tumor, un bulto frío que le presiona el muslo. Tiene el cuello agarrotado y la garganta seca, como si la lengua fuera dos tallas más grande de lo que le corresponde. ¿Qué diablos le está pasando?

Al frente de la sala, Gavin sigue paseándose ante a la galería de fundadores de la ciudad, colgada en marcos gastados a lo largo de la pared principal de la sala:

—Bien, me da igual cómo queráis llamar a esta puta situación en la que estamos. Yo la llamo guerra... y ahora mismo declaro oficialmente la puta ley marcial en este pueblucho de mala muerte.

Un murmullo tenso recorre el grupo, pero sólo el hombre mayor tiene el descaro de levantarse y hablar:

—¿Y qué significa eso con exactitud?

Gavin se acerca:

—Eso significa que vais a seguir mis órdenes y a portaros bien —responde mientras le da una palmadita en la calva al hombre como quien acaricia a un conejo—. Comportaos, haced lo que os digan y así, tal vez, salgamos vivos de esta tormenta de mierda.

El hombre mayor traga saliva. Muchos de sus convecinos miran al suelo. A Brian le parece evidente, observando la escena desde el fondo de la sala, que los habitantes de Woodbury están atrapados en más de un sentido. El odio que flota en el ambiente podría teñir las paredes. Pero el miedo es aún más fuerte. Exuda de los poros de todos los presentes, incluido Brian, que está realizando un gran esfuerzo por combatirlo. Él también traga saliva.

Alguien murmura algo al otro lado de la sala, cerca de la ventana. Brian está demasiado lejos para oír lo que dice y levanta la mirada por encima de las cabezas para ver de quién se trata.

—¿Quieres decir algo, Detroit?

Junto a la ventana, un hombre negro de mediana edad vestido con un sucio mono de trabajo y con una gran barba gris refunfuña en su asiento. Mira con tristeza por la ventana. Sus largos dedos están manchados de aceite de motor. El mecánico del pueblo, procedente del norte, musita algo para sí. No mira al Comandante.

—Vamos, colega, habla. —El Comandante se acerca al hombre negro. Se coloca frente a él, imponente, y prosigue—: ¿Es que se te ha comido la lengua el gato?

El hombre negro responde de forma casi inaudible:

—Me largo de aquí.

Se levanta de la silla y se dispone a marcharse de allí cuando de repente el Comandante saca la pistola.

Con un instinto casi involuntario, el hombre negro se lleva una de sus grandes y callosas manos al revólver que tiene alojado en el cinturón. Pero antes de que pueda sacar el arma o incluso de que tenga tiempo de arrepentirse, Gavin se pone frente a él.

—Vamos, Detroit, vete —gruñe Gavin al tiempo que apunta al hombre con su pistola—. Vete y así podré volarte la tapa de los putos sesos por la espalda.

Los otros soldados se sitúan detrás del Comandante y levantan los rifles de asalto sin apartar la vista del hombre negro.

Con la mano quieta en la empuñadura de la pistola y la mirada clavada en la de Gavin, el hombre negro llamado Detroit murmura:

—Ya es triste que tengamos que luchar contra esas cosas muertas... ¿y ahora tenemos que aguantar que nos des órdenes?

—Siéntate, joder. Al suelo ya. —Gavin encañona a Detroit en la frente—. O lo harás por las malas, créeme.

Detroit se deja caer sobre la silla con un suspiro exasperado.

—¡Y también va por el resto de vosotros! —grita el Comandante volviéndose hacia la concurrencia—. ¿Pensáis que estoy haciendo esto por mi salud? ¿¡Que me presento a funcionario de la perrera? ¡Esto no es una democracia de los cojones! ¡Esto es vida o muerte y punto! —Se pone a andar de un lado para otro—. No queréis ser comida para perros, ¿verdad? Pues entonces haced lo que os digan. ¡Dejad que los profesionales se encarguen del asunto y mantened la puta boca cerrada!

El silencio llena la sala como un gas venenoso. Al fondo, Brian siente un picor en la piel, justo debajo del cuello. El corazón está a punto de romperle el esternón a causa de la fuerza con la que le late en el pecho. No puede respirar. Desea arrancarle la cabeza a esta especie de soldado de hojalata, pero la indecisión lo paraliza. Su cerebro procesa frenéticamente efímeros fragmentos de recuerdos, imágenes y sonidos de toda una vida guiada por el miedo: evitar a los matones en el patio del colegio del condado de Burke, rodear el aparcamiento del Stop-and-Go para evitar a un grupo de pandilleros vestidos con chupas de cuero, huir de unos cuantos de esos pandilleros en un concierto de Kid Rock preguntándose dónde está Philip... ¿Dónde demonios está Philip cuando le necesitas?

Un sonido al frente de la sala lo distrae de sus pensamientos.

El hombre llamado Detroit se ha hartado. Ya ha tenido suficiente. Su silla chirría cuando se levanta y su metro ochenta de estatura se pone en pie para marcharse.

—¿Adónde diablos crees que vas? —Gavin observa que el hombre se dirige al pasillo de la salida principal y le grita—: ¡Oye, tú! ¡Te he hecho una pregunta, Detroit! ¿Adónde coño crees que vas?

Detroit sigue andando.

Gavin saca la pistola.

Los habitantes del pueblo contienen la respiración todos a una cuando Gavin le mete una bala en la nuca a Detroit.

La onda expansiva absorbe el aire de la sala con tanta fuerza que hace temblar las paredes. La acompaña el grito de una de las señoras mayores cuando la bala impacta por la espalda en el cráneo del hombre negro. Detroit cae hacia adelante, sobre la máquina expendedora en la que se recuesta Brian, que se revuelve bruscamente. El hombre negro rebota en el panel de acero y cae recostado sobre el suelo; el chorro de sangre pinta el logo de Coca-Cola, la pared de encima de la máquina e incluso parte del techo.

En el momento inmediatamente posterior a ese disparo ocurren muchas cosas, incluso antes de que hayan podido apagarse los ecos de los gritos. Casi en el acto, tres habitantes del pueblo —dos hombres de media edad y una mujer en la treintena— salen disparados hacia la puerta de salida. Brian los observa como si estuviera en un sueño. Le pitan los oídos y algo lo deslumbra. Apenas puede oír la voz del Comandante Gavin, curiosamente calmada, vacía de arrepentimiento tanto como de cualquier otro sentimiento, mientras ordena a sus dos guardias, Barker y Manning, que vayan a capturar a los huidos y de paso a acorralar a cualquiera que «aún se esté escondiendo por ahí como una maldita cucaracha»; porque Gavin quiere que toda alma que aún esté consciente escuche lo que él tiene que decir. Los dos guardias salen a toda prisa de la sala dejando atrás al grupo atónito y petrificado de veinticinco residentes, al Comandante... y a Brian.

Para Blake, la sala parece girar sobre su eje cuando Gavin vuelve a guardar la pistola mientras contempla el cuerpo del hombre negro que yace desparramado en el suelo como si fuera un trofeo de caza. Gavin se da la vuelta y pasea tranquilo hacia el frente. Ahora ha conseguido atraer la atención de todo el mundo como nunca lo había hecho y parece estar disfrutando de cada segundo. Brian apenas oye la perorata del Comandante sobre los gilipollas que piensan que pueden poner en peligro la vida de los residentes de Woodbury actuando como lobos solitarios, oponiéndose al sistema, que se creen tan listos que piensan que pueden hacerlo todo solos y resolver ellos mismos sus asuntos. Según Gavin, los tiempos que corren son especiales. Ya estaban previstos en la Biblia. Profetizados. Y de hecho existe la posibilidad, aunque es sólo una posibilidad, de que esta época sea el fin de los tiempos. Y a partir de ahora, todo hijo de puta de este pueblo necesita estar bien concienciado de que ésta podría ser la última batalla del hombre contra Satán, y por lo que respecta a los tipos de Woodbury, Georgia, Gavin ha sido designado, por defecto, como su maldito Mesías.

Esta conferencia delirante dura tal vez un minuto; o quizá dos, como mucho. Pero en ese breve lapso de tiempo, Brian Blake experimenta una metamorfosis.

Congelado contra un lateral de la máquina expendedora, con la sangre del hombre caído filtrándose por la suela de sus zapatos, Brian se da cuenta de que no tendrá oportunidades en este mundo si deja que sus inclinaciones naturales lo arrastren. Los instintos de Brian —retroceder ante la violencia, eludir el peligro, evitar la confrontación— lo llenan de vergüenza y se ve a sí mismo proyectando estos pensamientos hacia el primer encuentro que tuvo con un muerto viviente en Deering, en casa de sus padres, hace un millón de años luz. Salieron de la cabaña de herramientas y Brian intentó hablar con ellos, razonar, advertirles que se mantuvieran alejados, lanzándoles piedras, corriendo hacia la casa, cerrando las ventanas con tablas, meándose en los pantalones, comportándose como el blandengue que siempre había sido y siempre será. Y en el espacio de ese único instante terrible, mientras Gavin sermonea a los habitantes del pueblo, Blake sufre la visión de una serie de fotogramas parpadeantes de su cobardía y su indecisión a lo largo de todo el camino hasta Georgia occidental, como si no hubiera aprendido nada de la experiencia: acurrucándose en el armario en las Fincas Wiltshire, cazando a su primer zombie casi por accidente en el edificio Chalmers, importunando a su hermano por una cosa y por otra, siempre débil, asustadizo, inútil. Brian llega de repente, con el dolor convulsivo de una embolia que estalla en su corazón, a la conclusión de que no hay forma de que pueda sobrevivir solo. De ninguna manera. Y ahora, mientras el Comandante Gavin empieza a gritar sus órdenes a los traumatizados residentes desde el púlpito del salón municipal, asignando arduas tareas y dictando reglas y procedimientos, Brian siente que su conciencia se desconecta, se separa de su cuerpo igual que una mariposa abandona su crisálida. Empieza con Brian deseando que Philip estuviera ahí para protegerlo, como hizo sin falta desde el inicio de su calvario.

¿Cómo habría tratado Philip a Gavin? ¿Qué habría hecho Philip con él? Al cabo de unos segundos, esta simple añoranza se transforma en dolorosa agonía y sentimiento de pérdida por la muerte de su hermano, en la tortura de una herida abierta que con su dolor afilado atraviesa a Brian y lo parte en dos.

Recostado contra la máquina expendedora salpicada de sangre, Brian siente que su centro de gravedad se eleva, su espíritu se libera de su cuerpo como si fuera un pedazo primigenio de la Tierra arrancado para formar la Luna. El mareo amenaza con hacerlo caer en el suelo, pero él resiste con todas sus energías y, antes de que pueda siquiera darse cuenta de lo que sucede a su alrededor, Brian emerge de su cuerpo. Su conciencia flota ahora por encima de sí mismo, como un espectador espectral que se observa a sí mismo en el ambiente tenso, opresivo y sofocante de la sala de reuniones del viejo juzgado de Woodbury.

Brian nota que se tranquiliza. Ve el objetivo al frente de la sala, a unos ocho metros. Se ve a sí mismo apartándose un paso de la máquina expendedora, alcanzando la empuñadura encorvada de la pistola del calibre 38 que guarda en la parte trasera del cinturón mientras Gavin continúa dando órdenes a gritos, ajeno a todo, paseándose altivo bajo los estoicos retratos de los padres fundadores de Woodbury.

Brian se ve a sí mismo dando tres pasos tácticos más, avanzando por el pasillo central al tiempo que saca la pistola del calibre 38 en un solo movimiento instintivo y coordinado. Sostiene el arma a un lado mientras completa el cuarto paso adicional. Se acerca a cuatro metros de Gavin y atrae finalmente su atención. El Comandante se detiene y se queda mirando a Brian, momento que éste aprovecha para levantar el cañón y vaciar un cilindro entero de letales balas Glaser Safety Slugs de punta hueca en la cara de Gavin.

Los habitantes del pueblo se estremecen en sus asientos, asustados por el sonido. Pero, curiosamente, esta vez no grita nadie.

Nadie está más impactado por las acciones de Brian que él mismo, que se queda paralizado en el pasillo central durante unos instantes insoportables, todavía con el brazo en alto en posición de disparo y la pistola descargada en la mano, contemplando el espectáculo de los restos del Comandante Gavin desplomado sobre el suelo contra la pared principal. El torso de Gavin está acribillado y su cara y cuello bombean un chorro de oscura sangre arterial que burbujea empalagosa.

El hechizo lo rompen los chirridos de las sillas y los sonidos de pasos arrastrados que hacen los habitantes del pueblo al levantarse. Brian vuelve a bajar el arma. Mira a su alrededor. Algunos de los vecinos se han acercado al frente de la sala. Otros se quedan mirando a Brian pasmados. Uno de los hombres se arrodilla junto al cuerpo de Gavin, pero ni siquiera se molesta en tomarle el pulso o en examinarlo de cerca. El tal Martínez se acerca a Brian.

—No te lo tomes a mal, hermano —le dice Martínez murmurando con voz grave—. Pero creo que harías bien pirándote de aquí cuanto antes.

—No. —Brian se siente como si su centro de gravedad hubiera regresado, como si su alma fuera un ordenador reiniciado que se acaba de poner en marcha.

Martínez lo mira.

—Cuando esos matones regresen, se pondrán hechos una furia contigo.

—No pasará nada —responde Brian, que coge el cargador rápido que guardaba en el bolsillo. Saca los cartuchos vacíos e introduce las balas nuevas con el mismo gesto. Le falta práctica en la maniobra, pero el gesto es firme. Ya ha dejado de temblar—. Los superamos en una proporción de diez a uno.

Algunos de los vecinos del pueblo se agrupan junto a la máquina expendedora, en torno al cuerpo del hombre llamado Detroit. El doctor Stevens le está tomando el pulso. Brian oye que unos cuantos lloran. Se vuelve hacia el grupo y los interpela:

—¿Quién de vosotros está armado?

Se alzan unas pocas manos.

—No os alejéis —les dice Brian mientras se abre camino entre los aturdidos residentes. Se queda tras la puerta y le echa un vistazo al cielo cargado del gris día de otoño a través de los cristales de seguridad.

Incluso a través de la puerta, mezclado con el sonido del viento se oye el inconfundible runrún lejano de los zombies. Pero ahora suena diferente en los oídos de Brian. Segregada mediante improvisadas barricadas, separada del pequeño enclave de tenaces supervivientes por delgadas membranas de madera y metal, la sinfonía ubicua y grave de gemidos, desafinada y desagradable como un carillón hecho con huesos humanos, ya no suena como una amenaza, sino como una oportunidad. A Brian le parece una invitación a un nuevo modo de vida, a un paradigma nuevo que se está formando en ese momento en su interior, como el nacimiento de una nueva religión.

Una voz que resuena a su lado lo saca de su trance. Se da la vuelta y se encuentra con Martínez, que le lanza una mirada inquisitiva.

—Lo siento —dice Brian—. ¿Qué me has preguntado?

—Que cómo te llamas... Antes no he pillado tu nombre.

—¿Mi nombre?

Martínez asiente.

—Sí, yo soy Martínez... ¿Y tú eres...?

Brian se queda atorado durante un brevísimo instante antes de responder:

—Philip... Philip Blake.

Martínez extiende el brazo para darle la mano a Brian.

—Es un placer, Philip.

Los dos hombres se dan un apretón de manos y con ese simple gesto comienza a tomar forma un nuevo orden.

AGRADECIMIENTOS

Dedico un agradecimiento especial a Robert Kirkman, Brendan Deneen, Andy Cohen, David Alpert, Stephen Emery y toda la buena gente de Circle of Confusion.

JAY

Aplausos para Jay Bonansinga, Alpert y el resto de Circle of Confusion, para los estupendos tipos de Image Comics y para Charlie Adlard por gobernar el barco. Todo mi respeto para Rosenman, Rosenbaum, Simonian y Lerner. Y, por supuesto... para Brendan Deneen.

ROBERT

Los cómics que inspiraron la serie

LOS MUERTOS VIVIENTES

THE WALKING DEAD

PLANETA DeAGOSTINI®